JN197806

堤中納言物語

塚原鉄雄　校注

新潮社版

目次

凡例

一、現代の一般読者を対象として、『堤中納言物語』の本文を提供することを意図する。

一、作品の本文は、京都にある、賀茂別雷神社の三手文庫に収蔵する、今井似閑自筆の写本を底本として校訂する。

一、本文の校訂には、表記と句読とを除外して、可能なかぎり、底本の本文を改変しないことを原則とする。底本の本文を改訂したものについては、別項の「校訂覚書」に列記し、その経緯を略述する。

一、本文校訂の基本方針として、一三項を措定する。

A　仮名遣いを、歴史的仮名遣いに統一する。

B　適宜、仮名表記を漢字表記とし、また、漢字表記を仮名表記とする。ただし、用語による表記の統一は、補助用言を仮名表記で統一するほか、形式的な統一を回避する。

C　語形は、底本表記の語形を踏襲する。例示すれば、「そつ（帥）」は、一般に、「そち」の形態で通行しているけれども、底本「そつ」の形態を保存する。

D　私解によって、本文に句読を加点し、会話表記には、鉤括弧「　」で、その首尾を明示する。

E　心話表現のうち、二文以上の構成で、首尾の捕捉に便宜かと思量するものについては、鉤括弧で表示することがある。

F　文脈の展開を把握する便宜を勘案し、段落を措定して、段落ごとに改行する。

G　一個または数個の段落が、一個または数個の段落と連合して、文章構成の単位段落を構成することがある。段落連合の境界を一行空白として顕示する。

H　挿入表現のうち、単独で段落を構成するものは、本文二字下げとして明示する。序文と跋文（ばつぶん）とについても、同様の処理をする。単独で段落を構成しない挿入表現では、その首尾を、ダッシュ――で明示する。ただし、煩瑣（はんさ）に配慮して、簡単な挿入表現には、読点だけを加点する。

I　注記は、頭注と傍注（色刷り）とに区分する。頭注には、本文の説明と和歌の解釈とを記載する。そして、傍注には、部分の訳文と省略の指摘とを記述する。

J　頭注の説明は、一般辞書との重複を抑制し、本文の理解と作品の鑑賞とに、直接に参考となることを意図する。

　また、段落内容を要約して、段落冒頭の位置に、色刷りで冠冒する。ただし、この冠冒標示は、論理的な観点からの徹底を意図しない。修辞的な観点をも導入して、「物語」としての展開を、論理と感性との融和によって享受しうるように配慮するつもりである。論理的な基幹構成の認識と理解ということでは、「解説」の諸編に、その実例を提示する。

K　傍注の訳文は、作品本文の表現に即応することを原則とする。ただし、会話表現については、話者の気分をも反映しうる翻訳を志向し、地の表現については、表現の構成に即応しうる訳出に配慮する。

L　会話表現の話者および和歌表現の詠者を、本文の右傍に注記し、丸括弧（　）で表示する。
M　随時、主格、目的格、所有格に相当する語句を傍注とし、亀甲括弧〔　〕で表示する。これは、傍注の現代語訳とは別個の次元に成立する説明である。
一、頭注および傍注の作成には、諸家の研究に依拠するところが多分にある。列記すれば、「堤中納言物語研究文献目録」ならびに「古代国語研究文献目録」となるはずである。ここでは、その事実を銘記し、謝意を表白するにとどめる。
一、巻末の「解説」では、作品本文の理解に参考になるかと想定する事項の若干について記述する。
なお、「解説目次」と「解説凡例」とを、「解説」の巻頭に収載し、「解説」の意図するところを闡明（せんめい）する。

堤中納言物語

このついで

春雨の煙る、昼ごろの後宮である。天皇の渡御がない、女性ばかりの殿舎には、無聊(ぶりょう)と倦怠(けんたい)との空気が漾曳(ようえい)している。年若い女御は、所在のない徒然(つれづれ)に、鬱屈した心境で、漫然と降雨に見入っている。そうしたときに、宰相中将が参入する。女御の兄弟と想定される青年公子である。大臣の子弟で、十代の後半といったところか。家格と官位とから、年齢の概算が可能であった時代である。物語の中核となる人物が、美男であり美女である映像で規定される時代であった。将来の栄達が保証されたと看做(みな)される参議兼近衛中将の登場で、女房たちの活気づくのは、当然というより、自然であったろう。

宰相中将の持参した薫物(たきもの)を契機として、女御の徒然を解消することにもと、「あはれ」と感銘した見聞を、順次に物語る、――そうした舞台設定で、三者三様の物語が展開する。

作品全体は、「あはれ」で統括されている。けれども、物語素材に、直接の相互連関はない。一種のオムニバス omnibus 形式を採用する構成といえよう。相互に分離して自立する素材を、一個の主題によって、一編の作品に統合する作品形象は、この作品の創始と看做してよかろう。

標題は、作品本文の、「この御火取のついで」と「あいなき事のついで」と、とくに、「この御火取のついで」に由来する。「この御火取」の「こ」は、近称の指示表現だが、掛詞による連想喚起の映像は、「籠」となる。すなわち、薫物の「火取」の縁語で、「此の御火取のついで」は、「籠の御火取のついで」でもある。『源氏物語』(梅が枝)で、「このついでに、御方がたの合はせたまふ」と、薫物合のことがある。「薫物―火取―籠―子」の連想で成立する第一話の恋愛を、第二話の厭世(えんせい)から第三話の出家へと、「このついで」の連鎖的展開が具現していく。

一 「起きもせず寝もせで夜をあかしては春のものとてながめ暮しつ」（『伊勢物語』二段）を典拠とする。典拠の晩春を孟春とし、女と別れた後の男の感懐を、男（天皇）を待つ女（女御）の心境に転換した技巧である。「長雨」と「眺め」との掛詞。

二 女御の動作。兄弟と推定される宰相中将との対応で、入内（じゆだい）して時日の浅い女御である。藤原定子と藤原伊周（これちか）、明石姫君と夕霧（『源氏物語』）など、女御で入内し、のちに中宮―権中納言の対応関係が成立する。

三 女御御殿の台盤所。台盤（食物を盛った器を載せる台）を置く部屋で、女房の詰所。

四 宰相（参議。正四位下相当）で近衛中将（従四位下相当）を兼任する男性。『枕草子』（一七〇段）に、「上達部（かんだちめ）は」として「宰相の中将」とあり、後宮女性には花形の、十代後半の青年で、女御は十代前半か。

五 貴族は、男女ともに、その衣服に、独自の香料を焚（た）きしめる。したがって、嗅覚（きゆうかく）印象だけで何某と判別する。「例の」で、宰相中将が、女御の女房たちに、顔馴染みとなっていることがわかる。

六 父君（女御の父親だから大臣）の邸宅の東の対屋（たいのや）。

七 薫物（たきもの）は、湿度を保存し効果を発揮するために、地中に埋める。期間や場所には、秘法があったらしい。

八 女房の呼称。中納言（従三位相当）である人物が縁者であることに由来する。

九 女御の御帳台。貴人が座臥（ざが）し、寝所とする。

春日の後宮

〔女御が〕春のものとて、〔春雨を〕ながめさせたまふ昼つかた、台盤所（だいばんどころ）なる人びと、「宰相中将（さいしやうのちゆうじやう）こそ、参りたまふなれ。例の御（おほむ）にほひ、いと（とても）しるく（はっきり）」などいふほどに、〔宰相中将が〕ついゐたまひて（ひざまずきなさって）、

〔宰相中将〕「昨夜（よべ）より殿（父君のお邸）に候（さぶら）ひしほどに、やがて（そのまま）、御使（おほむつかひ）になむ。〔父君が〕東の対（ひむがしのたい）の紅梅（こうばい）のしたにうづませたまひし薫物（たきもの）、今日（けふ）のつれづれに、試みさせたまふとてなむ――」（こころおためしになる―だから女御にも持参せよという事情で）

とて、えならぬ（すばらしい）枝に、白銀（しろがね）の壺（つぼ）、二つ付けたまへり。

中納言の君、御帳（みちやう）のうちに参らせたまひて、〔女御は〕御火取（おほむひとり）あまたして（ご香炉を多く用意し）、若き人びと（若い女房達に）、やがて（そのまま直ちに）試みさせたまひて、すこしさしのぞかせたまひて、御帳のそばの御座（おまし）に、かたはら（横向きに）臥（ふ）させたまへり。

紅梅(一)の織物(おりもの)の御衣(おほむぞ)に、たたなはりたる(二)〔豊かに波うつ〕御髪(おほむぐし)の裾(すそ)ばかり見えた〔御帳の陰から〕るに、これかれ〔この女房あの女房が〕、そこはかとなき〔とりとめもない〕物語、忍びやかにして、しばし候(さぶら)ひたまふ。

中将〔宰相中将〕の君、「この御火取(おほむひとり)のついでに〔連想で〕、あはれと思ひて〔しんみりと心に感じて〕人の語りしことこそ、思ひ出でられはべれ〔思い出されます〕」と宣(のたま)へば、おとなだつ〔女房の年長株〕宰相(さいしゃう)(三)の君、「なにごとにかはべらむ〔どんなことでございましょうかしら〕。〔女御が〕つれづれに思(おぼ)しめされてはべるに、中させたまへ」とそそのかせば〔促すと〕、〔宰相中将〕「さらば。継(つ)いたまはむとすや〔お続けなさるだろうね〕」とて、

「ある君達(きんだち)(四)に――忍びて(五)通ふ人やありけむ〔男性がいたのだろうか〕――、いとうつくしき〔とても可愛い〕児(ちご)さへ出で来にければ、あはれとは思ひきこえながら〔男性は姫君が〕〔いとしい〕――きびし(六)き片つかた〔本妻〕やありけむ――絶え間がちにて〔姫君を訪れることが〕あるほどに、思ひも忘れ〔子供が父親を〕れずいみじう慕(した)ふがうつくしうて〔可愛くて〕、時どきは、〔子供を〕ある所に渡しなど〔男性の自宅に伴いなどする〕

一 紅梅色の織物。縦糸を紫、横糸を紅で織った布地で、若い女性が、春に着用する。袿(うちぎ)姿であろう。

二 毛髪は、女性美の第一要件。真黒で光沢があり、真直で、身長に対比される長い髪が、豊富にあるのを尊重した。

三 女房の呼称。参議である人物が縁者であることに由来するが、女房としての個人的地位には直接の関係がない。ただ、出身家柄の社会的地位を反映し、女房としての階層も察知される。公卿(くぎょう)の官名を呼称とするのは、上層の女房である。

四 貴族とくに親王家、摂家（摂政・関白に昇りうる家柄）、清華（大臣・大将に昇りうる家柄）の子女。男女ともにいう。ここは、姫君。

五 挿入表現。この、宰相中将の会話形式による物語は、その全体が、物語られる人物の視点と物語る中将の視点とが交錯して展開する一文構成である。物語られる人物の視点の表現は、助動詞「き」の統括する世界として、文脈の基幹を形成する。物語る中将の視点の表現は、助動詞「き」の統括しない世界として文脈の途中に挿入される。複眼的表現効果を期待しうる構成技法といえようか。

薫物の慕情

六 挿入表現。正妻の嫉妬(しっと)による圧力が烈しい事例に、頭中将(とうの)（『源氏物語』）がある。正妻の圧力の焦点は女（夕顔）で、女は遁(に)げ隠れるが、ここでは、男が圧力の対象となり、男が足を止められる。共有知識を前提とする彼此(ひし)対照の転換による複合的構成である。

するをも（のに対しても）、いまなども（早く戻して）言はでありしを（〔姫君は〕言わないでいたが）、程経（ほどへ）てたち寄りたりしか（〔姫君の住居に〕）ば――（〔子供は〕）いとさびしげにて（〔父親を〕）めづらしうや思ひけむ――、（〔子供を〕）かき撫（な）でつつ見ゐたりしを（じっと見つめていたのだが）、え立ちとまらぬことありて（腰を落ち着けられない事情が）出づるを――ならひにければ（習慣になっていたので）、（〔子供が〕）例のいたう慕ふが（しきりについて行きたがるのが）あはれに思（おぼ）して、しばし立ちとまりて、『さらば、いざよ』（さあおいで）とて、（〔子供を〕）かき抱（いだ）きて出でけるを――、（〔姫君は〕）いと心ぐるしげに（七やるせない様子で）見送りて、前なる火取（香炉）を手まさぐりにして、

（姫君）八 子だにかくあくがれ出でばたきものの
　　ひとりやいとど思ひこがれむ

と、（〔男性は〕）忍びやかに言ふを、屛風（びやうぶ）のうしろにて聞きて――いみじうあはれにおぼえければ（身にしみてしみじみと心に感じ入ったので）――、児（ちご）もかへして、（〔姫君の住居に〕）そのままになむ、ゐられにし（泊ってしまうことになった）」

と、

（宰相中将）「いかばかり（〔その男性が〕）あはれと思ふらむと、『おぼろけならじ』（普通の仲じゃあるまい）と言ひし（〔誘いをかけて〕）

七 客観的事態の主観的表現。「心ぐるしげ」は、姫君の様子だが、「心ぐるし」とは、姫君の様子から触発される感情である。姫君も、「心ぐるし」と感じているのだろうが、それはともかく、男性が見て「心ぐるし」と感じる様子を、姫君がしているということになる。姫君の様子という客観的事態を、男性の印象という主観的心情で表現する方法である。形容詞シク活用の用法として、頻繁（ひんぱん）に指摘しうる。

八 子供だけが、このように、あの方について浮かれ出て行けば、薫物（たきもの）の火取りというその名のとおり、私は、「ひとり」っきりでここに残ったまま、恋い焦がれることだろう。――あの方を恋い焦がれる苦しみの仲間であった子供までがいなくなってしまうのか。「子」は、「子」と「籠（こ）（火取の籠）」との、「ひとり」は、「火取」と「一人」との掛詞。「思ひこがれ」の「ひ」は「火」との、「こがれ」は「焦がれ（焼けこげる）」との、それぞれ、掛詞となる。「火取」と「火」と「焦がれ」とは縁語である。一般の掛詞が、部分的な連想喚起にとどまるのに、この和歌は、掛詞の使用によって、表現全体が、自立する二面世界を構成する。すなわち、「籠だにかく憧（あくが）れ出でば薫物の火取やいとどおもひ焦がれむ」という擬人的な物の世界と、「子だにかく憧れ出でばたきものの一人やいとど思ひこがれむ」という心情的な人の世界とが、それぞれ完結した世界として表裏をなすところに、精緻（せいち）な技巧が発現している。王朝和歌の到達した極地である。

かど、たれとも言はで、いみじく笑ひまぎらはしてこそ、止みにしか。

いづら、いまは。中納言の君」

と宣へば、「あいなき事のついでをも、聞えさせてけるかな。あはれ、ただいまのことは、聞えさせはべりなむかし」とて、

「こぞの秋ごろばかりに、一清水に籠りてはべりしに、かたはらに、ただ、屛風ばかりを、ものはかなげに立てたる局の、二にほひいとをかしう、三人ずくななるけはひして、をりをり四うち泣くけはひなどしつつ行なふを、たれならむと聞きはべりしに、明日出でなむとての夕つ方、五風いと荒らかに吹きて、木の葉、ほろほろと六滝のかたざまにくづれ、色濃き紅葉など、局の前にはひまなく散り敷

〔その男性は姫君が〕　止（や）
どなた　今度は　中納言の君の順番だよ
宣（のたま）　（中納言の君）　とんでもない香炉の連想　〔女御に〕　そうね
え　ごく最近のことをば　お聞かせ申しましょうよ
（中納言の君）　清水（きよみづ）　籠（こも）　私の局の側に
屛風（びやうぶ）　かりそめの様子で仕切りに立てている　局（つぼね）　薫物の香がとても奥ゆかしく
同行の人物が数少ない感じで　しのび泣く
勤行する女性を　聞き耳をたてましたところ　明日（あす）
夕（ゆふ）　方（かた）　木（こ）　滝（たき）
紅葉（もみぢ）　一面に　敷（し）

一　音羽山清水寺。平安京の東部山地にある。本尊は十一面観音。延暦十七年（七九八）に、坂上田村麻呂が、延鎮を開山として建立した。観世音菩薩（ぼさつ）の霊場として尊信される。観音は、阿弥陀（あみだ）如来の脇侍だが、大慈大悲の菩薩として、とくに婦女子や庶民の信仰があつかった。平安貴族とくに女性にとって、清水参籠（さんろう）は、都市を離れて山野に小旅行するといった、地理的にも心理的にもまた様式的にも、日常性から隔離断絶の生活であった。参籠は、日限を予定し、宿泊のために、局―間仕切りした部屋―を借用する。

二　衣服に焚（た）きしめた香気が、中納言の君の局にもただよってくるのである。独自の薫物を使用するから、その香気によって、人物の個性、教養、趣味、家柄などまでが、おのずから判明する。したがって、この女性は、高貴の家柄で高尚な趣味のある、教養ある姫君と想像される。中納言の君は、無関心ではおられない。

孤愁の参籠

三　同行の人物が少数なのは、この女性が、権力にも財力にも疎遠な境遇であることの示唆。すなわち、高貴の姫君が、沈淪（ちんりん）不遇、孤影悄然（しょうぜん）といった映像。

四　中納言の君の関心は、嗅覚（きゅうかく）による興味の誘発から、囲繞（いにょう）する状況の感触、さらには、当人の挙措の感得と、漸層的に昂揚（こうよう）する。

五　清水寺は、山中にある。「吹くからにあきの草木のしをるればむべ山風をあらしといふらむ」（『古今集』五、文屋康秀）を想起させる情景。

きたるを、この中隔（なかへだて）の屏風のつらによりて（かたわらによって）、ここにも（こっちでも）、ながめはべりしかば、いみじう忍びやかに（ひそやかに）、

（隣の女）[七]いとふ身はつれなきものを憂（う）きことを
　　あらしに散れる木（こ）の葉なりけり

風の前[八]

なにと、聞ゆべき[九]ほどにもなく聞きつけてはべりしほどの、まことに、いとあはれにおぼえはべりながら（とても身にしみるさまに思われますままで）、さすがに（それはそれとして）、ふと（すぐに）答（いら）へにくく、つつましくて（思うことも言えないで）こそ止（や）みはべりしか」

と言へば、（宰相中将）「いと、さしも過ごしたまはざりけむとこそ、おぼゆれ（とても貴女がそのままでおすましにならなかったであろう）。さても、まことならば、くちをしき御（おほむ）ものつつみなりや（ご遠慮であるよなあ）。いづら（さあ どなた）、[一〇]少将の君」と宣へば、（少将の君）「さかしう、ものも聞えざりつるを（今まできちんと上手に何かを申すこともなかったのに）」と言ひながら、

六　音羽の滝の方向。清水寺の南側にある。和歌の名所。木の葉が北風に舞い、楓（かえで）の紅葉が散るのは、晩秋の感触である。山間の黄昏（たそがれ）ははやく、京都の冷気は肌にしみる。自然描写による人間心理の混融表現。

七　この世間を嫌って捨てたいと思う私の身は、私のそういった心と関わりなく、何の変りもない有様で生きながらえているのに、何のつらいこともあるまいのに、その「あらし（荒い風）」に散っている木の葉であるよなあ。「あらし」は、「嵐」と「あらじ」との掛詞で「憂きことあらじ」と「嵐に散れる」との二重映像となる。

八　私も、「風の前」の木の葉なのだ。「日をへつつ我なにごとを思はまし風の前なる木の葉なりせば」（『和泉式部続集』）などと共通の感懐。「寿命猶如風前燈燭」（『倶舎論』）といった仏教思想を根底とするが、「いとへども消えぬ身ぞ憂きうらやまし風の前なる宵のともし火」（『和泉式部続集』）などと同趣で、実際は、男女関係の悶着（もんちゃく）に起因する厭世（えんせい）思想の反映であろう。木の葉は散るけれども、散りえない——思いきって、この世の恋をあきらめて、出家してしまうことができない痛嘆を、凝縮して吐露する。

九　隣室の女性は、自分以外に関心のないささやかな悲愁の独白、それと気付かれないで一部始終に興味津津の中納言の君、——情趣に耽溺（たんでき）する年若い女性の空想を刺激する物語的情景である。

10　女房の呼称。近衛少将（正五位下相当）の縁者。

「祖母（おば）〔一〕なる人の東山（ひむがしやま）〔二〕わたりに行なひてはんべりしに（勤行しておりましたときに）、しばし慕ひ〔三〕（後を）てはべりしかば（追ってお供していたところ）、主（あるじ）の尼君（庵主の尼君）のかたに、いたうくちをしからぬ人びと（相当の身分の女性たちがいる）のけはひ（様子）、あまたしはべりしを、〔そのなかに〕紛（まぎ）らはして人に忍ぶ（人目にたたないようにひっそりする）にやと見えはべりし。

物隔（へだ）てのけはひのいとけ高う（その女性の様子がとても気品があって）、ただ人（びと）とはおぼえはべらざりしに、ゆかしうて（様子が知りたくて）、ものはかなき（形ばかりの）障子（さうじ）〔四〕の紙の穴かまへ（こじあけて）出（い）でてのぞきはべりしかば、簾（すだれ）に几帳（きちやう）そへて、清げなる法師、二、三人ばかり据（す）ゑて、いみじくをかしげなりし人（すばらしく風情のあった女性が）、几帳のつらに添ひ臥して（かたわらで物に寄りかかって）、このゐたる法師近く呼びて（座っている法師を自分の近くに）、もの言ふ、〔五〕なにごとならむと、聞き分（わ）くべきほどにもあらねど、尼にならむと語らふけしきにやと見ゆるに、法師、やすらふ（躊躇する）けしきなれど、なほなほ、せちに（しきりに）言ふめれば、〔法師は〕さらばとて、几帳〔六〕のほころび（縫い合せてない部分）より、櫛（くし）の筥（はこ）の蓋（ふた）に、丈（女性の身長）に一

一 少将の君の会話表現として展開するこの物語も、助動詞「き」の統括する世界として構成される。助動詞「き」以外の文末は、挿入表現。

二 平安京の東向、鴨川の以東に、南北に位置する連山。如意嶽から稲荷山までをいう。山麓に法性寺や六勝寺（法勝寺、尊勝寺、円勝寺、最勝寺、成勝寺、延勝寺）など、寺院が数多い。『源氏物語』でも、女房が尼になって、東山の辺に居住する。

三 僧尼に追随することにいう。出家に対する敬意の反映である。

四 明り障子。平安時代の障子は、一般に、襖（ふすま）障子（木の枠組の両面を唐紙で張り重ねて作った建具で、現代の襖にちかい）であるが、平安後期から、明り障子（木の枠組に、光線の通る絹や紙を張り合せて作った建具で、現代の障子にちかい）が、使用されるようになった。ここは、女性が、覗見（のぞきみ）のために穴をあけるのだから、明り障子にちがいない。

五 鎖型構文。「もの言ふ」は、前項の「いみじくをかしげなりし人」の述語であるとともに、後項の「なにごとならむ」の主語となる。すなわち、内容的に完結する前項が終結しないで、内容的に完結する後項とともに表現の連続を実現する構文である。「ものを言う—ものを言うのは」という重複を、「もの言ふ」という本文だけで表現する方法である。内容の完結的断絶性と形態の継起的連続性とを調和させる掛詞技法に共通する表現方法といえよう。

尺ばかり余(あま)りたるにやと見ゆる髪の筋(すぢ)、裾(すそ)つきいみじううつくしきを、わげ入れて(たわめ入れて)押し出(い)だす[七]、かたはらに、いますこし若やかなる人の、十四、五ばかりにやとぞ見ゆる[八]——髪、丈(たけ)に四、五寸ばかり余りて見ゆる——、薄色のこまやかなる[九]一襲(ひとかさね)、掻練(かいねり)[一〇]などひき重(かさ)ねて、顔に袖(そで)をおしあてて、いみじう泣く[一一]、おととなるべし(妹君)とぞ、おし量(はか)られはべりし。

——また、若き人びと(女房たち)二、三人ばかり、薄色の裳(も)[一二]ひきかけつつゐたるも、いみじうせきあへぬ(涙をせきとめかねる)けしきなり。乳人(めのと)[一三]だつ人などはなきにやと、あはれにおぼえはべりて、扇(あふぎ)のつまに、いとちひさく、

(少将の君)[一四] おぼつかな憂き世そむくはたれとだに
知らずながらもぬるる袖かな

と書きて、幼き人(女の童)のはべるして遣(や)りてはべりしかば、このおと

六 高貴の女性に、男性だから、法師は直接には対面しない。毛髪だけを几帳の外に出して剃髪(ていはつ)するのである。

七 鎖型構文。「押し出だす」は、「さらばとて」以下の述語であるとともに「かたはら」を修飾する。

八 「いみじう泣く」の主語。

九 薄紫色のしとやかに上品な襲(かさね)(表着(うわぎ)の下に単衣(ひとえ)を何枚も重ねて着ること)。表着が薄縹(はなだ)で裏着は薄紫または白色などという。

一〇 表裏ともに、紅の袷着(あわせぎ)。冬から春にかけて使用する襲の色目。

一一 鎖型構文。「いみじう泣く」は、「いますこし」以下の述語であるとともに「おととなるべし」の主語。

一二 女性が腰から下の後方に、袴(はかま)の上から着用する衣裳。正装のときに使用する。女房たちは、正装して随従している。格式ばった一行である。

一三 貴人には、数人の乳人があるのが通例で、これは、異常な事態である。乳人は、姫君の保護と指導とに、両親以上の権威と実力とを発揮するのが普通である。切迫したこのような場面に、乳人と見受けられる年配の人物が同席しないのは、姫君が、天涯(てんがい)孤独の状況にあることを暗示し、高貴と孤独との落差が、少将の君の同情を、より深刻かつ切実なものにする。

一四 事情も知らず、憂き世を離れて出家なさるのはどなたということさえ知らないままで、貴女の様子を側目に見ただけでも、涙でぬれる袖なんですよ。

とにやと見えつる人ぞ書くめる[一]——〔女の童に〕さて取らせたれば持（も）て来たり——書きざま、ゆゑゆゑしうをかしかりしを〔深みがあって巧みであったのを〕見し[二]にこそ、[三]くやしうなりて」

など言ふほどに、上（うへ）、渡らせたまふ〔天皇が女御方へ〕御（おほむ）けしきなれば、まぎれて〔その混雑に紛れて〕、少将の君も〔他の女房も〕[四]、隠れ[五]にけり。

——とぞ[六]。

一 鎖型構文。「書くめる」は、「このおとゝにやと見えつる人ぞ」の述語であるとともに、「書きざま」を修飾する。

二 少将の君の体験した事柄の叙述は、「見し」で完結する。少将の君の物語る体験は、助動詞「き」の統括する三文で構成される。そして、そこに介在する助動詞「き」の統括しない表現は、一文として、内容的に完結しても形態的に終結しない。鎖型構文や挿入表現となって、助動詞「き」の統括する表現に包摂されてしまう。つまり、部分としての断絶は、全体としての連続の枠内で、成立するという表現構成である。そこに、素材構成の論理的対象規定を、表現構成の情調的形成定着として具現する文体的特徴がある。文章全体の醞醸（うんじょう）する纏綿（てんめん）たる情緒は、構成単位を規定する的確な論理を基盤として成立するのである。

三 少将の君は、自分の筆跡を恥じた。少女の返書は、「書きざま、ゆゑゆゑしう」で、これは、女性の筆跡評価として、最大の賛辞にちかい。少将の君は、自己の筆跡を卑下し、自己の行動を後悔する。行動の動機を解消させる、即物的で反射的な女性らしい反応。

四 天皇の渡御によって、女御の「ながめ」の原因は消失する。女房たちにも、用事が出来る。

五 物語の世界を助動詞「けり」で統括するのは、平安物語の正統的な伝統。その痕跡が保持された方法。

六 作品全体が伝承の記録であるという、物語本来の伝統を継承する作品末尾の形式である。

花桜折る少将

美女を獲得することを、「花を折る」という。桜花爛漫の月明に、佳人に執心した少将が、入内(じゅだい)の予定がある姫君と聞知して、実力行使の姫君略奪を敢行する。標題の由来するところである。

愛恋の対象である美姫(びき)を拉致(らち)する行為は、王朝作品に事例がある。『伊勢物語』（六段）では、体制の権力に粉砕され、『源氏物語』（夕顔）では、女性の怨念に破綻(はたん)する。ともに、悲劇の破局となっている。だが、『源氏物語』（若紫）では、男性の企図が成功する。これは、幸福の結末ということになろう。幸運か非運か、物語の知識を背景に、読者の興味を誘発する設定の題材であったにちがいない。――いかにして、この少将は、花桜を折るのであろうか。

作者の用意は、周到である。少将の容色と才能と境遇とは、物語の典型的な男性である。しかも、月明の桜花―廃屋の美姫―和歌の贈答―友人の来訪―夕暮の座像―優雅な弾琴と、物語の典型に即応する条件が、不足なく充満している。そして、略奪決行の好機が設定された。だが、そこには、少将にも、また、読者にも、予想しがたい事実が、……。

標題を、「花桜折る大将」とする写本、浅野家旧蔵本などがある。物語の好色男性は、年代の下降とともに、官位の上昇する傾向がある。情事の過去を経験している人物に、大将が適切だとする配慮が作用したことによる、更改ではあるまいか。また、『風葉和歌集』に、詠歌「散る花を」の題詞を、「花のちるころ人のまうできたりける／花ざくらをる中将」とする。この記述を論拠に、「中将」を原形と看做(みな)す見解がある。しかし、それは、『風葉和歌集』の表現を誤解しているのでなければ、『風葉和歌集』が原文を誤解しているのである。作品本文に即応して理解すれば、この詠歌の作者は、「中将の君」すなわち「源中将」で、標題の男性とは別人となる。

月下の花桜

月にはかられて（月の明るさに夜明けかと騙されて）、夜深く起きにけるも（起きて出てしまったにつけ）、一 思ふらむ所いとほしけれど（つらく思っているであろう女性が不憫だけど）、二 たち帰らむも（このまま帰宅しようと）、遠きほどなれば（遠い道のりだから）、やうやう行くに、小家（こいへ）などに三 例おとなふものも聞えず、隈（くま）なき月に（雲ひとつない月明りに）、所どころの花の木どもも（満開の桜の木）、ひとへにまがひぬべく霞（かす）みたり（空とひとつに見まがいそうに）。

花陰の懐旧

いますこし、過ぎて見つる所よりも（いままで通り過ぎて見た家の梢よりも）、おもしろく（〔桜の花が〕）、過ぎがたき心（こころ）ちして、

四 そなたへと行（ゆ）きもやられず花桜
　にほふとかげにたびたたれつつ

とうち誦（ず）じて、「五 はや（以前に）、ここにもの言ひし人あり」（親しくつきあっていた女がいた）と思ひ出でて、たちやすらふに（立ちつくしていると）、築地（ついぢ）（土塀）の崩れより、白きものの（白い人影が）いたう咳（しはぶ）きつつ出（い）づ

一 男（少将）の早帰りを見送った女の気持。貴族は、一般に通い婚で、夜間に、男が女の家を訪問して、朝（日の出以後）になるまでの暗いうちに、帰宅するのが通例であった。そして、男の滞留時間が長いほど、愛情が濃密とされた。男が深更（零時以前）に帰途についたのだから、女の落胆は、容易に推察できる。それを不憫（ふびん）とするのは少将の人柄で、それでも引き返さないのは愛情の現状である。

二 道程の距離を口実にするのは、愛情の衰退を反映する。少将は、すでに、戸外に出たときに、夜明けでないことに気付いたはずで、「月にはかられ」も、女の家を出る口実になっている。

三 小家の周辺では、早朝から、生計のために起きだす人たちの物音―人声、唐臼（からうす）、砧（きぬた）など―がする。『源氏物語』（夕顔）の五条近辺の描写を前提に、深夜の寝静まる街の静寂をいった。

四 そちらの方――さっき出て来たあの女の家の方へと、このまま、ここを通り過すことも出来ない。桜の花が美しく映えている家の物陰に、つい足が向いてしまって。現在の愛人との関係に、情熱が稀薄（きはく）となっている少将は、満開の桜花を契機として、過去の愛人を追想することになる。

五 『源氏物語』（蓬生（よもぎう））に、花散里（はなちるさと）を訪問する途次の源氏が、「見し木立」を契機として、末摘花（すゑつむはな）を再訪する。少将は、愛人宅を辞去する途中で、過去の愛人を想起する。末摘花との再会はあったが、さて――。

めり。

あはれげに荒れ、人げなき所なれば、ここかしこのぞけど、咎(とが)むる人なし。このありつる者のかへる(さっきの白衣の人物が引き返すのを)、呼びて、

(少将)「ここに住みたまひし人は、いまだおはすや。一やま人(山奥の住人)に、ものきこえむ(ご挨拶申そうと)と言ふなどあり(言う人などがいる)と、ものせよ(取り次いでよ)」

と言へば、

(白衣の人物)「その御方(おほむかた)は、ここにもおはしまさず、二何とかいふ所になむ、住ませたまふ」

と聞えつれば、

(少将)「あはれのことや。尼などにや、なりたるらむ」

と、うしろめたくて(気がかりで)、

(少将)「かの三光遠(みつとほ)に会はじや」

など、四ほほゑみて五宣(のたま)ふほどに、六妻戸(つまど)をやはらかい放つ音(静かに開く音が)、すなり。

一『源氏物語』(蓬生)に、末摘花を、「ただ山人の赤き木の実ひとつを顔に放たぬと見えたまふ」と描出する。少将は、自分でも、過去の愛人を想起して再訪する源氏に擬定している。

二 白衣の人物も、確実には知らない。過去の愛人が、辺鄙(へんぴ)な土地で、貴族社会との交渉もなく、孤独な生活を送っていることが暗示される。

三 下級貴族の名前。上流貴族であれば、官職か位階か、ときには姓氏または住居などで呼称し、実名呼称をしない。過去の愛人の邸宅に出入りして、家司(けいし)(家政の支配人)などでもあって、少将の顔見知りになっていたと想察される。

四 下人に対する、悠揚たる貴族の風格。内心の動揺を表情に見せない。早暁、築地の周辺を徘徊(はいかい)し、着衣も白色だし、「いたう咳」いているのだから、「白きもの」は、下人の老翁だろう。

五 少将を対象とする尊敬表現。冒頭から、少将の行動には敬語表現がない。少将の主観に投影する少将の行動であり状景の描写であった。ここで、少将を尊敬待遇するのは、作者と少将との融合による一人称的視点を中断して、作中人物である少将を客体化することになる。未来の女性に予定される姫君の登場の前提となる、現在の愛人および過去の愛人と少将との状況が叙述され、文脈のうえで、区切りとなるところである。この方法は、次段にも採用される。

六 殿舎の四隅にある、二枚一組の板戸。外方に開く。

七をのこども〔供人連中を〕、すこしやりて〔遠ざけて〕、八透垣（すいがい）のつらなる〔脇にある〕九むら薄（すすき）の繁（しげ）きしたに、隠れて見れば〔身をひそめて〕、

（童）「一〇少納言の君こそ〔少納言の君さん〕。明けやしぬらむ〔［夜が］あ〕。出でて見たまへ」

と言ふ。よきほどなる〔よい年恰好の女の子〕童（わらは）の、様体（やうだい）をかしげなる、いたう萎（な）えすぎて〔もみくちゃで〕、宿直姿（とのゐすがた）なる――一一蘇芳（すはう）にやあらむ――艶（つや）やかなる一二衵（あこめ）に、うちすきたる〔櫛のよく通っている〕髪の裾、一三小袿（こうちぎ）に映（は）えて、なまめかし〔優雅である〕。月の明（あか）き方（かた）に、扇をさしかくして〔扇をかざして顔を隠して〕、「一四月と花とを」と口ずさみて、花の方（かた）へ歩（あゆ）み来（く）るに、驚かさ〔声をかけて〕まほしけれど〔歌でも詠みかけたいけれど〕、しばし見れば、おとなしき人〔大人びた女房〕の、

「一五季光（すゑみつ）は、などかいままで起きぬぞ。一六弁の君こそ〔弁の君さん〕。ここなりつる〔ここだったの〕。参りたまへ」

と言ふは、物へ詣（まう）づるなるべし。

ありつる童は、留（と）まるなるべし。（童）「わびしくこそ、おぼゆれ〔留守番するのはほんとにつらく〕。さばれ〔いいわよ〕、ただ、御供（おほむとも）に参りて、一七近からむ所にゐて〔近い辺りでじっとしていて〕、御社（みやしろ）へは参

廃屋の佳人

七 供人を遠ざけるのは、女性を覗見（のぞきみ）するときの常例である。隠密な行動ということだけでなく、女性の姿態を、身分ちがいの男である供人に見せない配慮もあろう。

八 板と板との間をすかし、または、板と竹とを交えた塀。邸内の目隠しになっている。

九 薄は秋で、花桜は春である。旧年の枯薄が放置されたわけで、「築地の崩れ」と呼応して、荒廃の状況ひいては佳人の生活状態が、推知される。

一〇 女房の呼称。少納言（従五位下相当）である人物が縁者であることに由来する。「こそ」は、人名呼称に下接して、当人に呼びかけるときに使用する接尾語。現代の「―さん」に相当するが、親愛関係で使用されるので、「―ちゃん」にちかい感触。

一一 黒みを帯びた紅。

一二 身体に直接に着用する綾織の衣服。光沢がある。

一三 女子の略式の装束。唐衣や裳（も）を着けない。白色か。

一四 「あたら夜の月と花とを同じくは心知れらむ人に見せばや」（『後撰集』三、源信明）。

一五 下級貴族の名前。当家の家司などでもあろう。

一六 女房の呼称。弁官である人物が縁者であることに由来する。

一七 女性の生理期間は、社寺参詣が禁忌である。阿漕（あこぎ）（『落窪物語』一）や浮舟（『源氏物語』浮舟）の事例がある。一家不在を利用する情事を予定して、同行の決定的な制止を誘導する擬態かもしれない。

らじ」など言へば、（女房）「物ぐるほしや（おかしいんじゃないの）」など言ふ。
皆、仕立てて、五、六人ぞある。降るるほども（車に乗るのに階段を降りる）[一]いとなやましげ（難儀そう）に、これぞ（この女性）主(しゅう)なるらむと見ゆるを（見える人を）、よく見れば、衣(きぬ)脱ぎかけたる様体（被衣の薄布を肩に脱ぎかけた着つけ）、ささやかに（小柄で）、いみじう児(こ)めいたり。もの言ひたるも、らうたきものの（可憐でありながら）、ゆゑゆゑしく（気品があるさまに）聞ゆ。うれしくも見つるかなと思ふに、やうやう明くれば（だんだん夜が明けるので）、〔少将は〕[二]帰りたまひぬ。

日、さしあがるほどに、〔少将は〕起きたまひて（ひと眠りからさめて）、[三]昨夜(よべ)の所に（昨夜訪問した女性に）、文（手紙を）書きたまふ。

「いみじう深うはべりつるも（夜深うございましたが）、ことわりなるべき（退散するのが当然のはずの）御(おほむ)けしきに（貴女のご機嫌で）、出ではべりぬるは（出ましたままのこと）。つらさも（私の心のつらさ）、いかばかり（どれほどかとお察し願います）」

など――[四]青き薄様(うすやう)に、柳につけて――、

（少将）[五]さらざりしいにしへよりも青柳(あをやぎ)の

一 貴族女性の姿態。『源氏物語』（宿木(やどりぎ)）で、侍女たちは「やすらかに下り」た車を、浮舟は、「いと苦しげに」「久しく下り」る。

二 少将の視点が、作者の視点に転換する。さきの「ほほゑみて宣ふ」に呼応する表現方法。現在に進行する情事および過去に終結した情事と、未来に設定される情事とが鼎立(ていりつ)対置され、いずれも、少将の主観を視点として叙述しながら、作者の視点で包括する。しかも、視点の転換を文中で実現するところに、両者の乖離(かいり)を形態的に充塡(じゅうてん)し融合しようとする配慮がある。

三 後朝(きぬぎぬ)の文は、帰宅して即刻というのが、愛情の証明となる。就眠したあとというのは、少将の書信が、情愛の発露というより、社交的儀礼でしかないことを示唆する。

情人と仲間

四 青色の薄手の鳥の子（雁皮(がんぴ)）紙。結び文にして柳の枝につけたのであろう。

五 深夜に私を追い返すような、こんなにまで貴女が冷淡でなかった以前よりも――その頃はその頃でつらいことはあったけれど――、今朝は、まったく青柳の枝が風にもつれるのと同様に、思い乱れている。「いとど」は、「糸」と「いとど（副詞）」との掛詞。「青柳」と「糸」と「乱るる」とは縁語。「青き」用紙と「柳」の枝と「青柳」の用語とに、関連をもたせている。

六 以前には、思いをもかけなかった私の方に、貴方は、まつわりついてきた糸なのだから、ちょっとうち解けるとみる間に、すぐにまた乱れては、ほかの女性

いとどぞ今朝はおもひみだるる

とて、やりたまへり。〔昨夜の女性の〕返り事、めやすく見ゆ。（当りさわりがない）

（昨夜の女性）六
かけざりし方にぞはひし糸なれば
解くと見し間にまた乱れつつ

とあるを見たまふほどに、源中将、兵衛佐、七 小弓持たせておはしたり。八

「昨夜は、いづくに隠れたまへりしぞ。内裏に御遊び（管絃のお遊び）ありて召ししかども、見つけたてまつらでこそ」

と宣へば、

（少将）「此所にこそ、侍りしか。あやしかりけることかな」

など、宣ふ。

花の木ども（桜の花）の咲きみだれたる、いと多く散るを見て、

（源中将）九
あかで散る花みるをりはひたみちに

に気が向いてしまうのよ。「かけ」は、「(心に)懸け」と「掛け（張りわたす）」との掛詞。「解く」は、「(乱れを）解く」と「(心を）解く」との掛詞。「掛け」と「はひ（延びる）」と「糸」と「解く」と「乱れ」とは縁語。堪能しない前夜の顚末の原因を、男は女に、女は男に、それぞれ設定するのは、男女交際の常例。交渉の主導性を相手に認定する社交姿勢である。

七 少将と同年輩の友人仲間。源氏の近衛中将（従四位下相当）と兵衛佐（正六位下相当）とで、いずれも、十代後半の青年君達と想定される。王朝物語の青年貴族は、一般に、上流階級である。時代によりまた個人によって、格差はあるけれども、人物の官職または位階は、共通映像として、その人物の年齢を推知させる。大臣から上達部の家柄の子弟であれば、平安後期の時点で、近衛少将、近衛中将、兵衛佐、右馬佐などの武官府の次官級は、十代後半と想像してよい。二十代前半になると中納言で、抜擢されれば大納言、近衛大将ということもないではないが、普通は、後半以後である。だが、その地位と年齢とでは、物語に活躍する多彩な恋愛情事を荷担しがたくなる。また、少将には、落窪少将や交野少将、中将には、在五中将や源氏中将など、王朝物語に活躍する好者の伝統的映像もある。

八 二尺七寸（約八〇センチ）の短い弓。遊戯の道具。

九 十分に満足する余裕もなく、あわただしく散ってゆく桜の花を見るときには、惜しいことだと、ただひたすらに。

とあれば、佐(すけ)、

〔佐〕一 わが身にかつはよわりにしかな

と宣ふ。

中将の君(源中将)、「さらば、かひなくや(二 それじゃ仕方がないじゃないか)」とて、

〔源中将〕三 散る花を惜(を)しみとめても君なくは

たれにか見せむ宿の桜を

と宣ふ。

たはぶれつつ(気楽に調子を合わせながら)、もろともに出づ。〔少将は〕四 かの見つる所、五 尋(たづ)ねばやとおぼす。

〔少将が〕夕方、殿(父君の邸宅)にまうでたまひて、暮れゆくほどの空、いたう霞(かす)みこめて、花のいといとおもしろく散りみだるる夕ばえ(夕映えの情景)を、御簾(みす)巻き上げて、ながめ出でたまへる御(おほむ)かたち(容貌)、いはむかたなく光みちて、花のにほひも、無下(むげ)にけおさるる(ひたすら色を失う)心(ここ)ちぞする。

一 青春の私の身に合わせて、――花を賛美する一方では、花の散り急ぐのと同様、華やかな私の人生もすっかり衰退してしまったことだなあ。「かつ」は、動詞「搗(か)つ(糅(か)つ)」と副詞「且つ」との掛詞。桜花の散乱に事寄せた、青春の挽歌(ばんか)めく感傷である。

二 自作の上句「あかで散る」が、憂愁の下句「わが身に」で完結させられたことに不満を表現した言葉。

三 花を惜しんで、その散るのをとどめても、いとしい貴女がいなくては、いったい誰に見せようか。すばらしいこの宿の桜を。独り身の私には、いっそ、散る花は、散るがままに賞美するほかない。人恋う青春の哀愁を、落花の紛々(ふんぷん)に対比させた、華麗な哀感である。この作者「中将の君」を、源中将とは別人と看做(みな)す見解がある。だが、人名呼称に、初出の形態を省略するのは、稀有(けう)ではない。「中将の君(宰相中将)」(「このついで」)、「佐(すけ)(兵衛佐)」(「花桜折る少将」)、「少将(蔵人少将)」「少将(四位少将)」「三位(さんみ)(三位中将)」(「逢坂こえぬ権中納言」)など。

四 「かの所」でも「かの見し所」でもない。少将の直接体験が、物理的時間の経過に伴う後朝(きぬぎぬ)の贈答や友人の来訪による中断を超越して、心理的時間として直接に連結することを反映する表現である。

五 調査したい。究明したい。往訪ではない。

六 絃楽器。撥(ばち)で弾じる。「弾くものは、琵琶(びは)」(『枕草子』二一七段)とある。王朝貴族の愛好した楽器で、『源氏物語』では、源氏、夕霧、薫、匂宮、大宮、明

琵琶[六](びは)を黄鐘調[七](わうしきでう)にしらべて（調音して）、いとのどやかに（ゆったりと静かに）、ををしく（男々しく）弾(ひ)きたまふ。

（少将の）御手つきなど、限りなき女も（[八]無上の高貴な）、かくはえあらじと見ゆ（このように優雅ではありえないであろうと見うけられる）。

この方(かた)の人びと（音楽 堪能な人物を）、召し出でて、さまざま（曲節をいろいろ）、うち合はせつつ（合奏して）遊びたまふ。

情報の蒐集

光季[九](みつすゑ)、「いかが女の（どんな女が）、めでたてまつらざらむ（賞嘆し申さないことがあろう）。近衛[一〇](このゑ)の御門(みかど)わたりにこそ、（琵琶を）めでたく弾く人あれ（姫君がいる）。何ごとにも（琵琶だけでなく万事につけて）、いとゆゑづきてぞ見ゆる（とてもありきたりとは思えない）」と、おのがどち（自分たち同士で）、言ふを聞きたまひて、

（少将）「いづれ。この、桜多くて荒れたる宿、風[一一]は、いかでか見し。われに聞かせよ」

と宣へば、

（光季）「なほ[一二]（やはり）、たよりありて（ゆかりがあって）、まかりたりしになむ」

と申せば、

（少将）「さる所は、見しぞ。こまかに語れ」

石の上、宇治の大君と中君など、重要な人物が堪能である。源氏の演奏場面はないが、ここでは、少将にその場面を設定したところに、作者の配慮があろう。

七 雅楽の調子。「調(しらべ)は、風香調(ふかうでう)、黄鐘調(わうしきでう)」（『枕草子』二一七段）とある。『源氏物語』では、琵琶の弾奏には、黄鐘調だけが明記されている。

八 男性美を女性美に擬定して賛美することは、「添ひ臥(ふ)したまへる御火影(ほかげ)、いとめでたく、女にて見たてまつらまほし」（『源氏物語』帚木(ははきぎ)）などがある。「御かたち、いはむかたなく光みちて」とともに、「光る君」源氏の面影を髣髴(ほうふつ)させる設定。しかも、少将には、「ををしく弾く」男性的特性が発揮されている。最高の男性美といえよう。

九 下級貴族の名前。私的秘事にも関与する側近の腹心。落窪の少将に惟成(これなり)、光源氏に惟光(これみつ)や良清があった。

一〇 陽明門。大内裏の東側で、門内に左近衛府がある。中央官庁街に程近い場所から、その邸宅が、零落していても、由緒ある貴顕の家柄であることが推測される。「家は、近衛(このゑ)の御門(みかど)」（『枕草子』一二段）とある。

一一 風は、どうして発見したのか。爛漫(らんまん)たる桜花を、どうして知るのか、風が吹き散らす。そのように、お前は、花桜の咲きにおう女性の邸宅を知っているとは、風のような奴だ。私の目には見えないけれど、さぞかし、その辺りの女性を愛人にして、あの桜花の邸宅の事情にも、詳しいにちがいないといった気持。

一二 情事にかかわる自己の行動を、隠蔽(いんぺい)したい口調。

と宣ふ。〔光季は〕——一あの少将が見た童女に通っているのだった かの見し童に、ものいふなりけり。

（光季）二「故源中納言のむすめになむ。まことにをかしげにぞはべるなる。かの三御をぢの大将なむ、四迎へて、内裏に奉らむと申すなる」

と申せば、

（少将）五「さらざらむ先に、なほ。やはり私が迎えたい たばかれ」

と宣ふ。

（光季）「さ思ひはんべれど、いかでか」

とて、立ちぬ。

夕方に〔光季は〕あの花の宿の童女には 夕さり、かの花には——口先の上手な男であって もの、いとよく言ふものにて——手引きのこと 事よく とを相談する 語らふ。——（童女）「大将殿の、つねにわづらはしく聞えたまへば、人の御文、伝ふることだに、六大上、やかましく いみじく宣ふものを」と。

花の宿で姫君が間近く入内してめでたいであろうことなどを 同じ所にてめでたからむことなど宣ふころ、〔光季が童女を〕ことに責むれば、

謀略の推進

一 挿入表現。物語の本筋を叙述するのとは別途の観点から、本筋の叙述を作者が説明する。『落窪物語』で、惟成と阿漕（童）との結婚を契機として、少将道頼と落窪姫君とが結婚するのと、類同の展開を予想させる。挿入表現を助動詞「けり」で統括するのは、『土佐日記』や『蜻蛉日記』など、日記文学が採用した表現構成の方法である。この作品は、日記作品の方法を導入した物語文学である。物語文学の伝統は、物語の本筋を、助動詞「けり」で統括する方法であった。

二 故人となった源氏の中納言（従三位相当）。太政官の次官で、摂政・関白の子弟のなかから任用され、家柄から、二十代後半で薨去したと想像してよい。

三 伯父または叔父の近衛大将（近衛府の長官。従三位相当）。大臣（太政官の長官。従二位相当）昇任を期待しうる高官。王朝の公卿は、三十人前後だから、相互に周知の間柄である。少将の直接の上司になる。

四 養女にして入内させなさるだろう。中納言女では更衣（四位相当）だが、女御（三位相当。出生の男児は、皇位継承の候補となりうる）での入内を企図し、大将は、一家の浮沈を、姪姫に寄託する算段であろうと、噂話になっている。

五 大将が姫君を引き取る以前に。『源氏物語』（若紫）で、父親の兵部卿宮に先手をとって、十八歳の中将源氏が十歳の若紫を、内密で自宅に略取する状況に類似。

六 姫君の祖母。実質的な保護監督を祖母がする姫君は、両親とも死去し、孤独の境遇である。

――若き人の思ひやり（思慮分別）少なきにや――、「よきをりあらば、いま（すぐに知らせます）」といふ。〔少将の〕御文（恋文）は、ことさらに、けしき（素振り）見せじとて、〔童女が姫君に〕伝へず。

光季、参りて、〔少将の邸宅に〕

「言ひおもむけてはべり（説得してございます）。今宵ぞ、よくはべるべき（絶好のはずでございます）」

と申せば、〔少将は〕喜びたまひて、すこし夜更けて、〔花の宿に〕おはす。光季が車にて、おはしぬ。

掠奪の成果

花は（花の宿の童女は）、けしき見ありきて（周囲の様子を見回って）、〔少将を姫君の部屋に〕入れたてまつりつ。七火は（燈火は）、物のうしろへ取りやりたれば、ほのかなるに（うす暗いなかに）、八母屋に、いとちひさやかにて（小柄な恰好で）うち臥したまひつるを、〔少将は〕かき抱きて〔車に〕乗せたてまつりたまひて、車を急ぎて遣るに、〔少将に抱かれた人物は〕「こはなにぞ、こはなにぞ」とて、心得ず、あさましう思さる。

九中将の乳人、〔姫君誘拐の画策を〕「聞きたまひて、祖母上の後めたがりたまひて（心配なさって）、

七 「几帳を障子口には立てて、灯はほの暗きに見たまへば、唐櫃だつ物どもを置きたれば、乱りがはしきなかを分け入りたまひて、けはひしつる所に入りたまへれば、ただひとり、いとささやかにて臥したり」（『源氏物語』帚木）と、十七歳の源氏が空蟬の寝所に潜入して密通する状景を想起させる。類同の状景で、源氏と少将との結果を、対比させる作者の配慮であろう。空蟬の女房の呼称も、中将の君である。

八 寝殿造の殿舎で、中央の部分。殿舎は、三重構造で、外側が簀子、中間が廂、中央が母屋である。簀子は、吹きさらしの板間で、高欄がつくことがある。廂は、母屋の四囲にある部屋で、簀子とは、格子と妻戸とで仕切られる。母屋と廂との境界には、下長押があり、簾を掛け回らす。母屋には、屏風、障子、几帳などを添える。姫君は、母屋の中心部で、几帳のなかに臥床しているはずである。

九 挿入表現。「中将の乳人」は、姫君の乳母。近衛中将である人物が縁者であることに由来する呼称。事態の推移を、物語の本筋とは別途に、中将の乳人の観点から解説する。作品作者の観点からの解説を挿入しないで、作中人物の観点からの解説を挿入するのは、物語世界に物語作者が介入しないで、物語世界によって物語世界を解説する構成方法である。それが挿入段落として介在するのは、作者は物語の圏外で、物語自体が行動し解説する構成である。作者も、読者とともに、知らされる立場で、結末戯化の効果を増幅する。

〔姫君の部屋に〕臥したまへるになむ。もとより、小さくおはしけるを、――老いたまひて、法師にさへなりたまへば、頭(かしら)寒くて――御衣(おほむぞ)をひき被(かづ)きて臥したまひつるなむ」

〔少将が〕姫君とそれとおぼえけるも、ことわりなり。

二〔少将の邸宅に〕車、寄するほどに、古びたる声にて、〔尼君〕「いなや(いやはや)、こは(これはまあ)、たれぞ(だれなんだ)」と宣ふ。

事後の想定

そののち、いかが。

をこがましうこそ(まったく間が抜けていることだ)。

――〔尼君の〕三 御かたちは、限りなかりけれど。

一 高貴の女性を掠奪して逃亡する事例は、『伊勢物語』（六段）がある。これは、その女性を「鬼はや一口に食ひてけり」という悲劇的結末となる。これを前提として、『源氏物語』（夕顔）では、十七歳の源氏が、隠棲(いんせい)する三位中将の遺児夕顔と同車して逃避する。こういった物語の伝統的展開は、物語を創作し享受する社会の共有常識であった。その常識を基盤として、作品読者の常識と作中人物の企図を破砕する戯化的破局が、ここでは、現出する。少将の乗用は、光季の車である。すなわち、身分を隠匿した陰微の行動である。粗末な車から、美貌の公子が高貴の佳人を抱きかかえて降車するのは、物語的状景として、演出効果も満点である。その設定を、老尼の一声が、一挙に粉砕する。物語の系譜に即応する舞台設定と、そこに予想される憧憬(どうけい)的な悲劇性を前提として、それとの対比において現出した、予期されない破滅的な喜劇性ということである。作者と読者とが共有した、文字に定着しない前提のもとに、文字に定着した表現が成立している。いわば、重層的表現効果である。

二 老人とくに老女の認識に、王朝物語は冷酷である。個人の美貌が特例となりうるけれども、女性美の頂点は、十代後半とされたらしい。もっとも、『伊勢物語』（六三段）に、老婆との情事があり、『源氏物語』（紅葉賀(もみじのが)）で、十九歳の源氏に執心する源典侍(げんのないしのすけ)は六十歳にちかい。これらを念頭に、ひょっとしたらと皮肉った。

よしなしごと

標題は、作品本文の、「つれづれにはべるままに、よしなしごとども、書きつくるなり」に由来する。空疎な内容の事柄といった意味である。あるいは、空疎な内容の言辞ということにもなろう。虚実を経緯として荒唐妄誕（ぼうたん）の世界を論理的に構築する、知巧的遊戯の文章表現である。

前後に、序文と跋文とを配置する、書簡文体の作品形式になっている。世間を出離して隠栖（いんせい）を決意した僧侶が、弟子の女性に、必要な物品の調達を要請する文面の書簡である。そして、その全体的な構成には、論理的な整備の意向が、形態的に、端然と現出している。すなわち、隠住の発意を披露し、居住の場所を模索する。そこで、隠栖しても、生活用品は必要だと判定する。この判定を基盤として、必要とする物品の提供を要請するわけである。旅装の用具から、住居の調度、日用の雑貨、海山の食品まで。さらには、受渡の方法をも指定して、秘密の保持にも配慮する。まことに綿密周到な、間隙（かんげき）のない構成である。形態的な端正と内容的な卑俗とが相即しない、奇妙な表現効果を、そこに、作者は企図しているらしい。

各項の表現構成になると、作者は、対偶技法を重層的に活用する。漢文技法の転用であろうが、漢文表現の対偶構成では、内容的素材の対応が形態的文字の対応に一致する。けれども、国語表現の対偶構成では、両者の一致を維持しがたい。そこに、均衡と不均衡との二元的対偶関係が、形態と内容と不即不離で成立し、独特の表現効果を派生している。

作者は、さらに、対偶項に、実在するもののほか、実在しないものを充当する。実在と虚構とを交錯混融して、知巧的に築造した言語の世界に、陶酔し悦楽しようとする。読者も、また、この、古典作品に稀有（けう）のナンセンス表現に遊楽する余裕を、作者と共有すべきであろう。

師僧の無心

[一]人のかしづく（大切に育てる）女（むすめ）を、故（ゆゑ）だつ僧（身分ある僧）、[二]忍びて語らひける（人目を忍んで懇意にしていた）ほどに、年のはて（年末）に、山寺に籠（こも）るとて、[三]旅（たび）の具（ぐ）に、[四]筵（むしろ）、畳（たたみ）、[五]盥（たらひ）、匜（はんざふ）、貸せと言ひたりければ、女、長筵（ながむしろ）、何かや、[六]一（ひと）つ遣（や）りたりける。

それを、女の師にしける（帰依して師とした）僧の聞きて、われも、物借りにやらむとて、書きてありける文（ふみ）（書簡）の言葉のをかしさに、[七]書き写して侍（はべ）るなり。

似つかずあンまじきことなり（僧侶に似合わしからずあってはならないことである）。[八]唐土（もろこし）、新羅（しらぎ）に住む人、さては、[九]常世（とこよ）の国にある人、我が国には[一〇]山賤（やまがつ）、品尽（しなつく）の恋磨（こひまろ）などや、かかる言葉は聞ゆべき（申してよかろうか）。――それだにも（その連中だって申すはずがない）。

一 作者の緒言。作品の冒頭に、執筆の意図や作者の見解を記述するのは、『土佐日記』や『蜻蛉（かげろふ）日記』など、日記文学の構成方法であった。この方法は、平安後期に、『狭衣（さごろも）物語』など、物語文学に導入された。

二 仏教では、僧侶（そうりよ）の女色と飲酒と衆道とを追放する戒律がある。ただ、内密での破戒は、現実にあった。

三 外泊に使用する道具。自宅以外での宿泊を、距離に関係なく旅という。この僧は、京に自房があって、一時的な修行で籠居する。

四 敷物。藁（わら）、蒲（がま）、藺（い）、菅（すげ）などで編んだ敷物を「筵」と総称する。「畳」は、薄縁（うすべり）の総称で、座臥（ざが）に使用する。

五 湯水を入れる器具。「盥」は、顔や手を洗うのに、「匜」は、湯水を注ぐのに使用する。物品の列挙に、重層的な対偶がある。敷物（筵―畳）―用器（盥―匜）。漢文的教養の遊戯的技法である。

六 一つにして。一緒に。丈（たけ）の長い筵など、要請されなかったものまで添加した女の情愛が、察知される。

七 創作でなくて、転写だということ。伝聞を擬装したり、架空でなく、事実であることを装定する技法。

八 中国と朝鮮。日本以外の、現実に存在する地域。

九 住人が、不老不死の仙境。空想で想定する地域。

一〇 山中に居住する卑賤（ひせん）の人物と街頭で物乞（ご）いする貧乏な人物。「品尽（物品皆無）の恋磨（物乞い男）」は、普通名詞の擬人的戯称。人物の列挙に、重層的な対偶関係の配慮がある。日本以外（実在―空想）―日本内部（山中―街頭）、日本以外の実在（唐土―新羅）。

一　書簡の冒頭。故事伝承を引用し、それとの対比で叙述を展開する冒頭方式で、『本朝文粋』など、漢文構成の表現に類例が多い。簾編みの老翁には、卑賤(ひせん)の家業に従事する鈍根浅慮の人物という映像がある。「博士(はかし)」は学芸の達人、「大師」は至徳の高僧で、複合して、簾編みの翁の対極に位置する人物の戯名とした。卑賤の男子が高貴の女性に恋慕し、福徳を獲得する伝承は、『更級日記(さらしな)』などにも記録する。説話の類型を前提として、故事を典拠とする体裁を採用した戯文である。出典の詮索(せんさく)は、野暮。

二　鈍根の翁は、女性によって悟道の契機を把捉(はそく)した。しかるに、僧籍にありながら、女性によって物品を整備しようとする。「故だつ僧」への嫉妬(しっと)がにじむ。

三　「かくしつつ夕の雲となりもせばあはれかけても誰か忍ばむ」(『新古今集』一八、周防内侍)の類想。

四　「あるはなくなきは数そふ世の中にあはれいつまであらむとすらむ」(『栄華物語』見はてぬ夢)。

五　「そむくべきわが世や近くなりぬらむ心にかかる峯の白雲」(『続古今集』一九、藤原知家)の類想。

六　仏教思想に基礎づけられた、慣用的な比喩(ひゆ)表現。

七　大和(やまと)の地名。「み吉野の山のあなたに宿もがな世の憂き時の隠家(かくれが)にせむ」(『古今集』一八、読人しらず)。

八　駿河(するが)の富士山と信濃(しなの)の浅間山との山峡。東国の山嶺だが、隣接しているわけではない。漫画的発想による戯文的誇張の表現である。

九　筑前の宝満山と肥前の日野(日の浦)。西国。

隠遁(いんとん)の発意

一簾編み(すだれあ)の翁(おきな)、はかし大師(だいし)の女(むすめ)に名立ち、賤しきなかにも、心の生ひさきはんべりけるになむ。それにも二劣りたりける心かなとは思(おぼ)すとも、わりなきことの侍(はべ)りてなむ。

世のなかの心細くかなしうて、見る人聞く人は、朝(あした)の霜と消え、三夕(ゆふべ)の雲と紛(まが)ひて、いとあはれなることがちにて、四あるは少なく、なきは数添ふ世のなかと見えはべれば、五わが世や近くとながめ暮らすも、心ち、尽くし砕(くだ)くことがちにて、なほ、六世こそ、雷光(いなびかり)よりも程なく、風の前の火より消えやすきものなれども、うらがなしく思ひつづけられはべれば、七吉野の山のあなたに家もがな、世の憂きときの隠家(かくれが)にと、際高(きはだか)く思ひとりて侍るを、――いづこに籠(こも)りはべらまし。

隠住の場所

八富士の嶽(たけ)と浅間の峯との狭間(はざま)ならずは、九竈山(かまどやま)と日の御崎(みさき)との絶間(たえま)にまれ、さらずは、一〇白山(しらやま)と立山(たちやま)とのいきあひの谷にまれ、また、一一愛宕と比叡の山の中あひにもあれ、人のたはやすく通ふまじからむ所[一二]に、跡を絶えて籠りゐなむと、思ひはべるなり。（行方をくらませてじっと籠居しよう）

此の国は、なほ、近し。唐土[一三]の五台山、新羅[一四]の峯にまれ、それも、なほ、け近し。天竺[一五]の山には、鶏の峯の岩屋にまれ、籠りはべらむ。それも、なほ、土近し、雲の上に響き昇りて、月日のなかに交じり、霞のなかに飛び住まばや（飛行自在に住みたい）と思ひたちて、このごろ、出でたちはべる（出発いたします）を（のだが）——いづちまかれども（どこの場所に退出しても）、身を捨てぬものなれば[一六]（わが身を投げ捨てないものだから）——、いるべき物ども（当然入用の物どもが）、おぼえはべる（心にかかります）、たれにかは聞えさせむ（［それらの物を］どなたに［お願い］申し上げよう）。年ごろも御覧じて（御懇意にしていただいて）、久しくなりぬ。情ある御心とは、聞きわたり[一七]て侍れば、かかるをりだに（こんな折だけでも）、聞えむとてなむ（無心申そうと存じてだね……）。

旅装の用具

旅の具にしつべき物どもや侍る、貸させたまへ。まづ（それがまず）、いるべき（第一に当然）物どもよな（入用の物どもなのよ）。

一〇 加賀の白山と越中の立山との隣接する渓谷。北国の霊場。隣接しない対応を、隣接させる設定が続く。

一一 山城京師の北西にある愛宕山と北東にある比叡山との中間。「富士」以下、東国と西国と北国との鼎立に、京都を中心として、霊場を対偶的に配置する構成。

一二 実在しない「狭間」「絶間」「いきあひの谷」「中あひ」を設定したことに、照応する表現である。

一三 中国山西省にある仏教の霊山。「黄金の山」（『日本霊異記』上）ともいい、『梁塵秘抄』で、釈迦の「母といます文殊」の住地とする歌謡がある。

一四 古代朝鮮の国名（四世紀中葉〜九三五）。『伊呂波字類抄』に、円珍（八一四〜八九一）が帰朝の途次の海上で、新羅の神と自称する老翁が出現したという。近江の園城寺にある新羅明神の本地とされる。

一五 印度マカダ国の鶏足山。釈迦の弟子迦葉の入定した聖地で、『梁塵秘抄』の歌謡にある。中国と朝鮮と印度との、海外三国の鼎立は、地上世界の全体である。

一六 身命を捨てて仏道を求めるのを、「捨身」「捨身の行」という。『令義解』（僧尼）に、「凡僧尼得焚身捨身」とある。後代の「円光大師（源空）行状画図翼賛」にいう、「捨身往生、理亦違無し。然れども、是れ上根の所行にして下機の所宜しきに非ず」といった思想も、平安後期に成立している。「大般涅槃経」（聖行）の雪山童子の捨身は、『枕草子』（八七段）、『三宝絵詞』などにある。

一七 秘事を間接的に指摘する、慇懃な強圧的言辞。

住居の調度

雲の上に響き昇らむ料(用具)に、[一]天の羽衣――[二]一つ糸、綾にはべる――求めて賜へ。それならでは、ただの(普通の)袙、衾。せめて、馴らはぬ(着なれない)、[三]野の破襖にても。

または、[四]十余間の檜皮屋一つ。――[五]廊、寝殿、大炊殿、車宿りも、用侍れど、遠きほどは、所狭かるべし。ただ、腰に結ひつけてまかるばかりの料に、[六]屋形一つ。

畳などや侍る。[七]錦端、高麗端、繧繝、紫端の畳。それ侍らずは、布縁刺したらむ破畳にてまれ、貸したまへ。[八]玉江に刈る真菰にまれ、逢ふことの[九]交野の原にある菅薦にまれ、ただ、あらむを貸したまへ。――[一〇]十布の菅薦、な賜ひそ(絶対に下さるな)。

筵は、[一一]荒磯海の浦に打つなる出雲筵にまれ、[一二]生の松原のほとりに出で来なる筑紫筵にまれ、[一三]みるをが浦に刈るなる水蕗筵にまれ、[一四]底

一 「古も契りてけりな打ちはぶきとび立ちぬべし天の羽衣」(『後撰集』一五、源庶明)、「空をとぶ天の羽衣えてしかな憂き世の中にうちも止めじ」(『異本紫明抄』浮舟)など。

二 一本の糸で織った綾織物。「天人衣無経緯」(『酉陽雑俎』)、「天衣無縫(天上織女の着衣には縫目がない)」(『霊怪録』)などからの類想的虚構。

三 破れ狩衣(狩襖)。武官の朝服である位襖と区別して、野外の狩猟に着用し、公家の略服となった狩襖を、「野の」とし、僧侶だから「馴らはぬ」といった。

四 比類のない広大な豪邸の規模。紫宸殿や清涼殿は九間、六条院(『源氏物語』紅梅)は七間という。

五 貴族の邸宅の、主要な建物を列挙する。「廊」は殿舎連結の建物。「寝殿」は正殿。「大炊殿」は炊飯調理の建物。「車宿り」には車や輿を収納する。

六 車蓋。牛車(貴族が乗用する)の車体の屋根。車宿りから牛車を、さらに、車を牽く牛から「腰に結ひつけ」る屋形と、連想を継起的に展開させ、屋形を腰に結びつけて牽引する僧侶の映像が髣髴する。

七 「錦端」「繧繝端」は天皇や神仏の、「高麗端」は親王や公卿の、「紫端」は四位と五位の用具であった。常人には無縁の最高級品。六位は、黄端を使用する。

八 三島江。摂津国の歌枕。「三島江の玉江の菰を占めしよりおのがとぞ思ふいまだ刈らねど」(『万葉集』七、一三四八)など。交野とともに、淀川沿岸にある。

九 河内国の歌枕。「逢ふ事の交野に今はなりぬれば

いる入江に刈るなる田並筵にまれ、[一五]七条の縄筵にまれ、侍らむを貸させたまへ。全きなくは（完全な筵がない時には）、破筵にても、貸させたまへ。

屏風も、用侍り。[一六]唐絵、大和絵、布屏風にても、唐土の黄金を縁に磨きたるにもあれ、新羅の玉を釘に打ちたるにまれ、これらなくは、網代屏風の破れたるにも。貸したまへ。

日用の雑貨

盥や侍る。丸盥にまれ、うち盥にもあれ、貸したまへ。それなくは、欠け盥にまれ、貸したまへ。

[一七]けぶりが崎に鋳るなる能登鼎にても、真土が原に作るなる讃岐釜にもあれ、[一八]石上にある大和鍋にてもあれ、筑摩の祭に重ぬる近江鍋にてもあれ、楠葉の御牧に作るなる河内鍋にまれ、市門に打つなる鍑にまれ、跡見、片岡に鋳るなる鉄鍋にもあれ、飴鍋にもあれ、貸したまへ。

思ふがりのみゆくにや有るらむ」(『金葉集』八)など。「交野」は「難(し)」との掛詞。

一〇 陸前国宮城郡利府。一人旅には、広幅の菅菰は不用であると洒落た。「陸奥のとふの菅ごも七編には君をねさせて三編にわれねむ」(『袖中抄』)が前提か。

一一 『枕草子』(一四九段)に、「いやしげなるもの」の一例とする。「浦」と「出雲(いづ藻)」は縁語。

一二 「生き」と「筑紫(尽くし)」とは縁語。

一三 未詳。「海松藻」に「女」を掛け、さらに、それとの対応で「男」に転用した洒落か。架空の創作か。

一四 未詳。「浦」に対応する「入江」で、架空の地名を対偶配置し実在の地名の対偶と対応。「底」「江」「田並(た波)」は縁語。地名の実否を交錯し、表現修辞の技巧を駆使している。

一五 京都七条と七筋に縄で編んだ筵との掛詞で、「恋しさの心ものべぬ独寝は九条むしろもせばからぬかな」(『七十一番歌合』)などを背景にする創作的洒落。

一六 絵画は中国と日本とを、工芸は中国と朝鮮とを、高級品として対比。「布屏風」は、『枕草子』(一四九段)に、「いやしげなるもの」の一例とする。「網代屏風」は、『源氏物語』(椎本)で簡素なものとされる。

一七 「けぶりが崎(未詳)」に掛ける「煙」と「鼎」は縁語。「真土が原(未詳)」と、「釜」に掛ける「竈」は縁語。崎と原、北国能登と西国讃岐、鼎と釜の対比。

一八 大和と近江と河内との土鍋を鼎立させ、それを、打製と鋳製との鉄鍋の対偶に対応させる技巧の配置。

邑久[一]に造るなる火桶、折敷も、いるべし。信楽の大笠、あめのしたの連り蓑も、大切なり。伊予[二]手箱、筑紫皮籠も、欲しくはべり。せめては、浦島[三]の子が皮籠にまれ、鼠貂の皮袋にまれ、貸したまへ。

わびしきことなれど、露の命、絶えぬかぎりは、食ひ物も、用侍り。妙香[四]がへしの信濃梨。何鹿山[五]の枝栗、三方の郡の若狭椎、天の橋立の丹後和布、出雲の浦の甘海苔。三の橋の賀茂糫餅、我身[六]の郡の内蕪と、野洲、栗太の近江餅、小松がもとの伊賀乾瓜。かけた[七]峯の松の実、道奥[八]の島の郁子、蔔子、小山[九]の柑子、橘。

これら侍らずは、寡婦[一〇]のわたりの熬豆などやうの物、賜はせよ。

いでや、いるべき物ども、いと多く侍り。せめては、ただ、足鍋[一一]一つ、長筵一つら、盥一つなむ、いるべき。

一 西海道の備前国邑久産の屋内用品と東山道の近江国信楽産の屋外用具との、国名を明記しない対応。

二 四国伊予と九州筑紫との産物を国名で対応する。

三 浦島伝説に依拠する籠と空想捏造を提示する袋と、架空の皮革製品を対応する。想像に、中国の火浣布の示唆があるとすれば、海中と火山との対応もある。

四 珍果敦煌八子柰（『遊仙窟』）を背景に、著名な信濃梨を複合させた戯称。妙香は、信濃と越後の国境にある山の名。信濃梨は回文。「無」を掛け、伝承に対応する架空性を暗示する。

海山の食品

五 梨の連想で、丹波の栗と若狭の椎と、山の幸を対比する。それと対応して、丹後の海藻と出雲の海苔と、海の幸を対比する。地理的に北西に方向づける志向。「天（海人）」と「丹後和布（田子女＝農婦）」の洒落。

六 山城国葛野郡郡。内裏に関係のある、蕪の保存加工製品か。「と」は格助詞。「三の橋」からの配列は、「〈洛北の米穀加工製品―洛西の野菜製品〉――〈近江の米穀加工製品―伊賀の野菜製品〉」という重層的な対偶関係が、南東方向を志向して構成される。北西を志向する天然産物に対応する人工製品である。「我身の」は、掛詞による「うち」の枕詞ふうの用法。「橋（嘴）」と「賀茂（鴨）」も、掛詞による縁語関係。

七 岩代国伊達郡掛田。「松」の縁で「峯」とした。山城国愛宕郡の鷹が峯を背景の遊戯的表現。「松の実」は干菓子として熬って食した。

受渡の方法

八 近江国蒲生郡奥の島。陸奥国（ミチノク）を近江に

「もし、これら貸したまはば、すずろならむ人（いい加減な人物）に、な賜ひそ」

ここに使ふ（私の所で召使う）童——二大空の駈郎、海の水の荒十——言ふ。

「二人の童べに賜へ」

出で立つ所は、一三科戸の原の上の方に、天の河のほとり近く、鵲の橋づめに（橋のたもとで）はべり（ございます）。そこに、かならず送らせたまへ。

これら、侍らずは、一四えまかり昇らまじきなめり。世のなかに、もののあはれ知りたまふらむ人は、これらを求めて賜へ。

なほ、世を憂しと思ひいりたるを（思いこんでいるのに……）。

もろごころに（私に心をあわせて）、いそがしたまへ。

かかる文など、人に見せさせたまひそ（他人にお見せなさるな）。福つけかりける（欲ばっていたことだなあ）ものかなと、見る人もぞ侍る（きっとございます）。

冠称して洒落た。「郁子」は近江の貢進産物だが、「葡子」を対偶して付加し、虚実交錯の戯文的発想である。

九 遠江国榛原郡吉田。「柑子」は遠江の貢進産物だが、「橘」を対偶して付加する。松の実では地名、奥の島と小山では産物の舞文と、遊戯技法にも単調を克服する工夫がある。小山が、山城国にもあることを背景に、近江—遠江の対応をからませた戯文的技法。

一〇 地名めく従前の構成形式を継承し、卑猥な結着に急転する。「豆」は、女陰の連想で、寡婦だから、乾燥製品の「熬豆」とした。

無心の総括

一一 「足鍋」（小型の足つき鍋）は調理、「長筵」は座臥、「盥」は洗浄、生活のための最低必要限度の用品である。極度に膨張した要請が急転して、極度に萎縮した落差の滑稽と卑猥に転落した遊戯を、志道隠遁の僧侶に相応する真面目な姿勢に、転換する擬態の表現。

一二 空と海との対比を基準に、縁語を駆使した洒落の命名。「二」「十」は、兄弟の順位で、名前に後接または名前の一部として呼称となる数字である。「駈郎」に「駈ろ」の、「荒十」に「荒磯」の意味がある。

一三 風神級長戸辺命が、風を吹き起す原のことか。架空の土地だが、その上方に天の河があり、鵲橋の橋詰があるとする設定。伝承に、鵲は、七夕の夜、牽牛と織女とが相逢うときに、翼を並べて、天の河に架橋するという。

守秘の要請

一四 「まかり昇らまじき」は、文法破格。否定表現と未然形との接続に誘導された、口頭的な俗語文法か。

御(おほむ)かへりは、［一 この手紙の裏面にね］裏によ。
［二 絶対に内証ないしょ］ゆめゆめ。
［三 所在なくおりますにまかせて］つれづれにはべるままに、［愚にもつかぬこと］よしなしごとども、書きつくるな
り。
［貴女についての噂話を］聞くことのありしに、［オヤオヤと思われたので］いかにいかにぞやおぼえしかば。［書きつけてみました］四 風の
音(おと)、鳥の囀(さへづ)り、虫の音(ね)、波のうち寄せし声に、五 ただ添へはべり［付け加えました］
しぞ。［のだ］

一 料紙は貴重であったから、両面を使用するのは特別のことではない。ただし、ここでは、無心の書状をとりもどす配慮もあろう。

二 「見せさせたまひそ」の省略表現。書簡の常套的な末尾で、『雲州消息』にも、「夢々莫漏々々」「莫及他見他聞」「莫及外聞」「莫令外人見之」などとある。

師僧の釈明

三 書簡本文の真意が相手女性を諷諭(ふうゆ)することにあったと、師僧自身が、解説し釈明する。師僧の釈明の部分を、冒頭解説に照応する作者跋文(ばつぶん)と看做(みな)す見解もある。しかし、敬語の用法によれば、書簡の追信と認定しなければなるまい。

四 世間の噂(うわさ)話を四項に擬定する表現。「〈自然（風）―動物（鳥）〉――〈動物（虫）―自然（波）〉」の交叉する重層的対偶関係で構成する。前項と後項とは、空中と地上との関係で対応する。また、「おと」「さへづり」「ね」「こゑ」と、図式的な対応関係のなかに、用語の変化を介入させている。避板(ひばん)法という修辞。

五 確証あってでないと、韜晦(とうかい)する。冒頭の緒言には、「書き写して侍るなり」とある。もし、「ただ添へてはべりしぞ」とあれば、作者の跋文と認定することも可能である。ともに、謙譲表現の「侍り」だからである。だが、「添へはべり」は、丁寧表現である。丁寧表現の「はべり」は、書簡本文にだけ使用される。すなわち、丁寧表現の「はべり」は、師僧が、「人のかしづく女(むすめ)」にだけ使用し、作者が読者に使用しない。それが、この作品の待遇表現であるといえよう。

冬ごもる空のけしき

標題とした「冬ごもる空のけしき」は、仮称である。どの写本にも、標題の記載がない作品である。一般には、独立した作品とは認定されていない。ただ、断簡として処理されている。『堤中納言物語』の書写諸本で、各編の配列順序は、一定しているわけではない。けれども、この「冬ごもる空のけしき」で起筆する文章が、「よしなしごと」に後接して位置づけられていることと、標題を具有しないこととでは、諸本に異同がないようである。だが、その事実は、この文章一編が、「よしなしごと」に付随し従属することを意味するわけではない。だから、断簡と規定されたのである。しかし、卑見によれば、これは、断簡でも、また、習作でもない。

一編の、自立し独立した作品である。王朝文化の精粋を結晶して成立した散文詩的物語と、認定してよい作品である。『堤中納言物語』に所収の作品には、王朝物語の伝統を継承しながら、王朝文学の成果を、物語形象の方法に摂取しようとする姿勢が、顕著に看取される。仮名日記には存在して物語文学には缺落していた、作品全体を統括し誘導する冒頭序文の設定は、「思はぬ方にとまりする少将」などに、襲用されている。日記文学といえば、助動詞「けり」の統括する世界として構成する物語文学に対立して、その基本的形象を、助動詞「けり」の統括しない世界として形成する。ところが、「花桜折る少将」などでは、この方法が採択されている。あるいは、「このついで」のような、会話形式による物語世界の表現とか、あるいは、「よしなしごと」のような、書簡形式による物語形象の実現とか、伝統を継承して伝統を超克する創造精神の反映を、指摘しうるのである。この一編も、女性の視点で執筆された『枕草子』の若干の章段に共通する貴族の生態の一面を素材として、男性の視点から形象した、詩的物語として鑑賞したい。

一冬ごもる空のけしきに（冬一色に籠る）——二しぐるるたびに（涙の時雨れるたびに）かき曇る（〔男君の〕）袖の晴れ間は、秋よりことにかわく間(ま)なきに——、むら雲はれゆく月の、ことに光三さやけきは、四木(こ)の葉がくれだに（木の葉のさえぎりさえないからであろうか）なければにや。

なほ、五忍ばれぬ（〔男君は〕じっと我慢できない）なるべし、あくがれ出でたまひて（〔自邸を〕ふらふらとお出になって）、あるまじき（訪問してはならない）ことと思ひかへせば（反省するので）、六ほかざまにと思ひたたせたまふが（別の女性のところに行こうと決意なさるが）、なほ（やはり）、えひき過ぎぬ（素通りできかねるのであろう）なるべし。

七いと忍びやかに入りて（〔女君の邸内に〕）、あまた、人（女達）のけはひするかたに、うちとけゐたらむ（〔女君が〕すっかりくつろいでいる）けしきもゆかしく（見たくて）、さりとも、——みづから（女君自身）のありさま

一 本文と共通する季節の情感「冬ごもる—秋—時雨」の連繋に、「冬ごもる峰のまさきのあらはれてゆく秋めぐる時雨なるらむ」(『順徳院御集』)がある。

二 暗鬱(あんうつ)な冬空、時雨の季節——自然の推移に融和同化した男君の状況描写である。「ひさかたの月のかつらは色そへて時雨るるたびにくもる空かな」(『続後拾遺集』六、前関白左大臣)を引歌とするか。人知れぬ恋慕に、男君は、苦悩流涕(りゅうてい)して心静まるときがない。

三 男君の「かき曇る」状況と月光の「さやけき」状景との対照的配置は、憂愁焦慮する閑居からの外出を、誘導触発する条件となる恰好(かっこう)の状況設定となる。

四 冬季の落葉のためである。「いまよりは木の葉がくれもなけれども時雨に残るむら雲の月」(『千五百番歌合』源通具)を引歌とする。

五 作者の推量と男君の行動とを交織し、作者と男君との不即不離である男君の行動描写である。前段の自然と男君との融和同化した自然の状景描写と対応。作者の推量に、助動詞「べし」を採用し、男君の心理に、推定の形式を採用しない。作者は、男君の心理を確実に把握(はあく)しており、作者の推量には、爾余(じよ)の臆測を介入させる余地がないといった表現姿勢を顕示する。

六 一人の女性に、心身を消耗するまでに恋慕し傾斜していても、その女性以外に愛人が存在して、そのことに矛盾も懊悩(おうのう)も反省も感じることがないのは、物語作中の王朝貴族として異例ではない。光源氏は典型。

七 男君の主観心理を基軸に、表現描写が展開する。

ばかりこそ、あらめ——一なにばかりのもてなしにもあらじを、おほかたのけはひにつけても、二……。

見るかいもあろうけれど——〔周囲の女達は〕どれほどの動作振舞でもあるまいのに、あたり一帯の雰囲気につけても

一　何について「なにばかりのもてなし」と表現するのか、曖昧で捕捉しがたい。分析すれば、姫君に対蹠する女房たちの挙措とも、男君に対応する姫君の態度とも、姫君を囲繞する女房たちの生態とも、男君に応接する女房たちの状態とも、男君を接待する一座の待遇とも、各種の可能性が想定される。だが、そういった限定を明示しないところに、表現の特性がある。姫君に凝縮された関心から予想される姫君以外の印象を、男君の主観として包括的に漠然と表現したのであろう。その空気の醸成を荷担するものとしての周囲の女たちということである。

二　男君の逡巡で、この文章は終結する。そこで、物語冒頭の部分だけの断簡と規定するのが通説である。未完の作品であるとも、残部の散逸であるとも、技巧的中断であるともいう。だが、ストーリーを期待する固定観念から解放されるならば、この一篇は、それ自体で、作品として完結し終結している。佳人を思慕して懊悩する公子が、胸中の秘事を禁圧しがたく、かといって、率直な行動を決断しえない。苦悩し躊躇する若者の心象が、初冬月明の自然に混融して、散文詩的世界を形象している。『源氏物語』の読者なら、そこに、中宮藤壺を思慕して憔悴する光君源氏の姿態を、見出だすに相違ない。源語作者が記録しなかった源語世界の断片を、一個の独立した世界として、詩的に形象化した作品である。類同の契機から成立した藤原定家の和歌と、相並ぶ散文形式の作品であるといえる。

虫愛(め)づる姫君

大納言の姫君といえば、摂関大臣家を最高とする上流貴族の階層で、次位に位置する家柄の息女である。しかるに、この姫君は、天性の美女でありながら、貴族社会の常識と慣行とを拒否して、異形（いぎょう）奔放の自由な生活を実践している。というのは、独特の思想哲学を、独自の方法態度で、現実生活に反映しようとしているからである。

姫君の実践原理は、二条の命題に基礎づけられる。命題の第一は、人工を排除して自然を尊重することである。そこで、一切の化粧を拒絶する。命題の第二は、根源を重視し末葉を無視することである。そこで、毛虫や長虫を愛好する。ここに、標題の由来がある。そして、この実践原理は、仏教の輪廻（りんね）転生の思想を基盤として構築され、姫君の頭脳明晰（めいせき）な理屈の弁舌により護持されているから、何人（なんぴと）も、これを、論破し説得することが出来ない。両親や侍女の慨嘆を封殺して、高貴の姫君には似合わない男子の侍童を引具しながら、虫類愛好の生活を遂行する。

やがて、姫君の生態を聞知した青年貴族が、好奇というより猟奇の心理で、女装して実見する。当初は、嘲弄（ちょうろう）の対象として悪戯（いたずら）を仕掛け、姫君の生態について哄笑（こうしょう）で軽侮する青年の胸中に、友人に同調しながらも、姫君に傾斜する兆候の萌生（ほうせい）が暗示されるようになる。

姫君の生活姿勢を、世俗の慣行という圧力に反抗して自我の主張を貫徹しようとする、抵抗精神の発露といった観点から評価する風潮がある。けれども、作品の趣旨ではあるまい。姫君の生態は、化粧の排除もそうだが、王朝貴族の美学を規準とすれば、怪奇醜悪で嫌悪（けんお）忌避すべき存在であった。そうした醜悪の美学が、伝統の、優美の美学に対立して措定されたということなのである。世紀末的な露悪思想と猟奇趣味とを反映する、頽廃（たいはい）精神の産物といえよう。

高貴の姫君

蝶[一]めづる姫君の住みたまふかたはら（隣近所）に、按察使（あぜち）[二]の大納言[三]の御女（おほむむすめ）、心にくく[四]（奥ゆかしく）なべてならぬ（世間並みでない）さまに、親たち、かしづきたまふこと（大切にお育てになること）、限りなし（このうえがない）。

姫君の性格

この姫君の宣（のたま）ふこと、「人びとの（世間の人たちが）、花、蝶[五]やと愛（め）づるこそ、はか（あさは）なくあやしけれ（かで奇怪なのだよ）。人は（人間には）、まことあり（誠実な心がある）、本地（ほんぢ）[六]尋ねたる（追求している）こそ、心ばへをかしけれ（気だてが見事なのだ）」とて、よろづの虫のおそろしげなるを取り集めて、（姫君）「これが、成らむさま（変成する様子）を見む」とて、さまざまなる籠箱（こばこ）[七]どもに入れさせ[八]たまふ、なかにも、「烏毛虫（かはむし）[九]の心深きさましたる[一〇]（思慮深い様子をしている）こそ、心にくけれ（奥ゆかしい）」とて、明け暮れ（朝晩）は、耳はさみをして[一一]（額髪を耳にかき上げて）、〔毛虫を〕手のうらにそへふせて（手のひらにはわせて）、まぼ（見守り）

一 王朝の姫君が実物の蝶を愛玩（あいがん）するのは、珍奇な印象。花と併称されるが、高貴の女性が、直接に、蝶を愛玩飼育の対象とすることはない。珍奇な姫君の近隣に、虫を愛玩する奇怪な姫君が居住する設定である。

二 地方官の治績を調査し、民情を視察する官職。従四位相当。後世、名目だけで、納言（なごん）以上の兼職となる。

三 太政官（だいじょうかん）（内閣）の次官。正三位相当。

四 鎖型構文。「心にくくなべてならぬさまに」は、「御女」の述語であって、しかも、「親たち」の述語である「かしづきたまふ」を修飾する。

五 『枕草子』（二二五段）に、「みな人の花や蝶やといそぐ日もわが心をば君ぞ知りける」（定子）、『源氏物語』に「異事（ことごと）の筋に花や蝶やとかけばこそあらめ」（夕顔）や「わざと深からで、花蝶につけたるたよりごとは」（胡蝶）などがある。無憂浮薄で無益遊楽の耽美（たんび）姿勢を叙述する表現。

六 仏教用語。実体。姫君の思想は、蝶を化身とする。

七 底板のほかは、骨組みにして薄布（うすぎぬ）を張った箱。

八 鎖型構文。「入れさせたまふ」は、述語で修飾語。

九 毛虫。蝶の幼虫すなわち蝶の本地とする。『和名抄』に「髯虫。一名烏毛虫。和名。加波无之」とある。

一〇 動作が、蝶のように飛びまわって華麗軽薄でなく、体貌が、太く毛深くて重厚な印象だからであろう。

一一 『源氏物語』（帚木（ははきぎ））の「耳はさみがちに、美相なき家刀自（いへとうじ）」は、「かひがひしき躰なり」（『花鳥余情』）と説明され、高貴の姫君には適切でない恰好。

りたまふ。

若き人びとは、怖(お)ぢ惑(まど)ひければ、男の童(わらは)[一]のものおぢせずいふかひなきを、召し寄せては、この虫どもを取らせ、名を問ひ聞き、いま新しきには、名をつけて興じたまふ。

「人は、すべて、つくろふ所あるはわろし[二]」とて、眉(まゆ)[三]、さらに抜きたまはず、歯黒(はぐろ)め、さらに、「うるさし、きたなし」とて、つけたまはず。いと白らかに笑(ゑ)みつつ、この虫どもを、朝夕(あしたゆふべ)に愛(あい)したまふ。人びと、怖(お)ぢわびて逃ぐれば、その御方(おほむかた)は、いとあやしくなむ、ののしりける。

かく怖づる人をば、「けしからず、凡俗(ぼうぞく)[四]なり」とて、いと眉黒にてなむ、睨(にら)みたまひけるに、[五]いとど、心(ここ)ちなむ惑(まど)ひける。

親たち、「いとあやしく、様(さま)[六]、異(こと)におはするこそ」と思(おぼ)しけれ

一 高貴の姫君は、女の童を召使うのが普通である。
二 客観的評価。主観的評価の表現「あし」「にくし」などとしない姫君の言行に、独自の思想性が反映する。
三 女性は、十二、三歳ごろ、成人して裳着(もぎ)すると、眉毛を抜いて黛(まゆずみ)を掃き、鉄漿(はぐろめ)で歯を染める。皓歯深眉(こうししんび)の姫君は、小児スタイルの成人女性で、奇怪な印象。『枕草子』(八五段)に、「眉抜く」を「物のあはれ知らせ顔」とする。姫君には、それが欠落している。
四 『源氏物語』(空蟬(うつせみ))に、軒端荻(のきばのおぎ)を「胸あらはに、ばうぞくなるもてなし」と批評する。女性として非常識な姫君が、女房たちを女性としてのたしなみがないと叱責する矛盾と、その矛盾を自覚しない姫君の独善性。姫君は、喧騒の事態を叱責することによって、喧騒の原因となった女房たちの俗物性を攻撃するのである。だが、姫君が真剣一途になるほど、異様な怪奇性は増幅し、周囲は困惑する。が、読者には滑稽となる。
五 毛虫を見て心地がまどい、怒鳴られて心地がまどい、さらに、そこでまた毛虫(眉)に睨まれてまどう。
六 趣味や化粧など。両親が娘である姫君の様態に尊敬表現を採用するのは、両親の品性や教養の反映である。したがって、姫君との会話表現に、両親は、自己の行動に謙譲表現を採用することになる。
七 常識的な両親が、姫君独自の理屈に圧倒され、承服もできず説得もできないで、困惑した状況の表現。
八 毛虫の嗜好や異様な風体だけでなく奇矯(ききょう)な理屈による自己主張に辟易(へきえき)する。

両親と姫君

ど、「思しとりたることぞ（悟りなさっていることが）、あらむや（あるのだろうか）。あやしきことぞ（普通でないことだ）。思ひて聞ゆることは（〔両親が〕思って申し上げることには）、深く、さ、いらへたまへば（常識をこえたところから）、いとぞかしこきや（七とてもとても近寄りにくい）」と、これをも（八こんな応対をも）、いとはづかし（けむたい）と思したり。

「さはありとも（（両親）理屈はそうでも）、音聞（おとぎき）、あやしや（外聞が悪い）。人は（世間の人）、みめをかしきことをこそ（九見た目が美しいことを）、好（この）むなれ。むくつけくなる（一〇気味の悪い様子）烏毛虫（かはむし）を興ずなる（慰みにする）と、一一世の人の聞かむも、いとあやし（みっともない）」

と聞えたまへば、

「くるしからず（（姫君）平気へいき）。よろづのことども（森羅万象）を尋ねて末を見ればこそ（追求して流転の成行を観察するからこそ）、一二ことは、ゆゑあれ（個々の事象には事由がある）。いとをさなきことなり（ほんの初歩的な道理なのだ）。烏毛虫の、蝶とはなるなり」

一三そのさまの成りいづる（毛虫の状態が蝶に転化するところ）を取り出でて、見せたまへり。

「きぬ（（姫君）絹）とて人の着るも、一四蚕（かひこ）のまだ羽（はね）つかぬにし出だし、蝶になりぬれば、いと（すっかり）喪（も）袖（そで）にて（凶事の服装で）、あだになりぬるをや（死んでしまうのだのに）」

九　両親は、姫君を論破しえなかったので、世間という外圧によって説得しようとする。直接には、毛虫より蝶を好むことを意味するが、間接に、姫君の皓歯深眉をたしなめている。世間の美感からすれば、黛鉄漿の女性が、「みめをかしき」はずだからである。両親にとって、平凡でない娘は、格別に気がかりである。両親器量がよくても、「よき女子（をんなご）は、親の面（おもて）をおこすものにはあらずや」（『宇津保物語』国譲中）と期待したり、「かたちよからむ女子は捨てぞしつべき」（『寝覚物語』二）と懸念したりする。まして、異様な姫君であるだけに、両親の憂慮と心痛とは人並みでない。

一〇　形容詞「むくつけし」の連用形に、断定の助動詞「なり」が下接したもの。形容詞は、「――ノサマ」「――ノコト」といった名詞を下接する意味になる。

一一　自己の判断よりも、世間の評判や他人の評価を優先して行動の規準とする思想である。そこで、行動の評価には、善悪真偽よりは、栄辱毀誉（きよ）が重視される。両親の子女規制には、その傾向が格別に顕著となる。

一二　観点の転換。主観的行動の叙述「見ればこそ」に呼応して、客観的事態の叙述「ことは、ゆゑあれ」とする。一文における叙述観点の移動転換は、構成論理に飛躍があるが、凝縮した表現の印象が鮮明となる。

一三　毛虫あるいは青虫は、草木を食して成長し、蛹（さなぎ）となって、さらに成虫と転化する。成虫が蝶である。

一四　平安貴族は、「虫吐絲也」（『和名抄』）という程度の知識で、実態を知見する機会には、乏しかった。

と宣ふに、〔両親は〕言ひ返すべうこそあらず（適切に反論しようがなく）、——あさまし（あきれはててさまだ）。

〔姫君は〕さすがに、親たちにも、さし向かひたまはず（直接に顔をつき合せて応対なさらない）。[一] 鬼と女とは、人に見えぬぞよきと、[二] 案じたまへり（独自の配慮をなさっている）。几帳、〔簾際に〕添へて立てて、〔両親を相手に〕かくさかしく（得意そうに）言ひ出だしたまふなりけり。

母屋（もや）[三]の簾（すだれ）をすこし巻き上げて、

姫君と召使

これを、若き人びと（若い女房達）、聞きて（親娘の討論を）、「〔姫君は〕いみじくさかしたまへど（いやにもてはやしなさるけれども）、〔私達は〕心ち（ここち）こそ惑へ（気が変になる）」「この御遊び（おほむあそび）物よ」「いかなる人（どんなに幸運な女性が）、蝶愛（め）づる姫君につかまつらむ（お仕えするのだろう）」とて、兵衛（ひやうゑ）[四]といふ人、

いかでわれとがむかたないくしかなる[五]
烏毛虫（かはむし）ながら見るわざはせし

と言へば、小大輔（こたいふ）[六]といふ人、笑ひて、

うらやまし花や蝶やといふめれど[七]

一 貴族女性は、原則として、親兄弟でも、几帳ごしに応対した。常識無視の姫君にも、女性らしさがある。

二 諺言（げんげん）か。『宇津保物語』（嵯峨（さが）院）などに、うとましい女性と対座することを、「鬼にむかふ心地」とする。見えない方がよいという意味であろうか。背景に諺（ことわざ）が想定される。直接の対面を回避するものとして鬼と女とが対比されたのであろう。「おに」は、漢語「隠（オン）」に由来し、知覚しえない超越的な存在をいう。平安後期になって、鬼の具象的な映像が成立する。

三 寝殿造（しんでんづくり）の中央の間。母屋—廂（ひさし）の間—簀子（すのこ）の三重構造で、簾が母屋と廂との境界にある。両親は廂に位置し、母屋の姫君は、最少限度の遮蔽（しゃへい）である几帳とともに、巻き上げた簾ぎわまで移動する。姫君の、意気軒昂（けんこう）たる攻撃的防御である。

四 女房の呼称。兵衛府に勤務する人物が縁者であることに由来する。

五 どうしてまあ、私は、何とも非難の仕様がない、まことに不思議な、毛虫そのままの姫君を見る勤めをしたのだろう。毛虫が蝶になるなんて得意そうな様子だが、あの毛虫の姫君が、蝶になるなんて、マサカ！

六 女房の呼称。「大輔」は、八省の次官である人物を縁者とすることに由来する。「小」は、年少の意。

七 ああ、うらやましい。世間では、花よ蝶よといって楽しんでいるようだけれども、私どもでは、毛虫くさい生活を、送っていることなんだわねえ。私たちだって、世間と同じ人間なのに。おお、イヤダイヤダ。

烏毛虫くさき世をも見るかな

など言ひて、笑へば、「からしや」（(女房達)辛辣なのね）「眉(まゆ)はしも、烏毛虫だちためり」（眉毛はそれまるで毛虫そっくりよ）「さて、歯茎(はぐき)は」「皮のむけたるにやあらむ」[八]とて、左近(さこん)[九]といふ人、

「冬くればころもたのもし寒くとも[一〇]
烏毛虫おほく見ゆるあたりは

衣(きぬ)など着ずともあらなむかし」（着ないでもそのままでおればよい）

など、言ひあへるを、とがとがしき女（小うるさい女房）、聞きて、

「若人(わかうど)たちは、何ごと言ひおはさうずるぞ（おっしゃろうとするのだ）。蝶愛(め)でたまふなる人（近所の姫君）も、もはら（ちっとも）、めでたうもおぼえず（すばらしいとも思われない）。けしからずこそ[一一]（不都合だと）、おぼゆれ。さて、また、烏毛虫ならべ[一二]、蝶といふ人ありなむやは。ただ、それが[一三]（〔蝶は〕毛虫が）蛻(もぬ)くるぞかし（脱皮する）。そのほどを尋ねて（過程を追求して）、したまふぞかし。それこそ、心深けれ。蝶は[一四]、捕(とら)ふれば、手にきも付きて（粉がついて）、いとむつかしきものぞかし（厄介なもの）。また、蝶は、捕ふれば、瘧病(わらはやみ)[一五]せさすなり。あな、

八　鉄漿(はぐろめ)で染歯しないために、皓歯(こうし)との相対関係で、歯茎の血色が鮮明である。一般に、染歯すれば、口腔も暗く、歯茎の色彩も鮮明でない。そういった印象感覚は、絵巻物類で哄笑(こうしょう)する男女の口腔を比較すれば、明瞭である。そういった事実を背景に、姫君の歯茎の視覚印象を誇張して罵倒(ばとう)した。姫君への敬語がないことともに、憤懣(ふんまん)が想察される。

九　女房の呼称。左近衛府に勤務する人物が縁者であることに由来する。

一〇　冬がやってくると、着物の心配がなくてたのもしいわね。どんなに寒くったって、毛皮で包まれた烏毛虫がうじゃうじゃいっぱいのこのあたりでは。ウン、ソウイウコト、ソウイウコト。……デショウ！　下句は、倒置構文で、上句とともに一首の和歌を構成し、あわせて、下文「衣など着ずともあらなむかし」と構文的承接関係を形成する。鎖型構文で、和歌表現と散文表現とが、融合し、一文となる構文である。

一一　末の蝶を愛し、本(もと)の毛虫に関心がないことを、姫君の論理を借用して非難する。姫君擁護の第一項。

一二　本(もと)の毛虫を末の蝶と規定する人物はない。姫君にも、本末混視はないと解説する。姫君擁護の第二項。

一三　姫君は、本(もと)の毛虫から末の蝶への転換を追求しようとする。原理の探究である。姫君擁護の第三項。

一四　蝶を愛好することの弊害を列挙して、姫君の配慮と近隣の姫君とを対比する。姫君擁護の第四項。

一五　マラリアに相当する病気。鱗粉(りんぷん)との関係は俗言か。

ゆゆし（いまいましい）とも、ゆゆし（いやらしい）」

と言ふに、[一]いとどにくさ増さりて（反感が増大して）、〔陰口を〕言ひあへり。

この虫ども（虫どもを）捕ふる童べ（わらは）には、をかしき物、かれが欲しがる物を賜へば、さまざまに、おそろしき長虫（ながむし）（蛇）どもを取り集めて奉る（たてまつ）。

〔姫君〕「烏毛虫は、毛などはをかしげなれど、おぼえねば（故事に関係がないから）、さうざうし（つまらない）」

とて、[二]蟷螂（いぼじり）、[三]蝸虫（かたつぶり）などを取り集めて、〔童べに〕歌ひののしらせて〔姫君自身に〕聞かせたまひて、われも（姫君自身も）声をうちあげて、[四]「かたつぶりの、あいのの、あらそふやなぞ」といふことをうち誦（ずん）じたまふ（吟詠なさる）。

童べの名は、例のやうなるは（世間一般のようなのは）わびしくて（はえないと思って）、虫の名をなむ、付けたまひたりける。

[五]螻蛄男（けらを）、ひくさ麿（まろ）、いなかだち、蝗麿（いなご）、雨彦（あまびこ）なん、名と付けて召し使ひたまひける。

一 「とがとがしき女」の姫君擁護は、姫君の思想に立脚して論理的である。若年女房の反論する余地のない姫君への迎合阿諛（あゆ）になるから、反感はより増大する。論理的否定で毛虫嫌悪（けんお）の感覚が解消するわけでない。

二 かまきり。『散木奇歌集』（雑下）に、「引きかへ牛の、殊の外に小さくやせて、え引かざりしかば、いぼうじりとつけて笑ふ」とある。

三 『梁塵秘抄』に、「をかしく舞ふものは、巫（かうなぎ）、小楢葉車の筒とかや。平等院なる水車（みづぐるま）、囃（はや）せば舞ひ出づる蟷螂蝸牛（かたつぶり）」とある。

四 『和漢朗詠集』（下）の、「蝸牛角上争何事。石火光中寄此身」（「無常対酒」白楽天）の高吟か。女性は、和歌が普通で、漢詩の朗詠は異例である。

五 「けら」はオケラ、「ひくさ」はヒキガエル、「いなかだち」は不詳、ただし、「蜻蛉」に「カタチ」の訓釈（『医心方』）があり、「稲蜻蛉」ということか。「いなご」はショウリョウバッタ、「あまびこ」はヤスデ。「男」「麿」「彦」は、男子人名に使用する。

六 公卿（摂政、関白、大臣、大中納言と参議）の子息。大納言息女の姫君とは、同列の階級である。

七 挿入表現。「上達部の御子」を解説する。平安後期、上流貴族の子弟には、二種の類型があった。第一は、薫大将の系譜で、内省的な教養人である。第二は、匂宮（におうのみや）の系譜で、享楽的な行動人である。ともに、世紀末的な時代を反映する青年貴族の典型といえようか。宰相中将（「このついで」）や権中納言（「逢坂こえぬ

公子の悪戯(いたずら)

かかること、世に聞えて、いとうたてあることを言ふ（〔世間の人達が〕聞くにたえない噂話を）なかに、ある上達部(かんだちめ)の御子(おほむこ)[六]——うちはやりて（お調子のりで）[七]もの怖(お)ぢせず愛敬(あいぎやう)づきたる、あり——、この姫君のことを聞きて、「さりとも（虫好きでも）、これには怖ぢなむ（おじけづくだろう）」とて、帯の端(はし)のいとをかしげなるに、蛇(くちなは)の形をいみじく似せて、動くべきさまなどしつけて（工作して）、鱗(いろこ)だちたる懸袋(かけぶくろ)に入れて、〔手紙を〕[八]結び付けたる、文を見れば（〔その〕手紙を見ると）、

〔ある上達部の御子〕
はふはふも君があたりにしたがはむ[九]
長き心のかぎりなき身は

とあるを、〔女房が〕何心なく、〔姫君の〕御前(おほむまへ)に持て参りて、「袋など（袋やなんかで）……。あくるだに、あやしくおもたきかな」とて、ひきあけたれば、蛇、首をもたげたり。

姫邸の反応

人びと（女房たち）、心を惑はしてののしる（大騒ぎする）に、君は（姫君は）、いとのどかにて（悠然とした有様で）、「な

権中納言」）は、第一の系譜である。この御子（右馬佐）や好者（「はなだの女御」）は、第二の系譜である。

八　鎖型構文。「結び付けたる」は、「上達部の御子」の述語であって、「文」を修飾する。述語としては、「上達部の御子」の動作「むすびつけた」ことを表現し、修飾語としては、「むすびつけてある」手紙ということで、様態を表現する。二文で表現されるはずの事柄を凝縮して、掛詞ふうの二重機能による一文構成とした。表現の連続性を現出する構文技法である。

九　くねくねと這いずりまわりながらも、あなたのかたわらにピッタリと付きしたがおう。この身体のように長くいつまでも変らない、あなたをいとしく思う心である私は。「はふはふ」と「長き」とは、蛇の縁語。「はふはふ」は、蛇の生態であるが、姫君に奉仕する含意がある。「長き心」は、蛇身に由来する表現だが、含意として、愛情の不変を宣言するとともに、それがまた、姫君を見込んだ強靱な執念(きょうじん)をも連想させる。古来、蛇は、男性の象徴とされる。男性に化身した蛇が、美女に、求婚しまたは通婚した伝承は、古代の三輪山伝説をはじめ中世の説話まで、数少なくない。ただ、この姫君は、成人の化粧もせず、男童を召使い、漢詩を朗詠するなどで示唆されたように、性的に未熟である。その事実は、さらに、後段で詳細に判明するが、君達の和歌は、作者の意図する効用を発現せず、空転してしまいそうだ。

もあみだぶつ、なもあみだぶつ」とて、
「生前(さうぜん)の親(おや)ならむ、な騒ぎそ」
と、うちわななかし、顔、ほかやうに、
〔声を〕ふるわせ　そっぽに
「なまめかしきうちしも、掲焉(けちえん)に思はむぞ。あやしき心なるや」
優美な様子のうちを愛でるのは　あまりに露骨すぎる　不埒な考えなんだわ
と、うち呟(つぶや)きて、近くひき寄せたまふも、さすがにおそろしくおぼえたまひければ、立ちどころ、居(ゐ)どころ、蝶のごとく、声、蟬声に宣ふ声のいみじうをかしければ、人びと、逃げさわぎて、笑ひ入(い)れば、しかじかと聞ゆ。
〔蛇を〕　立ったり　座ったり　花に舞う蝶のようで　蟬のように　かん高い声　女房連中　〔大納言に〕
「いとあさましくむくつけきことをも、聞くわざかな。さる物のあるを見る見る、みな、立ちぬらむことぞ、あやしきや」とて、大殿(おとど)、太刀(たち)を提(ひきさげ)て、もて走りたり。
〔大納言〕　目にしながら　〔姫君を放っておいて〕　非常識だ
よく見たまへば、いみじうよく似せて作りたまへりければ、手に
〔大納言が〕子細にご覧になると　いやらしいほど　〔本物の蛇〕そっくりに似せて

一 輪廻転生(りんねてんしょう)の思想。仏教では、肉体が死滅しても、霊魂は転々と他の肉体に移って、永遠に生き代り死に代るとする。そこで、「三世(さんぜ)」といって、前世（出生する以前の過去）と現世（出生から死亡までの現在）と来世（死亡した以後の未来）とを措定する。「生前」は、死後の未来に対応する用語で、存命中の現在をいう。姫君は、死後の世界では、この蛇の子に生れ代るかもしれないと推理するのである。姫君の思想では、末の蝶より本(もと)の毛虫を重視する。現在の親子は、過去の何かを本とする末で、未来の親子となるかもしれない現在の何かが本になって、未来の親子という末があるということになる。現在の時点において、大納言が親なのは末としての親でしかない。本としての親である可能性は、この蛇にもある。本を重視する思想的観点からすれば、この蛇こそ、可能性でしかないが、現在の親ということになる。実践的に主張する姫君の論理は、観念的には一貫性を堅持している。

二 思想を忠実に実践する意志と、思想に関係なく反応する感性と、その緊張関係が姫君の発言と所作との撞着(どうちゃく)を惹起(じゃっき)する。何人(なんぴと)も論破しえなかった思想の絶対性が、姫君自身の感性によって、破綻しかかっている。

三 姫君の思想では、蝶は無論のこと、蟬もまた末のはずである。姫君の所作を擬定して、撞着を印象づける形象。「蟬声」には、『枕草子』（二一五段）に、「すさましきもの」と批評がある。恐怖に動転しながら、懸命に自己を説得する。

公子の覗見

取り持ちて、(大納言)「いみじう、物よくしける人かな」と、(大納言)〔姫君が虫を〕「かしこがり、ほめたまふと〔贈り主が〕聞きて、したるなめり。返り事をして、はやく遣(や)りたまひてよ」とて、〔大納言の居室に〕渡りたまひぬ。

人びと、「作りたる」と聞きて、

(女房)「けしからぬわざしける人かな」

と言ひにくみ、

(女房)「返り事せずは、おぼつかなかりなむ」

とて、四〔姫君は〕いとこはく、すくよかなる五紙に書きたまふ。仮字(かな)は、まだ書きたまはざりければ、六片仮字(かたかんな)に、

(姫君)七「契(ちぎ)りあらばよき極楽(ごくらく)に行(ゆ)きあはむ
　まつわれにくし虫のすがたは
八福地の園に」

と九ある、一〇右馬(うま)の佐(すけ)、見たまひて、いとめづらかに、様(さま)、一一異(こと)なる文かな

四 観点の転換。「人びと」から「書きたまふ」までが一文。助詞「て」を介在させ、以前は女房の言行、以後は姫君の言行である。接続助詞の用法の一つ。

五 男女の贈答には、風流な薄様(うすよう)が一般の常識である。姫君に配慮がないのは、性的関心に未熟な一例。

六 普通は、男子が漢字とともに使用する。女子は、平仮名を使用するのが一般である。前段の漢詩の朗詠のほか、後段に漢字の手習のことがあり、女性的教養の蓄積よりも、男性的教養を志向する非女性的あるいは前女性的教養に停滞していることを反映する。

七 ご縁があったら、最高の極楽で出会おう。貴方は、そんな長い形で絡みつこうとするつもりかも知れないが、私としては、そばには居にくい、そんな虫の姿では……。「まつはれ(ワ)」は「待つ我れ」と掛詞で、蛇の縁語。極楽で待つ私は、蛇の姿では嫌だという含意がある。阿弥陀如来の極楽浄土には、九品の等級があり最上級(上品上生)を、「よき極楽」といった。

八 「耶輸陀羅(やしゅだら)が福地の園に種まきてあはむかならず有為の都に」(『異本紫明抄』若菜上)。耶輸陀羅は、釈迦(しゃか)の在俗時代の夫人。『宝物集』(六)に、前世で釈迦の前身に供養し、未来の結婚を立願したとある。

九 鎖型構文。「ある」は、「仮字は」以下の述語で、「見たまひて」を修飾する。二文を一文に凝縮した。

一〇 右馬寮の次官。正六位相当。家柄から、年齢十代半ばの映像がある。「虫」に対応する「馬」の設定。

一一 料紙や文字のほか用語も、女性の恋文らしくない。

と思ひて、いかで見てしかなと思ひて、中将[一]と言ひあはせて、あや[二]しき女どもの姿を作りて、按察使(あぜち)の大納言の出でたまへるほどに、〔大納言邸に〕おはして、姫君の住みたまふ方(かた)の北面(きたおもて)[三]の立蔀(たてじとみ)のもとにて、見たまへば、男の童(を)の異なることなき、草木どもにたたずみありきて、さて、言ふやうは、

(男の童)「この木に、すべて、いくらもありくは。いとをかしきものかな。これ、御覧ぜよ」

とて、〔姫君の前の〕[四]簾をひき上げて、

(男の童)「いとおもしろき鳥毛虫(かはむし)こそ、候(さぶら)へ」

と言へば、さかしき[五]声にて、

(姫君)「いと興あることかな。こち持(も)て来(こ)[六]」

と宣へば、

(男の童)「とり分(わ)つべくもはべらず。ただ、ここもと、御覧ぜよ」

一 近衛府の次官。従四位下相当。家柄と官位と年齢とが類同する、右馬佐(うまのすけ)の仲間。十代後半であろう。

二 猟奇探訪に即応する変身趣味。遊人的な青年貴族の世紀末的な生態の一端である。女装の趣向は、『とりかへばや』『伏屋の草子』『ちごいま』などにある。

三 殿舎の裏手に相当する。屋内を遮蔽(しゃへい)するために、立蔀(地上に立てる蔀ふうの衝立(ついたて))がある。

四 男童が、簀子(すのこ)にあがって簾を引きあげる。普通なら許されない。「異なることなき」童の異例の行動。

五 普通の姫君は、「さかしき声」を出さない。貴族の女性らしいムードの欠落した印象である。

六 普通なら、女房が仲継ぎをする。型破りの指示。

七 高貴の姫君の動作としては、穏当でない。作者の批判意識によるか、敬語も欠落する表現になっている。毛虫への興味に、自制できないのであろう。直情的で節度のない性格を反映する。

八 通常は簾中(れんちゅう)に居座する高貴の女性には、軽薄な動作。『源氏物語』(常夏(とこなつ))の近江君に関連して、「端近なる体なり」(『花鳥余情』)という批判がある。

九 無雑作な着付け。服装に、女らしい配慮がない。

一〇 普通の姫君なら、女房が櫛で手入れするはずである。世話を拒否するのであろう。毛髪は、女性美の最大ポイントで、色艶(いろつや)のある漆黒な長髪が賞美された。

一一 前段に、「眉、さらに抜きたまはず」とあった。顔面が肌白であることを、相対的に想察させ、かつ、毛髪が良質であることを暗示し、「梳りつくろはねばに

〔姫君は〕と言へば、荒らかに踏みて出づ。（七 荒っぽい足どりで）

〔姫君が〕簾を押し張りて、枝を見入りたまふを見れば、頭（かしら）へ、きぬ着あげて、髪も、下り（さが）ば清げにはあれど、——梳（けづ）りつくろはねばにや——しぶげに見ゆるを、眉、いと黒く、花ばなとあざやかに、涼しげに見えたり。（八 前に押し張り身をのり出して　九 〔着物を〕かぶったように着こみ　額髪の下ったあたりは　一〇 櫛で手入れをしないからなのか　ばさばさに　一一 華麗なさまでくっきりとしていて　一二）

〔姫君は〕口つきも愛敬づきて、清げなれど、歯黒め付けねば、いと世づかず。化粧（けさう）したらば、清げにはありぬべし。心憂くもあるかなと、おぼゆ。（口もとも可愛げがあって　一向に色気がない　一三 情ないことであるわい）

〔姫君は〕かくまでやつしたれど、見にくくなどはあらで、いと、様異（さまこと）に、あざやかにけ高く、花やかなるさまぞ、あたらしき。練色（ねりいろ）の綾（あや）の袿（うちぎ）一襲（かさね）、はたおりめの小袿一襲、白き袴（はかま）を好みて、着たまへり。（見ばえがしない恰好でいるけれども　格別に　一四 印象鮮明に気品があり　目がひらくような美しい様子が　残念だ　一五　一六　一七）

〔姫君は〕この虫を、いとよく見むと思ひて、さし出でて、（身をのり出して）

や」という推測の妥当性を傍証する。

一二 覗見（のぞきみ）される姫君を叙述する観点が、重層的に移動する。前文では「見たまへば—踏みて出づ」と客観描写である。ここでは、「見れば—見えたり」で右馬佐の主観で描出する。さらに、次文は、「かくまで—あたらしき」と、客観描写を佐の主観で終結する。主観と客観との総合描写である。それ以後、また、客観描写に回帰するが、右馬佐が、姫君に傾斜して、客観的な対象から主客総合の世界にまで没入する心理的経過が、叙述観点の移動推移によって示唆される。

姫君の生態

一三 髪も眉も口つきも、素材はよいが、手入れをしていない。姫君には、「人は、すべて、つくろふ所あるはわろし」の実践だが、男の佐からすれば、素材の美しさが生かされていない。異性として残念がる心境である。個性美は類型美を前提として成立するから、類型美を無視する姫君には、むしろ、グロテスクである。素材美があるだけに、その落差は著大となって、男性の空想をより刺激する。王朝美学の秩序を蹂躙（じゅうりん）する姫君の生態に魅（み）せられたように、作者は、猟奇的な描写を子細に展開する。

一四 通常は、男性美の規定。『源氏物語』に、頭中将（とうのちゅうじょう）（葵（あおい））や鬚黒大将（ひげくろ）（真木柱（まきばしら））について形容している。

一五 白っぽい薄黄色。年配の女性が着用（『今昔物語集』二二）し、年若い女性らしくない趣味である。

一六 きりぎりすの模様の小袿。袿の上に着用する。

一七 若い女子は、紅色を着用する。白い袴は、男物。

（姫君）「あな、めでたや。〔一すばらしい〕日に〔二照りつけられるのが〕あぶらるるがくるしければ、こなたざまに来るなりけり。〔この毛虫を〕これを一つも落さで、追ひおこせよ。〔こちらへ追ってよこせ〕童べ（わらは）」

と宣へば、〔童が毛虫を〕つき落せば、はらはらと落つ。

三白き扇（あふぎ）の墨ぐろに四真字（まな）の手習（てならひ）したるを、さし出でて、

（姫君）「これに拾ひいれよ」

と宣へば、童べ、〔扇の上に毛虫を乗せて〕取りいづる。〔さし出す〕

皆君達（みなきんだち）も、〔右馬佐と中将達も〕あさましう、〔思いがけぬ災厄がある家庭で〕災難あるわたりに、五こよなくもあるかな〔これは格別なんだなあ〕

と思ひて、〔この姫君のことを〕この人を思ひて、六いみじと、〔ひどいことだ〕七君は、〔右馬佐は〕見たまふ。

〔立っている童が〕童の立てる、〔右馬佐達を〕あやしと見て、

「かの立蔀（たてじとみ）のもとに添ひて、八清げなる男（をとこ）の、九さすがに、〔そうはいうものの〕一〇姿つきあやしげなるこそ、覗（のぞ）き立てれ」

と言へば、この一一大輔（たいふ）の君といふ、

「あな、いみじ。〔ひどいこと〕御前（おほむまへ）には、〔姫君には〕一二例の、〔いつものように〕虫興じたまふとて。一三あらはに〔ひょっとし〕

一 毛虫が自分の方に来るのを「めでたし」と言う。普通の姫君なら、逃げだすところである。

二 毛虫の行動を、論理的に説明しようとする。日ごろの観察に基礎づけられた知識を論理的に整理して納得せずにおれない性格が看取される。

三 女性は、彩色した檜扇（ひおうぎ）を持つのが普通。

四 姫君の筆跡。濃い墨色で真字（漢字）といえば、女性の筆跡として殺風景の極限。普通の姫君なら、墨色の濃淡を生かした仮名のはず。初歩の「手習」の程度、稚拙な筆跡。紙扇の文字や絵画は、教養趣味を反映する。『源氏物語』（帚木）で、博士の娘の欠点のひとつとして、漢字ばかりを書くことが指摘される。

五 姫君の容貌が格別に美しい。姫君の言行と容貌とが相即しないから、感慨も、ひとしお深くなる。

六 姫君の美貌と常識の欠落との落差が、強烈な印象となる。佐（すけ）の深層心理で、姫君への傾斜がありそう。

七 姫君の存在を、大納言家の「災難」とすることでは、君達は一致している。だが、右馬佐だけが、「この人を思ひて、いみじ」とする。姫君個人に傾斜する右馬佐ただひとりの心情が、特別にある。

八 女装していたはずなのに、男性であることが露見している。姫君観察に夢中忘我の状態であったことの証左である。それを、事情を知らない童が見破った。だが、この時点で、佐たちは、発見されたことにも、露見したことにも気付かない。姫君に夢中で注意力が散漫になっている。佐の感慨の真実の意味を、童の言

葉が間接的にしかし客観的に指摘したことになる。
九「清げなる」と「姿つきあやしげなる」との共存に、「男」の正体を見極めえない男童の不可解な当惑の発露。説明しようのない奇怪な女装の一行である。
一〇 男童に露見した女装である。女になりきれないグロテスクな様子と推測される。作者の頽廃(たいはい)趣味。「清げなる男」のグロテスクな変装は、まさに、姫君と対比されるべきであろう。そして、ともに、自己の醜悪さに気付かない。しかも、姫君は装わないグロテスクで、男たちは、装いすぎたグロテスク、対蹠(たいせき)的である。
一一 女房の呼称。八省の次官である人物を縁者とすることに由来する。「―の君」とあるから、上臈(じょうろう)である。
一二 佐の覗見(のぞきみ)した姫君の生態が、姫君には、特例でなく、日常的な生活そのものであったことを、物語る。
一三 高貴の女性が、もっとも戒心すべきことである。室内にいて、扇、几帳、簾で遮蔽(しゃへい)するのが常態である。
一四 日ごろの女房たちの態度から、姫君の応対にも、屈折がある。普通の姫君なら、大輔の君の言葉だけで簾の中に入る。だが、不信感が姫君を開き直らせる。
一五 大輔の君は、姫君が端近でいることを抑止したい。毛虫観察の抑止は、効果がないと熟知している。毛虫観察で妥協し、男性の存在を暗示して所期の目的を達成しようとする。一種の駆引である。
一六 姫君は、証拠の確認を要求する。大輔の君の策略も、昆虫観察に発現する姫君の実証精神に、簡単には通用しない。論理性と実証性とが姫君の特性である。

や、おはすらむ。告げたてまつらむ」（たら外からまる見えでいらっしゃるだろう　お知らせ申し上げよう）

とて、参れば、〔姫君は〕例の、簾(すだれ)の外(と)におはして、烏毛虫(かはむし)、ののしりて（大騒ぎをして）払(はら)ひ落させたまふ。

〔大輔の君は〕いとおそろしければ、〔姫君の〕近くは寄らで、

「入(い)らせたまへ。端(はし)（端近な所は）、あらはなり」

と聞えさすれば、これを（毛虫収集を）制(せい)せむ（やめさせよう）と思ひて言ふとおぼえて、

（姫君）一四「それ（人目につくことは）、さばれ（なあに）、ものはづかしからず（はずかしくなんかない）」

と宣へば、

（大輔の君）「あな、心憂(こころう)。虚事(そらごと)と思しめすか。その立蔀のつら(かたわら)に、いとはづかしげなる人（立派な様子の男性が）、侍(はべ)るなるを。一五 奥にて御覧ぜよ」

と言へば、

（姫君）一六「螻蛄男(けらを)、彼処(かしこ)に出で、見て来(こ)」

と宣へば、〔螻蛄男は〕たち走りていきて、

「まことに、侍るなりけり」と申せば、たち走り、烏毛虫は袖に拾ひ入れて、走り入りたまひぬ。

丈だちよきほどに、髪も、袿ばかりにて、いと多かり。すそもそがねば、ふさやかならねど、ととのほりて、なかなか、うつくしげなり。

かくまであらぬも、世の常び――ことざま、けはひ――もてつけぬるは、くちをしうやはある。まことに、うとましかるべきさまなれど、いと清げに、け高う、わづらはしきけぞ、異なるべき。あなくちをし。などか、いとむくつけき心なるらむ。かばかりなるさまを。――と思す。

右馬の佐、ただ、帰らむは、いとさうざうし。見けりとだに、知らせむとて、畳紙に、草の汁して、

一 男童と同様の敏捷な動作。高貴の女性には適切でない。毛虫だけはサッと袖に入れるなど、子供っぽい。

二 男性から隠れようとする女らしさ。姫君の非女性的生態が、女性欠落ではなく、また、男性的女でもなく、性的未熟に起因することを示唆する。

三 素材としての女性的美質を列挙する。王朝貴族には、小柄な女性が好まれた。『宇津保物語』(あて宮)で、入内する十五歳のあて宮を、「丈五尺に今すこし足らぬほど」とする。『源氏物語』で、長身の、民部のおもと(空蟬)は嘲笑され、末摘花(末摘花)は「むねつぶる」と批評される。

四 身長より長い毛髪。豊富で長大な毛髪は、美人の条件。毛髪は、吉日に、裾を切り揃える。毛先が擦れて細くなるのを防止するためである。

五 可愛いと感じさせる美しさ。美的状貌でなく、美的心情を表現する。美的判定でなく、美的魅力。

六 素材美が、姫君の心がけで生かされない現状を「心うし」「あたらし」「あなくちをし」と批評。姫君に傾斜する佐の深層心理が、自然に好意的焦躁となる。

七 姫君の印象は、「清げ」「愛敬づく」「け高し」「ととのほる」と表現される。当代では、美少年に相通ずる容姿である。円熟した女性の美しさではない。抜群の美女になる素質の女性以前であって、女性以外ではない。佐だけが、そのことに気付いている。

八 虫を好み、化粧をしない、女性の教養に欠けるといった常識を逸脱する心情。美貌と嗜好との不協和を

(右馬佐)一一かはむしのけ深きさまを見つるより
とりもちてのみまもるべきかな

とて、一二扇して(扇で手を叩きなさると)うち叩きたまへば、童べ、出で来たり。(右馬佐)「これ、奉れ」とて、取らすれば、大輔の君といふ人――(童べ)「この、彼処に立ちたまひつる人の、御前に奉れとて」と言へば――取りて、(大輔の君)「あな、いみじ。右馬の佐の所為にこそ、あめれ。心憂げなる虫をしも、一三興じたまへる御顔を見たまひつらむよ」とて、さまざま聞ゆれば、答へたまふことは、(姫君)「思ひとけば(悟れば)、ものなむ、はづかしからぬ。一四人は(人の命は)夢幻のやうなる世に、たれか、とまりて(生きながらえて)、悪しきことをも見、善きをも見、思ふべき(判断できようか)」

反復して表現する。魅了されながら同調できない姫君の性格と生活とに、焦慮する右馬佐の心境。当初の揶揄から、心境の変化が著しい。ただ、それは佐の秘密。

九 姫君に自己の存在を告知したい欲求と周囲に本心を覚知されたくない虚勢が作用する。中身は純情のお坊っちゃんだが、外見は一廉のワルぶっている育ちのいいプレイ・ボーイの屈折した心理。

一〇 虫好きの姫君に、虫に関係する草の汁で書いた和歌を贈る。機転のきく、右馬佐の才智。

男女の乖離

一一 毛虫の毛深い様子を見たその時から、毛虫って可愛いんだなあと、その姿が心に焼きついて、あなたがそうしているように、手にとって大事にするのがふさわしいことだと覚ったことだ。――私も、毛虫の眉の姫君を、手にとって可愛いがってみたいものだ。「毛深き」に、「気深き(心深き)」の含意。「とりもち」は、「鳥黐」との掛詞。心にくっついて忘れがたい含意がある。表面に毛虫を、裏面に抜眉しない姫君を言う。常識的な観点から、姫君を揶揄するのが本意と理解され、個人的な真意から、姫君に傾斜する本音が隠見する。同行仲間に配慮する佐の苦心。

一二 扇を鳴らす。扇で掌を叩く。貴人が人を呼ぶ合図。

一三 一般常識からの諫言を、姫君の「人に見えぬぞよき」の信条に即応し、姫君の思想論理で説教する。

一四 奇行と奇癖との背景になっている、仏教思想に基礎づけられた論理的客観主義による姫君哲学の総括で、女房の諫言に対抗し、居直って承服しない。

一 贈歌に対応して返歌するのが、貴族社会の常識的な儀礼である。右馬佐たちは、当然、返歌を期待する。姫邸の動転混乱を洞察し配慮する若者ではない。贈歌の作者が、上達部の子息と判明しているのだから、返歌しないのは失礼な処遇となるからである。

二 姫君が覗見(のぞきみ)された事実は、姫君の恥辱であり、女房の失策でもある。さらに、その姫君が異常なのだから、悪名が実証されたことになり、女房たちも世間に顔むけが出来なくなる。にも拘らず、姫君一人は、強気である。女房たちは、動転し銷沈(しょうちん)して、自分たちのことを嘆くほか、余事に配慮する余裕がない。

三 自己中心でない、女房らしい配慮。返歌を期待しているはずの右馬佐に返歌しないのは、右馬佐に恥をかかすことになる。仲間にも恰好がつかない。

四 世間の人に似ない、私だけの心のなかの真実は、愛する毛虫にもその名を聞くことにしているわけで、貴方の名前を尋ね聞いたうえではじめて申し上げたいものだ。どこのだれと、名前も知らない貴方に、そんなことを漏らせるものか。前段に、姫君が「この虫どもを取らせ、名を問ひ聞き、今新しきには、名をつけて興じたまふ」とあった。作品の用語に関連性を持たせる、物語表現の技巧の一つである。この返歌は、女房の詠作だが、姫君の返歌として詠出されている。贈答の代作は、特例ではない。『伊勢物語』(一〇七段)や『源氏物語』(末摘花)などにある。

五 毛虫そっくりの姫君の前の毛の端っこにでも相当

〔大輔の君は〕張りあいがなくて　年若の女房連中は

と宣へば、言ふかひなくて、若き人びと、おのがじし、心憂がりあへり。

右馬佐たちは　一返歌しないではすますまい　〔姫君邸では〕

この人びと、返さでやはあるとて、しばし立ちたまへれど、童べをもみな呼び入れて、「心憂し」[二]と言ひあへり。

女房のなかのある人たちは　配慮の行き届いている人物がちゃんといるはずだ　〔右馬佐が〕気の毒

ある人びとは——心づきたるこそ、あるべし——、[三]さすがに、いとほしとて、

(心づきたる女房)

人に似ぬ[四]こころのうちは烏毛虫(かはむし)の
名を問ひてこそいはまほしけれ

右馬(むま)の佐(すけ)、

[五]烏毛虫にまぎるるまへの毛の末に
あたるばかりの人はなきかな

と、[六]言ひ笑ひて、帰りぬめり。

するほどの眉毛をした女性は、ほかにいないよ。毛虫のような眉毛の姫君は、なるほど、「人に似ぬ」女性で、やっぱり、まことに珍奇な代物(しろもの)だ。私もおつきあいを御免蒙(こうむ)ろう。「毛の末」は漢語「毫末」で、副詞「いささかも」の意味でも使用される。「烏毛虫にまぎるるまへの毛」は、直接には眉毛であるが、連想で、「まへの毛」を陰毛とし、毛虫のように陰毛の濃密な女性という、卑猥(ひわい)な映像がある。すなわち、毛虫のように陰毛の毛深い姫君に相手になるほどの男は、絶無だということになる。女房代作の返歌に対応し、しかも、男子仲間の好色趣味に迎合する、右馬佐の猥褻(わいせつ)な独詠である。春歌に特有の意味の二重構造で、わかるものにはわかるがわからないものにもわかる表現になっている。姫君に傾斜する心情が、姫君を嘲笑する仲間に露見しないように、姫君を、殊更に猥褻に規定する若者らしい虚勢と看做(みな)される。姫君にも共通する露悪の姿勢である。

六 右馬佐と中将とで、姫君の珍奇な様子を談笑しながら帰宅する。姫君に好意を抱く右馬佐は、心中に相反する態度で、仲間に調子をあわせている。「烏毛虫にまぎるる」の猥褻性を契機として、兵衛や小大輔の辛辣な女性による姫君批評に対応する、中将や佐の猥褻な男性による姫君批評を暗示する。両者に共通するのは、「笑ふ(声をあげて笑うこと)」である。

七 続編の存在を暗示する、思わせぶりな作者のポーズ。物語終結の技法。

未完の終結

七 二の巻に、〔この続きは〕あるべし。(あるはずだ)

程ほどの懸想

葵祭の当日、街頭での逢引が契機となって、小舎人童（こどねりわらわ）と女童（めのわらわ）とが、親密な男女の関係となる。相愛の両人は、自分たちの逢瀬の便宜をも勘考して、主人相互の結婚をも、実現させようと思案するようになる。『落窪物語』の帯刀（たちわき）とあこき（あこぎ）とを、想起させるような展開である。

やがて、主従関係にある、小舎人童―若い男―頭の中将と、女童―女房―式部卿の宮の姫君とが、それぞれ、三対の男女関係を、継起的に成立させることとなる。身分に相応する、男女の結合である。作品の本文に、小舎人童と女童との交渉を批評して、「ほどほどにつけては、かたみに、いたしなど思ふべかめり」とある。標題の由来するところだが、そこでは、童たちは童たちなりに、その身分に相応した懸想をするということである。それが、拡大して、中層は中層なりの、また、上流は上流なりの、身分に相応じた懸想が、三対三様に実現したことになる。

もっとも、純真な情愛は、小舎人童と女童とにしか現出しない。若い男と女房との関係は、情事の遊戯といった印象である。そして、頭の中将には、姫君との関係を、悔恨の懸想とする徴候がある。姫君の反応は、まったく、物語られることがない。

貴族社会を構成し貴族体制を推進する、三層の階級である。だが、主役は、上流貴族であった。現実的にもそうであり、文学的にもそうであった。しかるに、この作品で躍動するのは、第三の階級に所属する男女である。以前の脇役が中心となってしまっている。物語の読者は、やはり、第一と第二との階級が中心だったはずだから、興味ある変遷といえよう。

歴史が動揺し転換する、王朝末期の世相の断面を、如実に反映する文学形象と看做（みな）しうる。

祭（一 葵祭）のころは、なべて今めかしう（何もかも当世ふうに）見ゆるにやあらむ、あやしき（見すぼらしい）小家（こいへ）の半蔀（はじとみ）も、葵（あふひ）などかざして（飾って）、心（二 ここ）ちよげなる、童（わらは）べ（少女）の、袙（あこめ）、袴（はかま）清げに着て、さまざまの物忌（三 ものいみ）ども付け、化粧（けさう）して、われも劣らじと挑（いど）み（競い）たるけしきども（あっている様子）にて行きちがふは（〔都大路を〕往き来するのは）、をかしく見ゆるを、まして（それ以上に少女達と同じ）、その際（きは）（身分）の小舎人（四 こどねり）、随身（五 ずいじん）などは、ことに思ひとがむる（〔少女達を〕特別に心にかけるのも）も、ことわりなり（無理からぬことである）。

とりどりに思ひ分けつる（それぞれに好みの相手を分け決めた〔男女が〕）、もの言ひ戯（たはぶ）るるも、何ばかり（どれほど）、はかばかしき（成果のあがることであるまいよ）ことならじかしと、あまた見ゆるなかに、――いづくのにかあらむ（どちらの召使であろうか）――薄色（六 うすいろ）着たる、髪はぎばかゝにある（髪の長さが脛ぐらいである）、頭（かしら）つき、様体（やうだい）――なにもいとをかしげなるを（〔女童〕）、頭中将（七 とうのちゆうじやう）の御小舎人童（おほむこどねりわらは）、思ふさま（理想的な恋人）なりと

一 賀茂神社の祭礼。四月の中の酉（とり）（二の酉にあたる年は下（しも）の酉）の日に催行された。葵の葉を、社前や参加する人がかざした。葵祭ともいう。『枕草子』（三段）に、「四月、祭のころ、いとをかし」とある。

二 鎖型構文。「心ちよげなる」は、「半蔀」の述語で、「童べ」を修飾する。共通の語句が二重の意味を荷担して、二文を一文に凝定する構成。

葵祭の街頭

三 賀茂祭のために、物忌に服する印。長さ約一センチメートルの柳の札または忍草に、「物忌」と書いて、冠や簾（すだれ）に付ける。女童は袖などか。

四 小舎人童。近衛（このゑ）の中将や少将が召使う男童。『枕草子』（五四段）に、「ちひさくて髪いとうるはしきが、筋さはらかにすこし色なるが、声をかしうてかしこまりてものなど言ひたるぞ、らうらうじき」とある。

五 上皇や摂関をはじめ、高位高官の外出などに、その警護をする近衛府の官人。『枕草子』（五三段）に、「すこし瘦（や）せてほそやかなるぞよき」とある。

六 表が薄紫で裏が白色の衣服。「薄色着たる」「髪はぎばかゝにある」「頭つき、様体――なにもいとをかしげなる」は、同格の構文。すべて、女童についての修飾で、これら全部を、格助詞「を」が統括する。「――女童を」の意味。

小舎人の恋

七 蔵人頭（四位相当）兼近衛中将（従四位下相当）。天皇の側近で、権門の子弟が年若くて就任する。前途有望の官職。『枕草子』（一七一段）に、「きんだちは、頭弁、頭中将」とある。

見て、いみじくなりたる（すごく実っている）梅の一枝に、葵をかざして（飾って）取らすとて、

（小舍人童）二
梅が香にふかくぞたのむおしなべて
　かざす葵のねも見てしかな

と言へば、

（女童）三
しめのなかの葵にかかるゆふかづら
　くれどねながきものと知らなむ

と、おしはなちて（つっぱなして）答ふも、されたり（気がきいている）。

（小舍人童）「あな、聞きにくや」

とて、四笏して走り打ちたれば、

（女童）「そよ（それよ）、五そのなげきの森のもどかしければぞかし（癪だからなのよ）」

など、ほどほどにつけては（身分相応に）、かたみに（相互に）、いたし（胸がうずく）など思ふべかめり。

そののち、つねに行き逢ひつつも語らふ。

――いかになりにけむ（どんな事情になったのだろう）、亡せたまひにし六式部卿の宮の姫君のなか（姫君の邸宅の中）

一 梅の実は求婚の意思表示。李白の「長干行」に「妾髪初覆額。折花門前劇。郎騎竹馬来。繞牀弄青梅」とあり、中国渡来の慣習か。藤原道長が、梅の実を紫式部に贈り「すきものと名にし立てれば見る人の折らで過ぐるはあらじとぞ思ふ」（『紫式部日記』）と詠んだ。男童も、貴族ふうの趣向をこらしたのだろう。

二 このように、すばらしく実った梅にあやかりたいと、貴女に魅かれる私の恋の実りを、神頼みして、切実に願うことだ。今日、だれもが挿す葵の枝葉、――その根までも見たいことだなあ。今日の逢う日だけでなく、二人で寝るところまで、期待したい。「葵」は「逢ふ日」と掛詞。「ね（根）」は「寝」と掛詞。

三 注連縄を回らした賀茂神社の境内の葵に掛る木綿葛、いくら繰っても根が長い、――貴方が来ればとて、二人寝は長いさきのことと知ってほしい。上句は、「繰る」の序詞。「繰る」は「来る」と、「根」は「寝」との掛詞。神社の木綿―木綿鬘―葛（蔓草）の連想が展開する。「くれど」は、動詞已然形に接続助詞が接続、男童の来訪を既定の事実と看做す表現。

四 束帯のときに、手に持つ、長さ約三十六センチ、幅約六センチの板。頭中将の使用するもので、従者の男童が持ち運んでいる。この行動で、男女両人に暗黙の了解が成立したことを示唆する。

五 「ねぎごとをさのみ聞きけむ社こそはてはなげきの森となるらめ」（『古今集』一九、さぬき）。「なげきの森」は、大隅の国の歌枕、「木（笏）」の掛詞。あな

になむ、候（さぶら）ひける。（〔女童は〕伺候していた）

宮など、とくかくれたまひにしかば、〔姫君は〕心ぼそく思ひ歎きつつ、（式部卿宮などは　はやくお亡くなりになったので）
下わたりに、人ずくなにて過ぐしたまふ。——上（うへ）は、宮のうせ（七 下京辺の場末に　召使も数少ない状態で　式部卿宮の北の方は）
たまひけるをり、さまかへたまひにけり——。（尼になっておしまいになった）

姫君の御（おほむ）かたち、例のことといひながら、なべてならずねびまさりたまへば、〔北の方は〕「いかにせまし、内裏（うち）などに思し定めたりしを。いまは、かひなく」など、思（おぼ）し歎くべし。（人並み以上に美しく成長なさっているので　八 入内させることなどに決めておられたのに　駄目になってしまった）

この童、来つつ見るごとに、たのもしげなく、宮のうちも、さびしくすごげなるけしきを見て、語らふ。（小舍人童〔恋人の女童の所に〕　宮邸　荒涼としている　相談する）
「まろが君を、この宮に通はしたてまつらばや。まだ、定めたる方（かた）もなくておはしますに。いかによからむ。程、はるかになれば、（〔小舍人童〕九 私の御主人を〔婿君として〕この宮邸に通わしてさしあげたいなあ　〔北の方として〕　〔婿君におなりになれば〕　一〇 距離）

たが神頼みしてと言ったって、神があなたの願いをお聞きとどけになるそのことが、私の嘆きになるという。それ、その通り、早速あなたは私をぶって嘆き（木＝笏）を見せたのが癪（しゃく）の種。だから、私は慎重なのよ。

六 式部省の長官。四品（しほん）（臣下の四位に相当する）以上の親王が、任命された。

故宮の姫君

七 下京。平安京の東部（左京・東京）のうち、四条あたりから南部の地帯を漠然とさす呼称。特殊な例外を除き一般に、卑賤（ひせん）あるいは零落の人物が居住した。中心になる男性がいないと、財産の管理も十分でなく、零落しがちである。『宇津保物語』の俊蔭女（父は式部大輔兼左大弁）や『源氏物語』の末摘花（父は常陸宮）や『今昔物語集』（一九）の六宮の姫君（父は兵部大輔）など。

八 子女の入内（じゅだい）は、上流貴族の夢。『源氏物語』（紅梅）に、「人にまさらむと思ふ女子（をんなご）を宮仕へに思ひ絶えては、何の本意（ほい）かはあらむ」とある。しかしまた、『寝覚物語』（二）には、「やむごとなき後見（うしろみ）なき人は、宮仕へすべきことにもあらず」とある。

夫婦の談合

九 頭中将は、上流貴族の子弟だから、姫君とは共通する身分。結婚推進の第一条件となる。

一〇 頭中将の邸宅（上京であろう）から下京辺まで、距離が遠くて不便である。中将が姫君に通婚すれば、供人としての男童も、女童のもとに来やすくなる。結婚推進の第二条件となる。一石二鳥を窺窬（きゆ）する召使階級のしたたかな合理精神。

思ふままにも参らねば、〔貴女は私が〕おろかなる（愛情が薄いと）とも思（おぼ）すらむ。また、〔貴女が〕いかにと、うしろめたき（気がかりな）心（ここ）ちも添へて、さまざまやすげなき（あれこれと気がもめるのに……）を」

と言へば、

（女童）「さらに（一向に）、いまは、一さやうのこと（そんな結婚のこと）も、思しのたまはせずとこそ二聞け」

と言ふ。

（小舎人童）「おほむかたち、めでたくおはしますらむや。三いみじき御子（みこ）たちなりとも、〔器量に身分に〕あはぬところおはしまさむ（ふさわしくない欠点がおありになるの）は、いとくちをしからむ（とても残念だろう）」

と言へば、

（女童）「あな、四あさまし（あきれたこと）。いかでか（とんでもない）。見たてまつらむ人びとの宣ふは、五よろづむつかしき（うっとうしいときに）も、御前（ごぜん）（姫君の御前）にだに参れば、なぐさみぬべし（気がはれてしまうにちがいない）とこそ、宣へ」

と語らひて、〔夜が〕明けぬれば、〔小舎人童は〕去（い）ぬ。

一 母娘同居して、母親の死後に出家するという過程の生涯を、想定しているか。天皇や親王の子女は、独身の生涯という類型がある。『源氏物語』で、落葉宮（夕霧）、宮の御方（紅梅）、前斎院（朝顔）など。

二 女童の身分では、女房達の噂話でしか知りえない。

三 男性的発想。高貴の姫君であっても、美人佳人とはかぎらない。『源氏物語』で、常陸宮の姫君の末摘花は、珍奇な醜女（しこめ）であった。

四 失礼な臆測に憤慨する。容貌に拘泥する男性的発想への非難と、奉仕する主人贔屓（びいき）の召使らしい抗議。

五 反論の証拠。効用を叙述する間接的な美的描写。具体的描写の限界を超越する理想美の描出。美醜の認定には、時代や社会や個人による異同があり、好悪がある。美点を列挙しても、説得性を保証されないことがある。説得性を保有しても、そのことだけに限定される。美辞麗句を、ただ羅列しても、相対的な美人でしかない。『源氏物語』でも、桐壺や藤壺など、理想的な美女は、抽象的または印象的な描写になる。一般的な印象描写に対偶する個別的な印象描写として、これは、効用描写ともいうべきか。『竹取物語』に、かぐや姫を、「翁、心地あしく、苦しきときも、この子を見れば、苦しきこともやみぬ。腹だたしきことも慰みけり」とし、『宇津保物語』（楼上・上）に、犬宮を、「いみじき腹立、おそろしきものの心にも、み奉らば、万（よろづ）の事忘れて笑（ゑ）まれぬべし」とする。男性描写にも適用される。『源氏物語』（松風）にも、源氏を、「尼君、

若者と女房

――かくいふほどに、年もかへりにけり（新年になってしまった）。

君（頭中将）の御方に（お邸に）若くて候ふ男[六]――好ましきにやあらむ（浮気っぽいのであろうか）――定めたるところ（[七]妻女と決定している女性）もなくて、この童（小舎人童）に言ふ。

（若い男）「その通ふらむ所（お前が女の家）は、いづく（どこだ）ぞ。さりぬべからむや（然るべき女がいそうな所かい）」

と言へば、

（小舎人童）「八条の宮になむ〔そこには〕。知りたる者、候ふめれども、ことに若人[八]（若い女）あまた候ふまじ。ただ、中将、侍従[九]の君などいふなむ、かたちもよげなりと聞きはべる」

と言ふ。

（若い男）「さらば、そのしるべ（お前の恋人を通じて）して、〔私の意向を女房に〕伝へさせよ」

とて、文（恋文）、取らすれば、

（小舎人童）「はかなの御懸想かな」

のぞきて見たてまつるに、老いも忘れ物思ひもはるる心地してうち笑みぬ」とある。

六 身分は、小舎人童よりも上の男。明瞭でないが、後文に、姫君の女房と交渉があり、中将との関係は、後文での中将との応対などから、『落窪物語』の道頼と帯刀、『源氏物語』の源氏と惟光や良清などを想定させる。地下貴族あたりの出身で、中将の日常的な雑事に奉仕する側近であろう。

七 当時は、一夫多妻だが、雑婚制度ではない。慣行による正式の手順を履行して婚姻が公認される。でなければ、通婚が恒常的に定着して、世間が夫婦関係を容認する。「若くて候ふ男」には、「まだ（定めたるところもなくて）」と記述していない。つまり、当初から、妻帯は念頭にない。「好ましきにやあらむ」という挿入表現は、無責任な女好きの生活態度を、作者の推量という形式で解説する。

八 若い女房は、華麗な生活を希望し、権門に蝟集する。『源氏物語』で、零落した故常陸宮邸では、若い女房たちは、致仕し、行先のない老女が残ってしまう。隠棲する宇治八宮邸でも、「さぶらひし人も、たづきなき心地するにえ忍びあへず、次つぎにしたがひてまかで散りつつ」（橋姫）という有様であった。

九 女房の呼称。中将は、近衛中将（従五位下相当）の人物が、侍従は、侍従（天皇の側近。納言や参議の兼職）の人物が、縁者であることに由来する。出自の格差が、女房の地位に関係し、「君」の有無となる。

〔恋文を〕と言ひて、持て行きて〔女童に〕取らすれば、

(女童)「あやしのことや」〔一 変てこなはなしね〕

〔姫君の女房の所に〕と言ひて、持てのぼりて、

(女童)「しかじかの人」

とて、見す。──恋文の〔二 筆跡も〕手も、清げなり。

〔その恋文は〕柳に付けて、〔柳の枝に結びつけて〕

「三 したにのみ思ひみだるる青柳(あをやぎ)の

かたよる風はほのめかさずや

──四 知らずはいかに」〔〔この私の恋心を〕ご存じなくてはどんなにつらいことか〕

〔女房連中は〕とある、「御返り事(おほむかへりごと)なからむは、五 いと古めかしからむか」〔時代遅れの感じがするだろうか〕「六 今様(いまやう)は、

なかなか(かえって)、はじめのをぞしたまふなる」〔最初の恋文に対して返事なさる〕などぞ、七 笑ひてもどかす。〔〔その女房を〕挑発する〕

〔恋文を受取った女房は〕すこし今めかしき人にや、八

(女房)九 ひとすぢに思ひもよらぬ青柳は

一 男童の「はかなの御懸想かな」と共通する感想。若い男は、伝聞だけで、反射的に恋文を託す。しかも、女房二人のどちらとも指定しない。「かたみに、いたしなど思」う二人には、理解を絶した行動である。

二 筆跡も、好色な人物の条件。男女ともに、筆跡による人物評価が、とくに男女関係では、重要な位置を占める。巧拙だけでなく、人物像までも推理される。

三 人知れず、心のなかでだけ、貴女のことを思い乱れている私の気持を、乱れるこの青柳の枝を、糸を縒(よ)りかけるように交えあわせてまとめる風がそうであるように、仲立ちの小舎人童が、何か貴女にほのめかさないだろうか。もうどうにも我慢できなくて、この童に任せることにした。柳の枝を、「柳糸」という。「青柳の」は、「糸」の枕詞。「みだるる」は、糸の乱れると心の乱れるとの掛詞。「よる」は「縒る」と「寄る」の掛詞。「みだる」「青柳」「縒る」は、糸の縁語。なお、柳枝から、季節が晩春であると知れる。

四 「知るや君知らずはいかにつらからんわがかくばかり思ふ心を」(『拾遺集』一一二)。

五 最初の恋文に、女性が即答しない一般的な慣行を、時代遅れと批判する。旧習は、純真無垢(むく)の世馴(よな)れない姿勢か。『落窪物語』(一)で、道頼は、再三の恋文に返事がないのは、姫君が無垢で世間ずれしないせいと想像する。男性の熱意を測定する意味もあったか。

六 現代風。『源氏物語』(末摘花)で、返歌しない末摘花は批判される。親の勧めで、最初の恋文に返事す

風につけつつさぞみだるらむ

〔女房の返事は〕今やうの手のかどあるに（才気ある達筆）、書きみだりたれば（散らし書きがしてあるので）、をかしと思ふにや、〔若い男は〕まもらへてゐたるを（じっと見守りつづけているのを）、君（頭中将）、見たまひて、うしろより（一〇 若い男の背後から）、にはかに奪（ば）ひ取りたまひつる。

（頭中将）「たがぞ（誰のだ）」

と、つみひねり、問ひたまへり（一一 抓ったり捻ったりしっこくお尋ねになっている）。

（若い男）「しかじかの人のもとになむ。なほざりにやはべる（気まぐれの返事でございましょうか）」

と聞ゆ。

〔頭中将は〕われも、いかで、さるべからむ便（たよ）りもがな（便宜がほしいなあ）と、思すあたりなれば、目とまりて、〔女房の返事を〕見たまふ。「同じくは（どうせのことなら）、ねんごろに言ひおもむけよ（一二 親切に口説いてなびかせろ）。ものの便りにもせむ（何かの機会に役立てよう）」など、宣ふ。

〔頭中将は〕童（小舎人童）を召して、有様（ありさま）、くはしく問はせたまふ。〔小舎人童は八条宮について〕ありのままに、心ぼ

る事例は、『蜻蛉日記（かげろう）』にあるが、『住吉物語』には、三の君の母の言葉に、「御返事とく聞えたまへ。今やうはいとよしばまぬぞ」とある。

七 母娘暮しの零落した宮家に奉仕する、数少ない若い女房達にとって、恋文が舞込むことは、絶えてない華やかな事件であったろう。気楽に浮き浮きした気分で宛名もはっきりしない恋文に、無責任にはしゃぐ。

八 中将とも侍従の君ともない。誰でもよかったのである。たまたま恋文を受取った女房が、周囲の挑発に乗る。男も気まぐれなら女も気まぐれである。

九 一筋に恋の相手を誰と思い定めない貴方は、青柳の枝が風の吹くにつけて乱れるように、女性の噂（うわさ）を聞くたびに、心が乱れているのであろう。贈歌の「風―ほのめかす」の関係を受けて、女の噂を耳にする意味に曲解し、男が、青柳の乱れを縒るとした風を、青柳を乱すものと設定する。用語を継承して意味を転化する技法で、才気に溢れ機智に富む技巧をこらした社交的答歌である。「寄る」と「縒る」の掛詞。「一筋」「縒る」「みだる」は、「青柳（柳糸）」の縁語。

一〇『源氏物語』（夕霧）で、雲井雁（くもいのかり）が、一条御息所（みやすどころ）の消息を夕霧から奪い取る。男女の相違はあるけれども、中将と男との日常関係を暗示する状景である。

一一 親しい間柄の動作。『狭衣物語』（一上）に、「御身に添ふ影にて、忍びの御ありきには離れねば」とある雑色（ぞうしき）三郎と狭衣との関係に類同する間柄であろう。

一二 口説いて、女房を「ねんごろ」な態度に仕向ける。

そげなる有様を語らひ聞ゆれば――一（頭中将）あはれ、故宮のおはせましかば。二さるべきをりは、まうでつつ見しにも（宮邸に参上しては見た時にも想像さえしなかったのに）――、よろづ思ひあはせられたまひて、「三世のつねに」など、〔頭中将は〕ひとりごたれたまふ。わが御(おほむ)うへ（頭中将の）も、四はかなく思ひつづけられたまふ。

いと五世もあぢきなくおぼえたまへど（世の中もわびしくつまらないものに思われなさるけれど）、また、六いかなる心のみだれにかあらむとのみ、つねにもよほしたまひつつ（いつも恋心をかきたてなさっては）、歌（恋歌）など詠(よ)みて、〔八条の姫君を〕訪はせたまふべし（訪問なさるにちがいない）。

――いかで、いひつきしなど（七どうして八条の姫君に言い寄ったのだなどと）、思しけるとかや（後悔なさったとか）。

一 頭中将の回想心話。「あはれ、故宮のおはせましかば、さも心細げにはおはせざらまし」の心境。

二 式部卿は、政治的に閑職だから、四季折々の管絃詩歌の遊宴であろう。現在の零落を予想しえない、盛大なものであったという気持がある。

三 有為転変は世間の常態という慣用表現か。和歌用語か。「世の常に聞くだにあるを郭公(ほととぎす)なき人恋ふる折の声」(『兼輔集』)、「世の常になりぬべきかな桜花散ればなげくといはずやあらまし」(『大弐高遠集』)、「恋しきは憂き世のつねになりゆくを心はなほぞ物思ひける」(『紫明抄』柏木)などがある。

四 『源氏物語』の薫大将にも相通じる、内省的無常感か。背景には、王朝末期の社会的変動に直面する、上流貴族の厭世(えんせい)的無力感が作用している。

中将の情事

五 薫のことで、『源氏物語』(匂宮)に、「中将は、世の中を深くあぢきなきものに思ひすましたる心なれば」とある。ただし、頭中将に、信仰心の徴候はない。

六 想念と生理との矛盾は、『源氏物語』の薫に共通する青年心理。『寝覚物語』(一)にも、「このかたには、いとかく心入れてまどはじと思ひしものを、くちをしくも乱れぬる心かな」とある。

七 良心的な内省が実践的な行動と乖離(かいり)し、後悔しながらも、事態の解決には能動的な行動力を喪失した、内省的貴族の世紀末的通弊。三対三様の恋愛は、興隆する階級と時流まかせの階級と没落する階級との、創造と観賞と倦怠(けんたい)との格差を象徴的に反映する。

はいずみ

二人の男性と一人の女性と、あるいは、一人の男性と二人の女性と、――いわゆる男女の三角関係は、伝承説話から王朝物語まで、繰り返して登場するテーマである。選択、占有、排他、持続、葛藤、離反など、男女の情念を基盤とする、多彩な人間模様が、複雑にかつ露骨に展開する因子を、胚胎しているからであろうか。愛恋という生命の燃焼において、人間は、その感性と品性と知性と教養とを、端的に露呈する。異性と異性と、また、同性と同性との対応と反応とが、人間性の真実を暴露することになるのであろう。三角関係の極限は、人間の虚飾と隠蔽とを払拭する。

これは、卑賤でないが富裕でもなさそうな男性と身寄がなく財産もないという女性との、相愛の夫婦に、高貴でないが裕福ではありそうな人物の一女が、介入して惹起した事件の物語である。男性の密通を認知した新妻の親許は、その代償に、両人の同居を強要する。夫の窮状を理解する古妻は、離別して郊外に退去する。物語は、去る妻と残る夫とを交互に描写して、哀憐悲愁の感動につつまれた情景が展開する。その交錯する場面転換の緊張感は、現代の映像芸術に相通じるところがある。また、その揺曳する男女相思の抒情性は、時代の距離懸隔を解消するところがあろう。相呼ぶ慕情は、相離れた二人を相寄せないではいない。洛北大原の荒屋を舞台に実現する夫婦再会の感動は、読者の感動を誘発して、混然融和の情趣を現出するにちがいない。

だが、事態は、それで解決するわけではない。新妻の親許が提起した要求は、依然として保留されている。ところが、ここで、事態は一変する。悲劇の団円は、一転して、喜劇の茶番となるのである。前半の「あはれ」が、急転直下、後半の「をかし」に急変する。その転換は、衝撃的であり、その対比は、印象的である。暗示的な標題であることを、そこで、納得するであろう。

新旧の妻女

下わたり（下京あたりに）に、品いやしからぬ人（家柄の卑賤でない男が）の、事もかなはぬ人（生活も不如意な女）を、にくからず思ひて、年ごろ経るほどに、親しき人のもとへ行き通ひけるほどに、（〔親しき人の〕）むすめを思ひかけて（懸想して）、みそかに（人目を忍んで）通ひありきけり。

父親の要求

（〔新しい妻は〕）めづらしければにや、はじめの人よりは（古い妻に対してよりは）、心ざし深くおぼえて、人目もつつまず通ひければ、親（親しき人）、聞きつけて、「年ごろの人（長年の連れそう妻）をもちたまへれども、いかがはせむ（今更どうしよう）」とて、許して（認めて）住ます（結婚させる）。

もとの人（古い妻）、聞きて、「いまは、（〔二人の仲も〕）限りなめり。（〔新しい妻の方では夫を〕）通はせてなども、よもあらせじ（まさか）」と、思ひわたる（悩み続ける）。

行くべき所もがな（出て行くあてでもほしいなあ）。（〔男が〕）つらくなりはてぬさきに（冷たくなってしまわぬ前に）、離れなんと、思ふ。

一 平安京の下京。左京（朱雀大路以東）で四条以南の地帯。一部の例外を除き、一般に、社会的身分が低いか、経済的条件に恵まれないかの人物が居住した。

二 妻の経済状況は、結婚を維持する重要な因子となる。『伊勢物語』（二三段）では、妻の経済力衰退が、別人への通婚を成立させる動機となっている。だが、「にくからず思ひて、年ごろ経る」のだから、客観的には危機を胚胎しながら、男の愛情が深い夫婦生活であったことを想察させる。

三 男親との交友が結婚の契機となる前例に、『源氏物語』の博士女（帚木）や八宮女（宇治十帖）がある。

四 敬語表現でないことは、下京居住であることと共に、男が、裕福でも権門でもないことを暗示する。

五 新しい恋人に魅了される男心。「思はぬ方にとまりする少将」にも、「めづらしきは、なほ立ちまさりやありけむ」とある。後代の「女房と畳とは新しいほどよい」に類同する発想。

六 情人としての交情でなく、婿として通婚させる。男は、いわば家族の一員の資格を、獲得するのだが、「住む」といっても、そこに同居するわけではない。

七 一夫多妻の決着のひとつとして、新旧両妻による夫婦同居は、異例ではない。が、忌避する女性もある。

八 男の変心を洞察し、決定的な破局の事前に、みずから退身しようとする女心。同趣の事情で、同居の妻が離婚し退身する事例に、『和泉式部日記』の敦道親王妃や『源氏物語』（真木柱）の鬚黒北の方がある。

――されど、さるべき所もなし。いまの人の親など（新しい妻の）は、おしたちて（高圧的な態度で）言ふやう、

「一妻(め)などもなき人のせちに言ひしに（妻などもない独身の男でしきりに望んだ人に）、二逢はすべきものを（結婚させるはずの娘なのに）、かく、（〔貴男が〕）本意(ほい)にもあらで（末長く添いとげる意志もなく）、三おはしそめてしを（お通いになり始めたのに）、四くちをしけれど（〔娘に通うことが〕）、いふかひなければ（いたしかたがないから）、五かくてあらせたてまつるを（このような状態でお置き申すのに）、（〔それを〕）六世の人びとは、『妻(め)するゑたまへる人を（〔婿にするなんて〕）。おもふと（〔新しい妻を愛しく〕思うと）、さいふとも（そうは言っても）、家にするゑたる人こそ、やンごとなく思ふにはあらめ（大事に思うのであろうよ）』など言ふも（噂する）、やすからず（気がもめる）、七げに、さることにはべる（世間のいう通りでございます）」

と言ひければ、男(をとこ)、

「人数(ひとかず)にこそ、はべらねど、心ざしばかりは（愛情の深さ）、まさる人、侍らじ（私にまさる人物はございますまい）と思ふ。彼処(かしこ)には（私の自宅には）、――渡したてまつらぬを（〔娘御を〕お連れしないのを）おろかに思さば（疎略な扱いと）、――ただいまも、渡したてまつらむ。（〔親の言葉は〕）いと異様(ことやう)になむ（まったく心外でございます）、はべる」

と言へば、親、

一 助詞「を」の統括する三件「妻など」から「たてまつる」までを前件とし、「世の人びと」から「など言ふ」までを後件とする構文。前件を統括する三箇の助詞「を」は、統括する部分を完結するとともに、後続する部分の前件を構成する。鎖型構成の前件である。

二 前件第一の述語で、前件第二との対応関係では、その前件となり、前件第二が、その後件となる。

三 前件第二の述語で、前件第三との対応関係では、その前件となり、前件第三が、その後件となる。

四 感情の露骨な表現。相手に、不快感を直接に表明するのは、批判されるべき態度である。『源氏物語』(賢木(さかき))の弘徽殿女御(こきでんにようご)のように、異例の人物の異例の行動として、その人物の性格や人柄を反映する。

五 前件第三の述語で、後件との対応関係では、直接の前件となる。前件第一「妻など」から「ものを」までと、前件第二「かく」から「おはしそめてしを」までは、後件に対応する直接の前件ではない。鎖型構成による形態的な前件で、実質的な前件を形成するにすぎない。すなわち、前件は、両親の期待＝娘の価値の規定(前件第一)―密通の現実＝男の行為の問責(前件第二)―諦念(ていねん)の承認＝親の寛容の説示(前件第三)の、逆接による三部構成である。冗長で複雑な表現構成に、男の遁辞(とんじ)が介入する余地のない親の計算がある。

六 前件に披瀝(ひれき)した現実と真意に逆反する世間の評判で、心中真実の自己の本音を代弁させる狡猾(こうかつ)な論法。

七 自己の見解より世間の評判に客観的な妥当性を認

定し、男に、客観的な説得性のある行動すなわち男邸における娘との同居を要求する。通婚制下の夫婦同居には、藤原兼家や藤原道長など、女邸同居もあるが、男女に介在する経済や階層や愛情や年輪などの条件が関与する。『落窪物語』(二)で、道頼は姫君と、また、『源氏物語』(若紫)で、正室葵(あおい)の上に通婚する源氏は愛人紫の上と、それぞれ、男邸で同居する。男性の愛情の程度と女性の環境の事情とが、その事由である。男邸同居は、和泉式部や落窪姫君や紫の上など、男性の条件が、女性に優位する事例が顕著である。後段に侍女や乳母(めのと)が登場するけれども、富裕だが卑賤(ひせん)の両親が、「品いやしからぬ」男邸での夫婦同居に、愛情の行動的保証と社会的地位の上昇とを期待したかと推定される。傍証としては、『浜松中納言』(三)で、大弐(だいに)の女(むすめ)と自邸で同居する右衛門督が、女に過分の待遇と、非難されることがある。

八 助動詞「まし」に、実現性のないことを表現する。

九 古い妻の反応で態度を決定しようとする。無力で弱気でしかも狡猾な、他動的姿勢で自己中心の男心。

一〇 憂愁の美女を描写する、物語の典型的な状景。

一一 男性の変心に退身しようとする賢明な女性の態度。紫の上も、「あまり年つもりなば、その御心ばへもつひに衰へなむ、さらむ世を見はてぬさきに心と背きにしかなと、たゆみなくおぼしわたれど、さかしきやうにやおぼさむとつつまれて、はかばかしくもえ聞えたまはず」(『源氏物語』若菜下)という態度である。

「さだに、あらせたまへ」(せめてそうなりとなさい)と面(おも)たちて言へば(露骨な表情で言うと)、男、「あはれ、たれも(誰もそこまでは)。いづち(〔古い妻を〕何処に)遣(や)らまし[八](行かせようかしらと)」とおぼえて、心のうちかなしけれども、いまのがやごとなければ(新しい妻が大切なので)、かく(こういう次第で)など(などと)言ひて、けしきも(〔古い妻の〕[九]反応をも)見むと思ひて、もとの人のがり(古い妻のもとに)去(い)ぬ。

懊悩(おうのう)の古妻

見れば(〔古い妻を〕)、あてにこころしき人の([一〇]上品で小柄な人が)、日ごろものを思ひければ、すこし面(おも)やせて(面やつれして)、いとあはれげなり(しんみりした風情である)。うちはぢしらひて(顔を恥ずかしそうにそむけて[一一])、例のやうにものも言はで、しめりたるを(沈んでいるのを)、〔男は〕心ぐるしう思へど(心つらいことに)、さ言ひつれば(〔新しい妻の親に〕)、言ふやう(〔古い妻に〕)、

「心ざしばかりは変らねど((男)貴女を愛しく思う心ばかりは)、親にも知らせで(〔新しい妻の〕親に内密で)、かやうにまかりそめてしかば(〔新しい妻に〕通いはじめたから)、いとほしさに通ひはべるを(通いますんだが)――つらしと思すらむ(〔貴女が〕)かしと思へば、何とせしわざぞと(何としたことだと)、いまなむ(今になって)、くやしければ(後悔しているので理解してほしい)――、いまも、えかき絶ゆまじなむ(〔新しい妻との関係を〕断ち切れそうにないと……)。

彼処に、土をかすべきを、――ここに渡せとなむ言ふを、いかが思す。外へや去なむと思す。

何かはくるしからむ。かくながら、端つ方におはせよかし。忍びて、たちまちに、何方かはおはせむ」

など言へば、女、「ここに迎へむとて言ふなめり。これは、親などあれば、ここに住まずともありなむかし。年ごろ、行く方もなしと見る見る、かく言ふよ」と、心憂しと思へど、つれなく答ふ。

「さるべきことにこそ。はや、わたしたまへ。いづちもいづちも去なむ。

いままで、かくて、つれなく、憂き世を知らぬけしきこそ」

と言ふ。

いとほしきを、男、

「など、かう宣ふらむ。やがてにてはあらず。ただしばしのこと

一 陰陽道の地神である土公（つちぎみ）のいる方角の工事を避け、また、家人が他所へ移る。「廿七日のほどに土をかすとて、にはかなるよしも珍らしきことありけるを」（『蜻蛉日記』下）、「三月つごもりがた、土忌に人のもとにわたりたるに」（『更級日記』）などがある。土公は、春は竈に、夏は門に、秋は井に、冬は庭にいると信じられた。土忌を口実に、新しい妻の転入を納得させようとする。

二 男の強要でなく、自発的な古い妻の意志で、その追い出しを実現しようとする責任回避の誘導質問。

三 「端つ方」に、新しい妻を重視し、古い妻を軽視する男の意向が露呈する。『大和物語』（一五八段）に、古い妻と新しい妻とが、男の家に同居している。

四 男に新しい女が出現して、退身しようとする女性は、現実にも物語にもある。『源氏物語』では、女三宮の降嫁によって、紫の上が出家を思い、六の君に通う匂宮に、中の君は宇治に退居しようとする。そのほか、鬚黒北の方など。『寝覚物語』の姫君の乳母にも、同様の過去があった。男性の態度にも左右されようが、多妻同居に抵抗する女性矜持の自己主張か。

五 冒頭の「にくからず思ひて、年ごろ経」た男との、それまでの夫婦関係をいう。その幸福を反芻して満足し感謝する気持を含意とする。『伊勢物語』（二四段）に、三年不在の男が帰宅して妻の再婚を知り、新しい結婚を祝福して立去るのと共通する愛情心理を、女性によって表現する。古い妻の愛は、寛容である。

なり。〔新しい妻が自宅に〕帰りなば、また、〔あなたを〕迎へたてまつらむ」

と、言ひおきて出でぬる[六]、のち、女（古い妻）、使ふ者（召使の女）とさし向ひて、泣き暮らす。

（古い妻）「心憂きものは[七]、世（夫婦の仲）なりけり。いかにせまし。〔新しい妻が〕おし立ちて（強引に）来むには、いとかすかにて（まったく見すぼらしい姿で）出で見えむも、いとみぐるし。〔その様子は〕いみじげに（ひどい有様で）、あやしうこそはあらめ。かの大原[八]のいまこ[九]（今子）が家へ行かむ。かれ（今子）よりほかに、知りたる[一〇]人、なし」

――かく言ふは（今子と言うのは）、もと使ふ人なるべし。

（召使）「それは（今子の家は）、片時。おはしますべくもはべらざりしかども（いらっしゃるにふさわしくございませんでしたけれども）、さるべき所（適当な所）の出で来むまでは、まづ、おはせ」

など、語らひて[一一]（相談して）、家のうち清げに掃かせなどする[一二]、心ちも、いとかなしければ、泣く泣く、はづかしげなるもの（他人に見られて恥ずかしい状態のものを）、焼かせなどする。

六 鎖型構文。「出でぬる」は、「男」の述語で、「のち」を修飾する。男の行動を完結させ、しかも、その余響のもとで、女の行動が成立する。いわば非連続の連続として、構成技法の効果が、発現している。

七 男女関係が破綻しやすいことを痛嘆する慣用的表現。「―ものは―なりけり」は、主観的な規定を、感慨をこめて表白する類型的な構文。「心憂きものは、人の心なりけり」（『源氏物語』宿木、東屋）など。

八 山城国愛宕郡。京都の遠郊で、辺鄙な山里である。

九 女性の名前。実名呼称は、高貴でないと知れる。

一〇 身寄りのない女性が家を出ても、住居は定めがたい。『宇津保物語』（俊蔭）で、参議俊蔭の女は、山中にあった木のうつお（空洞）で暮した。

一一 鎖型構文。「語らひて」は、「それは」以下を包摂する述語で、述語「掃かせなどする」の接続語。自己の始末を侍女と相談し、相談して屋内を掃除させる。

一二 鎖型構文。「掃かせなどする」は、「語らひて」に連接する述語で、「心ち」を修飾する。述語としては、文末の述語「焼かせなどする」と並立対応する。構造的に、「それは」から「語らひて」までと、「語らひて」から「掃かせなどする」までと、「掃かせなどする」から「焼かせなどする」までと、自立しうる部分三箇を、末尾の構文的二重機能による鎖型構成で一文に統合する構文である。三文として自立しうる構成を、三文として独立させないで一文に統合する。そこに、古い妻の胸中に充満する綿々たる心理が現れる。

古妻の慟哭(どうこく)

[一]いまの人〔新しい妻を〕、明日(あす)なむ、渡さむ〔お移ししようと出かけているので〕とすれば、[二]この男に〔家出の決意を〕知らすべくもあらず。[三]車なども、たれにか、借らむ。送れとこそは、〔男に〕言はめと思ふも、[四]をこがましけれど〔間がぬけているけれど〕、〔男に〕言ひやる。

(古い妻)「今宵なむ、物(もの)へ渡らむと思ふ。車、しばし〔ちょっと借りたい〕」となむ、言ひやりたれば、男(をとこ)、「あはれ、いつにとか〔何時ごろに出かけようと〕、思ふらむ。行かむさま〔出かける様子〕をだに見む」と思ひて、いま、ここへ〔男の自邸へ〕、[五]忍びて〔こっそりと〕来ぬ。

女、〔車を〕待つとて、[六]端(はし)にゐたり〔軒近くに座っている〕。

月の明(あか)きに、〔古い妻は〕泣くこと、かぎりなし。

(古い妻)[七]
わが身かくかけ離れむと思ひきや
　月だに宿をすみはつる世に

と言ひて、泣くほどに、〔男が〕来れば、[八]〔古い妻は〕さりげなくて〔涙を隠して〕、うちそばむきてゐ〔横を向いて座っている〕

一 古い妻の心中に即応する地の表現。心話表現を融合する地の表現で、作者の観点が、古い妻に同化する。以下、作者の叙述姿勢は、古い妻に傾斜していく。

二 男の現況に配慮し、男の助力を求めるべきでないとする、自制の反映。独立独歩の覚悟である。

三 牛に牽(ひ)かせる、二輪の乗用車。庶民の乗物ではない。下京から大原までは、約十二キロメートル前後の距離がある。貴族女性には、徒歩の行程ではない。

四 挿入表現。自分のことは自分で処理し、男を煩わすまいとする独立独歩の配慮が蹉跌(さてつ)し、結局は、男を頼るほかない。「つらくなりはてぬさきに、離れなん—つれなく答(いら)ふ—この男に知らすべくもあらず」といった自己処理の姿勢が破綻(はたん)する窮地の自己意識。

五 新しい妻の側に内密の帰宅。無責任で不見識で、それだけに、反射的に行動する心やさしい男の性格。

六 常座する母屋(もや)から、廂(ひさし)の間の簀子(すのこ)近くに出ている。

七 わたし自身が住みなれたこの家を離れるであろうと、かねて思ったことだろうか。空の月でさえ、この家を住み家として、澄みわたる世の中だのに。思いもかけず、わが家を去ることになってしまって……。「掛離る」と「影離る」と、「住み果つる」と「澄みはつる」と、「世」と「夜」とは、掛詞。「影」「月」「澄む」「夜」は、縁語。「わが身—かけはなる」と「月—すみはつる」とを対比する。人ならぬ月でさえも、この宿にすみはてるこの夜に、わたしたちの世(夫婦仲)では、住みはてることとなく、たり。

(男)「車は、牛たがひて。馬[九]なむ、侍る」

と言へば、

(古い妻)「ただ近き所なれば、車は、ところ狭し。さらば、その馬にても、夜の更けぬさきに」

と急げば、〔男は〕[一〇]いとあはれと思へど、彼処には、みな、朝にと思ひためれば、遁るべうもなければ、心ぐるしう[一一]思ふ思ふ、馬ひき出ださせて、簀子[一二]に寄せたれば、〔古い妻が〕乗らむとて、たち出でたるを見れば、〔男が〕月のいと明きかげに、有様、いとささやか[一三]にて、髪[一四]は、つややかにて、いとうつくしげにて、丈ばかりなり。

男、手づから[一五]乗せて、此処、彼処、〔古い妻は〕ひきつくろふに、いみじく心憂けれど、念じて、ものも言はず。

このように離れることになったという慨嘆。

八 男の精神的負担を回避しようとする古い妻の配慮。『伊勢物語』(二三段)や『大和物語』(一四九段)でも、妻が、内心の悲嘆に耐えて平然と行動する。

九 善意があって甲斐性のない、親切であって無神経な男の性格を反映する。一般に、貴族女性は、騎乗しない。『枕草子』(二七八段)に釆女が、『宇津保物語』(春日詣)に髫髪が、儀式に騎乗で参列する。異常の場合として、『宇津保物語』(俊蔭)に、兼雅が俊蔭女を北山の住居から乗馬させて迎える。だが、『源氏物語』(浮舟)の侍従は、騎乗を拒否する。それが貴族女性の共通慣例であった。なお、女性の騎乗には、横乗りの法令があった。

孤独の退出

一〇 言葉とは裏腹に、行先が遠方であることを暗示。

一一 内心と外圧との相剋。外圧に屈服する男の行動。

一二 寝殿造の建物で、外郭となる板間。建物から地上への出入は、簀子の階段を利用する。玄関ではない。

一三 体貌が小柄なのは、王朝女性美の条件のひとつ。「花桜折る少将」にも、「衣脱ぎかけたる様体ささやかに、いみじう児めいたり」とある。

一四 毛髪は、王朝女性美のキー・ポイント。光沢があって、黒く長いのが賛美された。美貌の評判があった藤原芳子は、乗車のときに、末端が母屋に残る長髪であったという。身長を超える長髪の事例には、事欠かない。古い妻の造形は、典型的な標準美人といえる。

一五 窮地にある男の、やさしい即物的な心情発露。

馬（むま）に乗りたる姿（すがた）、頭（かしら）つき、いみじくをかしげなるを、〔男は〕[一]あはれと思ひて、

（男）「送りに、われも参らむ」

と言ふ。

（古い妻）「ただ、ここもとなる所（ほんのすぐそこの所）なれば。あへなむ（わたしだけで大丈夫）。馬（むま）[二]は、ただいま、返したてまつらむ。そのほどは（馬を返すまでは）、ここにおはせ。

見ぐるしき所なれば、人に見すべきところにもはべらず」

と言へば、〔男は〕[三]さもあらむと思ひて、とまりて（後に残って）、尻（〔簀子に〕）うちかけてゐたり（座っている）。

（古い妻）この人は、供（とも）に人多くは、などて（とてもとても）。——むかしより見馴れ（みな）たる小（馴染みのこ）[四]舎人童（どねりわらは）一人を、具（ぐ）して（供にして）去（い）ぬ。

〔古い妻は〕男の見つるほどこそ、かくして念じつれ（悲しみを隠して耐えたけれど）、門（かど）[五]ひき出づるより、い

悲愁の男女

一 前文では、女の心情を「あはれ」と思い、ここでは、激動する悲痛哀切の情念を抑圧して、馬上に無言の美女、その絵画的な姿態に「あはれ」と感動する。

二 男の親切に甘えず、未練を断ち執着を切ろうとする姿勢を堅持して、事務的な貸借関係に限定する。自己の覚悟を示唆し、男の負担を解消しようとする。

三 相手の発言を言葉通りに理解し、即座に順応して反応する男の性格は、別離の感動でも変化しない。

四 雑用に召使う少年。蔵人所（くろうど）に所属し、近衛（このえ）の中将または少将が召使った少年をいったが、後には、一般に、雑用に使用される少年の総称となった。

五 馬を門から引き出す、そのときからすぐに。「より」は、動作や状態の成立する基点を規定する助詞。後文にも「見るよりかなしくて、うち叩（たた）けば」とある。

六 「泣く」は、声をあげて泣く動作。男に対応する緊張から解放され、擬態の崩壊が本心の流露となる。

七 挿入表現。小舎人童の発言が成立する事由の説明。

八 「いかに行きたまふ」の省略表現。供人として随行する童の遠慮しながら不審がる様子を描出する発言。

九 大原までの道程の状況。高野川に沿い、八瀬（やせ）を経て大原に至る。寂しい山道である。『源氏物語』では、北山（若紫）、大井川あたり（松風）、西山（横笛）、小野（夕霧）、宇治（橋姫）、嵯峨野（さがの）（宿木）などが、山里とされる。

一〇 同居の古い妻が退去して、空虚で荒涼たる印象。

一一 女としての様子。類語に、「親ざま」「只人ざま」

みじく[六]泣きて行(ゆ)くに、この童、いみじくあはれに思ひて、――この[七]〔古い妻の召使〕使ふ女をしるべにて、はるばるとさして行(ゆ)けば、

〔小舎人童〕「ただ、ここもとと仰(おほ)せられて、〔供人〕人も具(ぐ)せさせたまはで、かく遠くは、[八]いかに」

と言ふ。

[九]山里にて、〔往き来しないので〕人もありかねば、〔古い妻は〕いと心ぼそく思ひて、泣き行(ゆ)くを、

男(をとこ)も、[一〇]あばれたる家に、ただ一人(ひとり)ながめて、〔古い妻が〕いとをかしげなりつる[一一]女ざまの、[一二]いと恋しくおぼゆれば、[一三]〔自分ながら〕人やりならず、[一四]〔古い妻が〕いかに思ひゐつらむと思ひゐたるに、〔次第に時間が長くかかるので〕やや久しくなりゆけば、〔男は〕[一五]簀子(すのこ)に、[一六]足、しもにさし下(おろ)しながら、〔物に寄りかかって横になっている〕寄り臥したり。

籠居の棲家(すみか)

[一七]この女は、いまだ夜中(よなか)ならぬさきに、行(い)き着(つ)きぬ。

「聖ざま」「人ざま」などがある。年来の妻でしかなかったのが、鮮烈な別離の印象を契機として、女としての魅力を再認し、新鮮な恋情を湧起するのである。

一二 古い妻の「いと心ぼそく思ひて」に対応する男の心境。女の求心的孤独に対照される男の遠心的孤独。

一三 他者から強いられず、自分からすること。前文まで、男の行動は、他者の言動に反応する他動的行動として成立した。この表現は、後文に展開する男の転換を、示唆する端緒となる。自動的姿勢に移行していく。

一四 前文までの男は、古い妻の処遇に、自己中心の観点から苦慮していた。ここで、女の胸中に配慮する、客観的視点の発生が認知される。だが、しかし……。

一五 建物の外郭をなす板間。廂(ひさし)の間の外側に細い板を横に並べ、間をあけて打ちつけてある。格子や戸は、廂の間とのあいだにあって、屋根はあるが、吹き曝(さら)しである。後世の濡縁(ぬれえん)に相当し、建物の四囲にある。

一六 古い妻の「いみじく泣きて行く」に対応する男の動作。古い妻の行先が心配で、部屋で休まない。けれども、時間が経過して、童の帰着を待ちあぐねると、眠ってしまう。目前の状況に反応し左右され、思慮の深刻化とか一貫した持続性とかに欠落する。一種の幼児性か。善良だが、主体的自立性が稀薄(きはく)な性格の反映。

一七 段落構成の方法に、転換がある。これまでは、男の言動と女の言動とを対比して段落を構成する。これからは、男の言動の段落と女の言動の段落とを、交替させて対比する構成となる。

見れば、いと小さき家なり。この童、

「いかに、かかる所には、おはしまさむずる」

と言ひて、いと心ぐるしと、見ゐたり。

供人の帰来

女は、

「はや、馬、率て参りね。〔男が〕待ちたまはむ」

と言へば、

（小舎人童）「いづこにか、とまらせたまひぬると、〔男の〕仰せせば、いかが、申さむずる」

と言へば、〔古い妻は〕泣く泣く、「かやうに申せ」とて、

（古い妻）いづこにか送りはせしと人問はば
　　心はゆかぬなみだ川まで

と言ふを聞きて、童も、泣く泣く、馬にうち乗りて、〔男の家に〕ほどもなく来

一　小舎人童に相応する表現。「—むず」を、「—むず」と表現するのは、『枕草子』（一九五段）に、「やがていとわろし」という。上流貴族の価値基準か。

二　予想を超越するみじめな新居に呆然心痛して帰るに帰れない、小舎人童の心境を反映する行動である。

三　童の同情をはぐらかし、男への配慮を基軸とする発言。

四　どこにまで、わたしを送ったのだと、人が尋ねたら、心の晴れない涙川まで行ったと申し上げよ。「なみだ川」は、悲しみの涙が川のように流れるのを言う慣用表現。ただし、ここでは、大原への途次、高野川沿いの北上を暗示する。心身の対応で、「心はゆかぬ」は、「身はゆく」を前提とする。「ゆかぬ」は、行く意味と充足の意味との掛詞。『伊勢物語』（塗籠本四〇段）に、「いづこまで送りはしつと人とはばあかぬ別れの涙河まで」とある。

五　前文に、「今宵なむ、物へ渡らむ」「月の明きに、泣くこと、かぎりなし」「月のいと明きかげに」とあり、大原の陋屋には、「夜中ならぬさき」に到着した。小舎人童の帰着が、月没となるので、月齢は、十日余りか。大体のところ、月出は、現代の時刻で午後五時前後、月入は、午前五時前後と推定される。季節は不明だが、後文に、「明けぬさきに」とあり、夏ではあるまい。冬の月は、歓迎されない傾向にあるし、男が簀子で居眠りするわけにもいくまい。春の月は、「花桜折る少将」でのように朦朧たる印象であって、前文の

叙述に即応しない。夜長の秋と想察してもよかろう。

六 住みなれた宿である大空を見捨てて、山の端へ移ってゆく月影にかこつけて、月を惜しむ心で、別れて去って行ったあの人を恋しく思うことだなあ。「住み」は「澄み」の掛詞。「住みなれし」で、月が、ずっと澄みきったままであったことを含意とする。古い妻が出発するときの詠歌「わが身かく」の「月」「すむ（住む・澄む）」「宿」に対応させる。退身した古い妻を、眼前の月没に擬定して、女の用語を流用して切実な恋情を吐露して詠嘆する。

月影の恋情

七「など―ぞ」は、疑問の形式でなく、詰問の形式である。「ぞ」は、断定の終助詞。男の率直な心情。

八 小舎人童に言伝てた、女の「いづこにか」の和歌。和歌の伝達だけでなく、和歌に集約される随行の見聞をも物語る。それを、「歌を語る」と表現した。

九 話す童も、聞く男も、ともに、女の気持に感動して泣く。男子二人の号泣である。鎌倉以前の日本人は、悲喜の表出に、男女とも、率直であった。他人に配慮して抑制することは、古い妻のように、美徳とされたらしい。また、怒りや妬みを他人にぶっつけるのは、品位に欠ける悪徳であった。だが、他人に配慮する必要がないとき、悲しみに泣き、喜びに笑うのは、感情の自然な発露として、尊重されていたらしい。公家だけでなく、武士も同様であった。相共に泣く男と童とは、異例でない。男性として、常識はずれの行動では、決してないのである。

焦躁と悲泣

着きぬ。

男、うちおどろきて見れば、月もやうやう山の端近くなりにたり。あやしく遅く帰るものかな。遠き所へ行きけるにこそと思ふも、いとあはれなれば、

住みなれし宿を見すててゆく月の
影におほせて恋ふるわざかな

と言ふにぞ、童、帰りたる。

「いとあやし。など、遅くは帰りつるぞ。何処なりつる所ぞ」

と問へば、ありつる歌を語るに、男も、いとかなしくて、うち泣かれぬ。

〔古い妻が〕ここにて泣かざりつるは、一つれなしとつくりけるにこそと、あはれなれば、行きて、二迎へ返してむと思ひて、〔男は〕童に言ふやう、

(男)「さまでゆゆしき所へ、〔古い妻が〕行くらむとこそ、思はざりつれ。いと、三さる所にては、身もいたづらになりなむ。なほ、迎へ返してむとこそ思へ」

と言へば、

(小舎人童)「道すがら、をやみなくなむ、泣かせたまひつる」

と、

(小舎人童)四「あたら御さまを」

と言へば、男、明けぬさきにとて、この童、供にて、〔大原に〕早く、いととく行き着きぬ。

一 感情の露骨な発散は、女性の戒心すべきことであった。『宇津保物語』(国譲上)に、「女は、何心なく、物思ひ知らぬやうなるこそ」とあり、『源氏物語』(夕霧)に、「女ばかり、身をもてなすさまもところせう、あはれなるべきものはなし。もののあはれ、折をかしきことをも、見知らぬさまに引き入り沈みなどすれば、何につけてか、世に経るはえばえしさも、常なき世のつれづれをも慰むべきぞは。おほかたものの心を知らず、言ふかひなき者にならひたらむも、生ほしたてけむ親も、いと口惜しかるべきものにはあらずや」とある。感情の抑制が女性の品性に関与するというのである。そして、感情の自己制御が、男性を感動させる。『源氏物語』(帚木)にいう、「行く先長く見えむと思はば、つらきことありとも念じて、なのめに思ひなりて、かかる心だに失せなば、いとあはれとなむ思ふべき」ということである。感情の自然な発露を尊重し、感情の露骨な発散を抑制する、そこに、女性の理想像のひとつがあった。古い妻は、そのように形象されている。その苦悩や悲嘆を自然に流露し、内訌させ屈折させることがない。しかし、それを露骨に発散して、自己以外を感情の嵐に巻きこむことがない。そこで、女の「あはれ」が、男の行動を誘起するほど、男にもそして読者にも、印象づけられるのである。

二 女の心情を託した和歌に感動した男が、新しい愛人から、もとの愛人に戻る事例に、『伊勢物語』(二三段)、『大和物語』(一五七段、一五八段)、『今昔物語

翻意の実行

げに、いと小さくあばれ（荒涼としている家）たる家なり。

〔男は〕見るよりかなしくて、〔戸を〕うち叩（たた）けば、この女は、来着（きっ）きにしより、さらに泣き臥したる（途中よりも一段と）ほどにて、たぞ（誰だ）と〔召使に〕問はすれば、この男の声にて、

（男）五 なみだ川そことも知らずつらき瀬を
　　ゆき返りつつなかれ来にけり

と言ふを、女、いと思はずに（まったく予想しないでに）、似たる声かなとまで、あさましう（六 心に驚きあきれ）おぼゆ（ている）。

「開（あ）けよ」と言へば、〔古い妻は〕いとおぼえなけれど（わけがわからないけれども）、〔男を〕開けて、入れたれば、〔男は〕臥したる所により来て、泣く泣く、おこたり（詫び言を）を言へど、〔古い妻は〕答（いら）へをだにせで、泣くことかぎりなし。

（男）「さらに（まったく）、聞えやるべくもなし（申し上げようもない）。いと（全然）、かかる所ならむとは思はでこそ、出（い）だしたてまつりつれ。かへりては（かえって）、御心（おほむこころ）のいとつらく、あさましき（意外である）なり。

集』（二〇・一一）などがある。ただし、この男の決意原因は、和歌に感動したというよりは、古い妻の、新しい環境の衝撃であった。歌徳説話の類型を踏襲しながら、そこにとどまらない。

三 男の即物的思考を、如実に反映する発言。『狭衣物語』（二下）に、「まことに、物思ひに死にするものとは、この御有様にてぞ見はべりぬる」とあり、破鏡の憂悶（ゆうもん）が死を招くとの見解があったらしい。だが、男の関心は、古い妻の劣悪な生活環境だけである。

四 男の決意を具体化し促進する、他人の立場から、客観的に補強し刺激し確定する効果的な発言。古い妻に同情する童は、男の性格を十分に洞察している。

五 あなたの行かれたという涙川が、どこにあるとも知らないで、つらい心を抱きながら渡りづらい瀬を行ったり戻ったりしては、ここまで、泣きなき、やっとのことで流れついてしまったことである。「そこ」は、「其処」と「底」との掛詞。「つらき」は、「（気持ガ）つらし」と「（渡ルコトガ）つらし」との掛詞。「なかれ」は、「流れ」と「泣かれ」との掛詞。女の詠作の用語「涙川」を継承し、「底」「瀬」「流れ」を、「川」の縁語とする。

六 男を想う女の耳に、誰とも知れない人声が、男の声に似ていると聞える。来るはずのない男と結びつけて聞いてしまうことに、「あさまし」の自覚がある。男であるはずのない声を、男に「似たる声」とまで聞く、それほど、女の男を恋慕する衷情は切実である。

よろづ〔万事〕は、のどかに聞えむ〔ゆっくりとお話しよう〕。一夜の明けぬさきに」

とて、〔古い妻を〕かき抱きて馬（むま）にうち乗せて、去（い）ぬ。

女〔古い妻は〕、二いとあさましく、〔男の気持が〕いかに思ひなりぬるにかと、三あきれて、行（い）き着きぬ。

降（お）ろして、二人（ふたり）、臥（ふ）しぬ。

よろづにいひ慰めて、(男)「いまよりは、さらに〔決して〕、彼処（かしこ）〔新しい妻の家へ〕へまからじ。四かくおぼしける〔あなたが私を〕」とて、〔古い妻を〕またなく思ひて、家に渡さむとせし人〔新しい妻〕には、(男)五「ここなる人〔古い妻〕の患らひければ、をり〔男の家に移る時期が〕、六あしかるべし。あやしかるべし〔異状であるにちがいない〕。七このほど〔病気の期間〕を過（す）ぐして、迎へたてまつらむ」

一 夜が明けると明るくなって、人目に立つと都合が悪い。――という口実で、早く連れて帰りたい男心。

二 男の独断と専行だけで逆転した事態が進行する。古い妻は、呆然（ぼうぜん）として男の心境変化が理解しがたい。

三 男は、自己本位の都合で古い妻を追い出し、その直後に、また、自己中心の感傷で迎えもどす。目前の事態に反応して反射的に行動し、矛盾に懸念し相手に配慮するところがない。古い妻は、バカバカしくなる。

四 男は、女の涙を自分への愛情と独断的に理解している。女の「門ひき出づるよりいみじく泣きて行く―いと心ぼそく思ひて泣きゆく―泣く泣くかやうに申せとて―さらに泣き臥したるほどにて―泣くことかぎりなし」といった過程を追尋すると、作者の説明はないけれども、男恋しさの涙というよりは、自己の薄命に悲嘆する涙である可能性が濃厚である。

復縁の成就

すなわち、男の独善的誤解だが、単純で反射的な行動力だけは旺盛（おうせい）な男には、この誤解が、夫婦関係の回復に、決定的な契機となる。前文の女の心境「あきれて」を、後文の「夢のやうにうれしと思ひけり」に飛躍させる徹底した、一点の疑義も介入しない完全な独断といえようか。

悲嘆と喜悦

五 男には、反射的行動力は旺盛だが、決断的実践力が欠落している。違約の原因を、新しい妻の側に喚起しようとする。判断を相手に委任して責任を避ける。

六 客観的評定の「わろし」と対応して、主観的評定を表現するのが「あし」である。相手側の主観的判定

と言ひやりて、ただ、ここにのみありければ、父母、思ひ歎く。
この女は、夢のやうにうれしと、思ひけり。八

不慮の来訪

この男、いとひききりなりける心にて、あからさまにとて、いまの人のもとに、昼間に入り来るを見て、女——「にはかに、殿、おはすや」と言へば——、うちとけてゐたりけるほどに、心さわぎて、
「いづら、いづこにぞ」
と言ひて、櫛の筥をとり寄せて、白き物を付くると思ひたれば、とり違へて、掃墨入りたる畳紙をとり出でて、鏡も見ず、うち装束きて、女は、
「そこにて、しばし。な入りたまひそ。——と言へ」
とて、是非も知らずきし付くるほどに、男、
「いと、とくも、うとみたまふかな」

に一任し、その判定を、助動詞「べし」で、当然と推量する。理由を相手の責任に転嫁し、反論の余地がない。さらに、客観的な「わろし」でないから、男の側では、一向に支障がないといった、逃げ道が用意されている。善良と狡猾とが矛盾しない人物の行動論理。

七 物事に決着をつけないで緊急の事態を糊塗し、時間の経過による事態の解消を、事態の解決とする。反論や抗議の余裕を与えない、やさしさとずるさとの融合した、処世の知恵である。

八 物語前段を、助動詞「けり」で終結する。前段の構成は、全体が、助動詞「けり」の統括する世界である。それが、助動詞「たり」で終結する段落に区分され、さらに、助動詞「ぬ」または動詞「去ぬ」で終結する段落に再分される。この重層的構成の方法は、後段にも採用される。文末形式が、構成の徴憑である。

九 物事に余裕がなく、性急なことをいう。興奮しやすく、反射的に行動する性格。『源氏物語』では、鬚黒北の方（真木柱）や雲井雁（夕霧）にいう。

一〇 男性の通婚は、一般に、夕方から宵にかけて往訪し、翌日、日の出前に帰宅するのが通例であった。前夜からの滞留が、昼間になることはあっても、昼間の往訪や帰宅は、きわめて異例である。だから、男の滞留していない昼間に、新しい妻が「うちとけてゐたりける」のは、人柄の欠点とか緩怠な気分とかではない。

一一 油煙を掃き落して作った墨。眉を描く。『和名抄』によれば、酒と膠とを交ぜ合せて使用したらしい。

とて、簾（すだれ）[一]をかきあげて〔新しい妻の居所に〕入りぬれば、〔新しい妻は〕畳紙を隠して、おろおろにならして〔いい加減になすって〕、〔袖で〕[二]うち口覆（くちおほ）ひて、優（いう）まくれにしたてたりと思ひて〔優雅に化粧を仕上げていると思って〕、斑（まだら）[三]におよび〔指〕形（かた）に付けて、目のぎろぎろとして、またたきゐたり〔まばたきしている〕。

男（をとこ）、見るに、あさましう〔呆れはて〕、めづらかに〔珍奇なことに〕思ひて、いかにせむとおそろしければ、〔新しい妻の〕近くも寄らで、

（男）「[四]よし、いましばしありて、参らむ」

とて、しばし見るもむくつけければ〔ちょっと見るのも気味が悪いので〕、去（い）ぬ。

女の父母（ちちはは）、かく来たりと聞きて、来たるに、

（侍女）「はや、出（い）でたまひぬ」

と言へば、

（新しい妻の父母）「いとあさましく、名残（なごり）[五]なき御心（おほむこころ）かな」

一 新しい妻は、女性の常例で、簾を下した母屋（もや）のなか、几帳（きちょう）に囲まれた場所に居る。直接、そこに出入りできる男性は、父親と夫とに限定される。相手に配慮しない独善的な性癖から、侍女の伝言を、男は、素直に理解できなかったのであろう。疎遠であった疚（やま）しさから、女が拗（す）ねたと錯覚したか、両親の愚痴を予想したか、面倒を回避するための行動力は旺盛（おうせい）である。早急に、夫らしい行動で、一切を処理しようとして、簾をあげ、女の座所に進入したのである。

恐慌の退散

二 恥じらいながら笑う仕草。袖で口をかくすのは、女性の女性らしい愛嬌（あいきょう）を表出する所作のひとつ。ただし、その効用は、人物によるので、末摘（すえつむ）花（はな）には、「いたう恥ぢらひて、口おほひし給へるさへ、ひなび、古めかしう」（『源氏物語』末摘花）と批評がある。醜悪な女性が優雅な所作をすれば、その不均衡が、醜悪怪奇を増幅し、衝撃的な印象となる。

父母の驚愕（きょうがく）

三 白い顔面に、黒い指形がなすりつけられて、白と黒との斑らな顔面になっている。類例に、好色で著名な平（たいらの）貞文（平中）の説話がある。硯瓶（すずりかめ）（墨壺）に水を入れて携行し、女性の気を惹（ひ）く小道具とした。顔や袖を濡（ぬ）らして、恋の苦しみに涙を流す風体をするためである。妻が本物の墨汁と交換したことに気付かず、外出して演技した翌朝、「袖に墨ゆゆしげにつきたり。鏡を見れば、顔も真黒に、目のみきろめきて、我ながら恐ろしげなり」（『古本説話集』平中事）という有様であった。平中では、

両眼の周囲が真黒で、この女は、顔面の全体が白黒である。なお、当時の白粉は、後代と異質の厚化粧で、顔面に塗りつけなければ定着しない。

四 侍女が伝達した「そこにて、しばし。な入りたまひそ」に対応する発言。当初は黙殺して進入し、自己の都合次第で遁走の理由とする。ただし、この男が特別に冷酷なのではない。醜悪や怪奇を恐怖する神経は、近代人に隔絶するほどの鋭敏かつ深刻な時代であった。同情とか親切の介入する余地のないのが、一般の感性であったといえよう。後文で「おびえて父母も倒れ臥しぬ」とあり、恐怖が絶対的に優先して、余事を顧慮する余裕を喪失させる。

五 男が女のもとに滞留する時間の長短は、愛情の深浅を測定する基準となった。人間自然の情理であるだけでなく、通婚制下の平安貴族には、重要な意味があった。来訪して父母とも面会せず、即刻に帰宅する行為は、両親には、許容しがたい憤懣と失望とである。

六 古い妻が呪詛して新しい女の顔面が醜変し、男から嫌われるようにしたと推定するのである。嫉妬による呪詛には、『浜松中納言』（一）に、大臣などの呪詛で后が失神、『あまのかるも』（一）に、藤大納言の北の方の呪詛で、女御が物の怪に悩むなどがある。古い妻には濡衣だが、女性の嫉妬の強烈なことは、超越的な破壊力となる。『源氏物語』で、後宮の嫉妬が桐壺更衣を卒去させ、六条御息所の嫉妬が、その意志の制御を逸脱して、葵の上を悩殺する生霊となる。

狂乱の騒動

とて、姫君の顔を見れば、いとむくつけくなりぬ。おびえて、父母も、倒れ臥しぬ。

女、
「など、かくは宣ふぞ」
と言へば、「その御顔は、いかになりたまふぞ」とも、え言ひやらず。

「あやしく。など、かくは言ふぞ」とて、鏡を見るままに、かかれば、われもおびえて、鏡を投げ捨てて、
「いかになりたるぞや。いかになりたるぞや」
とて、泣けば、家のうちの人も、ゆすり見て、
「これをば、思ひうとみたまひぬべきことをのみ、かしこにはしはべるなるに、おはしたれば、御顔のかくなりにたる」

とて、一陰陽師（おんみやうじ）、呼び騒（さわ）ぐほどに、涙の落ちかかりたる所の、例の肌（平生の はだ）になりたるを見て、乳人（めのと）、紙おしもみて拭（のご）へば、〔顔全体が〕例の肌になりたり。

かかりける二ものを。

三〔新しい妻の顔が〕台なしにおなりになった
——いたづらになりたまへるとて、騒ぎけるこそ、かへすがへすをかしけれ。

一 中務省（なかつかさ）陰陽寮の官人。天文占筮（せんぜい）を掌（つかさど）り、祓除祈禱（ふつじょきとう）をも兼ねた。賀茂氏と安倍氏とが有名だが、民間で加持祈禱をなす占師をもいう。古代中国の陰陽五行説に基づいて、天文、暦数、卜筮（ぼくぜい）、相地などをあつかったが、次第に、俗信が混入した。新しい妻の醜悪な顔面の原因が、呪詛にあると推定したので、陰陽師を呼んで、呪詛を克服しようとするのである。

二 物語後段を、助動詞「けり」で終結する。前段と同一の終結で、前後両段の対偶的対応を対照的に実現する。序段の末尾が、「みそかに通ひありきけり」で、物語世界が、助動詞「けり」の世界として構成する外枠の設定は、確実になされている。

愚劣な空転

三 作者の感想。前段の「あはれ」の世界に対照して、後段は、「をかし」の世界である。前段では、作中人物に「あはれ」の感慨を吐露させ、後段の「をかし」は、作者の感想として規定する。図式的対照構成の枠内で、変化を企図する技法である。両女に、泣くことが共通して、その性質がちがうのもひとつだが、その事例は、数少なくない。「あはれ」は、対象に融和する感慨だが、それに対蹠（たいせき）して、「をかし」は、対象を観察する感覚である。男は、古い妻を「あはれ」として、新しい妻には「あはれ」としない。「むくつけし」である。美に融和しても、醜は離隔する。作者にも、醜への同情がない。ただ、「をかし」と、観察して興じるだけである。

はなだの女御

初夏の夕暮、貴族の邸宅に、姉妹縁者だけで談笑する二十一名の女性が、各人由縁の高貴の女性たちを、花木に擬定して論評する。それを、好者の男性が、覗見する趣向である。女性による女性評論で、男性の女性評論である雨夜の品定め（『源氏物語』帚木）に対応する設定である。

この女性たちは、姉妹縁者であることを秘匿して、高貴の女性に奉仕し、また、奉仕していた。里邸に帰省して、一種の情報交換をしているわけである。

好者の男性には、すでに、この女性たちの幾人との交渉があった。そこで、この邸宅に潜入したわけだが、高貴の女性の動静を聞知するという、予期しない収穫があったのである。女性という女性は、どんな女性でも、この好者には籠絡されてしまう。情報を獲得した好者である。高貴の女性たちとでは、どういうことになるであろうか。論評の対象が、実在女性に準拠する具体的な暗示で設定されているだけに、読者の好奇的な興味と詮索とを、現実的に刺激する作品である。

標題の「女御」は、作品本文の「その女御、かの宮とて、のどかには」に由来する。現在のところは交渉がない女性たちも、この好者が関心を抱いたからには、このままというわけにはいくまいという予見である。「はなだ」は、色彩の名称である。衣装の色目であり、柳葉に比定される色相でもある。が、連想喚起の言語映像として、男女交情の断絶を表現する。すなわち、「はなだの女御」とは、好者との男女関係が、断絶状態の女御である。ただ、この断絶は、既成の関係を前提とする断絶ではない。未成の状況を規定する断絶である。けれども、男女交情の成立状態と相対的に規定される断絶状態ということでは、同趣の映像である。とすれば、これは、将成を予測する断絶であるといえようか。読者の妄想を触発する、実話準拠の虚構物語である。

好者の密行

[1]そのころのこと——と、あまた見ゆる[2]人真似のやうに、かたはらいたけれど、これは、聞きしことなればなむ——、いやしからぬ[3]好者の至らぬ所なく人に許されたる、[4]やんごとなき所にて、もの言ひ懸想せし人は、このごろ、里にまかり出でてあなれば、まことかと、[5]行きてけしき見むと思ひて、いみじく忍びて、ただ、[6]小舎人童一人して来にけり。

団欒の女達

近き透垣の前栽に隠れて見れば、[7]夕暮のいみじくあはれげなるに、[8]簾巻きあげて、ただいまは、見る人もあらじと思ひがほにうちとけて、みな、さまざまにゐて、よろづの物語しつる、——人のうへ言

一　物語冒頭の類型表現の一種。作者と読者とが、共通の世界に立脚して、共通の観点から物語の世界を共有する設定で、物語の位置を規定する方法。『源氏物語』（橋姫、宿木、手習）には、「その頃」とある。

二　鎖型構文。「見ゆる」は述語で、叙述が完結し、さらに、「人真似」を修飾することで叙述が連続する。

三　異性との交渉に興味と執心があり、風雅な異性関係を追求する人物。性的関心もあるが、いわゆる漁色家の淫蕩性、プレイ・ボーイの軽薄性とは異質の精神性が、その基盤に介在する。

四　宮廷、後宮、宮家、大臣邸などを暗示する表現。

五　宮仕えの女性と親密になった男性が、女の実家生活を観察しようとするのは、『平中物語』（三四段）にもある。恋人の私生活を覗見したい興味と関心。

六　近衛中将（従四位下相当）および少将（従五位下相当）に随行する従者。「いみじく忍びて―小舎人童一人して」から、好者は、高貴権門の子弟であることを暗示する。「やんごとなき所」に、自由に出入りできる身分の、十代後半の公子といった映像であろう。

七　後文に列挙する花卉から、夏から秋への季節か。

八　女性が、仲間うちだけの気楽な解放感を満喫しているときの、一般的な生態描写。『源氏物語』（橋姫）で、宇治の姉妹の情景に、類同の描写があり、昔物語などに、「必ずかやうのことを言ひたる」とある。「端近なる罪」（『源氏物語』竹河）で、端居や簾巻き上げは、普段はしない。

ふなどもあり、はやりかに〔はしゃいで騒がしくしゃべっている女性も〕うちさざめきたるも、また、はづかしげ〔上品な様子で落ちついたさまの女も〕にのどかなるも、あまた〔多勢でふざけまわっている女もある〕たはぶれ乱れたるも。——一（好者の心中）〔どの女達も〕今めかしうをかしきほどかな〔現代風で興趣がある場景だなあ〕。

（侍女の一人）「かの前栽どもを見たまへ。二池の蓮（はちす）の露（つゆ）は、玉とぞ見ゆる」と言へば——三前に〔手前で〕、濃（こ）き単衣（ひとへ）、紫苑（しをん）色の袿（うちぎ）、薄色の裳（も）ひきかけたるは〔〔その侍女〕は〕、ある人の局（つぼね）にて見し〔〔好者が〕〕人なめり、童（わらは）の大きなる、小さきなど、縁（えん）にゐたる、みな、見し心ち（ここ）す——、（女達の一人）「四御方（おほむかた）〔ねえ貴女〕こそ。この花は〔蓮の花をば〕、いかが御覧ずる」と言へば、（命婦の君）では「いざ、五人びとに譬（たと）へきこえむ」とて、六命婦（みやうぶ）の君、

「かの蓮（はちす）の花は、まろが〔私のお仕えする〕七女院のわたり〔あたり〕にこそ、似たてまつりたれ」

と宣（のたま）へば、八大君（おほいぎみ）、

「下草（したくさ）の九竜胆（りんだう）は、さすがなんめり。一〇一品（いつぽん）の宮ときこえむ」

中の君、

一 観点の移動。文脈の基幹は、「好者ガー見ればー女達ガー物語しつるノハーをかしきほどかな」と展開し、一文構成の叙述の観点が、表現作者による客観から作中人物による主観に転換する、主客融合の表現。

二 「はちす葉のにごりにしまぬ心もて何かは露を玉とあざむく」（『古今集』三、遍昭）による会話表現。

三 好者の印象で、女達との関係を暗示する。簀子（すのこ）に、女達の侍女や童女が控えている。「見」た記憶は、女主人達との交渉が前提となる。場景の人物配置は、『源氏物語』（橋姫）に類似。

女性と花卉（かき）

四 侍女の発言を契機として、話題に方向性が成立する。「御方」は、貴婦人の敬称。「こそ」は、呼掛け。

五 女性を花卉に擬定する。『源氏物語』では、紫の上を樺桜（かばざくら）、女三の宮を柳、明石女御を藤とするなどがある。桐壺更衣（きりつぼのこうい）にも、女郎花（おみなえし）の風情があったという。

六 宮廷女官の呼称。五位以上の女性を内命婦、五位以上の官人の妻を外（げ）命婦といった。後代では、その制度が廃退して、中臈（ちゅうろう）の女房をいうようになった。

七 三后（皇后、皇太后、太皇太后）、女御、内親王などで、とくに院号を賜った女性。蓮の連想映像から、出家の女院と想察される。『枕草子』（六六段）に、「蓮は、よろづの草よりもすぐれてめでたし。妙法蓮花のたとひにも、花は仏にたてまつり、実は数珠（ずず）につらぬき、念仏して往生極楽の縁とすればよ」とある。

八 貴族の長女。次女を「中の君」と呼び、三女以下は、「三の君」「四の君」と、出生順序の数字でいう。

「一一玉簪花(ぎぼうし)は、大王(だいわう)の宮にも、などか〔そっくりよ〕」

「一二紫苑(しをん)の、はなやかなれば、皇后宮(くわうごぐう)の御(おほむ)さまにもがな〔ご様子におたとえしたいわ〕」

三君(さんのきみ)、

「一三中宮は、父大臣(おとど)、つねに、ぎきやう〔無量義経〕を読ませつつ祈りがちなめれば、それにも〔桔梗〕、などか、似させたまはざらむ」

四の君、

「一四四条の宮の女御、〔帝の寵愛が衰えて〕露草のつゆにうつろふとかや〔露草の花が露で色が変ると〕、明暮(あけくれ)、宣はせしこそ、まことに見えしか」

五の君、

「一五垣穂(かきほ)の瞿麦(なでしこ)は、承香殿(そぎやうでん)〔の女御〕ときこえまし」

六の君、

「一六刈萱(かるかや)のなまめかしきさまにこそ、弘徽殿(こきでん)〔の女御〕はおはしませ」

八君(はちのきみ)、

九 秋に藍(あい)色の花が咲く。『枕草子』（六七段）に、「竜胆は、枝ざしなどもむつかしけれど、異花(ことはな)どものみな霜枯れたるに、いと花やかなる色あひにてさし出でたる、いとをかし」とあり、『源氏物語』（夕霧）に、「枯れたる草の下より、竜胆の、我独りのみ心長う這ひ出でて」とある。「さすが」と評価される映像。

一〇「品」は、親王および内親王の位階。一品から四品まであり、臣下の一位から四位までに相当する。

一一 夏に淡紫の花が咲く。仏教の擬宝珠に関連があるか。「大王の宮」（太后宮か）までは、寡婦か独身。

一二 秋に淡紫の花が咲く。皇后定子の後宮の連想か。

一三 皇后と中宮との並立は、一条天皇の長保二年（一〇〇〇）の皇后定子と中宮彰子とがある。「法華三部経」の『無量義経』に、「桔梗」（夏から秋に、青紫の花が咲く）を掛けるが、『栄華物語』（初花）によれば、彰子の懐妊に、道長の法華三十講があった。

一四 寵愛(ちょうあい)が衰え、里住みと想察される呼称。露草は、古称月草で、染めやすく落ちやすい。「つき草に衣は摺(す)らむ朝露に濡れての後は移ろひぬとも」（『古今集』四）、「世の中の人の心は月草のうつろひやすき色にぞありける」（『古今和歌六帖』六）などがある。

一五 秋に、淡紅色の花が咲く。「あな恋し今も見てしか山がつの垣ほに咲ける大和撫子(やまとなでしこ)」（『古今集』一四）。『枕草子』（六七段）に、「草の花は、撫子」とある。

一六 七の君の発言。「まめなれど何ぞはよけく苅萱の乱れてあれどあしけくもなし」（『古今集』一九）。

「宣耀殿〔の女御〕は、菊ときこえさせむ。一宮（東宮）の御おぼえ（ご寵愛）なるべきなめり（であるはずの方のようだ）」

「二麗景殿〔の女御〕は、花薄と見えたまふ御さま（ご容姿）ぞかし」

九の君、と言へば、十の君、

「三淑景舎〔の女御は人の心が〕は、朝顔の昨日の花と〔頼みがたいことを〕、なげかせたまひしこそ〔心細い状況になられて〕、ことわりと見たてまつりしか」

四五節の君、

「五御匣殿は、六野辺の秋萩ともきこえつべかんめり（申し上げるのがふさわしいようだ）」

東の御方、

「淑景舎の御おとと（妹）の三君、あやまりたることはなけれど（間違っていることはないけれど）〔桐ではなく〕、七大さうにぞ似させたまへる」

いとこの君ぞ、

「その御おととの四君は、八くさのかうと、いざ（さあ）、きこえむ（申し上げよう）」

姫君、

一「久方の雲の上にて見る菊は天つ星とぞあやまたれける」（『古今集』五、藤原敏行）や、藤原娍子の「いと時におはします」（『大鏡』師尹）が背景か。

二 九の君の発言。「秋の野の草の袂か花薄穂に出でて招く袖と見ゆらむ」（『古今集』四、在原棟梁）、「ひとり寝る夜を長月の花薄そよとも秋の風ぞこたふる」（『陽成院一宮姫君歌合』）があり、密通を暗示。

三「朝顔の昨日の花は枯れずとも人の心をいかが頼まむ」（『古今和歌六帖』四、紀友則）。一門失脚の暗示か。吐血し急死した（『栄華物語』鳥辺野）、皇后定子の実妹、東宮妃淑景舎藤原原子を想起させる。

四 大嘗会か新嘗祭の五節の舞姫に出た女性。数字で呼ばれないのは、姉妹でなく、縁者であろうか。東の御方（東方の対屋に居住する女性）、いとこの君、姫君、西の御方（西方の対屋に居住する女性）、伯母君、尼君など、いずれも、この邸宅に所縁がある女性か。

五 御匣殿の別当（長官）。天皇の侍妾のひとり。

六「しめ結はぬ野辺の秋萩風吹けばと臥しかう臥し物をこそ思へ」（『拾遺集』一二）。男女関係が安定せず、男性の移り気に、物思いの絶えない風情か。

七 朝鮮棗。「おほざう」に、「大雑」（大雑把なこと）を掛けるか。「淑景舎」は、桐壺の別名で、淑景舎の女御の妹だから、桐ではなくて、ざっとまあ、朝鮮棗といったところだと、掛詞の洒落による擬定である。

八『和名抄』に、「芸／久佐乃香。香草也」とある。初夏に、黄緑の花が咲く。「くさのかう色変りぬる白

「右大臣殿の中君(なかのきみ)は、見れども[9]あかぬ女郎花(をみなへし)のけ〔風情〕はひこそ、したまへれ」

西の御方(おほむかた)、

「帥(そつ)[10]の宮の御上(おほむうへ)、〔何の花の様子〕何ざまにや、似させたまへる」

伯母(をば)君、

「左大臣殿の姫君は、吾木香(われもかう)[11]に〔負けまいぞという様子〕劣らじかほにぞ、おはします」

など、言ひおはさう〔おしゃべりしていらっしゃろうとすると〕ずれば、尼君、

「斎院、五葉(ごえふ)〔五葉の松〕ときこえはべらむ。代(かは)[12]〔ずっと交替なさらないようだからよ〕らせたまはざんめればよ。〔私は〕つみを[13]離(はな)れむとて、〔こんな尼姿で〕かかるさまにて、〔お目にかからないままで〕久しくこそなりにけれ」

と宣へば、北[14]の方、

「さて、斎宮をば、何とか定めきこえたまふ」

と言へば、小命婦(こみやうぶ)[15]の君、

「をかしきは、みな、取られたてまつりぬれば、さむばれ(いっそのこと)、軒端(のきば)

露は心おきても思ふべきかな」(『古今和歌六帖』六、伊勢)。特異な性癖を、「心おきて」と諷喩(ふうゆ)するか。

九 「日暮しに見れども飽かぬ女郎花野辺にや今宵旅寝しなまし」(『拾遺集』三、藤原長能)。桐壺更衣(『源氏物語』桐壺)で、擬定し、「なつかし」と規定されたように、女郎花の風情は、女性極美のひとつ。

一〇 太宰帥(だざいのそつ)(太宰府の長官)である親王の北の方。

一一 「我も此う」を掛ける。『源氏物語』(匂宮(におうみや))に、「物げなき吾木香などは、いとすさまじき霜枯の頃ほひまで」とあり、『狭衣物語』(三)に、「武蔵野の霜枯れに見し我もから秋しも劣る匂ひなりけり」とある。勝気な性分が、風体や言動に露呈する印象である。

一二 村上皇女の内親王選子が、五代の斎院を歴任したことが背景にある。『枕草子』(三七段)に、「花の木ならぬは」で、五葉を指摘する。『寝覚物語』(四)に、石山の姫君を、「こだかき岸より、えならぬ五葉にかかりて咲きこぼれたる朝ぼらけの藤を、折りて見る心地」とする。常緑の五葉は、百花の色彩を映発する。定子後宮や彰子後宮に対立して、その周囲に、才華を絢爛(けんらん)と輩出させた、斎院選子を連想させる規定。

一三 賀茂神社に奉仕する斎院は、仏を忌避するので、仏教からは罪になる。尼君は、長年、罪のある斎院に近づくまいとしてきた。『枕草子』(一本二五段)に、「斎院は、罪深かなれど、をかし」とある。

一四 この邸宅の当主の正室。女達の母親とは限らない。

一五 年長の「命婦の君」に対して、「小」をつける。

の山菅にきこえむ。まことや、まろが見たてまつる帥の宮のうへをば、芭蕉葉と聞えむ」

よめの君、

「中務の宮の上をば、まねく尾花と聞えむ」

など、きこえおはさうずるほどに、日、暮れぬれば、燈籠に火ともさせて、添ひ臥したるも、はなやかに、――めでたくもおはしますものかなど、――あはれ、しばしは、めでたかりしことぞかし。

世のなかのうきを知らぬと思ひしに
　には火にものはなげかしきかな

命婦の君は、

「蓮のわたりも、この御かたちも。

一『和名抄』に、「麦門冬／夜末須介」とあり、山野に自生する。軒端には、忍草が普通で、山菅とは相即しない。「山菅の乱れ恋のみせさせつつ言はぬ妹がも年は経つつも」(『古今和歌六帖』五)。斎宮は、斎院とともに、未婚が条件で、恋愛を禁止されている。

二 青い葉は夏の風情だが、秋には風に破れる。仏教思想では、人身のはかなさに喩えられることがある。前文で、西の御方の質問に、即答がなかった女性で、印象の稀薄な地味ではかない風情の女性であろうか。

三 薄の穂に出たものを「尾花」という。「やどもせにうゑならべてぞ我は見る招く尾花に人やとまると」(『古今和歌六帖』六、伊勢)。孤閨の生活であろう。

四 貴族女性に、いわゆる正座の習慣はない。詳細は不明だが、立て膝したり、物に倚ったりするのが普通である。女性の「添ひ臥したる」姿態も、寛いだ様子ではあるが、不躾とか行儀知らずとかではなかった。

好者の感想

五 今まで華やかな宮仕え生活だけでしか接しなかったわたしは、この女性達が、世間の憂さ辛さを知らないと思ったんだが、こうして、私邸での裏話に触れてみると、人にはさまざまなことがあり、話題になった女性達と同様、燈籠の火影の女性達にも、人それぞれの、憂さ辛さの世界があるのだなあと、感慨ひとしおである。

評歌の競作

「には火」は、普通、庭で焚く篝火だが、ここは、和歌表現に即応する和語使用で、燈籠のこと。軒に釣ったり、庭に置いたりする。屋内ではない。

この御方（おほむかた）など（がなどと）、いづれまさりて思ひきこえはべらむ（どなたが秀れていらっしゃるとお思い申し上げましょう）。――にくき枝、おはせじかし（六 いやな花の枝は　いらっしゃらないようだわね）。

（命婦の君）七
はちす葉の心ひろさの思ひには
いづれと分（わ）かず露ばかりにも」

六君（ろくのきみ）、はやりかなる声にて（快活な声で）、

「八 瞿麦（なでしこ）を常夏（とこなつ）におはしますといふこそ、うれしけれ。
九 とこなつに思ひしげしとみな人は
いふなでしこと人は知らなむ」

と宣へば、七君（しちのきみ）、

「したり顔にも（得意顔で　［まあ　おっしゃるわね］）。
一〇 刈萱（かるかや）のなまめかしさの姿には
そのなでしこも劣るとぞ聞く」

と宣へば、みな人びとも笑ふ。

六 女達を草木に擬定したので、縁語で「枝」という。
七 蓮の花の女院にお仕えして、その葉さながらの広い心の私の考えでは、どなたがとくに秀れているか、いささかも区別がつかない。「露」と「つゆ（副詞）」とは、掛詞。「ひろさ」「露」は、「蓮」の縁語。女院の度量の広さで見れば、優劣の決着はつけにくい。女院は、優劣を超越する存在だとして、自分だけは、相対的論議の圏外に脱出する。とともに、女達の和歌による論議を挑発（ちょうはつ）する詠歌行為である。さきに、花競（くら）べの論議を方向づけ、老練なまでに巧妙な態度である。里邸における女達の和合団欒（だんらん）の支柱と看做（みな）されよう。
八 承香殿女御。「常夏」は、撫子（なでしこ）の別名で、相手の男性が「常撫（とこな）づ（永久に鍾愛（しょうあい）する）」の連想がある。
九 常夏ということで、常に、夏の草が茂るように物思いが多いと、皆が言う撫子は、「常撫づ」なので、つまり、永遠の撫でし子（愛撫（あいぶ）の対象）であると、人には知ってほしい。わたしの奉仕する承香殿女御は、そんなお方なのよ。「夏」と「しげし」とは、縁語。
一〇 弘徽殿女御。苅萱の優美さを備えた姿には、その撫子も劣ると、評判である。愛撫されるだけで、撫子には、優雅さがない。女性としての承香殿女御は、弘徽殿女御と、比較にもなりやしないわよ。「なまめかし」は、「なまめく（新鮮デアル。若ヤイデイル）」と同根である。だが、女性美表現としては、優雅、優美の意味に使用される。六の君の「知らなむ」という希求に対応して、「聞く」と既定で反発する。

〔八の君〕
「まろが菊の御方(おほむかた)こそ、ともかくも(あれともこれとも)、人にいはれたまはね(他人に非難されなさらないのよ)。
植ゑしよりしげりましにし菊の花[一]
人におとらで咲きぬべきかな」
とあれば、九の君、
「うらやましくもおぼすなるかな(うらやましいまでにご自慢でいらっしゃるのね)。
秋の野のみだれて招く花すすき[二]
思はんかたになびかざらめや」
十君(じふのきみ)、
「まろが御前(おほむまへ)こそ、あやしきことにて、くらされて(予想もしない事情で暗い日を送っていらして)。など(どうして)、いと
はかなくて――、
朝顔のとくしぼみぬる花なれど[三]
明日(あす)も咲くかとたのまるるかな」
と宣ふに、おどろかれて(目をさまされて)、五の君、

一 宣耀殿(せんようでん)女御。最初に植えたときから、いよいよ茂りまさった菊の花、その菊さながらに、入内(じゅだい)のときから寵愛(ちょうあい)もますます深まる宣耀殿女御は、他人に劣らないで、みごとに咲きほこる菊の花と同じく、素晴らしく繁栄なさるのは、決りきっているんだわ。七の君の「聞く」に「菊」を掛け、「劣る」を否定形式で継承する。前文に、「宮の御おぼえなるべきなめり」とあった。当時の菊は小輪で群生し、大輪の賞美は後代。

二 麗景殿女御。秋の野の風に乱れて手招きする花薄、それが風になびくように、麗景殿女御は、愛情を寄せる人になびかないであろうか。帝寵の薄いことから、自然だと、密通を暗示した女御の状況を弁護する。「みだる」「招く」「なびく」は、「花薄」の縁語。八の君の「菊」の連想「聞く」に、「思ふ」を対応する。

三 淑景舎女御。朝顔が、はやばやと凋(しぼ)んでしまう花であるように、早くも寵愛の衰えた淑景舎女御であるけれども、朝顔が翌朝花開くように、再び寵愛が回復するかと、心頼みされることだなあ。「とくしぼみぬる」と「明日も咲く」とを対比し、九の君の「なびか(ざらめや)」に対応して、「たのまるる」といった。

四 四条宮女御。お仕えして頼みとする四条宮女御は、露に移ろう露草のはかないさまが、ことさらにはっきり見えるようなので、わたしは、心もたびたび消え入っては、つい、嘆かれてしまうんだわ。「露草」に前文の「つゆにうつろふ」の映像がある。十の君の「たのまるる」を継承して、「たのむ」と表現し、「と

「うち臥したれば、いや、寝いりにけり。何ごと宣へるぞ。まろは、はなやかなる所にし侍らはねば、よろづ、心ぼそくもおぼゆるかな。

四 たのむ人露草ごとにみゆめれば
　消えかへりつつなげかるるかな」

と、寝おびれたる声にて〔寝呆けた声で言って〕、また寝るを、人びと〔女達〕笑ふ。

五 女郎花の御方、「いたく暑くこそあれ」とて、扇をつかふ。

（姫君）「いかにとて、〔ご機嫌伺いにご殿に〕参りなむ。〔ご主人様が〕恋しくこそ、おはしませ。

六 みな人もあかぬにほひを女郎花
　よそにていとどなげかるるかな」

好者の挑発

夜いたく更けぬれば、〔女達が〕みな、寝入りぬるけはひを聞きて、

（好者）七 秋の野のちぐさの花によそへつつ

くしぼみぬる」「明日も咲く」に対応して、「消えかへり」とした。里邸に居住する、寵愛薄い女御である。

五 右大臣の中の君に奉仕して、中の君を「女郎花のけはひ」と擬定した姫君。素性は不明だが、大君から十の君までの姉妹と異腹の姫君か。後文に、「この女たちの親、いやしからぬ人なれど、いかに思ふにか、宮仕に出だしたてて、殿ばら、宮ばら、女御たちの御もとに、一人づつ参らせたるなりけり」とあり、右大臣すなわち「殿ばら」に宮仕えしている。この里邸の女であろう。『落窪物語』でも、北の方に所生の姉妹は、大君から四の君まで、数字で呼称されるが、異腹の姫君は、「落窪の君」「女君」と呼称されている。もっとも、固有名詞でないから、父親を基準とすれば、異腹と同腹とを一括して順序づけることもある。『宇津保物語』で、藤原正頼の子女がそれであり、『源氏物語』で、藤壺が、「先帝の四の宮」と呼称される。

六 右大臣の中の君。誰もが、身近で見ていても、飽きることもない素晴らしい美しさを――あの女郎花のようなお姫様――、こうしておそばから離れていて、わたしは、恋しさのために、ますます嘆かれることだなあ。前文に、「見れどもあかぬ女郎花のけはひ」とあった。五の君の「なげかるるかな」を継承する。

七 咲き競う秋の野の数かずの花に対比しては、何とか、美女達の色香を、ひとつずつ観賞する方法がないかなあ。華やかな御婦人方に、それぞれの御殿で、個別的に逢いたいものだ。

など宮ごとに見るよしもがな

と、うち嘯（うそぶ）きたれば、〔吟じていると〕

（女達の一人）「あやし。たれが言ふぞ」〔変だわね　だれが歌うの〕

（女達の一人）「おぼえなくこそ」〔心当りはなくってよ〕

と言へば、

（女達の一人）「人は、ただいまは、いかがあらむ」〔人間は　こんな夜更には　どんなもんかしら〕

「一鵼（ぬえ）の鳴きつるにやあらむ。忌（い）むなるものを」〔不吉なんだのに〕

と言へば、はやりかなる声にて、〔はしゃいだ声で〕

（女達の一人）「をかしくも言ふかな。鵼は、いかでか、かくも嘯（うそぶ）かむ。いかにぞや。聞きたまひつや」〔どうして〕〔どうなの〕〔よう〕〔今の声を〕〔お聞きになったの〕

所どころ、聞き知りて、うち笑ふあり。〔女達のだれかれは〕〔男の声を〕〔くすくす笑う〕

やや久しくありて、〔女達の〕ものいひやむほど、

一　とらつぐみ。鵼の鳴声は陰気で、凶兆とされる。『和名抄』に、「鵼／沼江。怪鳥也」とある。『口遊（くちずさみ）』（禽獣門）や『袋草紙』（鵺鳴時歌）に、「よみつ鳥わが垣もとに鳴きつ鳥人みな聞きつゆく魂もあらじ」とある。怪鳥が招致する不吉な事象を回避する、魔除（まよけ）の呪文（じゅもん）といったものか。「鵼鳴く時の歌」で、和歌形式の誦文（ずもん）だったらしい。『八雲御抄』（三）に、「ぬえどりと云。又よみつ鳥。是恠鳥也。歌などに詠むべからず」とある。『平家物語』（四）に、二条天皇の宸襟（しんきん）を悩ました鵼を、源頼政が射落した故事があって、平安後期には、鵼の害悪が恐怖されていた。その映像も増幅して、近衛天皇を気絶させ、頼政に射殺された変化（へんげ）は、「かしらは猿、むくろは狸、尾はくちなは、手足は虎の姿なり。なく声、鵼にぞ似たりける」（『平家物語』四）とある。すなわち、とらつぐみという鳥にとどまらない、怪奇な魔力の存在を想像していた。鵼の鳴声は、忌避というよりも、恐怖されたといえる。

二　わたしが恋しく思う人——、わたしの姿を見た人も、わたしの声を聞いた人も、沢山にいて、鵼の声だとか誰の声だとか、不審がる声がするのは、わたしが、ちゃんとここにいるのを知らないのか。何てことだ。

三　水鶏（くいな）の鳴くのを、「たたく」という。鵼から、鳥の縁で水鶏を連想し、好者の歌声を、来訪した恋人が戸口を叩（たた）くことに看做（みな）した。『源氏物語』（明石）に、「水鶏のうち叩きたるは、誰が門（かど）さしてと、あはれに覚ゆ」とあり、『源氏釈』に、「まだ宵にうち来てたた

(好者)二 思ふ人見しも聞きしもあまたありて
おぼめく声はありと知らぬか

(女達)「この好者(すきもの)、三たたけり。あなかま(シーッ静かに)」とて、ものも言はねば、〔好者は〕簀子(すのこ)に入りぬめり。

(好者)「あやし。(変だな)いかなるぞ。(どうなってるの)四 一所(ひとところ)(お一人だけでも)だに、あはれと宣はせよ」など言へば、〔女達は〕いかに思ふにかあらむ、たえて(まったく)答(いら)へもせぬほどに、暁(あかつき)になりぬる空のけしきなれば、(好者)「まめやかに、(本気で以前に逢った人とも思っていらっしゃらない)見し人とも思したらぬ御(おほむ)なげきどもかな。(皆さんの溜息だなあ)見も知らぬ。(こんなことは初めてだ)五 古(ふる)めかしうもてなしたまふものかな(古風にご接待なさるものだなあ)」とて、

(好者)六 ももかさね濡(ぬ)れなれにたる袖なれど
今宵(こよひ)やまさりひちてかへらむ

とて、出(い)づるけしきなり。

く水鶏かな誰が門さして入れぬなるらむ」を引用する。『紫式部日記』に、戸口を叩く男性を、水鶏に見立てて、「渡殿(わたどの)に寝たる夜、戸をたたく人ありと聞けど、おそろしさに、音もせで明かしたるつとめて、／夜もすがら水鶏よりけになくなくぞまきの戸ぐちにたたきわびつる／返し／ただならじ戸ばかり叩く水鶏ゆゑあけてばいかにくやしからまし」とある。

四 『古今和歌六帖』(四)に、「あはれをばなげの言葉と言ひながら思はぬ人にかくる物かは」とある。せめて、一人ぐらいは、わたしを思う女性が、いるはずだという、好者らしい自信充溢の表明。

好者の退散

五 『源氏物語』(末摘花(すえつむはな))で、男性の恋文に返事せず、男性と対座して、通婚の相手にも沈黙する末摘花を、「ひなび古めかし」と批評する。女達の黙殺を、女達の真意でなく、応対と規定する。好者らしく自己中心の自惚(うぬぼ)れた理屈である。

六 いままで、あなたを恋い慕いながら遂げられない恋心に、何度も、ひとり苦しく泣いて、濡れなれた袖だけれども、今夜は、つい近くのそこに居ながら、返事がないので、日ごろにまして悲しくて、わたしの袖も日ごろ以上に泣きぬれて帰ることだろう。「かさね」「なる」「かへる」は、「袖」の縁語。「思ふ人」の詠歌で居直り、「ももかさね」の詠歌で泣きごとするのである。好者の緩急自在な女性対応の一端を、具体的に瞥見(べっけん)しうる。後文の、女達の反応が納得されよう。『源氏物語』(胡蝶(こちょう))に、男性応対の心得がある。

一例の、いかになまめかしう、やさしきけしきならむ。答(いら)へやせましと思へど、あぢきなし、ひとところにとぞ、思ひける。

（〔好者が〕いつものように　どのように優美で　雅びやかな様子だろう　〔女達は〕　つまらない　みんなと同じ所でなんかと）


この女たちの親、二いやしからぬ人なれど、三いかに思ふにか、宮仕(みやづかへ)に出(い)だしたてて、殿ばら、宮ばら、女御たちの御(おほむ)もとに、一人づつ参らせたるなりけり。四同じ姉妹(はらから)ともいはせで、五他人(ことひと)の子になしつつぞ、ありける。

（大臣公卿　皇族）


――六この殿ばらの女御たちは、みな、七挑(いど)ませたまふ御(おほむ)なかに、同じ姉妹(はらから)の分(わか)れて候(さぶら)ふぞ、あやしきや。みな、思して候ふは、知らせたまはぬにやあらむ。

（大臣諸家の　〔天皇の寵愛を〕　お競いになる　〔女御達が〕　可愛がって　〔女達の素性を〕）


好者(すきもの)は、この八御有様(おほむありさま)ども聞く。うれしと思ひ、至らぬ所なければ、この人どもも、知らぬにしもあらず。

（どんな女性でも行かない所がないから　この女達も　〔好者のことを〕）

一　女達の心境。仲間うちでは、相互に牽制(けんせい)して、冷淡な態度であったが、女達の本音は、好者との接触を希求している。女達の誰と限定しないのは、それが、全員一致でないとしても、女達の公約数的心情だからである。後文に記述する好者の行状を裏づける、好者の男性的魅力を想察させる、女性心理の反応である。

女達の素性

二『源氏物語』（桐壺）に、大納言の息女桐壺を、「おしなべての上宮仕したまふべき際にはあらざりき」とある。官は大納言から参議まで、位は三位から四位まであたりの人物か。

三　物語的朧化(ろうか)。後文の「他人の子になしつつ」「みな、思して候ふは、知らせたまはぬにやあらむ」と照合すれば、情報蒐集のためであることは、明白である。

四『尊卑分脈』によれば、藤原定方には、十四人の女(むすめ)があり、物語での誇張した架空の設定とはいえない。

五　当時の慣習から、困難でも異例でもなかった。宮仕えの待遇は、親の官位によって決定される。そこで、実際の親子関係がなくても、別人の養女あるいは猶子ということで出仕することがあった。『風葉集』に、「姓かはりたるはらからあまた侍りける」とある。

六　作者の解説的補足。父親の野心的意図を指摘し、それが、効果的に実現していることを暗示している。

女達と好者

七　天皇の寵愛(ちょうあい)が、女性の幸福だけでなく、実家の権力にまで波及することから、女御達の競合は激烈である。女達の荷担する役割と成果とを、もっとも熾烈(しれつ)な世界で具体的に例示する。

かの女郎花(をみなへし)[九]の御方(おほむかた)といひし人は、声ばかりを聞きし。心ざし、深く思ひし人なり。

[一〇]瞿麦(なでしこ)の御人(おほむひと)といひし人は、むつましくもありしを、いかなるにか、「見つとも言ふな」(逢ったとも言うな)と誓はせて、またも見ずなりにし。

[一一]刈萱(かるかや)の御人(おほむ)は、いみじくけしきだちて(気どって)、〔好者が〕もの言ふ答(いら)へ(返事をばかりして)をのみして、からうじて(やっとのことで)捉(とら)へつべきをりは、いみじく賺(すか)しける(欺いて逃げた)をりのみしてあれば(折ばかりが重なるので)、〔好者は〕いみじくねぶたしと思ふなりけり(年に似あわず世故にたけていると)。

[一二]菊の御人(おほむ)は、言ひなどはせしかど(言葉などはかわしたけれど)、ことにまほにはあらで(とりたてて真剣ではなくて)、たれそまやまをとばかり、ほのかに言ひて、〔奥の方に〕ゐざり入りしけはひなむ(這入っていった様子はまあ)、いみじかりし(見事であった)。

[一三]花薄(はなすすき)の人は、思ふ人(愛人)も、またありしかば(別にあったので)、〔好者との関係を〕いみじくつつみて(内密にして)、ただ、夢のやうなりし、宿世(すくせ)のほども、〔好者には〕あはれにおぼゆ。

八 女達が奉仕する高貴の女性達の有様。男性の窺窬(きゆ)しがたい、貴婦人達の内面生活の情報を、女房から蒐集し利用する。それが、好者の技能である。その事例は、物語に少なくない。だから、「うれし」であり、後文に、「その女御の宮とて、のどかには」とある。

九 右大臣の中の君に出仕する姫君。口調や声音で、女性の人柄が察知される。『落窪物語』(一)で、姫君は、「いといみじくあてはか」な声であると印象づけられる。『源氏物語』(橋姫)で、大君は「あてなる声」で、弁の君は「さだすぎたる」声といわれる。

一〇 承香殿女御に出仕する六の君。「君が名もわが名もたてじ難波(なには)なるみつともいふな逢ひきともいはじ」(『古今集』一三)。「みつ」は、「御津(難波の地名)」と「見つ」との掛詞。『源氏物語』(帚木(ははきぎ))の頭中将(とうのちゅうじょう)と夕顔(その女は撫子)との関係が想起される。

一一 弘徽殿(こきでん)女御に出仕する七の君。『今昔物語集』(三〇・一)の、平中と侍従との関係が想起される。助動詞「けり」が憧憬(どうけい)、絶望、期待の三女を統括する。

一二 宣耀殿女御に出仕する八の君。「菊(聞く)」と「言ひなどはせしかど」との対応。逆接「ど」に「聞かず」を暗示する。「たれたれぞ誰杣山(たれそまやま)の時鳥(ほととぎす)うはの空にはいかが名のらむ」(『今鏡』一〇)。求愛を承諾して名乗る。結句に、求愛を拒否する意図がある。

一三 麗景殿女御に出仕する九の君。主従同趣の多情薄命。「好者トノ関係ガ—夢のやうなりし—宿世」が、「主語—述語・修飾語—被修飾語」となる鎖型構文。

好者の行状

一蓮(はちす)の御人(おほむひと)は、いみじくしたのめて、さらばと契りしに、さわがしきことのありしかば、ひき放(はな)ちて入りしを、いみじと思ひながら、許してき。

二紫苑(しをん)の御人(おほむひと)は、いみじく語らひて、いまにむつましかるべし。

三朝顔の人は、若うにほひやかに、愛敬(あいぎやう)づきて、つねに遊びかたきにてはあれど、名残(なごり)なくこそ。

四桔梗(ききやう)は、つねに恨(うら)むれ、「さわがぬ水ぞ」と言ひたりしかば、「澄まぬに見ゆ」など言ひし、にくからず。

五いづれも、知らぬは、少なくぞありける。

六そのなかにも、女郎花(をみなへし)の、いみじくをかしくほのかなりしするゑぞ――いまに、いかで、ただよそにて語らはむと思ふに――、心にくく、いま、ひとたび、七ゆかしき香を、いかならむと思ふも、八定めた

一 女院に出仕する命婦の君。年配らしく、『源氏物語』(紅葉賀(もみじのが))の源典侍(げんのないしのすけ)と源氏との情事を連想させる。

二 皇太后宮に出仕する三の君。『俊頼髄脳』に「紫苑といへる事こそ、心におぼゆることは、忘られざなれ」とある。順調な関係で、『源氏物語』の源氏と紫の上との長年の関係などを想起させる。平凡な評語だが、好者とでは、かえって、長続きするということか。

三 淑景舎に出仕する十の君。情趣に余韻がないことを、朝顔に関係づける。「名残なくこそ」は、八の君の「いみじかりし」および命婦の君の「いみじ」と脈絡がある。否定的評定の系列と看做(みな)してよかろう。

四 中宮に出仕する四の君。「君が世の千歳(ちとせ)の松の深緑さわがぬ水にかげぞ見えつつ」(『長保五年五月五日左大臣道長歌合』)。「よとともに雨降る宿の庭たづみ澄まぬに影は見ゆる物かは」(『拾遺集』一九)。静かになれば影が映る、女性も、恨んで、泣いたり妬(ねた)んだりせず、静かに待つと、男性が訪れると、男が、慰撫(いぶ)したのに反発して、四の君は、男のいう「さわがぬ水」にこそ、「影が見える(男が訪れる)」としても、「澄まない水(男が住まない所)」に、「影」が見えるはずがないとする。「にくからず」と九の君の「あはれにおぼゆ」および三の君の「いまにむつましかるべし」との展開には、脈絡がある。

五 好者の「知」る女性すなわち交情関係のあった女達六名を列記した総括を、助動詞「けり」で統括する。八の君から四の君までの六名は、二人を一対とする三

る心なくぞ、ありくなる。
（…な心で）（〔好者は〕ほっつき廻る）

至らぬ（思慮浅い）里人（さとびと）などは（私宅住まいの女などには）――いともて離れて言ふ人をば（そっけない応対をする女に対しては）――、いとをかしく（とても趣深げに）言ひ語らひ（話しつづけ）、兄妹（はらから）と言ひ、いみじく語らへば（〔里人とは〕すごく親しく誘いつづけるので）、しばしこそあれ（しばらくは冷淡にしていても）――顔かたちの（〔里人〕〔好者の〕）、見るに、などかくはある（どうしてこんなに素敵なの）、もの言ひたる有様などども（何かを言ってるありさま風情なども）――、この人には（この好者）、かかる人（かかわりあう女が）、暇（いと）なかり（次々とつづいている）。

宮仕（みやづか）へ人、さなからぬ人の女（むすめ）なども（宮仕えに出ていない）、謀（はか）らるるあり（〔好者に〕ひっかかる女がある）。

作者の跋文（ばつぶん）

内裏（うち）にも参らでつれづれなるに、九かの聞きしことをぞ（人から聞いた好者のことをば記した）。

その女御の宮とて、のどかには（〔好者にかかったら〕のんびりしてはいられまい）。

かの君こそ、かたちをかしかんなれ（〔好者が放っておくまい〕）。

――など、心に思ふこと（〔筆者の〕心に浮ぶ印象）、歌など書きつつ、手習（てならひ）にしたりける（慰み書き）

組の構成である。各対は、否定的評価と肯定的評価との対照的対応で構成される。第一対（八の君と九の君）は、情事の深浅を基準とし、第二対（命婦の君と三の君）は、情事の長短を基準とし、第三対（十の君と四の君）は、女性の態度を基準とする。そして、第一対は、「ほのか」と「夢のやう」との同質対応。第二対は、「ひき放ち」と「いまに」との反対対応。第三対は、「愛敬づき」と「恨む」との反対対応、ただし、肯定的属性の否定的評価と否定的属性の肯定的評価とである。さらに、女達が擬定した植物が、女達と好者との情事をも象徴して、脈絡づけられている。図式的骨格構成を基盤に、図式的単調を超克した表現構成。

六 交情のない三名と交情のある六名と、九名の女性。

七 慕わしい姿をいうが、女郎花の縁語で、「香」とする。「声ばかりを聞」く機会はあったのだから、当然、薫物（たきもの）の香をも知ったであろう。薫物の芳香は、個人に特有だから、姫君は、声と香とで憧憬（どうけい）されている。簾（すだれ）を巻きあげた覗見（のぞきみ）でも、女達の容貌は、扇を持つなどで隠れているはずである。

八 好者の行状が由来するところの事情を、解説する。女郎花の姫君を思慕して、好者は、定着しない女性遍歴を重ねている。胸中に理想の女性像を抱きながら、現実に充足されない思慕を、女性遍歴によって解消しようとしながら、挫折（ざせつ）を反復するのは、『伊勢物語』や『源氏物語』など、物語の系譜のひとつである。

九 冒頭の「聞きしこと」に照応する作者の跋文。

を、又人(またひと)の取りて書き写したれば、あやしくもあるかな。
〔世間に流布して〕一 変な具合でもあるなぁ

跋文の第二

　これら、作りたるさまもおぼえず、よしなき、もののさまかな。
ここに書き記した事柄は 二 書いているときの状況も記憶になく つまらない 出来ばえだなぁ

虚事(そらごと)にもあらず。世のなかに、虚物語(そらものがたり)多かれば、まことともや、思はざるらむ。これ思ふこそ、ねたけれ。
でっちあげでもない 三　残念だ

　多くは、語らじ。てらひなども、この人の言ひ、心かけたるなめり。
〔事実ということで〕　恰好よく見せていることなども　この好者が言い

たれならむ。この人を知らばや。
四 この好者を

殿上(てんじやう)には、ただいま、これをぞ、あやしくをかしと言はれた
五 殿上の間では　この好者を

一 『枕草子』は、草稿が源経房によって世間に流布されたとあり、「恥かしきなんどもぞ、見る人はしたまふなれば、いとあやしうぞあるや」（跋文(ばつぶん)）とある。

二 『枕草子』（跋文）に、「あやしきを、こよやなにやと、つきせず多かる紙を、書きつくさんとせしに、いとものおぼえぬ事ぞ多かるや」とある。虚構の創作でなく、事実の伝聞であるという作者の姿勢は、清少納言の作品に共通する。

三 『蜻蛉(かげろう)日記』（上）に、「世の中に多かる古物語のはしなどを見れば、世に多かるそらごとだにあり」とある。『源氏物語』（蛍(ほたる)）には、「そらごとをよくしなれたる口つきよりぞ、言ひいだすらむとおぼゆれど、さしもあらじや」とある。日記が事実の記録であるのに相対して、物語は、虚構の創作として発達した。日記の事実性と物語の虚構性とを止揚したのが、紫式部の虚構における真実性であった。だが、物語は、真実探究が事実乖離(かいり)の方向で展開する。事実として荒唐無稽な架空や幻想の世界を、事実であるかのように創作する傾向があった。そういった平安末期の風潮を背景に、物語内部からの物語批判として、事実性の力説強調がなされている。『源氏物語』を境界として、それ以前の、物語外部からの虚構批判と、それ以後の、物語内部からの虚構批判とでは、史的に格差がある。

四 好者への興味は、作者にもある。好者については、『落窪物語』（一）に、交野少将の行動範囲が、「人の妻(め)、帝の御妻も持たるぞかし」とある。だが、『宇津

まふなる。

かの女(め)たちは、ここにはしぞく〔縁故のある人物が多くて〕多くて、かく、一人づつ参り〔参集し〕つつ(ては)、心こころに任(まか)せて、六相手(あひて)が名(な)をかしく、七殿(との)のこと〔主家の事柄を〕、言ひ出(で)たるこそ、をかしけれ。

それもこのわたり、いと近くぞあんなるも〔女達の集まる里邸もこのあたりで　とっても近くであるのだよ〕。

——知りたまへる人あらば、その人と〔〔登場人物が〕何某だと〕、書きつけたまふべし〔書きつけなさるがよろしい〕。

保物語』（蔵開中）に、「よき人を家に多くするゑ、使ふ人のよきを集めて、宮をば盗みもて来て、さるものにてすゑたてまつりて、人の妻などのもとにも、いたらぬくまなくありきて、みな憎まれでこそありしか」とあり、『寝覚物語』（二）に、「男の御すきには、高きいやしき女も、ゆかしとおぼさぬやうなし」とある。好者には、関心があり好意的な風潮であったらしい。行為を非難されることはあっても、人物が憎悪されることはない。むしろ、愛すべき存在であった。

五 清涼殿の殿上の間。公卿(くぎよう)（官職は参議以上、位階は三位以上の高級官僚）と殿上人（昇殿を許可された四位以上の中級官僚および六位の蔵人(くろうど)）との詰所。貴族政治の中枢を構成する公卿の控室のような部屋で、天皇も、その様子を聞知する設備（櫛型(くしがた)の窓）があった。そこでの話題とは、いわば内閣での話題である。

六 奉仕する主人を、草木に擬定したことをさす。なお、その草木は、前栽合(せんざいあわせ)（造成した前栽の優劣を左右で競争する遊戯）の植物で、恣意(しい)的な選択ではない。

七 『枕草子』（三〇三段）に、「宮仕する人々の出で集りて、おのが君々の御ことめできこえ、宮のうち、殿ばらのことども、かたみに語りあはせたるを、その家あるじにて聞くこそ、をかしけれ」「よき人のおはしますありさまなどのいとゆかしきこそ、けしからぬ心にや」とある。清少納言の一般的な叙述を継承し、政治的な背景を想察させる個別的な状況に定着させ、前栽合の趣向を交織した、好者の覗見(のぞきみ)物語といえよう。

かひあはせ

旧暦の九月といえば、晩秋である。その九月も、はや下旬である。立ちこめる霧に包まれて、蔵人(くろうど)の少将が外出する。天空には、下弦の月が明るく、幻想的な夜半といえようか。指貫(さしぬき)の裾を引き上げた少将は、初冠(ういこうぶり)して間のない青年貴族である。気分は成人で、精神は少年といったところであろうか。物語の人物を気取って、ロマンチックな情事のアバンチュールを期待する外出である。だが、現実は、物語ではない。崩壊した築地(ついじ)もなければ、詠吟しても、一向に応答はない。

気負った姿勢も、空発しそうなときに、少女たちが、慌(あわただ)しく出入りする邸宅を発見する。一廉(ひとかど)の好者を気取る少将は、好機到来とばかりに、邸内に潜入する。少女を瞞着(まんちゃく)して、屋内観察の、秘密の隠れ場所を確保するのだが、……。眼前に展開するのは、貝合の準備に奔走する少女たちの焦慮する姿態であった。当初の意図は霧消して、少将の関心は、少女の動態に傾斜し、貝合の動向に集注する。少女たちの奉仕する、年幼い姫君への好意的な保護本能が、いつしか、少将の「をとこ」を雲散させてしまっているのである。少女の姫君に同情した少将は、豪華な貝合の出品物を、内緒の贈物として提供する。無援孤立の姫君が勝利することは、歴然となって、この無名の贈主は、「観音仏」と感謝される。好者を自任する少将の外出は、菩薩と拝跪(はいき)される帰結となった。なんとも、奇妙なことだが、それが、茶番じみた笑劇にならずに、一種のメルヘンといった風情で形象されているところに、この作品の特性がある。標題は、作品の本文にもある「貝合」に由来する。が、貝合の準備段階を描写して、貝合の競技自体を記述しない工夫がある。

『堤中納言物語』には、六名の少将が登場する。十代中期と想察される上流貴族の子弟である。少年の好奇心と行動力とを保存して大人の社会に参入した青年公子の行動に、興味があったか。

有明の逍遙

一長月の有明の月にさそはれて、二蔵人少将、三指貫つきづきしく（いかにも恰好よく）ひき上げて、ただ四一人――五小舎人童ばかり（程度の供人を）、具して（随えて）――、やがて（夜が明けてもそのまま）、朝霧も、よくたちかくしつべく（〔少将の姿を〕隠してしまいそうに）隙なげなるに、「六をかしからむところの（風情がありそうな家で）、あきたらむもがな（戸の開いているようなのがないかなあ）」と言ひて、歩み行くに、木立をかしき家に、七琴の声、ほのかに聞ゆるに、いみじううれしくなりて、めぐる（〔邸宅の周囲を〕）。

門のわきなど、八崩れやあると見けれど、いみじく築地など全きに、なかなか（かえって）わびしく（げっそりして）、いかなる人の、かく弾きゐたるならむと、わりなく（無性に）ゆかしけれど（好奇心がそそられるけれど）、すべきかたもおぼえで（手の打ちようも思い浮ばないで）、例の、声出ださせて九随身にうたはせたまふ（和歌を吟じさせなさる）。

行きかたもわするるばかり一〇朝ぼらけ

一 旧暦で九月二十日ごろ（現代の十月後半ごろ）の月。夜が明けてからも、西の部分（地上から向って右側）の欠けた月が空に残る。『万葉集』（一〇）に、「白露を玉になしたる九月の在明の月夜見れどあかぬかも」「九月の在明の月夜ありつつも君が来まさば吾恋ひめやも」がある。『和泉式部日記』、「九月二十日あまりばかりの有明の月に御目さました」帥の宮が、眠れないでいる女を往訪する情感にも相通じる。二十日は、月出が午後十時ごろで、月没は午前十時ごろ、南天は午前四時ごろ。

二 蔵人を兼務する近衛少将（正五位下相当）。十代半ば頃の、行動的な権門貴顕の子弟といった映像。

三 裾に括紐のある袴で、朝露に濡れないよう膝下まで引きあげて結んでいる。「指貫」は貴族の日常着。

四 貴族の外出に、供人の随行は常識。人数としない。

五 近衛の中将や少将が、身近に召使う男童。

六 『源氏物語』（花宴）で、二月二十日余の深更、「かやうに思ひかけぬ程に、さりぬべき隙もやある」と、源氏は、朧月夜内侍と逢う。類想の期待である。

七 七絃の琴。奏楽が複雑で、一般には、十世紀末に衰退して、宮家や由緒ある旧家にだけ保存された。

八 『伊勢物語』（五段）や「花桜折る少将」などの類想。少将は、自己を物語の人物に擬定して行動する。

九 貴人の外出に随行する近衛府の官人。「小舎人童ばかり」と規定された人物を、具体的に明示する。

一〇 朝方の薄暗い頃。日の出以後を「あさ」という。

ひきとどむめる琴の声かな

とうたはせて、まことに、しばし、うちより人やと（人が誰か出てくるかしらと）、心ときめきしたまへど（胸をわくわくして期待なさるけれど）、さもあらねば、くちをしくて歩み過ぎたれば、いとこのましげなる（可愛らしい様子の）童べ（少女）、四、五人ばかり走りちがひ、小舎人童、男（下使い）など、をかしげなる小破子やうの物を捧げ、をかしき文、袖の上にうち置き、出で入る家あり。

少女の懐柔

何わざするならむと、ゆかしくて（心惹かれて）、人目見はかりて（人目のない隙をねらって）、やをら（そっと）はひ〔邸内に〕入りて、いみじく繁き薄のなかに立てるに（立っていると）、八、九ばかりなる女子のいとをかしげなる――薄色の袙（薄紫色の下着）、紅梅（表着が紅梅色）など、みだれ着たる〔取り合せが〕、――小さき貝を瑠璃の壺に入れて、あなたより走るさまのあわたたしげ（せわしげ）なるを、〔少将の〕をかしと見たまふに、直衣の袖を見て、〔少女〕「ここに、人こそあれ」と、何心もなく（遠慮もなく）言ふに、〔少将は〕わびしくなりて（困ってしまって）、

一「ひきとどむ」は、少将を「引停む」と琴を「弾止む」との掛詞。行く先も忘れるほどに、朝の道をたどるわたしの足を引停めるような貴女のすばらしい琴の調べだなあ。――わたしだって、貴女の琴を弾止めさせるほどの男だよ。まあ、招き入れてみて御覧。

二『源氏物語』(若紫)で、女性の邸前で、男性の和歌を、従者にうたわせる。物語に触発された行動。

三 物語の作中人物に擬定し、物語の作中情景を行動しながら、物語の展開経過に相即しない失望の心理。

四「破子」は、内部に仕切りのある弁当箱。

五 手紙は、料紙に配慮し、木の枝などにつけて興趣を添える。使者の容姿にも、心配りがなされたらしい。

六 現代では、六歳から八歳までに相当する年齢。ただし、当時の女子は、十代初期に成人と認定されるから、思春前期の少女といった映像である。

七 紅梅は、十一月から三月までの着用が普通で、九月には適切でない。少女達が、奉仕する姫君とともに、大人の保護や規制の圏外にあって、諸事を処理しなければならない環境条件にあることを暗示する。個人の嗜好を発揮して、「をかしげ」と印象づけられる人柄である。社会的規制に拘束される以前の躍動する少女の姿態が、反映する服装といえよう。

八 高貴の姫君に奉仕する女性の動作としては、適切ではない。それを、「をかし」と印象づけ、「はしたなし」としないところに、この少女の個性がある。

九 九月の「いみじく繁き薄のなか」に隠れる少将を

「あなかまよ（シーッ静かにね）。[一〇]聞ゆべきことありて、いと忍びて参り来たり。いとそと寄りたまへ（静かにこちらへお寄りなさい）」

と言へば、

（少女）「明日（あす）のこと思ひはべるに。いまより暇（いとま）なくて、そそきはむべる（ばたばたいたしてます）ぞ（のよ）」

と、[一一]さへづりかけて（早口にまくしたてかけて）、去ぬべく見ゆめり。〔少女の様子が〕をかしければ、

（少将）[一二]「何ごとの、さ（そんなに）、いそがしくは思（おぼ）さるるぞ。まろをだに、思さむ（私をだけ頼りになさろうと）とあらば（いうつもりなら）、いみじうをかしきことも、加へてむかし」

と言へば、〔少女は〕名残（なごり）なくたちとまりて（ぴたりと立ちどまって）、

（少女）[一三]「この姫君（私達の姫君）と、上（うへ）[一四]、との御方（おほむかた）の姫君と、貝合（かひあはせ）[一五]させさせたまはむとて、月ごろ（この数か月）、いみじく（ずいぶんと）集めさせたまふに、あなたの御方は、大輔（たいふ）[一六]の君、侍従（じじゅう）[一七]の君と、〔姫君が〕貝合せさせたまはむとて、いみじく求めさせたまふ

発見する目ざとさ、季節を無視する服装、心理を反映する「あわたたしげなる」行動、率直な反射的発言など、少女の個性が躍如とする。物語の好者（すきもの）ぶる少将が、幻想に挫折して恰好の相手に出会ったことになる。

一〇 姫君との仲介を依頼する物語の好者ふうの姿態。高貴の姫君との交渉は、侍女を媒介として成立するのが通例である。ただ、ここでは、その媒介に、少女を擬定している。好者ぶった少将が、側近の女房に依嘱するはずの台詞（せりふ）を、性的関心に絶無の状態である少女に言う。そこに、少将の好者としての未熟さとその観念性との不均衡によるユーモラスな状景を形象する。

一一 少女は、自分の関心事にだけ、心を奪われてしまい、少将の幻想的意図は、完全に無視されてしまう。

一二 少将の関心は、少女の方向に、転換させられる。

一三 少女が奉仕する姫君。十三歳ほどで、母がない。

一四 母上が、別の御方の姫君。「この姫君」とは、年長の異母姉妹。母は健在で、有力な縁者が少なくない。

一五 種々の珍しい貝の美しさを、左右で競合する。十一世紀後半ころから、貴族社会の女性が興じた遊戯。『斎宮良子内親王貝合』（日記）に、「珍らしからむ一つにても持て参りたらむを、勝つにせむ」とある。

一六 異母姉に奉仕する女房。「大輔」は、八省の次官である人物を縁者とすることに由来する呼称。

一七 異母姉に奉仕する女房。「侍従（天皇の側近。納言や参議の兼職）」の人物を縁者とすることに由来する呼称。異母姉方では、女房達が貝集めに奔走する。

なり。

まろ（私の）が御前（おほむ）は（ご主人は）、ただ、若君一所（わかぎみひとところ）〔一〕にて、いみじくわりなくおぼゆ（すごくめちゃくちゃに思われるので）れば、ただいまも、姉君（あねぎみ）〔二〕の御（おほむ）もとに、人遣（や）らむとて（使いの人を遣わそうというわけで）〔三〕。まかりなむ（行かなくっちゃ）」

と言へば、

（少将）〔四〕「その姫君たちのうちとけたまひたらむ（くつろいでいらっしゃる所を）、格子〔五〕のはざま（隙間）などにて、見せたまへ」

と言へば、

（少女）「人に語りたまはば（そんなことをして他人にお洩らしになったら）。――母もこそ、宣（のたま）へ（禁じていらっしゃる）〔六〕」

とおづれば（尻ごみするので）、

（少将）「ものぐるほし（何言ってるの）。まろ（私）は、さらに（絶対に）、もの言はぬ人（口がかたい人間だよ）ぞよ。ただ、人（〔姫君を〕）に勝たせたてまつらむ、勝たせたてまつらじは、心（私の心ひとつだよ）ぞよ。いかなるに（どうなんだい）。

一 少女の奉仕する姫君と同腹の弟君か。後文には、「十ばかりなる男（を）の子」とある。味方の男性は、少年一人、あとは、少女ばかり。話にならない心細い状態。

二 少女の奉仕する姫君と同腹の姉君。姉妹別居か。母親が死去して有力な保護者もなく、適当な女房もいないし、薄幸不遇で諸事不如意の状況が想察される。

三 少女の才覚。貝の用立てを依頼する使者を差出そうとしているところである。貝合の事前に、貝殻や洲浜を蒐集することは、長久元年（一〇四〇）五月十六日の『斎宮良子内親王貝合』（日記）に、「浦々に出（い）でて貝を拾ひ」集めたとある。

四 少女の奉仕する姫君や異腹の姉君。少将は、まだ、物語の作中人物に擬定した、恋の探訪者の姿勢を保持する。覗見（のぞきみ）は、物語に頻出する情事の発端である。

五 「格子」は、廂間（ひさしのま）と簀子（すのこ）とを区切る戸。細い角材を組み、上下二枚に分れる。『宇津保物語』に、「東の対の隅と御格子とのはさまに入り立ちたまひぬ」（蔵開上）、「中のおとどの東の簾垂と格子とのはさまになむ入りたりし。格子の穴あけて見しかば、母屋の御簾をあげて、燭（ひ）、御前にともして、この大将の君の、得たまへる皇女（みこ）と碁（ご）なむ打ちたまひし」（国譲上）とあり、『落窪物語』に、「格子のはざまに入れ奉り」（二）とあって、覗見に恰好の場所だったらしい。

六 「母―宣へ」の敬語呼応に、少女の幼児的痕跡が反映する。「母君―宣へ」では、呼応は妥当だが、少将を相手の発話では穏当でない。「母―言へ（申せ）」の呼

貝どものふち(貝が集まっている淵 それは私なんだよ)――」

と宣へば、よろづもおぼえで(七 後先も配慮しないで)、

(少女)「さらば、帰りたまふなよ。かくれ作りて(隠れ場所を作って)、据ゑたてまつらむ。

――人の起きぬさきに。いざ(さあ)、給へ(いらっしゃい)」

とて、西の妻戸(八 つまど)に、屏風(九 びやうぶ)押し畳み寄せたる所に[少将を]据ゑ置くを、[少将は]「一〇ひがひがしくやうやうなりゆく(けったいな具合にだんだんなってゆくが)を、幼なき子を頼みて(頼りにして)、[家人に]見もつけられたらば(見つけられもしたら)、よしなかるべきわざぞかし(どうにも仕様のないことだわい)」など思ふ思ふ(思いながら)、はざま(隙間)よりのぞけば、一一十四、五ばかりの子ども見えて(十四五歳ばかりの女の子達が見えて)、――いと若くきびはなるかぎり十二、三ばかり(かよわい様子の者ばかり十二三人ばかり)――ありつる(さっきの)童(わらは)のやうなる子どもなどして(とともに)、ことに(格別に)、小箱(こばこ)に入れ、物の蓋(ふた)に入れなどして、持ち違(ちが)ひ騒(さわ)ぐなかに、母屋(もや)の簾(すだれ)に添へたる几帳(一二 きちやう)のつまうち上げてさし出でたる人(姫君は)、わづかに十三ばかり(一三 十三歳)にやと見えて、額髪(ひたひがみ)のかかりたるほどよりはじめて(顔つきからはじめて)、[全体が]この世のものとも見えずうつくしき(可愛らしい)に――萩襲(一四 はぎがさね)の織物の袿(一五 うちぎ)、紫苑色(一六 しをんいろ)

応が適切であろう。世慣れない緊張が察知される。

七 緊要の事柄だけに関心があって、余事に配慮できない少女の浅慮。少女らしい一途の執心が想察される。

八 建物の西面の隅にある妻戸(両開きの板戸)。

九 「屏風」は、部屋の仕切りや装飾に用いる家具。二枚から八枚などを綴(つづ)り合せ、使用しないときには、折り畳んで、部屋の片隅に寄せておく。

一〇 少女を瞞着(まんちやく)したものの、少女も立去って、時間が経過するにつれて、自己の状況が、冷静に把握(はあく)されてくる。「長月の有明の月―引き上げた指貫―朝霧―木立ちをかしき家―琴の声―和歌の朗唱―心ときめき」といった物語的ロマンティシズムが蹉跌(さてつ)して、少女はともかく、他人に露見すれば、コメディアンに転落しかねない現在の状況、意図と齟齬(そご)した推移を自照する。

一一 廂間にいて、貝合を準備する、姫君の侍女。成人の女房が不在の、主従ともに少女だけの集合である。

一二 几帳の垂れた張幕の裾(すそ)の端。張幕は、四幅または五幅の布を、上部で縫合せる。下部は、一幅ずつに分離して並立する。「つま」は、対称して配置される事物をいい、綴り合されない布の隣接する部分をいう。

一三 成熟直前の女性年齢。『源氏物語』で、紫の上の新枕(にひまくら)は十四歳(葵)、女三宮の輿入(こしいれ)は十四、五歳(若菜上)である。恋愛情事の対象となりえない女性年齢。

一四 襲の色目。表は蘇芳(すはう)(黒い赤色)で裏は青。秋用。

一五 蘇芳色に染めた織り模様の袿。

一六 襲の色目。表は薄紫、裏は青を重ね着にしている。

などおし重ねたる——、頬杖をつきて、いとものの歎かしげなる。

〔少将は〕何ごとならむと、心ぐるしと見れば、十ばかりなる男の子——黄朽葉の狩衣、二藍の指貫、しどけなく着たる、同じやうなる——、〔童に持たせて〕わらはに、硯の箱よりは見劣りなる紫檀の箱のいとをかしげなるに、えならぬ貝どもを入れて、持て寄る。

見するままに、

「思ひよらぬくま、なくこそ。

承香殿の御方などに参りて、聞えさせつれば、これをぞ求め得て、侍りつれど。

侍従の君の語りはべりつるは、大輔の君は、藤壺の御方より、いみじく、おぼえ賜はりにけり。

〔相手方は〕すべて、残るくまなくいみじげなるを、〔姉君は〕いかにせさせたまはむ

一 萩襲も紫苑も、重厚な寒色系統だが、それが、かえって、姫君の生新な若い美貌を対照的に強調し、少将の鮮明な印象となる。服飾の色彩は、個性や品格の反映と看做された。漆黒の毛髪と白面の容貌と具体的な形容の出来ない美貌との調和した印象である。しかも、「几帳のつまうち上げてさし出で」た動作、額髪の「かかりたる」様態、静と動との均衡する女性美が、性的関心を超越して描出されている。少将の「ひがひがし」い状況からの脱出。

絶望の姉弟

二 懊悩し考慮する女性の姿態。美女の苦悩する姿態には、独特の魅力がある。生理的な苦痛だが、『枕草子』に、「病は、胸、もののけ。あしのけ」(一八八段)「いとうるはしう長き髪をひき結ひて、もの吐くとて、起きあがりたるけしきもらうたげなり」(一九〇段)とある。苦痛や悲嘆に沈む美女の魅力である。男性の保護本能を喚起し、奉仕活動を誘発する姿態。

三 美女の愁嘆に胸を痛める少将の心情。姫君への感情移入が、外出の意図も「ひがひがしくやうやうなりゆく」不安をも、一挙に忘れさせる。従来の物語には見ない心境の転換である。『源氏物語』(若紫)で、覗見した童女紫の上に、将来の伴侶を想定する源氏に対蹠して、少将は、少女姫君の世界に同化してしまう。

四 前文の「若君」であろう。姫君の同母弟か。

五 襲の色目。表が橙色で裏が黄色。「狩衣」は、狩のときに着用したが、貴族の日常服となった。

六 藍と紅との中間色。薄紫色。若向きの色彩。

ずらむと、道のままも（帰って来る途中でも）、思ひまうで来（き）つる」

とて、[一〇]顔も、つと赤くなりて（ふっと赤くなって）言ひゐたるに（言いつづけていると）、いとど、姫君も、心ぼそくなりて、

（姫君）「なかなかなることを（中途半端な余計なことを）、言ひはじめてけるかな。[一一]いとかくは、思はざりしを（まさかこんなになるとは思わなかったのに）。

〔相手方は〕ことごとしくこそ（大仰に騒がしく）、〔貝を〕求めたまふなれ」

と宣ふに、

（少年）「などか、求めたまふまじき。[一二]上（うへ）は、[一三]内大臣殿（うちのおほいどの）の上（うへ）の御（おほむ）もとまでぞ、〔貝を〕乞（こ）ひに〔使者を〕奉りたまふ（差しあげなさる）とこそは、言ひしか。

これにつけても、[一四]母のおはせましかば。――[一五]あはれ、かくは」

とて、涙（なみだ）も落しつべきけしきども（落してしまいそうな様子を）、をかしと見る（風趣があると）ほどに、〔少将が〕この、ありつる（さっきの）童（わらは）、

（少女）「[一六]東（ひむがし）の御方（おほむかた）、渡らせたまふ。それ（その貝を）、隠させたまへ」

七 後宮の承香殿に住む女御であろう。姫君の縁者か。

八 相手の姫君方の情報。「侍従の君」「大輔の君」は、異腹の姉君の女房。前文、少女の話題にした人物。

九 後宮の藤壺（飛香舎（ひぎょうしゃ））に住む女御または中宮。異腹の姉君の縁者か。藤壺の女性は、『宇津保物語』の貴宮（あてみや）や『源氏物語』の藤壺、実在人物では藤原彰子など、後宮の中心人物が住む映像がある。

一〇 困惑と責任とで興奮している少年の、一途な姿勢。

一一 後文に、「求めなどはすまじ」とあり、手持ちの貝殻（かいがら）を、内輪で競合する約束の発議であった。それが、次第に波紋が拡大したので、困惑し後悔している。

一二 北の方。異腹の姉君の母親。『枕草子』（二七六段）に、「物合（ものあはせ）、何くれと挑（いど）むことに勝ちたる、いかでうれしからざらん」とある。挑戦（ちょうせん）の発端は、少女の内輪な遊戯でも、勝敗の帰趨（きすう）は、大人の矜持（きょうじ）に関与する。絵合の『源氏物語』（絵合）や根合の「逢坂こえぬ権中納言」でも、周囲の後援で勝負が決定する。

一三 内大臣（二位相当）の北の方。北の方の姉妹か。

一四 姉君と弟君との実母。「母―おはす」の待遇呼応は、姉弟対話の場面で実母を話題にする表現だから、支障がない。現代の表現でいえば、日常的な、「ママが、生きてらっしゃったら」という程度の待遇表現。

一五 姫君に実母がいない苦労は、『落窪物語』や『住吉物語』の姫君や、『源氏物語』の若紫や玉鬘（たまかずら）など。継子が絶望的な悲境を痛嘆するのは、物語の常例。

一六 東の対屋（たいのや）に住む姫君。異腹の姉君。貝合の相手。

と言へば(〔一同が〕)、塗(ぬ)り籠(こ)めたる所(納戸)[一]に、みな取り置きつれば(〔貝を〕みな取り片づけたので)、つれなくてゐたるに(何喰わぬ様子で座っているところに)、はじめの君(最初の姫君)よりは、すこし大人(おとな)びてやと見ゆる人(姫君が)、

――[二]山吹(やまぶき)[三]、紅梅、薄朽葉(うすくちば)、あはひよからず(色彩の調和が不均衡で)着ふくだみて(着ぶくれして)[四]、髪、いとうつくしげにて(とても可愛げで)、丈(たけ)[五]にすこし足らぬなるべし(身長より少し短いにちがいない)。

[六]こよなくおくれたると見ゆ(〔こちらの姫君には〕格段に劣っている)。――

(東の御方)「若君の持(も)[七]ておはしつらむは。――など(どうして)、見えぬ。

かねて、求めなどはすまじと、たゆめたまふに(油断させなさる言葉に)、すかされたてまつりて(ごまかされ申して)、よろづ(すべて)は、つゆこそ、求めはんべらずなりにけれど(捜し求めませんことになってしまったけれど)。

――いとくやしく。

すこしさりぬべからむ物(目ぼしいと思われるものは)は、分け取らせたまへ(お裾分けなさいな)[八]」

(〔少将は〕)など言ふさま、いみじくしたり顔(得意な顔つき)なるに、にくくなりて、いかで、此方(こなた)を勝たせてしかな(勝たせてやりたいなあ)と、そぞろに(何となく)思ひなりぬ。

この君(こちらの姫君は)、

一 塗籠(ぬりごめ)。寝殿造の屋内で、四方を壁で塗り籠め、妻戸(開き戸)をつけて出入り口とした物置部屋。

二 挿入表現。直前の「はじめの君よりは、すこし大人びてやと見ゆる人(東の御方)」を解説する叙述。

三 「山吹」は、襲(かさね)の色目。表は薄朽葉で裏は黄色。初冬から晩春に着用。長月の着用には早い。「紅梅」は、襲の色目。表は紅梅で裏は蘇芳(すおう)。十一月から二月まで着用。長月には適応しない。「薄朽葉」は、襲の色目。表は薄朽葉で裏は黄色か。秋の着用。すなわち、衣裳の配色が調和せず、季節に適用しない。王朝貴族は、感性の欠如に人格の欠陥を看取する。姫君であれば、当人だけでなく、周辺の評価にもなる。季節に即応しない紅梅でも、前文、「みだれ着」には、やはり配色に配慮があり、召使の少女であった。高貴で豊かな姫君の無神経とは区別される、無雑作の美がある。

四 袿(うちぎ)を三重に着用しているのであろう。長月下旬の京都は、季節の境界で、寒冷感覚がはなはだしい。美的感性に鈍重で、実利本能で行動する姉君の性格を反映する。恵まれた境遇で、躾(しつけ)の不十分な姫君の映像。

五 毛髪は、女性美の眼目。漆黒で長大かつ豊富であることが珍重された。身長が長さの基準になっていたらしく、「丈にすこし足らぬ」は、標準以下の美人ということになる。長髪の美人として、橘嘉智子(『文徳実録』)や藤原妍子(『大鏡』道長)では、地上に曳(ひ)くほどであったし、藤原芳子(『大鏡』師尹)は、乗車しても、その末端は、簀子(すのこ)―廂間(ひさしのま)を経由して、母屋

「ここにも、外まではべらぬものを。
わが君は、何をかは」
と、答へてゐたるさま、うつくし。九
うち見まはして、渡りぬ。
このありつるやうなる童、三、四人ばかり連れて――「一〇わが母の、
つねに読みたまひし観音経、一一わが御前、負けさせたてまつりたまふ
な」――、一二ただ、このゐたる戸のもとにじと向きて念じあへる顔、
をかしけれど、ありつる童や言ひ出でむと、思ひゐたるに、たち走
りて、あなたに去ぬ。

いとほそき声にて、

（少将）一三かひなしとなに歎くらむしらなみも

に残ったと記録されている。物語でも、身長を基準とする毛髪の長短による美女評定の事例は、数多い。

六 前文に、姫君を「額髪のかかりたるほどよりはじめて、この世のものとも見えずうつくしき」とする。

七 前文の弟君の帰邸を聞知し、相手側の状況を探索するための来訪と、露骨な、情報に通暁することの誇示。自信を根底の事前偵察とともに、姫君方の蒐集が徒労でしかあるまいと、示威効果を計算している。

八 貝殻を十分に蒐集した自信による、皮肉な嘲弄。

九 少将の心理的傾斜を反映する表現である。女性美の「うつくし」は、美的状態にとどまらず、美的情感を触発し喚起する美的映像である。前文にも、この姫君の印象を「うつくし」としている。傲慢尊大で慇懃無礼な東の御方に対蹠する姫君の姿態に、少将は、いよいよ、心魅かれている。

童女の祈願

一〇 女性の仏教信仰では、『更級日記』に、「この頃の世の人は、十七八よりこそ、経よみ行ひもすれ」とある。十歳前後の少女には、大人の行為でしかない。

一一 『妙法蓮華経（法華経）』の巻第八第二十五品、『観世音菩薩普門品』の通称。観音菩薩の功徳が説かれている。観音は、大勢至菩薩とともに、西方浄土の阿弥陀如来の脇侍である。女性にとくに、信仰された。

一二 少将は、西の妻戸のところに潜伏するので、西方に祈念する少女達は、少将を拝跪する恰好となる。

一三 「かひ」は、「効」と「貝」との掛詞。「しらなみ」は、「白浪」と「白波（盗賊の異名）」との掛詞。

君がかたには心よせてむ[一]

と言ひたるを、〔少女達は〕さすがに耳とく（耳ざとく）聞きつけて、

（童）「いま、かたへに（傍で……）。聞きたまひつや」

（童）「これは、たが言ふべきぞ[二]（人間じゃなさそうよ）」

（童）「観音の出でたまひたるなり」

（童）「うれしのわざや。姫君の御前に聞えむ」

と言ひて――さ言ひがてら[三]（そう言う一方）、おそろしくやありけむ――、連れて走り入りぬ。

姫君の期待

〔少将は〕要なきことを言ひて（ひょっとして自分の隠れている様子を発見するのではあるまいかと）、このわたりをや、見あらはさむと、胸つぶれて、さすがに思ひゐたれど（思いつづけているけれども）[四]、〔少女達は〕ただ、いとあわたたしく、

（少女達）「かうかう念じつれば、仏[五]、宣ひつる」

と語れば、〔姫君は〕いとうれしと思ひたる声にて、

一 「かた」は、「方」と「潟」との掛詞。「よせ」は、「（心）寄す」と「（浪）寄す」との掛詞。「貝」と「浪」と「潟」と「寄す」とは縁語。貝がない、祈っても甲斐がないと、どうして嘆いているのだろう。海の白浪も潟に打ち寄せるように、白波（盗賊）めいて隠れ潜んでいるこのわたしも、あなたの方にしっかりと心を寄せて味方をしよう。『宇津保物語』（俊蔭）や『石山寺縁起』など、観音には、白浪のなかから白馬に化身して出現する伝説がある。少将は、状況に即応して、自身を観音に擬定して少女達に対応する。

二 解説ふうに直訳すれば、「こんなことは、誰が言うのにふさわしいことだ。――こんなことを言う人物には、一向に心当りがない。人間じゃないみたい」ということになる。意訳すれば、「人間のことばじゃないわ」「人間じゃ言えないことよ」ということになる。

三 挿入表現。少女達の、「うれしのわざや」という発言と「連れて走り入りぬ」という行動との断層を充塡する作者の説明である。少女らしい行動論理の解説。

四 少女達には、演出効果があったけれども、人間の常識を超越する演出であるだけに、常識的配慮が作用すれば、不審な行動であると判明することは、少将自身が、十分に自覚している。演出の軽率さを自認する不安が、払拭しきれない。

五 少女らしい発想。観音は、菩薩であって、仏ではない。仏教では、迷界の地獄―餓鬼―畜生―修羅―人間―天上と、悟界の声聞―縁覚―菩薩―仏との序列を

（姫君）「まことかはとよ。おそろしきまでこそ、おぼゆれ」[六]
とて、頰杖つきやみて、うち赤みたるまみ、いみじくうつくしげなり。[七]

（少女達）「いかにぞ。この組入れの上より、ふと、物の落ちたらば」[八]

（少女達）「まことの、仏の御徳とこそは、思はめ」

など、言ひあへるは、をかし。

少将の再訪

とく帰りて、これを勝たせばやと思へど、昼は、出づべき方もなければ、すずろによく見暮して、夕霧にたち隠れて、まぎれ出でてぞ、えならぬ洲浜の、三まばかりなるを、空洞に作りて、いみじき小箱を据ゑて、いろいろの貝を、いみじく多く入れて、上には、白銀黄金の蛤、虚貝などを、隙なくまかせて、手は、いと小さくて、[九][一〇][一一]

（少将）しらなみに心をよせてたちよらば[一二]

設定し、十界と呼称する。俗信に、仏と菩薩とを総称して、「ほとけ（仏）」とする。後代、神仏の幼児語での「マンマンチャン」に類同する発想規定である。

六 霊験に感動した嘆声。信じられないぐらいすばらしいといった感情。主従ともに、素直で純情である。

七 元気を回復して紅潮した目許。遅疑しない的確な反応に、少将の傾斜は決定的になる。少将の心理を姫君の状貌で表現する技法。「いみじく」が加重される。

八 桟を格子型に組み込んだ天井。貝殻を仕切って入れる箱の連想か。仏の効験だから、上方からと考える。

九 『源氏物語』（賢木）で、二十四歳の春、藤壺に密会した源氏が、没我夢中で明方になり、塗籠で日中を過すことがある。そのことを前提として、物語の人物に擬定して情事の冒険に外出した少将は、姫君の邸宅に潜伏しながら、少女の遊戯競技に巻込まれている。季節は秋、読者が、その対照に微笑させられる構想。事情に較差があって、脱出に苦慮することでは、源氏も少将も同様である。

一〇 『斎宮良子内親王貝合』（日記）によれば、洲浜の事例があり、そこに、一七種の貝殻が列挙される。

一一 貝の代表。『枕草子』（二本一六段）に、「貝は、うつせ貝。蛤、いみじうちひさき梅の花貝」とある。

一二 前文の和歌「かひなしと」の用語を流用して、同一作者（少女達には観音菩薩）であることを暗示する。「しらなみ」は、「白浪」と「白波（盗賊の異名）」との掛詞。「よせ」は、心と浪とを「寄す」掛詞。

一かひなきならぬ心よせなむ

とて、〔洲浜に〕ひき結びつけて、例の随身に持たせて、まだあかつきに、（夜明け前に）二門のわたりをたたずめば、〔そこを〕昨日の子しも、（少女が都合よく走る）三走る。

〔少将は〕うれしくて、

（少将）「かうぞ。（この通りだ）
はかりきこえねよ」（うまくしておあげよ）

とて、ふところよりをかしき小箱を取らせて、四

（少将）「たがともなくて、さし置かせて来たまへよ。（誰の贈物とも知らせずに〔誰かに〕こっそり置かせておいでなさいよ）さて、（それで）今日の有様の――。〔勝利をわがものにしなさい〕
〔貝合の有様を〕見せたまへよ。さらば、（そうすれば）五またまたも」（これからもまた役に立ちますよ）

と言へば、〔少女は〕いみじくよろこびて、ただ、六

（少女）「ありし（昨日の）戸口。そこは、まして、今日は、人もやあらじ」七

とて、入りぬ。

一「かひなき」は、「貝無き」と「効無き」との掛詞。洲浜に打ち寄せる白浪に、関心を寄せて浪打ち際に立ち寄る――その白浪であるわたしに、あなたが、心を寄せて頼りにするならば、洲浜に貝がないではないように、わたしも効ある援助をあなたに寄せよう。「白浪」と「寄す」と「寄る」と「貝」とは、洲浜の縁語。前文の和歌と同巧だが、ここは、姫君を対象とする。

二 未明。夜半から夜明け前までの時間。地上は暗黒。東天に夜明けが感じられる時刻を「しののめ」といい、次第に白みはじめた東天が色づく時刻を「あけぼの」とする。日の出とともに、「あさ」となる。京都は、連峰に囲繞され、「あけぼの」のころまで、地上はまだ暗い。夕方から暁までの短時間に、豪華な洲浜を用意したのだから、少将の肩入れも格別と想察される。

三 早暁、周囲の暗いなかで、少女が走る。じっとしていられない姫君側の切迫した危機感を、反映する。

四 前文、少女との約束を実現する行動。肝腎の洲浜は、姫君達の夢を尊重して、その処理に慎重である。

五「またまたも」は、中国語の「再見」に相通じる別れの挨拶言葉のひとつ。『源氏物語』（乙女）で、冷泉帝が、弘徽殿大后のもとを辞去する挨拶になっている。少将は、挨拶の慣用表現を流用して、言葉の本義に託した真意を、表明しようとする意図がある。

六 少女は、小箱の歓喜に夢中で、少将の真意は、まったく通じない。ただ、返礼の責任を果すだけである。

七 少女らしい無責任な行動。小箱を受取った少女に

〔少将は〕洲浜、南の高欄(かうらん)[八]に置かせて、[九]〔昨日の隠れ所に〕はひ入りぬ。[一〇](忍びこんでしまう)

〔少将が〕(そっと)やをら見通したまへば、ただ、同じほど[一一](年頃)なる若き人ども(少女達)、二十人ばかり、装束(さうぞ)[一二]きて、格子(かうし)上げそそくめり(騒ぐようだ)。

〔少女達が〕この洲浜を見つけて、

(少女のひとり)「あやしく」(まあ不思議)

(少女のひとり)「たがしたるぞ」(誰がしたの)

(少女のひとり)「たがしたるぞ」(誰なのよ)

と言へば、

(少女のひとり)「さるべき人こそ、なけれ」

(少女のひとり)「思ひ得つ(ああわかった)。この、昨日(きのふ)の仏(ほとけ)のしたまへるなめり」

(少女のひとり)[一三]「あはれにおはしけるかな」

とよろこび騒(さわ)ぐさまの、いとものぐるほしければ、いとをかしくて

は、貝合のことだけで、少将への関心配慮は、ほとんどない。前日の慎重な言辞と隔絶する即物的反射行動。

八 庭園に面した南向きの簀子(すのこ)の外縁にある欄干。後世の家屋でいえば、玄関口に相当する場所といえる。

九 随身に持参させた洲浜を置かせる。

洲浜の歓喜

少女との約束は、小箱の授与で実現し、姫君達の夢を破らない配慮をする。無償の陰徳ということに重点をおく、男性的ロマンティシズムがある。

一〇 少将の行動に、敬語がない。忍び込む行動を批判する表現か。中世以後の敬語では、人物の身分や地位によって、敬語の用法が規定される。中古以前では、人物の身分や地位のほかに、行為や心理によって、敬語の用法が規定される。普通の行動では、敬語表現で待遇される人物が、適切でない行動には、敬語表現されない事例が数少なくない。ここでは、少将の敏捷(びんしよう)な行動を描出する現実感が、敬語の欠落で如実である。

一一 姫君の周囲には、年輩の女房がいないらしい。母親が死去した姫君の境遇で、「はかばかしき人もなく、乳母もなかりけり。ただ、親のおはしける時より使ひつけたる童の、されたる女、後見(うしろみ)とつけて使ひたまひけり」(『落窪物語』一)というほど極端ではないにしても、類同の方向での、無責任な冷遇といえよう。

一二 字音語。「装束」の末尾を、四段活用動詞の語尾の類推で活用させた動詞。正装して飾りたてること。少女達にとって、この貝合は、儀式的な行事である。

一三 身にしみて、しみじみと慈悲深いことをいう。

見ゐたまへり。[一]〔少将は〕じっと見ていらっしゃる

——とや。[二]

一　物語られる世界の末尾が、助動詞「り」で統括されている。王朝の物語は、「物語の祖」とされた『竹取物語』以来、基本的に、物語られる世界を、助動詞「けり」の統括する世界として構成するのが、その伝統であった。助動詞「けり」の統括しない表現も、助動詞「けり」の統括する世界に包摂されるのである。だが、日記は、『土佐日記』以後、記録される世界の記述は、基本的に、助動詞「けり」の統括しない世界として構成するのが、その伝統である。そして、助動詞「けり」の統括する表現は、助動詞「けり」の統括しない世界に挿入されるのである。とすれば、この作品は、日記構成の方法を物語構成に適用したといえる。そして、作品は終結しても、物語の展開は完結していない。貝合の競技さらには姫君との交渉は、物語の伝統的構成でいえば、未完のままで物語が終結する。事件の首尾を充足する物語構成の伝統が、日記の影響で、事件の一端を描出する短編構成を派生した、その史的展開の趨勢（すうせい）を具現する一端といってよかろう。

二　物語られる世界を、物語る世界すなわち作者の世界で包摂する構成である。物語られる世界の表現が終結したことを顕示する表現。『竹取物語』の「とぞ語り伝へたる」を原型と看做（みな）しうるが、多様な類型を派生した。物語が、元来は伝承を物語るものとして発生した原点の痕跡を、保存する構成方法である。末尾を「とや」で終結する先例は、『源氏物語』（朝顔）にある。ほかに、「となむ」「とぞ」「とかや」などがある。

逢坂こえぬ権中納言

標題の「逢坂こえぬ」とは、男女の相契らないことをいう慣用的表現である。「逢坂」は、山城と近江との国境にあり、古昔には、関所があった。その史実と、男女の相契るのを「あふ」ということとの掛詞とで成立した。『伊勢物語』（六九段）以来、類句表現が、数乏しくない。

中宮の兄弟かと想定される権中納言は、後宮女房の憧憬が、一身に鍾聚する存在である。大臣の子弟であり、眉目は秀麗、楽才も秀抜、教養が深く、機智に富み、天皇の信任も格別といった男性である。無論、将来の栄達も、保証されているわけである。王朝貴族の理想的男性像といってよい。年齢は、「二十に一、二ばかりあまりたまふらむ」で、思慮を深め、体験を積んだ年頃といえよう。『堤中納言物語』の人物でいえば、十代中期と想定される近衛少将には、成人社会に編入された少年の面影がある。当人は、大人を気負っているけれども、その行動には、思慮の欠落を否定しがたい。また、十代後半と推定しうる近衛中将には、体験不足に由来する、観念先行の浅薄な訳知りといった印象がある。藤原定家の『明月記』（元久三年四月十三日）に、「在朝の中将皆非人、あるいは放埒の狂者、尾籠白痴」と罵倒し、「末代の中将、疋夫に異らず」と慨嘆する。不遇の怨念を反映する極論であるけれども、世相の一端を物語るといえようか。しかるに、権中納言には、安定した充足がある。充実した能力がある。管絃の遊楽には、期待に対応し、根合の加担には、勝利を誘導する。だが、これは、他者の能動に対応する実力の発揮である。

自己の能動を遂行する実力の発揮ということになると、権中納言は、行動性を喪失してしまう。真実の希求を実現するための自己中心的行動を、徹底しえないのである。知性と教養とが、自己主張の行動性を強化した時代は、すでに、過去となった。懊悩する権中納言は、ただ、……。

花橘の夕暮

[一]さつき、待ちつけたる花橘(たちばな)の香(か)も——むかしの人恋しう——、秋[二]の夕(ゆふべ)に劣らぬ風にうち匂(にほ)ひたるは、をかしうもあはれにも思ひ知らるるを、山ほととぎすも[三]里馴(な)れて語らふに——三日月(みかづき)[四]の影ほのかなるは、をりから忍びがたくて——、例の宮[五]わたりに、おとなはまほしう思さるれど、かひあらじ[六]とうち歎かれて、あるわたりの、なほ、情(なさけ)あまりなるまでも思せど——そなたは、もの憂きなるべし——、[七]いかにせむと、ながめたまふほどに、

「うちに、御遊(おほむあそび)始まるを。ただいま、参らせたまへ」

とて、蔵人少将(くらうどのせうしやう)[八]、参りたまへり。

「待たせたまふを」など、そそのかしきこゆれば、もの憂(う)ながら、

一 「五月待つ花橘の香をかげば昔の人の袖の香ぞする」(『古今集』三)。橘は、旧暦三月の下旬ごろに咲きはじめる。五月になると、時鳥(ほととぎす)が山から里に来るので、両者を通婚の男女に見立て、花橘を、恋人の来訪を待つ女性と見る。しかるに、橘の香を袖に薫(た)きしめた昔の恋人は、いまや、わたしを、待っていてくれるわけではないとする嘆声が籠っている。

二 風情のある時候と刻限とされる常識的な季節感。『古今集』(一一)に、「いつとても恋しからずはあらねども秋の夕べはあやしかりけり」とあり、『古今和歌六帖』(一)に、「吹き来れば身にもしみける秋風を色なきものと思ひけるかな」とあるし、『枕草子』(一段)にも、「秋は夕暮」とある。

三 「あしひきの山ほととぎす里なれてたそかれ時に名のりすらしも」(『拾遺集』一六、大中臣輔親)。

四 五月三日の月。月出は、午前九時前後、月没は、午後九時前後だから、西天に位置する夕方である。

五 権中納言が思慕する、皇族の姫宮の住居。

六 権中納言の心情と姫君の心情とに、疎隔があることを示唆する。

七 冷淡な女性に恋慕し、深情の女性に困惑する男性心理。対極的な二人は、ともに、その気分にはなるものの、往訪の意欲を減退させ、外出を躊躇(ちゅうちょ)させる。往訪したい情念と特定しえない現況との撞着(どうちゃく)した情況。

八 近衛(このえの)少将(正五位下相当)で、蔵人(五位または六位)を兼務する天皇の側近。十代中期の名門貴族。

根合の談合

（中納言）「車、さし寄せよ」

など宣（のたま）ふを、少将〔蔵人少将〕、

（蔵人少将）「いみじうふさはぬ〔気乗りのしない〕御（おほむ）けしきの候（さぶら）ふは、たのめさせたまへる方（かた）〔お越しを待っていらっしゃる女性〕の〔が〕、恨（うら）み申すべきにや〔待ち呆けでお恨みするのでは……〕」

と聞ゆれば、

（中納言）一「かはりあやしき身を、うらめしきまで思ふ人は〔恨めしいとまで慕う女性は〕、たれか」

など、言ひかはして、参りたまひぬ〔参内なさった〕。

琴、笛など、取り散らして、調（しら）べまうけて、待たせたまふなりけり。

ほどなき月〔西山の端近い三日月〕二も雲がくれぬるを、星の光に遊ばせたまふ〔演奏なさる〕。この方（かた）〔音楽の方〕、つきなき〔趣味のない〕殿上人（てんじやうびと）三などは、ねぶたげにうちあくびつつ〔眠たそうな様子であくびをくり返しては〕、すさましげなる〔しらけた有様なのは〕ぞ、わりなき〔不都合なことだ〕。

一 以前と変って、すっかり衰退してしまったわたし。後文に、権中納言は、「この翁（さえぎ）」と自己規定する。

二 月没をいう。三日月の光に遮られていた幽（かす）かな星の光が見えるのだから、五月闇（さつきやみ）と呼ばれる雲の垂れこめた夜景である。嗅覚（きゆうかく）印象を刺激する状況だが、音楽効果を発揮するには、適切ではない。権中納言の、情熱のない義理だけの演奏で、「つきなき殿上人」をも感動させるほどでなかった平凡な遊楽を想察させる。

三 四位および五位（蔵人は六位も）で、清涼殿（天皇の居住する殿舎）の殿上の間に伺候することを許可された官僚。一般に、宮廷政治の中枢に関与する若手官僚の映像がある。蔵人少将も、その一人である。

四 題名に、「権中納言」とある人物。中納言は、従三位相当。中宮と同腹の兄弟か。後文に、「二十に一、二ばかりあま」る年齢だという。官職は権官であっても、正官を呼称とするのは普通で、異例ではない。

五 天皇の正妻。大臣家の息女が入内（じゆだい）して女御（正三位相当）となり、女御の一人が冊立（さくりつ）されて中宮となる。中宮および女御は、清涼殿に連接する後宮殿舎に居住し、中宮や寵妃には、清涼殿にも部屋（局（つぼね））がある。

六 権中納言。「あれ」は、「これ」「それ」「かれ」などとともに、人称代名詞。待遇表現に関係がない。上位の人物を、下位の人物が指示しても失礼ではない。同位の人物にも使用する。

七 下位を対象とする尊敬表現。下位を聴者とする会話表現で、上位の話者が、自己を謙譲表現し、下位を

御遊(おほむあそび)はてて〔終了して〕、中納言[四]〔権中納言〕、中宮[五]の御方(おほむかた)にさし覗(のぞ)きたまへれば、若き〔年若い〕人びと〔女房達〕、心(ここ)ちよげに〔嬌声をあげて歓迎する〕うち笑ひつつ、

（女房）「いみじき〔すばらしい〕方人(かたうど)〔味方が〕、参らせたまへり。あれをこそ[六]〔あの方をこそお願いしよう〕」

など言へば、

（中納言）「何ごと、せさせ[七]たまふぞ」

と宣(のたま)へば、

（女房）「明後日(あさて)[八]、根合(ねあはせ)[九]しはべるを[一〇]。何方(いづかた)にかよからむ〔味方しようと〕とおぼしめす」

と聞ゆれば、

（中納言）「あやめ[一一]も知らぬ身なれども、ひき取り[一二]たまはむ方(かた)にこそは」

と宣へば、

（小宰相の君）「あやめも知らせたまはざなれば、右には不用[一三]にこそは。

さらば、此方(こなた)に」

とて、小宰相(こざいしやう)[一四]の君、押し取りきこえさせつれば〔強引に申し上げたので〕、〔中納言の〕――御心(おほむ)[一五]も寄るに

尊敬表現し、丁寧文体を使用することがある。話者の品位を反映し、両者の距離を設定する表現効果がある。

八 五月五日。宮中では、永承六年（一〇五一）五月五日以来、根合が、年中行事になっている。この作品は、天喜三年（一〇五五）五月三日庚申(こうしん)の夜に、小式部という女房が、「六条斎院物語合」に提出した。時宜に適応した効果が企図されているとも看做(みな)される。

九 左右の対抗で、菖蒲の根の長短を競合する遊戯。延命長寿を祈念する意味もあり、後宮生活に内在する女房相互の競争意識もあって、その勝負に熱中する。

一〇 逆態接続の助詞。「根合をしますのに――だから、大騒ぎしているのですよ――、だのに、『何ごと』などと気楽なことをおっしゃって、ちゃんとご承知のくせして、なんて冷たいんでしょう」といった気持。

一一 「ほととぎす鳴くや五月(さつき)のあやめ草あやめも知らぬ恋もするかな」（『古今集』一一）を背景に、若い女房を相手の、恋愛口調による応対。「菖蒲(あやめ)」と「文目(あやめ)（事物の道理）」との掛詞。根合に興奮し切迫した心情の女房を、やや年長の男性として、冗談めく好意で、温和に包容する平静典雅な態度である。

一二 「あやめ」の縁語。菖蒲を引き取る（抜き取る）ことに、自分を仲間に引き入れることを掛ける。

一三 音読する漢語。断定的な一種の気迫がある表現。

一四 参議（正四位相当）を縁者とする女房の呼称。同一呼称の重複があれば、年少の女房に「小―」という。

一五 挿入表現。作者の感想で、文脈の展開を説明する。

や——、

（中納言）一「から仰せらるるをりも、侍りける(はべ)は」

とて、にくからずうち笑ひて出でたまひぬるを、かかるをりは、うちも乱れたまへかし」とぞ、見ゆる。

（小宰相）「例の、つれなき御けしき(おほむ)こそ、わびしけれ。

右の人、

（右方の女房）「さらば、此方(こなた)には、三位中将(さんみのちゆうじやう)を寄せたてまつらむ」

と言ひて、四殿上に呼びにやりきこえて、

（右方の使者）五「かかることの侍るを。此方(こなた)に寄らせたまへと、頼みきこゆる」

と聞えさすれば、

（三位中将）「ことにも侍らぬ。心の及ばむかぎりこそは」

と、六たのもしう宣ふを、

（右方の女房）七「さればこそ」

一 小宰相が、恋慕の内心を根合の味方に誘引する態度で代行するのに対蹠(たいせき)し、権中納言は、恋情に無心で恋愛の気分を設定する姿勢で対応する。小宰相を関心のある女性として応対する、鷹揚(おうよう)で余裕のある挙措。助動詞「けり」に、日頃は冷淡な小宰相が熱心に接近して誘引することを、他人事のように観察する表現姿勢が反映する。過去の回想ではない。好意を根底にする、軽微の含羞(がんしゅう)と機智の揶揄(やゆ)とが察知される。相手に好意を伝えてそらさない、しかし、核心を外(はず)して深入りしない、洗練された応対である。相手は、もどかしがりながら、いよいよ傾斜する権中納言の人品と性格。

二 観点の転換。動詞「見ゆ」は、小宰相の主観的反応を記述して、それが客観的印象であることを表現する。「出でたまひぬるを」と「会話表現＋とぞ」と「見ゆる」とは、鎖型構文による叙述観点の移動である。

三 近衛中将は、正四位相当。三位中将は、高貴権門の、年若い子弟と想定される。十代後半の年齢か。後宮女性に人気のある官職で、『枕草子』（一七〇段）に、「上達部は」として特記され、将来有望の官僚。

四 清涼殿の殿上の間(ま)。大臣以下、権力の中枢を占有する高級官僚達の、天皇の座所に隣接する詰所。

五 根合に、権中納言が、左方に味方すること。助詞「を」は、詠嘆。三位中将の対抗意識を刺激する。

六 女房の主観的印象で作者の客観的叙述を表現する融合表現。権中納言と対照的な応対。対蹠的な人物を対比して事態が進展するのは、物語構想の伝統である。

（現代語訳傍注）一 私のことをおっしゃる時も ございましたっけ ［中宮の御局を］ つとはおふざけなさい と思っている二 様子だ 右方の女房 四 殿上の間に 味方にお引き寄せ申そう お安いことです 思い及ぶかぎり尽力しましょう やったわよ

(左方女房)「この御心(おほむこころ)[八]は、底ひ知らぬこひぢ(泥のなかでも)にも、降りたちたまひなむ」

と、〔相手を〕かたみ(相互)に羨(うらや)むも、宮(中宮)は、をかしう聞かせたまふ。

中納言、さこそ心に入(い)らぬけしきなりしかど、その日(根合当日)になりて、

えもいはぬ根(ね)ども引き[九]具(ぐ)して(そろえて)、参りたまへり。

小宰相の局(つぼね)に、まづおはして、

(中納言)「心をさなく(軽々しくも)とり寄せ[一〇]たまひしが(〔私を〕お味方にお寄せなさったことが)心ぐるしさに、若わかしき(大人げない)心ち(ここ)すれど、安積(あさか)の沼(ぬま)を尋(たづ)ねてはべり。

さりとも(何にしたって)、負けたまはじ」

とあるぞ、たのもしき。——いつの間(ま)に思ひ寄りける〔立派な根を引くことを〕ことにか、い(誉め)ひすぐす(すぎようもない)べくもあらず。

右の少将(右方の一一)、おはしたゝなり。

(少将)「いづこや。いたう暮れぬほどぞ、よからむ。中納言は、まだ、

七 三位中将の態度に雀躍(じゃくやく)する右方女房。女房も方人も、右方は狂騒的に派手で、左方とは対照的な設定。

八 三位中将の態度を羨望(せんぼう)する左方女房。「泥(こひぢ)」と「恋路」とを掛ける。「降りたつ」「そこひ」「こひぢ」は縁語。菖蒲は、沼地に生育する。頼もしい返事をした中将だから、菖蒲の根を探しに、どんな泥の中にでも入ると推測する。「玉藻かる蜑(あま)にはあらねど渡津海の底ひもしらず入る心かな」(『後撰集』一二、紀友則)、「袖ぬるるこひぢとかつは知りながらおり立つ田子のみづからぞうき」(『源氏物語』葵(あおい))。

九 菖蒲の根を掘り取ることの縁語で「引き」という。

一〇 菖蒲の縁語で、味方にすることを「とり寄す」とする。安積沼は、岩代(いわしろ)国の歌枕。「みちのくの安積の沼の花がつみかつ見る人に恋ひやわたらん」(『古今集』一四)。花勝見の名所で、『無名抄』に、藤原実方(さねかた)が菖蒲の代用にしたとある。菖蒲の生育しない沼を探索したという諧謔(かいぎゃく)表現。『小大君集』や『伊勢大輔集』によると、浅薄な徒労を嘲弄(ちょうろう)する材料であったらしい。もっとも、「郁芳門院根合」に、「あやめ草ひくてもたゆく長き根のいかで浅香の沼に生ひけむ」(『金葉集』二、藤原孝善)がある。一般に盲点となっている場所から、長大な根を発見したことを暗示する。

一一 近衛少将。従五位下相当。後文の歌合に、右方の講師となる四位少将。前文の三位中将などとともに、年長の権中納言に対抗意識を燃焼させる名門出身の青年貴族の一人。十代中頃か。

後宮の根合

参らせたまはぬにや」

と、まだきに挑ましげなるを、少将の君、[一]

「あな、をこがまし。御前こそ、御声のみ高くて、遅かゝめれ。かれは、しののめ[二]より入りゐて、整へさせたまふめり」

など言ふほどにぞ、かたちよりはじめて、同じ人とも見えずはづか[三]しげにて、

「などとよ。この翁[四]――な、いたう挑みたまひそ[五]――、身こそくるし」

とて、歩み出でたまへる。――御年のほど、二十に一、二ばかり[六]あまりたまふらむ。

「さらば、とくしたまへかし。見はべらむ」[七]とて、人びと、参り集ひたり。

一 近衛少将（従五位下相当）を縁者とする女房の呼称。口調から、右方を実質的に差配する年配女房か。

二 夜半を過ぎると「あかつき（暁）」という。東天が白みかけて、東山の稜線が際だつころが、「あけぼの（曙）」である。曙では、地上はまだ暗い。曙光が地上にも及んで、周囲が弁別しうるようになると、それが、「しののめ（東雲）」である。さらに、日輪が見えると、「あさ（朝）」ということになる。京都の地勢から、この段階は、明確に捕捉しやすいといえる。

三 他者の反応で規定する美的表現。周囲の人物が、自己の容貌や存在を恥ずかしく感じるまでに、卓越した状態であることをいう。観察する人物の主観的心情によって、観察される人物の客観的状態を表現する。

四 諧謔表現。「翁」には、衰頽、醜悪、鈍根、愚蒙、無智、不識といった映像が随伴する。三位中将や四位少将など、年少貴族の露骨な対抗意識に挑発されないで対応する、年長余裕の韜晦姿勢といえる。当代貴族は、十代中ごろに加冠（成人式）し、四十歳で最初の算賀とする。現代でいえば、中将や少将は二十代前半で、権中納言は三十代中期といったところか。

五 挿入表現。右方への発言を、中心文脈「この翁――身こそくるし」を解説する挿入表現とし、「な、いたう挑みたまひそ。この翁、身こそくるし」と併立させないところに、右方の次元で対抗しない余裕がある。

六 『源氏物語』では、夕霧が十八歳、薫が二十三歳で、中納言に昇任する。

方人の殿上人、心ごころにとり出づる根[八]の有様、いづれもいづれも、劣らず見ゆるなかにも、左のは、なほ、[九]なまめかしきけさへ、添ひたり。――中納言のし出でたまへる。合せもて行くほどに、持にやならむと見ゆるを、左の、はてにとり出でられたる根ども、さらに、心及ぶべうもあらず。三位中将、いはむかたなくまもりゐたまへり。左、勝ちぬるなゝめりと、方人のけしき、したり顔に心ちよげなり。

歌合の後見

根合はてて、歌のをりになりぬ。左の[一〇]講師[一一]左中弁、右のは、[一二]四位少将。読みあぐるほど、[一三]小宰相の君など、いかに心つくすらむと見えたり。「四位少将、いかに。臆すや」と――[一四]あいなう――、中納言、う

七　永承六年（一〇五一）五月五日の内裏根合では、早朝から準備し、酉一刻（午後五時半ごろ）から開始した。寛治七年（一〇九三）五月五日の郁芳門院根合では、酉刻（午後六時ごろ）に、左方が参進した。

八　寛治七年五月五日郁芳門院根合で、最長の根丈は、「一丈六尺余」（約五メートル。『中右記』）。

九　「無薬玉為負」（『中右記』寛治七年五月五日）とあり、根丈の長短だけが勝負の基準でなく、風流な工夫による風情が勘案された。永承六年内裏根合は、「左右二十人づつ分きて、えも言はぬ洲浜の垣根を尋ねつつ、まだ知らぬ小泥に下りつつ引き出でたる一丈三尺の根などもありけり。文台、打敷、花足などの有様、言ふべきにもあらず」（『栄華物語』根合）とある。

一〇　歌合で、和歌を詠吟する役目の人物。選定は重要で、詠吟の巧拙も和歌の評価に影響する。

一一　太政官の官名。正五位相当。『枕草子』（四八段）には、「いとをかしきつかさ」とある。

一二　前文に「少将」とあった人物。軽躁の少将を講師とするところに、右方の気風が感得される。左方の中弁は、出自も性格も対蹠的に想定される。実方と奥州の菖蒲とから、『古事談』（二）にある、少将藤原実方と弁藤原行成との対比を想起させる配置。

一三　前文にある左方女房。根合の勝利で、勝利を完全にするために、歌合の勝敗が余計気がかりになる。

一四　挿入表現。右方の主観的心情で、中納言の客観的行動を批評する融合表現。左方の勝利を暗示している。

主上の渡御

しろみたまふほど（援なさる）、（それだけ）〔右方は〕ねたげなり（ねたましそうである）。

一左（左方が）、

二君が代のながきためしにあやめ草
　　千ひろにあまる根をぞひきつる

右（右方が）、

三なべてのとたれか見るべきあやめ草
　　浅香（あさか）の沼（ぬま）の根にこそありけれ

と宣（のたま）へば、四少将（四位少将）、五「さらに劣らじものを」とて、

六いづれともいかが分（わ）くべきあやめ草
　　おなじよどのに生（お）ふる根なれば

と宣ふほどに、上（うへ）（天皇が）〔この催事を〕聞かせたまひて（お知りになって）、ゆかしうおぼしめさるれば（興味をおいだきになるので）、〔中宮の御局に〕忍びやかにて渡らせたまへり。

一 『袋草紙』（下）によれば、歌合の第一番は、左歌から披講し、第二番からは、前番の負け方からする。

二 中宮の寿命がいつまでも長くお栄えになる由縁として、菖蒲草、その千尋（ちひろ）に余る長い根を引いたことだ。――中宮の寿命も、きっと千年万年とお栄えになるにちがいない。「君が代」は、ここでは中宮の年齢をいう。天皇の治世の意味はない。「一尋（ひろ）」は、両腕を左右に伸展した長さ。根合の催事に即応して、主催する中宮の繁栄を祝福する。

三 並のものと、誰が見るはずがあろうか。本当に世にも珍しくすばらしい菖蒲草。この菖蒲草は、きっと、生えていないと言われて、世間には知られずに育った浅香の沼の菖蒲だったんだなあ。――こんなすばらしい菖蒲の根なんて、見たことも聞いたこともなかったわ。

四 右方少将の披講が連続するのは、前番で、右方が負けたことを暗示する。

五 少将の発言は異例か。『八雲御抄（やくもみしょう）』に、「講師歌ヲ読ム外ハ言ハズ是故実也」（二）とある。勝気で短慮な少将の性格と心情とを如実に露呈する行動か。

六 どちらの菖蒲が勝っているとか劣っているとか、どうして区別ができよう。どちらも、同じ淀野に生えている根なんだから。「よどの」は、山城国淀（よど）付近一帯の野。淀川沿岸の低湿地帯。伏見野。京都南部の菖蒲の名所。「閨（ねや）の上に根ざしとどめよ菖蒲草尋ねて引くも同じよどのに」（『後拾遺集』三、大中臣輔弘）、

宮(中宮)の御覧(ごらん)ずる所に〔天皇が〕寄らせたまひて、

（天皇）「をかしきことの侍(はべ)りけるを。などか告(つ)げさせたまはざりける。

中納言、三位(三位中将)など、方分(かたわ)かるるは、戯(たはぶ)れ(座興ではすまなかったことであろう)にはあらざりけることにこそは」

と宣はすれば、

（中宮）七「心に、〔女房達は〕寄る方(かた)のあるにや――〔中納言贔屓と三位中将贔屓とに分れて〕、分くとはなけれど、さすが(いかにも)に挑(いど)ましげにぞ」

など、聞えさせたまふ。

（天皇）八「小宰相、中将がけしきこそ、いみじかゝめれ。いづれ、勝ち負けたる。

さりとも、中納言、負けじ」

など仰せらるるや、九ほの聞ゆらむ、一〇少将、御簾(みす)(天皇と中宮との御座所を)のうちうらめしげに見やりたる尻目(しりめ)(横目遣い)も、一一らうらうしう一二愛敬(あいぎやう)づき、人よりことに(普通の男君より以上に)見ゆれど、

「引きわかれ袂(たもと)にかかる菖蒲草おなじ淀野におひにしものを」（『後十五番歌合』選子内親王家宰相）など。

七 中宮は、「戯れにはあらざりける」女房達の様子を報告する。「心に」から「にや」までは、挿入表現。主観的な推定で、「分く」から「にぞ」までの叙述を解説する。女房達には、中納言贔屓(びいき)と三位中将あるいは四位少将贔屓とがあって、自然に、贔屓の男性が後援する側を応援するようになる。根合の当事者以外の女房までが、左右に分れて、相互に挑発的な姿勢を示すようになったのである。中納言と三位中将とが参加したために、中宮後宮の女房は、対抗する両派に分属して挑戦的な態度で競合するようになったのである。

八 女房。根合の当事者。小宰相と中将は、根合の事前から左右に対立する立場で、贔屓の男性が後援するのだから、観衆の女房達とは比較にならない戦闘的な興奮を、天皇は容易に推定する。天皇と中宮との対話は、天皇の推量（一般的な状況）―中宮の応答（女房達の行動）―天皇の反応（当事者の様子）と展開する。

九 挿入表現。天皇と中宮との対話に、簾外(れんがい)に位置する少将が反応することの事由を説明する作者の推量。

一〇 右方の講師であった四位少将。前文にも、中納言への気負った対抗意識が、露骨に表現されている。

一一 気にかかって様子を窺う所作。自分が話題にならず、天皇の中納言贔屓が明白で、落着かないのである。

一二 洗練されて魅力的な美をいう。寵愛したくなる美少年の面影を残す気鋭の青年貴族といった美的印象。

[一]なまめかしうはづかしげなるは、なほ［やはり〔中納言が〕］、たぐひなげなり。

深夜の退下

「無下(むげ)に［余興もなしに］、かくてやみなむも［解散してしまうのも］、名残(なごり)［後味が］、つれづれなるべきを［物足りなかろうに］。琵琶(びは)[二]の音(ね)こそ、恋しきほど［頃あい］になりわたれ」

と、中納言、弁(べん)［左中弁］をそそのかしたまへば、

（左中弁）[三]「そのこととなき暇(いとま)なさに、みな、忘れにてはべるものを［忘れてしまっておりますのに］」

と言へど、逃(のが)るべうもあらず〔中納言が〕宣へば、〔弁は〕盤渉調(ばんじきてう)[四]にかい調(しら)べて［調音して］、はやりか［軽妙に］に〔琵琶を〕かきならしたるを、中納言、たへず[五]［感に耐えず］をかしうや思さるらむ、和(わ)[六]琴(ごん)とり寄せて、弾(ひ)き合(あは)せたまへり［合奏なさっている］。[七]この世のこととも聞えず。三位［三位中将］、横笛(よこぶえ)[八]。四位少将、拍子(ひやうし)[九]とりて、蔵人少将(くらうどのせうしやう)[一〇]、伊勢[一一]の海うた[一二]ひたまふ、〔楽器の音に〕声、まぎれずうつくし。

声[一三]は、さまざまおもしろく聞[一四]かせたまふ、なかにも、中[一五]納言は、かううち解(と)け、心に入(い)れて弾きたまへるをりは少なきを、〔天皇は〕めづらし［すばらし］

一　優雅で品格のある美をいう。「はづかしげ」は、卓越した美で、周囲が恥ずかしさを感じるほどの様子。

二　『枕草子』（二一七段）に、「弾くものは琵琶」とある。白楽天の『琵琶行』の、「挙酒欲飲無管絃。酔不成歓惨将別。別時茫茫江浸月。忽聞水上琵琶声。主人忘帰客不発」を典拠に琵琶の弾奏を慫慂(しょうよう)する。琵琶がなくては、離散するほかないが、それでは名残惜しいという気持の表現。

三　白楽天の『琵琶行』（序）の「嘗学琵琶穆曹二善才。年長色衰委身為賈人婦」を典拠とする対応。

四　西洋音楽のロ調に相当する音階。仲秋八月に充当される調子で、丁度、『琵琶行』の季節に適合する。

五　挿入表現。中納言の行動を説明する作者の解説。

六　日本古来の六絃琴。中国渡来の箏(そう)や琴(きん)、百済(くだら)渡来の百済琴などに対していう。歌謡の伴奏に使用された。『源氏物語』では、頭中将や柏木が、名手とされる。

七　音楽的才能は、王朝貴族の教養で、重要な位置にある。名手の演奏を現世を超越する境地とするのは、『宇津保物語』（俊蔭）の清原俊蔭などの映像を準拠とするか。『源氏物語』でも、貴人の奏楽を讃美する記述は、数少なくない。光源氏は琴(きん)の琴(こと)の名手である。

八　雅楽で使用した七穴の笛。「ようじょう」ともいう。『宇津保物語』（蔵開上）に、藤原仲忠の吹奏について、「いみじき横笛の音かな」と讃嘆する。

九　笏(しゃく)で手を叩いて、リズムをとること。『宇津保物語』（俊蔭）に、「ある限りの人、拍子合はせて遊び給

うおぼしめす。

〔天皇〕「明日は御物忌(おほむものいみ)[一六]なれば、夜更(よふ)けぬさきに」――〔天皇は清涼殿に〕とく帰らせたまふとて、左の根のながきを、ためし〔実例にもしようといって〕にもとて、持たせたまへり。

中納言、まかり出(で)たまふとて、「階(はし)[一七]のもとの薔薇(さうび)も」とうち誦(ず)じたまへるを、若き人びと〔年若い女房達〕は、飽(あ)かず慕ひぬべくめできこゆ〔どこまでも後を慕って行きそうに讃美申し上げる〕。

かの宮〔姫宮〕わたりにも、おぼつかなきほどになりにけるを〔気がかりな無沙汰の月日になってしまったのに〕と、〔姫宮を〕おとなはまほしう〔訪問したく〕思せど、〔中納言は〕「いたう更(ふ)けぬらむ」とて、うち臥したまへれど、まどろまれず〔寝つけない〕。

――「人はものをや〔人は物をや思はざりけむ〕」とぞ、言はれたまひける〔何となくつぶやかれなさるのであった〕。

またの日〔翌日〕、あやめもひき過ぎぬれど〔菖蒲を引く日も過ぎてしまったけれど〕、名残(なごり)にや、菖蒲(さうぶ)〔青と紅梅との色〕の紙あまたひき重ねて〔紙を幾枚も重ねて〕、

ふ」とある。音楽的感興を昂揚(こうよう)する動作である。

一〇 前文、五月三日宵に、天皇の意向で、中納言を呼び出した人物。高貴権門の子弟と推定される中納言と三位中将と左中弁と四位少将と蔵人少将とである。これらの人物は、次期政権の中枢を構成すると予測される。天皇と中宮とを中心に一座を形成して和楽する。中宮は、次代の国母と予定されるであろうし、中宮の血縁と想察される中納言には、内心、重要な意味がある。合奏に積極的、能動的な姿勢である所以(ゆえん)である。

一一 催馬楽(さいばら)の曲名。「伊勢の海の、伊勢の海の、清き渚の、しほがひに、なのりそやつまむ、貝や拾はむや、玉や拾はむや」が本文。音調は、呂(ろ)(陰の音階)に対応する陽の音階で、律の盤渉調と共通の楽律である。

一二 鎖型構文。「蔵人少将」の述語で、「声」を修飾。

一三 左中弁の琵琶、中納言の和琴、三位中将の横笛、蔵人少将の催馬楽、四位少将の拍子が、それぞれ、独自の音楽的効果を示して、全体の調和を保っている。

一四 鎖型構文。「聞かせたまふ」は、省略主語「上(うへ)」の述語であり、また、「なか(にも)」を修飾する。

一五 音楽効果のほかに、中納言では、態度が着目されている。中宮の根合を印象づける配慮か。天皇の印象は、その効用を、十分に実証しているといえよう。

一六 禁中の物忌。丑刻(うしのこく)以前に、殿舎に籠ってしまう(『枕草子』一三六段)。

憂悶の恋慕

一七 『和漢朗詠集』に、「甕頭竹葉経春熟。階底薔薇入夏開」(白楽天)とある。物語の背景の季節に合致。

（中納言）一 きのふこそひきわびにしかあやめ草
ふかきこひぢにおりたちし間に

〔中納言は姫宮に〕と聞えたまへれど、二〔姫宮から反応のない空しさを〕例のかひなさを思し歎くほどに、はかなく五月も過ぎぬ。

〔中納言は〕土さへ割れて、三〔六月の太陽にも 恋の涙で濡れた袖を乾かすひまもなく思い屈していらっしゃる〕照る日にも、袖ほす世なく、思しくづほるる。

男君の潜入

――十日余日の月くまなきに、〔中納言は〕宮に、〔姫宮の所に〕いと忍びておはしたり。

四 宰相の君に消息したまひつれば、〔面会をお求めになると〕

（宰相の君）五「はづかしげなる〔姫宮の〕御有様に、いかで聞えさせむ」

と言へど、

（宰相の君）「さりとて、〔対面しないのは〕〔世間の常識を知らないように思われるだろうか〕もののほど知らぬやうにや」

とて、妻戸おし開けて、対面したり。

六〔中納言が〕うち匂ひたまへるに、〔宰相の君は〕よそながらうつる心ちぞする。〔中納言が〕〔優雅で〕なまめかし

一 昨日はほんとにまあ、菖蒲を取ろうとして、深い泥に足を踏み入れた間に、引き煩ったことだった。——貴女を想う深い恋路に入りこんだ間に、貴女にお目にかかりたくてどうにも我慢ができず、昨日という昨日は、わびしく過したことだ。「ひきわび」は、菖蒲の根を引き煩う意と姫宮を恋うて心わびしく過す意との掛詞。「こひぢ」は、「泥」と「恋路」との掛詞。前文の「まどろまれず」は、『毛詩』（周南）の「窈窕淑女。寤寐求之。求之不得。寤寐思服。悠哉悠哉。輾転反側」に相通ずる状態であり、「人はものをや」は、『和漢朗詠集』の「夏の夜の寝ぬに明けぬと言ひおきし人はものをや思はざりけむ」（人丸）を典拠として、夏の短夜を長く感じてもてあます、恋慕に焦慮する心境である。そうした典拠を背景に、昨夜往訪しなかった苦衷を凝結する表現が、「ひきわび」である。中納言の孤独な煩悶である。

二 姫宮不変の態度。前文に「かひあらじ」とあった。

三 六月は、旧暦では季夏だが、京都盆地では、暑気酷烈の最極である。「みな月の土さへ裂けて照る日にも我が袖ひめや妹にあはずして」（『拾遺集』一二）。「世」は、「夜」との掛詞。「日」と対応する技巧。

四 姫宮の女房。姫宮の乳母か。参議が縁者であることに由来する呼称。中納言—（中納言の従者）—取次の女房—宰相の君—姫宮の順序で消息が伝達される。

五 恋の取次をするのが気はずかしくなる姫宮の頑固で冷淡なご様子に、どうして、中納言の面会依頼をお

う、心深げに（真剣な態度で）聞えつづけたまふことどもは、七奥（おく）のえびすも、思ひしりぬべし。

（中納言）「例のかひなくとも、八かくと聞きつばかりの御言（おほむこと）の葉（は）をだに」

と責（せ）めたまへば、

（宰相の君）「いさや（さあどうかしら）」

と、うち歎きて入（い）るに、（中納言は）九やをら（そっと）続きて入りぬ。

（宰相の君は姫宮の）臥したまへる所にさし寄りて、

（宰相の君）「時どきは、一〇端（はし）つ方（かた）にても、涼（すず）ませたまへかし。一一あまり埋（む）もれゐたるも（引き籠りっづけているのも）」

とて、

（宰相の君）「例のわりなきこと（一二無理なこと）こそ。えもいひ知らぬ（言いようもなく思いつめた）御（おほむ）けしき（中納言のご様子は）、つねよりぞいとほしうこそ、見たてまつりはべれ。

伝え申し上げよう。姫宮の態度を熟知するだけに、中納言に対面するのが、億劫（おつくう）な宰相の君の心境である。

六 衣服に薫きしめた薫香が、離れている宰相の君の身に移る感じ。中納言の魅力を嗅覚（きゆうかく）印象で表現する。

七 情趣を理解しない陸奥（みちのく）の蝦夷（えびす）。『源氏物語』（東屋（あずまや））や『狭衣物語』（二）、『寝覚物語』（二）、『浜松中納言』（四）、『在明の別れ』（一）などにもある表現。

八 融合表現。想定する姫宮の会話表現「かくと聞きつ」が、引用形式にならないで、直接に引用する中納言の会話表現の「ばかり」を下接する構成の表現である。『今昔物語集』（三〇）に、平貞文が、恋文に応答のない本院侍従に、「見つ」とだけでも返事が欲しいと言って、「見つ」の返事があったとする逸話がある。作者の対比的設定か。平中と中納言とでは、性格に格差があるから、かえって、効果的な対比となる。

九 『源氏物語』（夕霧）で、女房が、落葉宮に伝言しにはいった隙に、夕霧が忍び込むのに類似の状況。敬語の欠落は、『源氏物語』などにも類例（みな）があって、男性の行動を、作者が批判する表現と看做される。

一〇 姫宮は、母屋（おもや）で横臥している。廂（ひさし）の間とか簀子（すのこ）に近く移動することを勧誘する。宰相の君は、中納言と姫宮との、物越しの対面を企図する。

一一 敬語の欠落は、前文勧誘の一般論的な理由づけ。

一二 勧誘は、個別論的な論理の展開。男君の批判―男君の印象―男君の行動―宰相の君の困惑―（姫宮の同情）と、姫宮同調を起点に、意図する方向に誘導する論法。

『ただ[一]一言（ひとこと）、聞え知らせまほしくてなむ。[二]野にも山にも』と、
かこたせたまふこそ。（愚痴をおこぼしなのが実に）
——わりなくはべる」（困りはてております）

と聞ゆれば、

（姫宮）「[三]いかなるにか。（どういうことかしら）
[四]心ち（ここ）の例ならずおぼゆる」（気分がいつもとちがって）

と宣（のたま）ふ。

（宰相の君）「[五]いかが」（どうなさいます）

と聞ゆれば、

（姫宮）「例は、[六]宮に教ふる」（常日頃は私に教えるじゃないの）

とて、〔姫宮は〕[七]動きたまふべうもあらねば、

（宰相の君）「[八]かくなむ、聞えむ」

とて〔宰相の君が〕立ちぬるを、声をしるべにて、〔中納言は姫宮の座所を〕尋ねおはしたり。

一 『宇津保物語』（祭の使）に、「いかでこよひだに、一言だに聞えさせてしかな。いらへこそのたまはざらめ、聞しめすばかりには、何の罪もあらじ」とある。書面にも返事せず、訪問にも対面しない姫宮に、応対はともかく、意中の伝達だけでも直接にしたい。

二 伝達以後の出家を暗示する。「うち頼む人の心のつらければ野にも山にもいざかくれなむ」（『素性法師集』）、「いづくにか世をばいとはむ心こそ野にも山にもまどふべらなれ」（『古今集』一八、素性）など。

三 宰相の君に、理解しかねると韜晦（とうかい）して反応する。

四 身体の不調を理由にする、拒否の姿勢。話したくない、聞きたくない、動きたくない意志の婉曲（えんきょく）表現。

五 中納言に傾斜する宰相の君は、姫宮の翻心を期待して、判断の形式的な責任を姫宮に押しつける。姫宮の韜晦を無視する態度で、所期の方向に誘導する。

六 今夜だって、自分で決定すればよいという気持。宰相の君は、姫宮の日常に責任をもつ指導的立場の女房と推察される。乳母または乳母に相当する女性で、姫宮の日常生活は、その意図に即応して営まれる。

七 頑固な拒否の意志を表明する態度。皮肉な応答で抵抗したものの、自己の前言を無視する宰相の君の発言に対応したわけで、状況の不解と身体の不調とで抵抗した立場が崩壊した姫宮は、鞏固（きょうこ）な沈黙で抵抗する。

八 事実のままを中納言に言上しよう。男君の希望を実現する方策に窮した遺恨と内輪の経緯を暴露する態度に出る脅迫的言辞とだが、姫宮は完全に黙殺する。

〔姫宮が〕思しまどひたるさま、〔中納言には〕心ぐるしければ、〔中納言〕「身のほど知らず（分際をわきまえないで）、なめげには（無礼な振舞に及ぶことは）、よも御覧ぜられじ（絶対にお目にかけますまい）。[九]ただ一言（ひとこと）を」と言ひもやらず、〔中納言の〕涙のこぼるるさまぞ（ぶざまな様子では）、[一〇]さまよき人もなかりける（恋慕にもだえて恰好のよい そんな人物もないことだった）。

宰相の君、〔姫宮のお部屋から〕出でて見れど、人もなし。返り（かへ）（姫宮の返事）も聞きてこそ、〔中納言は〕出でたまはめ、人にもの宣ふなめり（女房にお話しなさっているのだわ）と思ひて、〔中納言を〕しばし待ちきこゆるに、おはせずなりぬれば（いらっしゃらずじまいになったので）、――[一一]なかなか（かえって）、かひなきことは（聞き甲斐がない報告は）、聞かじなど思して、〔中納言は〕出でたまひにけるなめり。いとほしかりつる御（おほむ）けしきを。[一二]われならばとや思ふらむ（私ならお帰ししたりしないと）、――〔宰相の君が〕あぢきなくうちながめて（しらけた気持でぼんやりと思いにふけって）、うちをば思ひよらぬぞ（屋内のことに考え及ばなかったのは）、[一三]心おくれたりける（迂闊であった）。

〔姫宮は〕宮は、さすがにわりなく見えたまふものから（困惑しきったご様子に見えるものの）、心強くて（気強い姿勢で）、明けゆ（夜が明けて）

苦衷の吐露

九 切迫した要請。『源氏物語』には、類想の場面がある。夕霧と落葉宮（夕霧）、薫と大君（総角（あげまき））、柏木と女三宮（若菜下）などの応対が、その背景に、重層的映像として存在する。

一〇 俚諺（りげん）的発想か。『宇津保物語』（菊の宴）に、「その道、人目つつまる物かは」とあり、『源氏物語』（胡蝶（こちょう））に、「恋の山には孔子（くじ）のたふれ」とあり、『寝覚物語』（一）に、「さかしき人、かしこき人なく乱るることこそあらめ」とあり、『とりかへばや』（三）に、「物のせちにおぼさるるには、心上衆もなきわざなりければ」とある。前文で、女性に讃美景仰された中納言が、恋慕する姫宮には、醜態を露呈する。対比して、慕情の深刻かつ切実なことを察知させる。理想的な男性の人間的情味である。

女房の心境

一一 挿入表現。作者が、「なかなか」から「思ふらむ」まで、宰相の君の心中を推量し、行動を説明する。

一二 「氏人（うぢびと）のたとへのあじろ我ならば今はよらましこづみならずとも」（『万葉集』七）などの類想か。姫宮の境遇は明示されていない。だが、中納言との交渉に、双方の保護者的立場の人物が欠落するのは、双方の身分から、姫宮の孤立孤独な状況を暗示する。宰相の君の行動も、それで理解できる。正式の入内とか権門との縁談を期待できない境遇であり、生涯独身というのが、こういった姫宮の宿命であった。姫宮は、自己の立場を維持し貫徹する姿勢である。

男君の挫折（ざせつ）

一三 立場と責任とを忘れたことの批判。

くけしきを。〔ゆく模様を感じていらっしゃる〕

中納言も、一えぞ、あらだちたまはざりける。〔一 直接行為に出ることはお出来にならなかった〕

〔姫宮は中納言に〕心のほども、思し知れとにや――、わびしと思したるを、〔姫宮の態度がつらいとお思いになるのに〕たち出でたまふべき心ち（ここち）はせねど、二「見る人あらば、事あり顔にこそは」と、〔二〔姫宮と中納言に〕何かあったと思う様子を示すだろう〕人の御ため（おほむ）〔姫宮の〕、いとほしくて、

（中納言）「いまよりのちだに。〔三 いまからのちだけでも〔私の真情をご理解くださいな〕〕

――四思し知らず顔ならば、心憂（う）くなむ――〔四 ご理解なさらない態度なら〕

なほ、つらからむとや、おぼしめす。〔やはり つらく感じさせようと お考えでいらっしゃる〕

五人は、かくしも思ひはべらじ」〔五 世間の人達は こんな潔白な関係には思いますまい〕

とて、

（中納言）六 うらむべきかたこそなけれ夏衣（なつごろも）

うすきへだてのつれなきやなぞ

綿々の慕情

一 『源氏物語』の薫（総角）に共通する王朝後期の男性貴族に看取される典型的性格のひとつ。空蟬（うつせみ）（空蟬）や藤壺（ふじつぼ）（若紫）の寝所に潜入した源氏には、先導的行動性があった。だが、後期になると、匂（浮舟）や少将（「花桜折る少将」）のように、短絡的行動性を発揮するのでなければ、能動的な行動性を喪失する。

二 姫宮の態度に対応する、姫宮の予想し期待した中納言の行動。『源氏物語』の、夕霧（夕霧）や薫（総角）に同様の配慮がある。

三 文脈から、「いまよりのちだに」は、「なほ」以下と連接関係を構成する。助詞「だに」の用法から、「思し知らず顔ならば」までとは、直接に承接しない。

四 挿入表現。姫宮の態度が不変であることを仮定する中納言の心情で、姫宮の翻心を感情的に刺激する。

五 含意に、『源氏物語』（総角）の「人はかくしも推しはかり思ふまじかめれど、世にたがへる痴者（しれもの）にて過しはべるぞや」や「かく程もなき物の隔てばかりを障りどころにて、覚束なく思ひつつ過ぐす心おそさのあまりをこがましうもあるかな」に共通の心情がある。

六 誰を恨もうにも、恨んでいい人物は、全くないけれども、この夏衣のような薄いへだてで、冷淡でいるのは、どうしたことだろう。「夏衣うすきながらぞ頼まるるひとへなるしも身に近ければ」（『拾遺集』一三）を典拠とする。「うら（む）」は、「裏」と「恨む」との掛詞。「衣」と「裏」とは縁語。和歌表現で終結する構成は、『源氏物語』（空蟬）などにある。

思はぬ方にとまりする少将

軽率な侍女の勘違いから、予想しなかった夫婦交換が実現したという物語である。標題の「思はぬ方にとまりする」と規定する由来である。もっとも、この「思はぬ方に」という表現は、『古今和歌集』以来の和歌用語として、慣用句的に使用されてきた。とくに、「女のもとにまかりけるを、もとの妻(め)の制しはべりければ、　風をいたみ思はぬ方にとまりする蜑(あま)の小舟(をぶね)もかくやわぶらむ」(『拾遺集』一五。源景明)は、この作品の主題の定立に、示唆を提供したであろう。ただし、景明の詠歌は、正室と愛人との三角関係である。しかも、正妻の抑止が動機となっている。ところが、この物語では、侍女の過失が契機である。二組の夫婦での交錯関係となっている。物語の読者は、景明の作歌を前提として、それが、この物語で、いかに換骨奪胎され、詠歌から独立した一編の物語としての自立性と完結性とを具有する作品であるかに、興味と期待とを、物語の展開とともに、深化させていったはずである。

世紀末的な頽廃(たいはい)の男女関係といえばそれまでだが、かえって、愛の複雑さを考えさせる。

男女の宿縁

昔物語などにぞ、かやうのことは聞ゆるを、いとありがたきまであはれに、浅からぬ御契りのほど見えし御ことを、つくづくと思ひつづくれば、年の積りにけるほども、あはれに思ひ知られけむ。

姫君と少将

大納言の姫君――二人ものしたまひし――、まことに、物語に書きつけたるありさまに劣るまじく、何ごとにつけても、生ひ出でたまひしに、故大納言も母上も、うち続きかくれたまひにしかば、いと心ぼそき古里に、ながめ過ごしたまひしかど、はかばかしく御めのとだつ人もなし。

一 冒頭序文。「昔物語」から「知られけむ」までは、物語世界を対象とする作者の批評。作品冒頭を序文で起筆することは、『土佐日記』や『蜻蛉日記』などの創始である。物語では、『源氏物語』(帚木)などがあるけれども、作品全篇に位置づけると、挿入段落と看做される。作品全篇の冒頭序文として、「はなだの女御」や「よしなしごと」とともに、この作品は、特異な構成である。日記文学のほかに、中国文章の構成方法の摂取かと推定される。

二 当世の物語にはないけれども、作者の見聞した実話であるという逆説的な規定。「昔物語などにこそ、かかることは聞けど、いと珍らかにむくつけけれど」(『源氏物語』夕顔)と類想の設定。「昔物語」は、冒頭を「むかし」「いまはむかし」で起筆し、非現実的な空想性が濃厚な物語である。『源氏物語』が出現する以前の物語は、一般にそのような作品であった。

三 太政官の次官。正三位相当。姫君が入内すれば、更衣になれる家柄である。

四 順調な境遇のもとで、両親に愛育されて、深窓に成長し、容姿が秀麗で、性格が善良である。和歌や書道や琴といった貴族女性の教養も深く、さらには、裁縫や染色といった女性技能にも秀れているのが基調。その基調の一部が破綻するのも、物語の常套である。

五 両親の遺邸。物語の常套で、荒廃の映像がある。

六 乳母は、姫君を世話し、後見する。私生活では、両親より重要な役割を荷担し、姫君の生涯に影響する。

ただ、つねに候ふ侍従[一]、弁[二]などいふ若き人びと[三]（女房達）のみ候へば、年に添へて（年とともに）、人目、稀にのみなりゆく。古里に、いと心ぼそくておはせしに、右大将[四]の御子の少将[五]、知るよし[六]ありて、いとせちに聞えわたりたまひしかど（とても熱心に求婚をおつづけになったけれども）、かやうの筋は（〔姫君は〕男女の交渉の）、かけても思しよらぬことにて（心の片隅にもおありにならないことで）、御返事などおぼしかけざりしに（お心にもおかけにならなかったところ）、少納言の君[七]とて、いといたう色めきたる（色事好きである）若き人（女房）、なにのたよりもなく（だしぬけに）、二所[九]（〔姉妹〕）、御とのごもりたる所へ（御就寝の場所へ）、導きこえてけり。

素志の充足

〔少将は〕もとより御心ざしありけることにて、姫君（姉君）をかき抱きて、御帳のうちへ入りたまひにけり。――思しあきれたるさま（〔姉君が〕[一〇]あっけにとられていらっしゃる様子は）、例のことなれば、書かず。

憂愁の起居

おしはかりたまふにしもすぎて（〔少将は〕想像していらっしゃる以上に）、あはれに思さるれば（〔姉君を〕ぞくぞくするほど可愛くお思いになられるので）、うち忍び

一 女房の呼称。侍従（納言や参議の兼職もあった、天皇に近侍する官職）を縁者とすることに由来する。

二 女房の呼称。弁（大臣に直属して各省の職務を管轄する太政官の官職）を縁者とすることに由来する。

三 姫君の女房には、経験ある老女と見識ある大人と活気ある若人と、年齢構成の均衡が重要である。衰微した名門では、均衡が破綻する。老女ばかりでは沈滞する（『源氏物語』の末摘花邸、「程ほどの懸想」の八条宮邸など）が、若人ばかりでも、軽率となりがち。

四 右近衛大将。従三位相当。近衛府は、禁中の警護や行幸の供奉を管掌する。大将は長官。大臣や納言の兼官する事例が数多く、政権中枢の花形と看做される。

五 近衛の少将。正五位下相当。近衛府の次官。権門の子弟は、元服直後の十代中期で人数多く任用された。

六 青年貴族の正式婚姻でない求愛として、『伊勢物語』（一段）の「しるよしして」を想起させる表現。

七 女房の呼称。少納言（小事奏宣と官印管理を管掌とする太政官の官職。従五位下相当）を縁者とすることに由来する。女房の存念で男君を潜入させる事例は、『落窪物語』以来、物語に数多い。『源氏物語』（乙女）に、「かやうのことは、かぎりなき帝の御いつき女も、おのづからあやまつためし、昔物語にもあめれど、気色を知り伝ふる人、さるべき隙にてこそあらめ」とあり、『狭衣物語』（一）に、「昔物語にも、心幼き召使ひ人ゆゑこそ、かかることもはべりけれ」とある。

八『源氏物語』（末摘花）で、「いといたう色好める若人」大輔命婦が、姫君に無断で源氏を潜入させる。

九『源氏物語』（椎本）で、薫の潜入した宇治の姉妹の就寝は、同一の場所である。

一〇 挿入表現。状景描写をしないことの作者の釈明。

一一 人物の評価は、当人の評価以前に、当人を位置づける条件で評価される。「ほど（家格）」「しな（階層）」「きは（地位）」が、その主要な条件となる。

一二 右大将の子息だから、将来に有利な皇女または繁栄する大臣もしくは大納言の息女と婚姻できる。零落した大納言の遺児では、姻戚として効用がないどころか、不利でさえもある。驚愕と失望と慨歎との交錯。

一三 北の方の出自は、政治的にも経済的にも社会的にも、男性の将来に関与するところがあった。『落窪物語』（二）に、「君達は、花やかに、御妻方のさしあひてもてかしづきたまふこそ今めかしけれ」とある。

一四 栄達路線から疎外された中納言の、しかも、父親からも疎外された姫君に通婚する『落窪物語』の少将と対蹠的な行動。摂関一家の地位が安定し社会機構が固定的に定着する以前と以後との時代相を反映する。

一五 挿入表現。女性心理の推移を、作者が解説する。

一六 挿入表現。男性が、昼間に女性を直視するのは異例で、明方までに帰宅するのが普通である。白昼の滞留は、少将の愛情が濃密であることを物語る。

一七「ささがにのいとどかれぬる夕露のいつまでとのみ思ふものから」（『式子内親王集』）の心境。

〔姉君の所に〕つつ通ひたまふを、父殿、〔右大将が〕聞きたまひて、

〔右大将〕「人のほどなど、一一〔家柄〕くちをしかるべきには〔少将の北の方として〕〔不足があるはずはないけれども〕あらねど、一二何かは。〔何でまあ〕

一三〔まったく頼りになるもののない女の所に通うことはない〕——いと心ぼそき所に」

など、許しなく宣へば、〔少将は〕一四思ふほどにもおはせず。〔姉君の所に〕

女君も、〔当初しばらくは少将を避けつづけなさったけれど〕しばしこそ忍びすごしたまひしか——一五さすがに、さのみ〔そうばかり〕は、〔どうしておいでになろう〕いかがおはせむ——、〔そうあるはずの因縁とおあきらめになって〕さるべきに思しなぐさめて、〔だんだんと〕やうやう〔少将に〕うち靡きたまへるさま、〔姉君の〕〔様子は〕いとどらうたくあはれなり。〔とても可愛くてしみじみと心ひかれる〕

〔例えば〕昼など——一六おのづから〔たまたま〕寝過ごしたまふをり——、〔少将が姉君を〕見たてまつりたまふに、〔姉君は〕〔とても上品で可愛く〕いとあてにらうたく、うち見るより〔ちょっと見るだけでもう〕、心ぐるしきさましたまへり。〔心いたいたしく感じる様子〕

〔姉君は〕何ごともいと心憂く、人目稀なる御すまひに、〔少将の〕人の御心も、いと頼みがたく、一七いつまでとのみ〔いつまで続く恋だろうとばかり物思いに沈んでいらっしゃると〕、ながめられたまふに、〔少将の来訪がなく〕四、五日、いぶせくて積りぬるを、〔予想した通りのことだなあと〕思ひしことかなと心ぼそきに、御袖〔流す涙で濡れ〕ただなら

ぬを、〔恋の苦しみを〕われながら、いつ習(なら)ひけるぞと、[一]思ひしれたまふ。（馬鹿みたいにぼんやりなさる）

（姉君）[二]人ごころ秋のしるしのかなしきに
かれゆくほどのけしきなりけり

など（どうして）て、習(なら)ひになれにし心（習慣に馴れてしまった心）なるらむ——[三]などやうに（などいった具合に）、うち嘆かれて、[四]やうやう更(ふ)けゆけば、〔姉君は〕ただ、[五]うたたねに、御帳(みちやう)の前にうち臥したまひにけり。

少将、内裏(うち)より出(い)でたまふとて、〔姉君邸宅に〕おはして、〔門を〕うち叩(たた)きたまふに、人びと（侍女達は）、おどろきて（目を覚まして）、[六]中の君（妹君を）起したてまつりて、わが御方(おほむかた)（妹君のお部屋へ）へ渡しきこえなどするに、〔少将は姉君の部屋に〕[七]やがて（そのまま）入りたまひて、（少将）「大将(だいしやう)の君（父君）の、あながちに（無理に）いざなひたまひつれば（お誘いなさったので）、長谷(はつせ)[八]へ参りたりつる（参詣していた）」[九]ほどのことなど、語りたまふに、ありつる（さっきの）[一〇]御手習(おほむてならひ)のあるを見たまひて、

（少将）[一一]ときはなる軒(のき)のしのぶを知らずして

一 思ひ痴(し)る。「痴る」は、惚(ほう)けてしまうこと。いつしか、少将を一途に恋愛してしまっている自己を発見し愕然(がくぜん)として混迷する女心である。「思しあきれ―忍びすごし―思しなぐさめ―うち靡(なび)き―いつまでとのみながめ―いぶせくて積り―思ひ痴れ」と、心境の段階的な推移が看取される。深窓の姫君らしい愛の開眼。

二 人の心には、秋のきざしが悲しいのに、いまは枯れてゆく秋の末の景色なんだわ。――少将の来訪がちょっとでも途切れると、飽きられたのかと悲しい。さらに、四、五日も途絶えると、もう来訪がないかと心が乱れる。「秋」は「飽き」と、「かれゆく」は、「枯れゆく」と「離(か)れゆく」と、「けしき」は、様子の意味と状景の意味との掛詞。「秋」と「枯れゆく」とは縁語。

三 融合表現。姉君の心話表現を、体言の資格で助詞「など」が統括し、地の表現の構成部分とする、心話表現と地の表現との融合。

姉君と妹君

四 挿入表現。姉君の行動を、状況で理由づける。

五 物思いに疲れて居眠りしてしまうのである。「たらちねの親のいさめしうたたねは物思ふ時のわざにぞありける」（『拾遺集』一四）、「物思ふ時のわざときしうたたねの御ありさま」（『源氏物語』総角(あげまき)）など。

六 少将の来訪が途絶えて、姉妹同室の就寝である。

七 少将は、女房の案内を必要とせず、姉君の部屋に直行する。少将の立場と男女の関係とを暗示する行動。

八 大和国磯城郡にある豊山神楽院長谷寺。本尊は十一面観音で、平安貴族の尊崇があつかった。『源氏物

かれゆく秋のけしきとや思ふ

〔姉君の和歌に〕と書き添へて、見せたてまつりたまへば、〔姉君は〕いとはづかしうて、〔袖に〕御顔ひき入れたまへるさま、いとらうたく（可愛らしくて）子めきたり（ういういしい）。

〔姉君と少将とが〕かやうにて、明かし暮らしたまふに、中の君（妹君）の——御乳人なりし人は亡せにしが、女一人あるは、右大臣の少将（権少将）の御乳人子一二の左衛門尉一三といふが妻なり〔その妻が左衛門尉に妹君が〕——たぐひなくおはするよしを語りけるを、かの左衛門尉、少将（権少将）に、

（左衛門尉）「しかじかなむ、おはする」

と、語り聞えければ、〔権少将は正妻の〕按察使一四の大納言の御もと（姫君）には、心とどめたま一五はず、〔あちこちの女に〕あくがれ（浮かれてうろつきなさる若君）ありきたまふ君なれば、御文など、ねんごろに一六〔妹君に〕聞えたまひけれど、〔妹君は〕つゆあるべきことども思したらぬを（色恋などいささかもあってよいこととも思っていらっしゃらないのを）、姫君も聞きたまひて、

（姉君）「思ひのほかにあはあはしき（不安定な）身（わが身）のありさまをだに、心憂く思ふこ

語』（玉鬘）に、「仏の御中には、初瀬なん、日の本にはあらたなる験現はし給ふと、もろこしだに聞えあなる」とあり、藤原道綱母（『蜻蛉日記』）や菅原孝標女（『更級日記』）も参詣し、霊験譚も少なくない。

九 融合表現。少将の会話表現が、引用形式によらず、直接に、地の表現「ほど」を修飾する構文である。

一〇 記憶する古歌や即興の歌文を書き記すこと。『源氏物語』（手習）に、「思ひあまる折は、手習をのみたけきことにて」とある。鬱屈する胸中の発散である。

一一 あなたは、いつも緑の色を変えない軒の忍草のことを知らないで、私のことを草木の枯れる秋の景色と思うのか。——私は、常緑の忍草のように、いつも変らぬあなたへの愛情を、心の中に抱きつづけているのだよ。「しのぶ」は忍草と動詞「忍ぶ」との掛詞。「秋のけしき」は、秋の景色と飽きの気色との掛詞。

一二 乳母の息子。『落窪物語』の帯刀や『源氏物語』の惟光のように、腹心の側近として特別の関係にある。

一三 左衛門府の三等官。六位または七位相当。

一四 按察使（地方官の治績を調べ、諸国の風俗習慣などを調査する。従四位相当）を兼務する大納言（太政官の次官。正三位相当）の姫君。権少将の正妻である。

一五『源氏物語』の、源氏と左大臣の姫君（葵の上）や頭中将と右大臣の姫君（四の君）など、正妻との婚姻は、政略的な利害を根底として成立するのが普通なので、とかく、愛情関係が稀薄でありがちである。

一六 少将の「いとせちに聞えわたり」と対照的な態度。

とてはべれば。まことに、つらきよすがおはすなる人を」

など宣ふも、あはれなり。

一さるは、幾ほどのこのかみにもおはせず。姫君は、二十に一つなどや、余りたまふらむ。中の君は、いま三つばかりや、劣りたまふらむ。

いとたのもしげなき御さまどもなり。

左衛門、あながちに責めければ、二太秦に籠りたまへるをりを、いとよく告げ聞えてければ、なにの。

三つつましき御さまなれば、ゆゑもなく入りたまひにけり。

妹君と少将

姉君も、聞きたまひて、

「わが身こそあらめ。いかで、この君をだに、人びとしくもてなしきこえんと思へるを、さまざまにさすらふも、世の人、聞き思

一 挿入表現。「あはれなり」から「たのもしげなき御さまどもなり」への展開を解説する作者の説明。高貴の姫君としてこの姉妹は、婚期を超過する年齢である。孤立無援で世間から無視された零落生活の暗示。「さるは」は、以下の叙述を確認する気持を表現する。

二 太秦寺。山城国葛野郡にある峰岡山広隆寺。本尊は、薬師如来。京の西郊にあり、貴族女性の参籠寺院として、東郊の清水寺に対応して、尊崇されたらしい。

三 零落貴族の参籠だから、施設も簡素で、警護も不備である。姉君の配慮も、行届かない。恰好の機会。

四『源氏物語』(総角)に、匂宮と中の君とのことで、大君は、「やうのものと、人わらへなることを添ふるありさまにて、亡き御蔭をさへ悩ましたてまつらむがいみじさ」と苦慮する。共通の状況の共通の心理。

五 妻子の将来を懸念して死去した人物は、霊魂が、見守るという。『宇津保物語』(俊蔭)に、「我が宿世のがれざりけるを、天翔りても、いかにかひなく見たまふらむ。親のおはせし時、まづ死なましものを」とあり、『寝覚物語』(二)には、「我を思はば、ただこの君の御ことを、いかでと思へ。この世に別るるとも、隠れず、天翔りて見む」とある。

「世の人—聞き思ふ」と「亡きかげ—見たまふ」との対比的な対応表現。他者の印象を、自己の行動や評価の規準とするのは、伝統的な思想である。

六 仏教思想。現世の状況は、生前の行状を原因として成立した結果と看做す、論理的な宿命観である。

ふらむことも心憂く、亡(な)[四]きかげも、いかに見たまふらむ[五]」と、はづかしう、契(ちぎ)[六]りくちをしう（前世の因縁を情なく感じなさるけれど）思さるれど、いまはいふかひなき（言っても仕方がない）ことなれば、いかがはせむにて（どう仕様もないといった状態で）、見たまふ。

これも（権少将も）、〔妹君を〕[七]いとおろかならず（並々ならずいとしく）思さるれど（思われるけれど）、按察使(あぜち)の大納言聞きたまはむところを、帥殿(そちどの)[八]、いときふに（性急に）諫(いさ)めたまへば、いま一方(ひとかた)（姉君）よりは、いと待遠(まちどほ)に見えたまふ。

この右大臣殿の少将（権少将）は、右大臣（父右大臣が）の、〔右大将の〕北の方(かた)の御せうと（兄君でいらっしゃるので）にものしたまへば、少将たちも[九]（権少将と少将とも）──いと親(した)しくおはする──[一〇]、互(かたみ)に、この忍び人（隠し妻）も、知りたまへり。

右大臣の少将をば、権(ごん)の少将とぞ、聞ゆる（申しあげる）。按察使(あぜち)の大納言の御(おほむ)もとに（姫君のところに）、この三年(みとせ)ばかりおはしたりしかども（通婚なさっていたけれども）、〔大納言の姫君に〕心、留(とど)めたまはず、世とともに、あくがれたまふ（いつも女あさりに腰が浮わついていらっしゃる）。

このしのび（内密の）御事(おほむごと)をも、大将殿に（右大将の邸宅に）おはするなど、〔右大臣家にも按察使大納言にも〕思はせたまへ

七 前文に、右大将の少将も、姉君を「あはれに思さるれば」とある。正妻以外の女性に、真実の情念を傾注し燃焼させるのは、物語人物の一般的特性である。

八 太宰府（九州を管轄する役所）の長官。従三位相当。実務は次官の大弐（従四位下相当）が担当し、赴任しないで、大臣への昇進が期待されない大納言の兼務することがある。系図関係は不明だが、右大臣の一族で、政治的に有能でないだけに、日常的には口喧(くちやかま)しい小心な老人の映像である。なお、大臣は帥を兼務しないし、下文「いときふに諫め」も、前文にある右大将の態度に対比して、大臣の言行に相応する風格に欠落する印象だから、右大臣とは別人と認定される。

九 接尾語「たち」「ども」は、二個以上の集合概念を表現する。西欧文法の複数概念とは異質概念を表現する。「少将たち」とは、複数の少将ということでなく、「少将」で代表される「少将」と類同の複数人物という意味である。すなわち、「少将二人」でなく、この「少将」は、文頭の右大臣の少将で、「右大臣の少将とその類同の人物（である右大将の少将）と」という概念。「おとどたち」（『源氏物語』藤袴）は、複数の大臣でなく、「おとど（内大臣）」に代表される、最高の信任があるという類同性で規定される人物で、具体的には、内大臣と光源氏とだけになり、類同性に欠落するそれ以外の大臣（右大臣など）は、除外される。

一〇 挿入表現。従兄弟関係に、個人関係を補強して説明する。後文の、異常な事件が出来する伏線である。

一 助動詞「り」で終結する表現は、この作品に、三文がある。いずれも、物語の展開を荷担して成立する人物の行動の、背後の状況を記述する副次的補足である。作品の主幹的展開は、助動詞「けり」の統括を前提としてだが、その枠内では、人物の行動を、臨場的な視点で描出し、作中人物と作品作者との距離を密着させて表現する。助辞の文末規定に、秩序整然の構成。

二 挿入表現。姫君達への通婚を、一夫多妻が常識の世相であるのに、極度に秘密にする理由を説明する。

三 貴族の男女関係は、一様でない。第一は、社会的慣例に準拠して、結婚し披露するものである。「北の方」がそれで、男女別居と男邸同居と女邸同居との三態がある。『源氏物語』では、葵の上と女三宮が相当する。第二は、男性の自邸に居住させる愛人で、紫の上や明石の上など。第三は、男性の別邸に居住させる愛人で、出京当初の明石の上など。第四は、女性の自邸に通婚するもので、末摘花や花散里など。愛人（末摘花）にも北の方（葵の上）にもある。第五は、近親の女性（姉妹や愛人など）の女房として奉仕させるもので、葵の上や紫の上の女房で、源氏の寵愛があった女性。第六は、男性の自邸の女房として奉仕させるもので、浮舟の母など。第一項から第四項までが、一般に、世間で妻女と看做される。第五項からは、身分に較差がある女性で、男性の都合で呼び出せるのは、この身分である。故大納言の姫君には適応しない待遇で、姫君の矜持（きようじ）を毀傷（きしよう）する。

[一]り。

いづれも（〔少将も権少将も〕）、いとをかしき（興味をそそる情事の）御（おほむ）ふるまひを——[二]（〔右大将や帥殿が〕）あながち制しきこえたまへば——いといたく忍びて、大将殿、迎（むか）へたまふ（右大将邸に）をりもあるを（〔姫君達を〕）、[三]いとかるがるしう（身分の低い者の扱いで）、つつましき（憚られる）心（ここ）ちしたまへど——、[四]（〔女房〕）「いまは、宣はむ（〔相手の男君の〕）ことを違（たが）へむも、あいなきこと（つまらないことである）なり。あるまじき所（行ってはならない所へいらっしゃるのでもない）へおはするにてもなし」など、[五]さかしだち（心得たように）、勧めたてまつる人びと多かれば——、（〔姫君達が〕）われにもあらず（心ならずも）、時どき、おはする（〔右大将邸に〕）[六]をりもありけり。

少将の迎車

権（ごん）の少将は、大将殿（右大将殿）の上（うへ）の[七]御風邪（おほむかぜ）の気（け）おはするにことづけて、（〔右大将邸に〕）例の泊（とま）りたまへるに、[八]いともの騒がしく、客人（まらうど）など多くおはするほどなれど、いと忍びて（こっそりと）、[九]御（おほむ）くるま奉りたまふ（〔妹君に〕お差し向けになるのに）に、[一〇]左衛門尉（さゑもんのじよう）も候（さぶら）はねば、[一一]ときどきも、かやうのことにいとつきづきしき（まったくうってつけの）侍（さぶらひ）にささめきて（耳打ちして）、御（おほむ）

車、奉りたまふ。

大将殿の上(うへ)、例ならず〔病臥なさる折で〕ものしたまふほどにて、いたくまぎるれば〔すごく取込んでいるので〕、御文(おほむふみ)もなきよしを〔権少将は〕宣ふ。

夜(よ)、いたく更(ふ)けて、彼処(かしこ)に詣(まう)でて、

(侍)一二「少将殿より」

とて、

(侍)「忍びて聞えむ」

と言ふに、人びと、みな、寝(ね)にけるに、姫君〔姉君〕の御方(おほむかた)の侍従の君に、

(侍)「少将殿より」

とて、御車(おほむくるま)たてまつりたまへるよしを言ひければ、〔侍従の君は〕ねぼけにける心(ここ)ちに、

「いづれぞ〔どちらだ〕」

と、尋ぬることもなし。

四 挿入表現。「心ちしたまへど」以前から「われにもあらず」以後までに連接する姫君の行動を、女房達の行動で説明し、父親達の行動で説明する前項の挿入表現「あながち制しきこえたまへば」に対応する。前項が尊長の抑制で後項は侍女の慫慂(しょうよう)の、対応もある。

五 姫君の心中を理解せずに、万事を心得たつもりで振舞う、「若き人」の浅慮だが現実に即応する姿勢。

六 接続助詞「を」を媒介として、少将達の行動「迎へたまふをりもある」に対応する姫君達の行動。「少将達の行動―父親達の行動（順接条件の挿入表現）―少将達の行動」と「姫君達の行動―女房達の行動（順接条件の挿入表現）―姫君達の行動」とが、逆態接続の助詞「を」で連接する、図式的な対偶構成である。

七 『医心方』（三）に、「風者百病之長也」とある。

八 加持祈禱の僧侶や見舞の人物で混雑している。

九 男性の牛車を差遣するのが、通例だったらしい。『蜻蛉日記』（上）で、大臣家の藤原兼家の招致に、受領の女の道綱母の応答は、「車を給へ」であった。

一〇 側近の不在が、後文に展開する事件の伏線となる。

一一 鎖型構文。「ときどきもかやうのことに（召し使ひたまひし）」と「かやうのことにいとつきづきしき侍」とを圧縮融合した構成の表現。

一二 権官を正官で呼称するのは、異例でない。本文でも、「少将」と呼称している。混同の可能性がなければ、「権」を省略するのが敬意を表現することにもなる。奉仕する卑位の侍として、正常な称呼である。

君に聞ゆれば（姉君に申しあげると）、〔侍従の君は姉君の供で〕例も参ることなればと思ひて、「かうかう」と、

「文（ふみ）[一]などもなし。風邪[二]にや（風邪かしら）、例ならぬ（具合がわるい）など言へ」〔使者に〕

と宣（のたま）へば、

〔侍従の君〕「御使ひ、こち」

〔下使の者に〕と言はせて、妻戸（つまど）[三]を開けたれば、〔侍が〕寄り来（き）たるに、

〔侍従の君〕[四]「御文なども侍（はべ）らねば。——いかなることにか。また、御風邪（おほむかぜ）の気（け）のものしたまふとて」

と言ふに、

〔侍〕[五]「大将殿の上（うへ）、御風邪（おほむかざ）の気（け）のむつかしく[六]（こじれていらっしゃって）おはして、人騒（さわ）[七]がしくはべるほどなれば、このよしを申せ。さきざき[八]（以前に）、御使ひ（おほむつか）に参りはべる人（左衛門尉）も候（さぶら）はぬほどにてなど、返（かへ）[九]すがへす仰（おほ）せられつるに、むなしく（役目を果さないで）[一〇]帰り参りては、かならずさいなまれはべりなむず[一一]（きっとひどく叱られますでございましょ）」

一 軽率な侍従の君の行動と対照される慎重な姉君の態度。後文の事件に、姉君の責任が皆無である証拠。日頃から、使者には書信を携行させるのが常例ということで、右大将の少将の性格も暗示されている発言。

二 疑惑を露骨に表明しないで、病気を理由に外出を辞退しようとする。使者の立場に配慮する指示である。

三 寝殿造の殿舎の四隅にある両開きの板戸。廂（ひさし）の間と簀子（すのこ）との境界にある。夜間だから、廂の間の四囲には、格子が下されており、妻戸から出入りする。侍従の君は、妻戸の内側から、地上の使者と対話する。

四 姉君の配慮に留意しない発言。姉君の疑惑を、かえって増幅して詰問する。才覚に乏しい女房である。

五 以下「にて」まで、右大臣の少将の発言の披露。

六 風邪で重態になる事例に、『御室御所高野参籠日記』（高野山文書久安四年）の「宮依風発給。従西京辺還給了」「若猶六借坐給者。可還支度也」がある。

七 前文に、「いともの騒がしく、客人など多くおはするほど」とある。適切で確実な使者への伝言である。

八 前文に、「左衛門尉も候はねば」とある。

九 懇切で丁寧な使者の事情説明。前文に、「ときどきも、かやうのことにいとつきづきしき侍」とある。

一〇 姫君に随行しないで単独で帰参することをいう。

一一 相手の拒絶的な躊躇（ちゅうちょ）に対応して、叱責（しっせき）を理由に、相手の憐憫（れんびん）を誘発して随行を懇願する、巧妙な機転。「むず（ンズ）」は、推量表現「むす（推量の助動詞「む」＋サ行変格動詞）」の縮約。「むとす」に相当する助動詞

と言へば〔侍従の君は姉君の所に〕、参りて、「しかじか」と聞えて、すすめたてまつれば（お出かけをおすすめしたので）、

例の、人のままなる御心（おほむこころ）にて（一二〔姉君は〕人に逆らわない）、薄色のなよよかなるが（一三 薄紫色のやわらかな袿が）——いとしみ（香りがすっかり）深うなつかしきほどなるを（深くしみこんでゆかしいほどなのに）——、いとど心ぐるしげに（もういじらしいまでに）しみて（一四 薫物の香がしみこんだ状態で）、〔迎えの車に〕乗りたまひぬ。

——侍従ぞ（一五 侍従の君が）、〔お供に〕参りぬる。

御車（おほむくるま）寄せて〔権少将が〕、降（お）ろしたてまつりたまふを〔姉君を牛車から〕、いかで、あらぬ人と（一六 少将でない人）は思さむ。

限りなくなつかしう、なめやかなる（人当りのよい）御けはひ（おほむけはひ）は（権少将の様子は）、〔少将に〕いとよく通（かよ）ひたまへれば（似ていらっしゃるので）、〔姉君は〕すこしも思（おぼ）しも分（わ）かぬほどに、やうやう（次第次第に）、あらぬ（別人）と見なしたまひぬる〔姉君の〕心惑（まど）ひ（困惑）ぞ、現（うつつ）とはおぼえぬや。

かの、むかし夢（ゆめ）見し（一七 夢見るようだった少将との初夜）はじめよりも、なかなか、おそろしうあさま（一八）しきに、〔姉君は〕やがて（そのまま）ひきかづきたまひぬ（一九〔顔を〕袖に隠しておしまいになる）。

侍従（侍従の君）こそは、「いかにと侍ることにか（どうしたということでしょうか）」と、

だが、『枕草子』（一九五段）に、「ふと心おとりとかする」とあり、従者の身分を反映する用語である。

一二 高貴の姫君は、側近の女房の指示で行動するのが普通。姉君の不幸は、側近に、指導的見識を具有する女房、「はかばかしく御乳人だつ人」などが存在しないのに、高貴の姫君そのまま、周囲に順応して行動する慣性を保持していることである。『源氏物語』（若紫）で、「女は、心やはらかなるなむよき」とある。

一三『枕草子』（一本六段）に、「女の表着は、薄色。葡萄染（えび）。萌黄。桜。紅梅。すべて、薄色の類」とある。

一四 少将に逢うための、姉君のいじらしい配慮。

一五 姫君の他出には、女房が随行する。『落窪物語』で、姫君には阿漕（あこぎ）、『源氏物語』で、夕顔には右近（うこん）、若紫には少納言と、側近の女房は、常時随行である。

一六 相手が少将であることに疑念のない姉君には、別人であることに気付かないのが普通である。夜間で、照明も不備な時代だから、外見だけで弁別するのは、困難である。『源氏物語』（浮舟）で、擬装して潜入した匂宮の正体は、共寝した浮舟によって露見する。

一七 前文に、「思しあきれたる」とある。

一八 右大将の少将との初夜では、夢中で呆然とするだけの無垢（むく）の処女だった姉君だが、妹君の恋人と共寝しては、惑乱恐怖し、進退挙措を失い、顔を袖に埋める。

一九 浮舟も、「声をだにせさせ給はず」（『源氏物語』浮舟）であった。他人が聞知すれば、今姫君（『狭衣物語』三上）のように、醜態が世間に流布してしまう。

「これは、あらぬことになむ。（侍従の君）（とんでもないことでまあ）
御車、寄せはべらむ」（呼びましょう）
と、[一]泣く泣く言ふを、――[二]さばかりいろなる、おほむ心には、許したまひてむや。（一 泣きながら言うのだが）（二 それほどに魅力がある姉君を）（権少将の御心では）（きっぱり）（解放なさるだろうか）
[三]寄りて、ひき放ちきこゆべきならねば、泣く泣く、几帳のうしろにゐたり。（三〔二人に〕近寄って）（お引き離しするわけにいかないから〔侍従の君は〕）（控えている）
[四]男君は、ただにはあらず――[五]いかに思さるることもやありけむ――いとうれしきに、――[六]いたく泣き沈みたまふけしきもことわりながら――、いとなれ顔に、[七]かねてしも、思ひあへたらむことめきて、さまざま、聞えたまふこともあるべし。（並みたいていでなく）（六〔姉君が〕）（理解できるとしながら）（物馴れた顔つきで）（七 以前からちゃんと計画してあったことでもあるように）（〔姉君に〕申しあげなさることもあるにちがいない）
へだてなくさへなりぬるを、女は、[八]死ぬばかりぞ、心憂く思したる。（他人でない関係にまでなってしまったことを）
[九]かかることは、――[一〇]例のあはれも浅からぬにや――、たぐひなく（一〇 いつもの浮気心も）（〔権少将は姉君を〕）

一 動詞「申す」を使用しないで、動詞「言ふ」で表現するところに、動転錯乱して慟哭する様態を暗示。
二 挿入表現。事態の転換がないことを、右大臣の少将の性癖に即して、作者の視点で、端的に推量する。
三 女房の限界。『源氏物語』の空蟬の女房は、「（源氏が）なみなみの人ならばこそ、荒らかにも（空蟬ヲ源氏カラ）引きかなぐらめ、それだに、人のあまた知らむは、いかがあらむ」（帚木）と諦める。匂宮が浮舟に添伏したときに、気丈な乳母は、「つと添ひゐてまもりたてまつり、引きもかなぐりたてまつりつべくこそ思ひたりつれ」（東屋）であったが、実際の処置は、女房右近に知らせるだけで、右近も、中の君に告げるだけ、中の君も、処置なしの状態であった。
四 情念の昂揚した場面では、「男（君）」「女（君）」と規定して表現するのが、仮名作品の伝統的な方法。
五 挿入表現。予想しない間違いから派生した幸運に興奮する男心を、朧化して表現する作者の感懐。
六 挿入表現。「ことわり」は、動詞「ことわる」の連用形。右大臣の少将に、姉君の心情を理解する理性の介在することを指摘し、その理性を放置する強烈な情念の行動であることを示唆する。「ことわりながら」は、「ことわりなれど」が、理性の克服もしくは圧殺なのと相違して、理性の無視もしくは放擲である。
七 予想しない人違いにも、当初からの意図であったと説明する。『源氏物語』で、空蟬と間違えた軒端荻に対応する源氏（空蟬）、大君の心づもりで中の君と同衾（どうきん）した薫（総角）などを前提とする、作者の推量。
八 右大臣の少将とは対蹠（たいせき）的な心境。「ただにはあらず――いとうれしきに」と「死ぬばかりぞ――心憂く思したる」との対極的な対応関係に、男女の格差がある。
九 予想しない事故による、人妻との逢瀬である。異例のことで、感激も深甚。
一〇 挿入表現。前文に、右大臣の少将を、「あくがれありきたまふ君」とする。だが、姉君には執心する。
一一 挿入表現。右大臣の少将の性格を、示唆する。姉君では、右大臣の少将の来信が普通だったから、書状のないことが、疑惑の契機となった。対照的な妹君の条件を説明して、姉君との対応関係を構成する設定。
一二 右大将の少将の側近。右大臣の少将での左衛門尉に相当する。「花桜折る少将」の光遠、季光、光季など、また、『源氏物語』で源氏における惟光や良清、『落窪物語』で道頼の惟成などに相当する人物。受領階級の家司か。「例の」とあり、「ときどきも、かやうのことに」とあった右大臣の少将の使者と対照的な存在。
一三 挿入表現。「申し伝ふる」侍女の、単純な行動の原因を、作者が推量して説明する。「例の」清季が、姉君に通婚する右大将の少将の従者であることに配慮しない。取次の女房として、鈍感軽率な行為である。
一四 姉君は事理判断の論理的な疑惑を抱くのに、妹君には、自分自身の感性的な当惑が兆すにすぎない。
一五 妹君の浅慮を、年少のせいと説明する。疑問表現で、原因が年齢になく、性格であると暗示して説明。

ぞ思さるる。

少将の呼出

あさましきことは（呆れたことには）――、いま一人（ひとり）の少将（右大将の少将）の君も、母上（ははうへ）の御風邪（おほむ）、よろしきさま（事もない容態と）に見えたまへば、彼処（かしこ）へ（姉君の所へ行こうと）と思せど、夜など、〔母上が〕きと（突然にお呼び）尋ねたまふこと（になることもあるだろう）もあらんに、をりふしなるらむ（その時に居合わせないことになるであろう）もと（それもと）思して、御車（おほむ）、奉り（たてまつ）たまふ。

これは（妹君は）一一（以前にも）――さきざきも、〔権少将の〕御文（おほむふみ）なきをりもあれば――、何とも宣（のたま）はず。

例の清季、一二〔姉妹の邸宅に〕参りて、
「御車（おほむくるま）」
と言ふを、申し伝（つた）ふる人（伝言する侍女）も――一三一所（ひとところ）はおはしぬればか〔妹君の迎えと〕――、違（たが）ひなく思ひて、〔妹君に〕かくと申すに、これも（妹君）、一四いとにはかにとは思せど、――一五いますこし若く〔姉君よりも〕おはするにや――何（なに）とも思ひいたりもなくて（深い思慮もなくて）、人び（侍女た）

と、御衣など着せ替へたてまつりつれば、われにもあらで、おはしぬ。

御車寄せに、少将おはして、ものなど宣ふに、あらぬ御けはひなれば、弁の君、

「いとあさましくなむ、はべる」

と申すに、君も、心とく心得たまひて、――日ごろも、いとにほひやかに、見まほしき御さまの、おのづから聞きたまふをりもありければ、いかで、思ふとだにもなど、人知れず思ひわたりたまひけることなれば――、

「なにか、あらずとて、うとく思すべき」

とて、かき抱きて降ろしたまふに、いかがはすべき。

さりとて、われさへ捨てたてまつるべきなからねば、弁の君も、降りぬ。

一 前文で、姉君は、自己の意志を抑制して、「人のままなる御心」で行動する。妹君は、無我夢中である。

二 右大将の邸宅の車寄。寝殿の妻戸の前面にある。

三 右大将の少将。前文で、右大臣の少将は、姉君を車から降ろす行動に出る。この少将は、話しかける。

四 前文に、「降ろしたてまつりたまふを、いかであらぬ人とは思さむ」「すこしも思しも分かぬ」とある。右大臣の少将は、行為の遂行によって事態を進展させた。右大将の少将では、言葉の説得によって、事態を収束する。対比的な方向で、後文の事件が展開。

五 妹君の女房。姉君と侍従の君とに相当。前文に、「つねに候ふ侍従、弁などいふ若き人びと」とある。

六 前文に、姉君への求婚が、「いとせち」であったとある。使者には書状を携行させるのが常例であったり、母親の病気で、自己の行動を規制したり、一途で繊細な神経の性格である。自己中心の行動力が旺盛な右大臣の少将と、性格と行動とに陰陽の対照がある。文脈は、後続する挿入表現を媒介にして、「なにか」以下の叙述に連接する。助詞「て」に、意味がある。

七 挿入表現。右大将の少将の、「心とく心得」たことと「なにか」以下の言行とを、助詞「て」で連接して、助詞「ど（ども）」で連接しない事由を、少将が持続的に抱懐してきた希求心理で説明する。両者に予期しない偶発事件も、右大臣の少将が、局面に即応する反射的反応として行動するのに対蹠して、右大将の少将は、宿願を発現する運命的好機として便乗する。

女君《をんなぎみ》、一一 ただわななかれて（からだがぶるぶる震えて）、動き《うご》だにしたまはず（身じろぎだってなさらない）。

弁（弁の君）、いと近う、〔妹君の袖を〕つととらへたれど、〔少将は〕何《なに》とかは思さむ（頓着なさらない）。

（少将）「いまは、ただ、さるべきに思しなせ（運命とおあきらめなさい）。世に（誓って）、人（妹君）の御《おほむ》ため悪《あ》しき心は侍らじ」

とて、几帳《きちやう》押し隔《へだ》てたまへれば、〔弁の君は〕せむ方《かた》なくて、一二 泣きゐたり（泣きつづけている）。

一三 これも（少将も）、〔妹君を〕いとあはれ限りなく（情愛限りなく深く）ぞ、おぼえたまひける。

錯誤の後朝

〔姉君も妹君も〕おのおの、〔自宅に〕帰りたまふあかつきに、御歌《おほむうた》どもあれど、一四 例の漏《も》らしにけり。

矛盾の心境

男《をとこ》、女《をんな》も、いづ方《かた》も、ただ、一五 同じ御心《おほむ》のうちに、あいなう胸ふたがりてぞ（うとましくも胸がしめつけられる気持で思案にくれる）、思さるる。さりとて、また、もと（本来の相手が）、おろかにはあらぬ（一通りではない）御思《おほむおも》ひどもの、――一六 めづらしき（新しい相手）にも劣らず――一七 いづ方《かた》も、限りな（愛情に）

八 前文に、少将たちが、従兄弟関係で、親交があり、「互《かたみ》に、この忍び人も、知りたまへり」とある。

九 「わがたまを君が心に入れかへて思ふとだにも言はせてしかな」（『玉葉集』一一、壬生忠岑）。「入れかへ」に、右大臣の少将と交替する願望が、連想喚起の映像として示唆されている。事件以前の右大臣の少将は、姉君に関心があったり、思慕したりしていない。

一〇 前文に、右大臣の少将は、「降ろしたてまつりたまふ」とある。右大将の少将の情熱的な態度である。

一一 前文で、姉君の「やがてひきかづきたまひぬ」とあるのに対応する。茫然自失、忘我虚脱、心神喪失。

一二 前文の姉君のとき、侍従の君は、「泣く泣く、几帳のうしろにゐたり」であった。自律と他律との対応。

一三 前文で、姉君と契った右大臣の少将の心境について、「あはれも浅からぬにや―たぐひなくぞ思さるる」とある。二組の事件の対蹠的な設定の対応関係が、男性二人の心情で合流する。

一四 前文の「思しあきれたるさま、例のことなれば書かず」や「この程のこと、くだくだしければ、例のもらしつ」（『源氏物語』夕顔）などと類同の表現である。

一五 夫婦交錯の事故の結果が、四人ともに、前夜の相手を思慕させることの暗示。

一六 挿入表現。新鮮な情事に傾斜するのは、常例であった。しかるに、四人の男女は、新旧の愛人に均等に傾斜する。常例の枠外であることをとくに説明する。

一七 右大臣の少将も右大将の少将も、姉君も妹君も。

かりけるこそ、なかなか〔一〕にがきしも、くるしかりけれ。
（限りがなかったにつけて実に一かえって自責を感じる気持そのものが）

「〔二〕権(ごん)の少将殿より」〔少将から〕とて、御文(おほむふみ)あり。〔妹君は〕起きもあがられたまはねど、〔三〕人目(ひとめ)あやしさに、弁の君（妹君の侍女）、広げて〔妹君に〕見せたてまつる。

〔少将〕〔四〕おもはずにわが手になるる梓弓(あづさゆみ)
ふかき契(ちぎ)りのひけばなりけり

〔妹君が〕あはれと、見いれたまふべきにもあらねば（しみじみとご覧になる筋合の手紙ではないから）、人目(ひとめ)あやしくて（人目を憚って）、さりげなくて、〔弁の君が代筆の返事を〕包みて出(い)だしつ。

姉君いま一方(ひとかた)にも、〔権少将から〕「〔五〕少将殿より」と〔手紙が〕てあれば、侍従の君（姉君の侍女）、胸つぶれて、〔姉君に〕見せたてまつれば、

〔権少将〕〔六〕浅からぬ契(ちぎ)りなればぞなみだ川
おなじながれか袖ぬらすらむ

とあるを、〔姉君と妹君と〕――いづ方(かた)にも、おろかに仰せられむとにや（適当におっしゃっておこうとするのだろうか）。

一「なかなか苦き（御心のうち）しも」の意味。新しい相手への愛情によって、本来の相手への愛情が減失しないから、かえって深刻な自責となる。減失すれば、愛情の転位で、心理的負担は軽減される。前文とに、「いづ方も―いづ方も」「同じ御心のうちに―限りなかりけるこそ」「あいなう―なかなかにがきしも」「胸ふたがりてぞ、思さる―くるしかりけれ」の対応関係が設定されている。

姉妹と少将

二 後朝(きぬぎぬ)の文の使者の口上。右大将の少将が、右大臣の少将に擬装した書状を、妹君（弁の君が中継）に届けさせる。権少将の招致した姫君への書状という建前。

三 後朝の文を開封しないで放置しては、周囲の女房を不審がらせる。弁の君にも、その程度の才覚はある。

四 思いがけないことに、私のものとなって手馴れた梓弓、そのようにあなたと馴れ親しむようになったのは、深い前世の宿縁が引寄せたからなのだった。「おもはず」は、弓の筈と掛詞。「なるる」は、手馴れの弓と女が馴染むこととの掛詞。「ひく」は、弓を引くことと前世の因縁が引寄せることとの掛詞。「はず」「手になる」「ひく」は、梓弓の縁語。作者が近衛少将だから、武具の「梓弓」を歌材として、詠出した。

五 後朝の文の使者の口上。右大臣の少将が、右大将の少将に擬装した書状を、姉君（侍従の君が中継）に届けさせる。少将の招致した姫君への書状という建前。

六 浅からぬ前世の縁故だからこそ、恋い焦れて川のように流す涙が、姉妹二人を恋してしまったいま、同

返すがへす、ただ、同じさまなる七御心（おほむ）のうちどものみぞ、心ぐるしう。

〔姉君と妹君との〕 察して胸が痛くて

――八とぞ、本にも侍る。

原本

九劣り優る（まさ）けぢめなく、さまざま、深かりける御心ざし（おほむこころ）ども、はて、ゆかしくこそ、はべれ。なほ、とりどりなりけるなかにも、一〇めづらしきは、なほ、たちまさりやありけむに、一一見なれたまふにも、年月（としつき）もあはれなるかたは、いかが劣るべき。

〔少将と権少将との〕 結末は 興味のひかれることでございます やはり 男女二組の複雑だった恋愛のなかでも 一〇 新しい相手の姫君は 〔従来の相手の姫君に〕 一一 見馴れなさるにつけても 年月を重ねた馴染みの姫君は 〔新しい姫君に〕劣るはずがあろうか

――一二と、本にも、「本のまま」と見ゆ。

一二 書写した本

じ川の流れとなって、私の袖を濡らすのであろうか。――お二人ともども、川の流れのように涙を流して恋い慕っている。「おなじながれ」に、姉君と妹君とを同じ流れとするほかに、姉君と右大将の少将（実は右大臣の少将）とが同じ流れであるとする二重構造の意味がある。他人の見聞を顧慮して、多様な解釈の可能な表現を、恋歌ではする。

女性の胸裡（きょうり）

七『里のしるべ』に、三の君との人違いで、大将と契った式部卿のみこの大君の詠歌がある。「知るらめや恋しとだにも言へばえに思へば胸のさわぐ心を」。

八 原本でも、以上で終結すると、写本の筆者が証言する形式。伝来の書写で、筆者の創作でない設定。

九 写本筆者の読後感想を添える形式。

新旧の優劣

一〇『宇津保物語』に、「ひとしきは、珍らしきをこそ思ひまさめ」（かつら）、『源氏物語』に、「今めかしき方に、必ず御心うつろひなむかし」（宿木）、「はいずみ」に、「めづらしければにや、はじめの人よりは心ざし深く覚えて」とあり、『しのびね』に、「めづらしき方に御心うつりなば、おぼしとはじ」（上）とある。古代の「後妻打ち（うわなりうち）」の故事など、男性は新しい恋人に傾斜するのが、一般的通念。

一一 前文に、「もと、おろかにはあらぬ御思ひどもの――めづらしきにも劣らず――いづ方も、限りなかりけるこそ」とあった。

一二 写本を転写した人物が、「本のまま」と記載していると、二次の写本を作成した人物が証言する形式。

校訂覚書

一、『新潮日本古典集成／堤中納言物語』の本文校定には、表記と句読とに、私見による補訂と改変とを施行するほか、賀茂別雷（かもわけいかずち）神社の三手（みて）文庫に収蔵する、今井似閑（じかん）の書写した本文を、可能なかぎり、忠実に継承することを基本原則とした。諸本の本文を勘案して定本を作成しようとしても、現時の研究段階では、一種の混合異本を創出するにすぎないからである。

一、だが、この基本原則を、徹底して維持することは、極度に困難である。不学愚蒙に由来するとはいえ、誤読誤写に起因するところも、ないわけではあるまい。本文自体に、理解しがたいところが、七四項もあった。

一、そこで、これらの事項については、諸本の本文を参酌し、また、校注者の解釈で判断して、本文を改変した。

一、いま、ここに、「校訂覚書」として、それらの事項を抽出し、本文改訂の事情を略記する。ひとつには、爾今考究の課題とし、ひとつには、識者示教の資料としたいからである。

一、諸本の本文との校勘には、土岐武治『堤中納言物語の研究』（昭和四十二年一月。風間書房）に所収の「校本堤中納言物語」を参考にするところが、多大であった。銘記して、学恩を深謝する。

一、三手文庫に所収の今井似閑書写による「堤中納言物語」は、『影印校注古典叢書／堤中納言物語』

（上・昭和五十一年三月。下・昭和五十二年三月。新典社）に、影印と翻刻とがある。神尾暢子と塚原鉄雄との共同校注である。

このついで

たたなはりたる（一二頁一行）　底本に「たえなはりたる」とあり、諸本の本文により訂正。

継いたまはむとすや（一二頁七行）　底本に「ついたまはむときやす」とあり、諸本の本文により訂正。

まことに（一五頁六行）　底本に「まこととに」とあり、「と」は衍字か。諸本に「まことに」とある。

過ごしたまはざりけむ（一五頁九行）　底本に「すこし御はさりけむ」とあり、諸本の本文により訂正。

おぼえはべらざりしに（一六頁五行）　底本に「おぼしはべらざりしに」とあり、諸本の本文により訂正。

おしあてて（一七頁五行）　底本に「をもあてて」とあり、諸本の本文により訂正。

花桜折る少将

見たまふほどに（二五頁五行）　底本に「見たまふことに」とあり、諸本の本文により訂正。

わが身にかつは（二六頁二行）　底本「か」缺字。諸本の本文により補塡。

限りなき女も（二七頁二行）　底本「女なも」とあり、「な」は衍字か。底本、朱筆で見せ消ちとする。

桜多くて（二七頁八行）　底本「さくらおほくて」の「ほ」が、鮮明でない。

けしき見せじとて（二九頁二行）　底本「と」缺字。諸本の本文により補塡。

よしなしごと

生ひさきはんべりける（三四頁一行）　底本「へり」缺字。諸本の本文により補塡。

世こそ（三四頁七行）　底本に「ようそ」とあり、諸本の本文により訂正。

思ひとり（三四頁一〇行）　底本「とり」缺字。底本、朱筆で「とりか」とある。朱書の訂正を採用。

底いる入江（三六頁一二行）　底本「い」缺字。諸本の本文により補塡。

うち盥（たらひ）（三七頁六行）　底本「うちたらひ」の「う」が、鮮明でない。

邑久（おほく）に（三八頁一行）　底本「おほく」と「に」との間、一字分缺字。数本に「おほくに」とある。

あめのしたの（三八頁一行）　底本に「あめのゐたの」とあり、諸本の本文により訂正。

伊予（いよ）手箱（三八頁二行）　底本に「いまてはこ」とあり、私見により訂正。

賀茂糫餅（まがり）（三八頁六行）　底本に「かもさかり」とあり、朱筆で「まカ」とある。朱書の訂正を採用。

一つら（三八頁一一行）　底本「一ら」の「ら」が、鮮明でない。

大空（三九頁二行）　底本に「おほそう」とあり、数本の本文により訂正。

虫愛づる姫君

蝶やと（四七頁四行）　底本に「てふやう」とあり、諸本の本文により訂正。

本地尋ねたるこそ（四七頁五行）　底本に「ほんちたつねたるころ」とあり、諸本の本文により訂正。

蝶愛づる（五〇頁七行）　底本に「てうみつる」とあり、諸本の本文により訂正。

烏毛虫（五〇頁一〇行）　底本に「はかむし」とあり、萩原宗固自筆本などの本文により訂正。

烏毛虫（五一頁二行）　底本に「かみむし」とあり、諸本の本文により訂正。

言ひおはさうずるぞ（五一頁八行）　底本に「いひをはさとするそ」とあり、朱筆で「うカ」とある。

　朱書の訂正を採用。

捕ふれば（五一頁一二行）　底本に「とらゆれは」とあり、数本の本文により訂正。

さうざうし（五二頁五行）　底本に「さそさそし」とあり、諸本の本文により訂正。

蟬声（五四頁六行）　底本に「をみこゑ」とあり、数本の本文により訂正。

枝を見入りたまふ（五七頁二行）　底本に「みたをみはり給」とあり、諸本の本文に「えたを」とあ
　り、数本の本文に「みいり」とある。

おそろしければ（五九頁四行）　底本に「おろろしけれは」とあり、諸本の本文により訂正。

程ほどの懸想

思ひとがむるも（六七頁五行）　底本に「おもひとかめるも」とあり、諸本の本文により訂正。

御小舎人童（こどねり）（六七頁九行）　底本に「御こてねりわらは」とあり、諸本の本文により訂正。

取らすれば（七二頁一行）　底本「ば」缺字。諸本の本文により補塡。

手のかどあるに（七三頁二行）　底本に「てのかとなに」とあり、諸本の本文により訂正。

まうでつつ見しにも（七四頁二行）　底本に「まうててつつみしにも」とあり、諸本の本文により訂正。

はいずみ

土をかすべきを（八〇頁一行）　底本「か」缺字。数本の本文により補塡。

何方（いづち）（八〇頁四行）　底本に「いつる」とあり、諸本の本文により訂正。

見る見る（八〇頁七行）　底本に「みなみな」とあり、諸本の本文により訂正。

思ひゐつらむ（八五頁八行）　底本に「思ゐてらん」とあり、数本の本文により訂正。

おほせて（八七頁六行）　底本に「おらせて」とあり、野坂元定本の本文により訂正。

聞えむ（九〇頁一行）　底本に「きこつん」とあり、諸本の本文により訂正。

いかになりたるぞや（九三頁九行）　底本に「いかになりたりそや」とあり、諸本の本文により訂正。

はなだの女御

ただ（九七頁五行）　底本に「たる」とあり、諸本の本文により訂正。

中宮（九九頁五行）　底本に「中君」とあり、数本の本文により訂正。

承香殿（九九頁一一行）　底本に「そつ殿」とあり、朱筆で「行カ」とある。朱書の訂正を採用。

何ざまにや（一〇一頁四行）　底本に「はさまにや」とあり、私見により訂正。

劣らじかほ（一〇一頁六行）　底本に「をとらしかせ」とあり、諸本の本文により訂正。

代らせたまはざんめればよ（一〇一頁八行）　底本に「かわらはせ給はさんめれはよ」とあり、諸本の本文により訂正。

久しくこそ（一〇一頁九行）　底本に「久しくたう」とあり、諸本の本文により訂正。

しばしは（一〇二頁七行）　底本に「しんしは」とあり、諸本の本文により訂正。

たたけり（一〇七頁三行）　底本に「たらはり」とあり、諸本の本文により訂正。

あなかまとて（一〇七頁三行）　底本「て」欠字。朱筆で「てカ」とある。諸本の本文により補塡。

一人づつ（一〇八頁四行）　底本に「ひとりつら」とあり、朱筆で「つカ」とある。朱書の訂正を採用。

好者はこの（一〇八頁一〇行）　底本に「すきものからの」とあり、数本の本文により訂正。

御有様ども（一〇八頁一〇行）　底本「ど」欠字。諸本の本文により補塡。

至らぬ所（一〇八頁一〇行）　底本に「いたしぬ」とあり、諸本の本文により訂正。

捉へつべき（一〇九頁六行）　底本に「としへつへき」とあり、数本の本文により訂正。

恨むれ（一一〇頁七行）　底本に「ことむれ」とあり、諸本の本文により訂正。

しばし（一一一頁三行）　底本に「しんし」とあり、諸本の本文により訂正。

見るに（一一一頁四行）　底本に「みなに」とあり、朱筆で「るカ」とある。朱書の訂正を採用。

しぞく（一一三頁二行）　底本に「しるく」とあり、諸本の本文により訂正。

かひあはせ

いとそと（一一九頁一行）　底本に「ひとそと」とあり、朱筆で「いカ」とある。朱書の訂正を採用。

思さるるぞ（一一九頁八行）　底本に「おほさゆるるそ」とあり、諸本の本文により訂正。

黄朽葉（一二二頁二行）　底本に「えくちは」とあり、私見により訂正。

御徳（一二七頁五行）　底本に「御とと」とあり、朱筆で「と」を見せ消ちにして、「く」とある。

　朱書の訂正を採用。

見ゐたまへりとや（一三〇頁一行）　底本に「みゐたるかへりとや」とあり、諸本の本文により訂正。

逢坂こえぬ権中納言

かの宮わたり（一四三頁七行）　底本に「かのとやわたり」とあり、諸本の本文により訂正。

思はぬ方にとまりする少将

思ひしことかな（一五三頁一三行）　底本に「おもふしことかな」とあり、諸本の本文により訂正。

思ひのほかに（一五五頁一三行）　底本「おもひのほかに」の「か」が、鮮明でない。

おぼえぬや（一六一頁一〇行）　底本に「おほしぬや」とあり、諸本の本文により訂正。

いろなる（一六二頁三行）　底本に「いろなと」とあり、諸本の本文により訂正。

解説

塚原鉄雄

目次

解説凡例

一、作品享受の参考資料として、卑見の一端を、六編の文章に整理して編集し、いわゆる作品解説に代用する。

一、第一編の「王朝精粋の凝縮結晶」は、諸家の研究成果を基盤としながら、作品全般を概観する卑見を、やや随想的傾斜の姿勢で論述する。

一、第二編の「助辞規定と文脈整序」では、「このついで」を事例として、文末に位置する助辞が、作品全体の構成論理を維持する徴表となっている事実を、具体的に解明する。一般の通念となっている、王朝散文の非論理性が、虚妄の幻影でしかないことを、実証的に論証する端緒となしうるであろう。

一、第三編の「文末表現と重層構造」は「はいずみ」を事例とする、作品構成の具体的な吟味である。文末助辞を基準として、各文の成立次元を認識するとき、一見、構成論理に頓着していないかに印象づけられる作品作者が、作品全体を、綿密周到な論理で重層的に構成していることを理解しうるのである。本文理解の基準視点として、文末助辞の規定で整理し検討する方法は、「堤中納言物語」の各編だけでなく、平安王朝の仮名作品の一般に適用して、有効と看做（みな）しうる。

一、第四編の「人名呼称と表現映像」では、人名呼称が、登場人物の名称を記載するだけではないことを究明する。それは、当該人物の身分や境遇やを連想させ、さらに、人物の映像をも喚起する。このことは、作品本文の頭注にも、随時、指摘した。ここでは、従者男女の人物呼称を射程として考察する。

一、第五編の「地域規定の映像喚起」は、「下わたり」を事例とする、地名呼称の連想喚起を追求する。土地の位置や状況から、居住する人物の身分や境涯までが、具体的に規定される表現であることを、究明しようとする試行の一端である。

一、言語表現の一般に通用することだが、とくに、平安王朝の仮名作品の理解では、表現構成の的確な認識と表現映像の適切な掌握とが、決定的な条件となる。貴族階級という閉鎖社会に成立した、いわば仲間うちだけの言語生活である。したがって、それは、共有し共通する基盤―風土や生活や伝統や教養や趣味など―に立脚している。そこで、第一に、共通の映像を喚起することが、前提されまた予定された表現を成立させた。さらに、第二に、共通の了解を想定することで、表現構成の論理的脈絡の形態的顕示を充足しなくても支障がなかった。すなわち、表現規定にも、また、表現構成にも、省略が多分に介在するということである。

だから、言語形態として顕在的に定着していない、換言すれば、顕在的な言語形式による記述の省略された、連想映像と構成論理とを発掘して、それを、顕在的に定着するのでなければ、作品本文の客観的な認識と理解とは、到底、実現しがたい。

すなわち、解説の第二編から第五編までは、映像と論理との発掘と定着とを意図する営為の事例を、具体的に提示するにとどまる。

一、第六編の「王朝末期の猟奇趣味」は、「虫愛づる姫君」の一例によって、「堤中納言物語」を基礎づける思想史的な背景を、検討してみようとしたものである。事例に、この作品を選定したのは、この作品が、近代思想的な観点から誤解されることによって賞揚される傾向が顕著だからである。
一、作品理解のための解説というよりは、作品理解のための序奏ということである。一般的な解説を期待する江湖には、陳謝しなければならないであろうか。

小粒の真珠　「堤中納言物語」あるいは「堤中納言」と呼称されるこの作品の真価は、長期にわたって、看過され埋没していた。その存在が、不明だったわけではない。「国書総目録」(岩波書店。昭和四二年十一月)には、三六部の現存写本が記録されている。また、土岐武治の「堤中納言物語の研究」(風間書房。昭和四二年一月)に所収の「校本堤中納言物語」では、六三部の写本本文を校合している。だが、それらの写本は、いずれも、近世書写ということになるようである。さらに、その近世において、中世以前は無論のこと、この作品の本文あるいは注釈が刊行されることは、なかったらしい。すなわち、作品自体が埋没したわけではないけれども、その価値は、さほど重視されなかったということになろう。

この作品の価値を発掘して世間に定着させたのは、藤岡作太郎(一八七〇—一九一〇)である。その価値規定は、「堤中納言物語」の価値認定に、また、研究享受に、礎石を定立するものであった。

この物語は短篇十章より成り、文章勁抜、構想また奇警なるものありて、他に比類なきもの、従来の学者これについて説くもの多からざれども、頗る研究の価値あり。(藤岡作太郎「国文学全史/平安朝篇」)

そこで提示された、「十篇の構成」と「文章の勁抜」と「構想の奇警」とは、爾後の作品規定の原型となり、作品評価を方向づけたと看做(みな)しうる。

藤岡作太郎の基本的立場は、古典鑑賞の観点に立脚する史的認識ということである。前提の提示や概念の規定に顧慮することなく、作品の文章を「勁抜」と評価し、作品の構想を「奇警」と評価することに、それは、端的に反映するといってよい。換言すれば、それは、現在の視点に基礎づけられた過去の認識であった。過去の視点に基礎づけられた過去の認識でもなければ、また、過去から現在への、展開の視点に基礎づけられた過去の認識でもない。

いま、そのことの是非を、論議しようとするのではない。こうした基本的姿勢が、「堤中納言」を評価する基調となって、爾後の作品理解を根強く領導した事実を、指摘したいのである。

例言すれば、世間の習俗に順応しない「虫愛づる姫君」を、個人的自我を基盤とする反俗的抵抗精神の発現と規定する認識は、一種の共通理解として成立していたのである。そういった近代主義的な批評の見地から、この作品を、価値づける傾向が顕著であった。

この基本姿勢は、したがって、「堤中納言物語」という作品を全体的に把握することより、「堤中納言物語」にある作品を部分的に評定することに傾斜する態度を、派生していった。「虫愛づる姫君」には、興味の傾倒が深甚だけれども、「よしなしごと」には、関心や顧慮が稀薄である、そういった事態を招致することとなった。そして、興味ぶかい「虫愛づる姫君」と関心うすい「よしなしごと」とを一個の標題で統括する「堤中納言物語」という物語作品が、一個の全体として何であるか、あるいは、何であったかを、究尋しようとする営為は、皆無とはいわないまでも、乏少であったとしなければならない。そうした視座の自覚的な確立が脆弱であることが、この作品の近代主義的評価の克服を阻碍する原因となっている。さらに、近代主義的評価の自覚が欠落することが、作品全体の統合的把握を徹底させない原因となっている。

近代的評価に対応しうることと、近代的評価で規定することとは、異質の次元に成立する評価である。両者の混乱が、作品部分の評価を、作品全体の評価に止揚しえなかった理由であろう。その意味では、作品全体を対象とした藤岡評価に比較して、作品部分である構成各編の価値を個別的に規定する以後の評定は、後退しているといわなければなるまい。

卑見によれば、「堤中納言物語」は、その全体が、自立し完結し独立し終結する、一個の統合作品である。作品全体を構成する部分としての各編は、それぞれ、自立し完結し独立し終結する一個の作品と看做しうる。そして、各編の物語は、一個の作品としての条件を充足することで、物語の全体に、部分として位置づけられる。この構成論理は、歌集全体と詠作各首との関係を基礎づける論理と同一であって、事珍しいわけではない。だが、歌集や詩集としては常例であった構成論理を、物語の形象に適用して具現したところに、この作品の創造的特性がある。

ここにいう統合は、集合と区別される概念である。複数の物語を集合して一個の物語を形成することでは、「大和物語」などの先例があった。また、統合ということでは、「伊勢物語」を事例とすることも可能であろう。だが、「勢語」各段を一個の物語と看做しうるとしても、章段相互の依存性を指摘しなければなるまい。各編相互の独立性を保持しながら、しかも、作品全体の統合性を志向することで、「堤中納言物語」は、空前の物語作品を形象した。短小ながら、かえって、短小であるがゆえに、小粒の真珠にも相似た貴重な光輝を発現した、王朝の遺産である。

精粋の凝結　平安王朝の貴族文化を、大海に擬定しうるとすれば、「堤中納言物語」は、大海の精気を呼吸して、その精粋を、凝縮し蓄積し結晶した真珠の首飾である。十一個の白玉は、光沢と色調とで、一様とはいえないかもしれない。けれども、王朝文化の精粋を凝結した真珠であることで、同質であるといいうるであろう。
「堤中納言物語」の表現は、難解である。本文理解に難渋することで、この作品は、「蜻蛉日記」とともに、王朝散文の双璧をなす。ただ、「蜻蛉日記」が難解なのは、社会生活に媒介されることのなかった作者による女性論理の展開が、十分に客観化された表現として定着していないことに、起因するところが多分にある。けれども「堤中納言物語」の難解なのは、王朝文化と現代文化との懸絶が、主要な原因であるといえよう。基盤となる文化の懸絶は、古典と現代とに介在する一般的な事実である。この作品に限定されることではない。しかし、ここにいう懸絶は、そういった一般的懸絶を前提に措定される懸絶である。

詳述する余裕がないので、「源氏物語」と対比して、一例だけを指摘しておく。「源語」本文からは、年立(年譜)を作成することが可能である。作中人物の年齢が、直接または間接に記述してあるからである。ところが、「堤中納言物語」では、そういった記述の存在しないのが一般である。けれども、暗示されている后妃との関係は、宰相中将(「このついで」)の年齢や家柄、ひいては将来性などまでが、具体的な映像として表現されている。

すなわち、言語形式による顕在的規定を施行しないで、想定される読者の常識といったものに依存し、読者の常識を背景とする表現だということである。こういった読者の常識は、言語形式で表現されないか、表現されるとしても、暗示されるにとどまる。しかし、言語形式による表現は、言語形式によらない背景と相補関係を構成して、はじめて、作品本文の表現として充足する。やや学理的に説明すれば、作者と読者とに介在する場面が、言語形式による文脈として顕示されない。にもかかわらず、作者と読者とに介在する場面を把握しなければ、言語形式による表現を、作品表現として充足し

によって難事となっている。――そういうことなのである。

作者と読者との共有しうる場面に成立する表現映像は、言語形式で顕示しない。その方法を、極限において具現したのが、「堤中納言物語」である。しかるに、現代の読者は、古代の読者ではないのである。古代の読者が作品の作者と共有した場面を、現代の読者が、作品の作者と共有することは、容易ではないのではあるまいか。しかも、意地のわるいことには、「堤中納言物語」の言語形式は、それ自体で、自立し完結しうる世界を構成する。古代の作者と古代の読者とが共有した場面を把握しないでも、自立し完結する世界を、過不足なく、了知しえたと印象づけられるのである。理解することは困難だけれども、理解しえない読者にも、それなりの理解が可能である。卓越した名文に共通する表現の深厚ということでは、王朝随一といってよかろう。

認識と理解とにおいて、誤謬ではないけれども正確ではないということがある。「堤中納言物語」の理解それ自体に、破綻や矛盾がないと確証しえても、この命題の警告が、不断の不安を解消させることがない。「堤中納言物語」とは、そういった表現の作品である。

だが、このことは、反面からすれば、正確ではないとしても誤謬ではない理解が、可能な作品だということでもある。とすれば、それは、文学史的存在であるとともに、文学的評価の対象ともなりうる作品でもあるということになる。こういった作品は、数多いわけではない。

文学史的存在としての実相を解明するのは、専攻学者の責務である。文学的価値の評定は、現代読者の材幹である。読者の材幹は、専攻学徒の、直接には関知しえないところである。けれども、文学史的実相を解明して、「誤謬ではないこと」と「正確であること」との接近を仲介するのは、専攻学徒の義務といわなければならない。そこに、「新潮日本古典集成」の、刊行の意義があると思量する。そのために、注解や解説が難解となっても、仕方がない。その難解を克服しえない人物は、本物の古典に無縁であることを自覚すべきである。

インスタント・ラーメンは、本物のラーメンではない。インスタント・コーヒーは、真実のコーヒーの味覚に相違する。そういった感性の持主でなければ、古典の享受は、その現代語訳で、必要かつ十分である。原文に直接し、原文の香気を、原文によって感得しようとするならば、関門を突破する覚悟と努力とは、回避しえないはずである。アルファ・ベットを知らないで英語をマスターしようとするのは、小麦粉なしのパンを製造しようとするようなものである。もし、この解説と頭注とを難解とするのであれば、作品原文の理解を断念するのが、賢明であろう。

新鮮な魅力　小島政二郎の「わが古典鑑賞」(中央公論社、昭和一六年一二月。筑摩書房、昭和三九年三月)に所収の「堤中納言物語」は、近代文学の観点に立脚する評論である。だが、この作品を、短編の統合と看做して、全体と部分との関係で対象化するなど、現代の研究諸家の遺忘しがちな視点から、この作品の本質に接近しようとするところがある。若干を摘録して紹介する意義は、鮮少でないと思量する。近代文学の観点からの論評を、文学史的な立場から、吟味の対象とすることも、重要かつ豊富な示唆を獲得する方法のひとつであるにちがいない。

この作品に所収の各編が、同一人物の著作でないとする認定は、小島も知得していた。だが、「私はその方面の学問をしていないから、同一の作者によって書かれたものか、別の作者によって一つ一つ書かれたものか、分らない。」としながらも、「私は作者に名誉を与えたいために、同一人によって十篇とも書かれたということにしたい」とする。この、一見、独断的な判定は、「同一人」を、同一の人物ということでなく、同一の人格というふうに展開させて理解するならば、「堤中納言物語」が、短編の統合であって、その集合でないことを洞察した卓見といってよい。それは、一個の作品であって、作品の集合ではないのである。

一例でしかないが、小島評論は、このように、吟味して検討する価値がありそうである。ここでは、断片を、筑摩書房版によって抽出するにとどめる。

題材がヴァラエティに富んでいるということを、私は「堤中納言物語」の第一の特徴に上げたいと思う。「思はぬ方に泊まりする少将」で、無性格の女の愛らしさを書いているかと思うと、「虫愛づる姫君」では、毛虫を恋よりも愛している若い変態の女を書いている。「はいずみ」で軽薄な女を書いているかと思うと、「逢坂越えぬ権中納言」では、一種のピューリタンとも言うべき女性を書いている。「貝合はせ」で子供の世界を書いているかと思うと、「よしなしごと」では坊さんの途方もない讕言長語を書翰体で書いている。そう言ったように、「またか」と思わせるような類似のストーリーも性格も一つもない。

もう一つの特徴は、平安朝の大抵の小説が、上流も上流、貴族中の貴族の世界が舞台に取られている。が、「堤中納言物語」の舞台は、貴族ではあるが、上流中の上流、貴族中の貴族ではない。貴族の中の中流、或はそれ以下の生活が書かれている。こんなことも、平安朝の貴族文学に飽いている我々にとっては、実に新鮮な救いである。

平安朝の大概の小説が我々の愛読を得ないおもなる理由は、言語、表現の障害を別にすれば、このリズムの問題に起因していると思う。小説が展開するテンポののろさが、我々の呼吸する生活のリズムと一緒にならないもどかしさにあると思う。このもどかしさは、理窟(りくつ)や趣味の問題ではない。もっと肉体的なもの、もっと生活的なものだろう。

　ところが、「堤中納言物語」に打っているリズムは、我々のリズムと一致する楽しさを持っている。描写の簡潔なこと、話術の巧妙なこと、展開の自然でしかも短篇小説的速度と曲折とを豊かに持っていること、全体の構想の引き締まって、美しいばかりに力の籠(こも)っていること、十九世紀のフランスの短篇小説を見るようだ。この作者は、心にくいばかりに短篇小説の骨法(こつぽう)を会得し把握(はあく)している。

　小島評論は、「堤中納言物語」を、写実主義(リアリズム)の短編小説と規定する。すなわち、人生の真の姿(本物(リアル))を、明確な主題のもとで、真実感を破壊しない劇的な要素と技巧とを具備した人巧的な構成法で、あるがままに写した作品だというのである。「千年も昔の平安朝にあって、十九世紀のフランスが漸く(ようや)発見した近代短篇小説の作法(さくほう)を、」「名誉ある第一祖として、古典的完成の美しい栄光のうちに」創造したと賞揚している。

　異常な素質によって、異常な――質に於いても、深さに於いても、常人には発見することの出来ない人間性の真、人生の真を発見したとする。が、折角発見した異常な真が、深さと質とに於いて異常なるが故(ゆえ)に、常人である一般の読者の理解のそとにある場合があり得る。そんな時、不遇の天才の悲劇が起るのである。だから、常識的に言って、最も望ましい場合は、異常な真であると同時に、普遍性のある真を発見することが必要になって来る。

小説家の地獄の苦しみは、一つの体で、一つの魂で、自分自身が発見したあらゆる真に一つ一つ転身して、身をもってその真の内容を生活して来(こ)なければ、折角発見した真の姿を再現出来ないことだ。再現することが出来なければ、描かざる画家と同じことである。

優(すぐ)れた作家ほど、数多(あまた)の異なった真に転身し得る魂の柔軟性をいつまでも失わないのだ。

なぜ私がこんなことを長々と書いて来(き)たのかと読者は怪しまれるかも知れない。他意がある訳ではない。「堤中納言物語」の作者が、女の身をもって、いかにこの困難な転身を見事にしかも完全に成し遂げているかを語ることが、私の鑑賞のすべてだからである。

作者と成立　「堤中納言物語」の成立年代と作品作者とを論議するには、作品全体と作品各編とを、区別して勘案しなければならない。が、いずれも、明確なことは不明であるというのが、現状である。

各編の成立については、専門学者の考究がある。とはいえ、確実な論証が、提示されているわけではない。そのうち、「逢坂こえぬ権中納言」については、陽明文庫に所蔵の「六条斎院歌合」（天喜三年五月三日）に、この物語の詠歌が、「あふさかこえぬ権中納言／左／こしきぶ」として記載されていることから、成立は天喜三年（一〇五五）で、作者は小式部と認定するのが、学界の定説になっている。しかし、この定説にも、疑義の介入する余地がないわけではない。この歌合は、「題物語」と標題する歌合で、各番一対の和歌が、物語の名称と女房の呼称とともに記録されている。そこで、当該作品の作者を当該女房と推定しているわけである。しかし、記録された女房が、当該物語の作者であるとする断定の確証に十分な資料が、現存するわけでもない。当該女房が選定したと考定する可能性を、消去しうる資料も、また、存在しないのである。既成の物語から、女房たちが詠歌を選定して、競合したのかもしれない。自作の作品もあったろうし、他作の物語もあったのではあるまいか。とすれば、小式部を作者と認定することも、それほど確実な論証とはいえなくなる。

　それ以外の、作者と成立とについても、諸家の見解が数少なくない。けれども、現在の時点で、決定的な学説は、提示されていないといえよう。しばらく、専門学者の研究に依託して、関心の圏外としてよかろう。全体としての作品を理解するのに、致命的な支障がないからである。

　無論、だからといって、諸家の研究を無視してよいわけではない。作者と成立との考究過程に発掘され指摘された事項で、作品本文の理解に関与することの多大なものが、多分にある。その一例だけを紹介しておこう。

「はなだの女御」で、女院から中務の宮の北の方まで、二十一人の女性が論評の対象となるが、山岸徳平説によれば、これらの称号に相当する実在女性の共存した時期があった。長保二年（一〇〇〇）の八月下旬から十二月下旬までが、それであるという。すなわち、女院（東三条院詮子）、一品の宮（村上天皇皇女資子内親王）、大后（円融天皇皇后遵子）、皇后（一条天皇皇后定子）、中宮（一条天皇中宮彰子）、四条の宮の女御（花山天皇女御禔子）、承香殿（一条天皇女御元子）、弘徽殿（一条天皇女御義子）、宣耀殿（娍子）、麗景殿（東宮妃綏子）、淑景舎（東宮妃原子）、御匣殿（一条天皇女御尊子）、淑景舎の妹三の君（敦道親王妃）、四の君（敦康親王母代）、左大臣の中の君（右大将道綱夫人）、右大臣の姫君（隆家夫人）、斎院（村上天皇皇女選子内親王）、斎宮（恭子女王）、帥宮の北の方（娍子の妹）、中務の宮の北の方（具平親王妃）である。

もとより、これらの女性が、作品のモデルというわけではあるまい。しかし、作品の背景に設定されていたのは、事実であったろう。実在の人物に仮託した虚構の空想を、構築し享受する作品と看做しうる。

もっとも、この事実から、作品の成立年次を推定するのは、論理の飛躍がある。わずかに、長保二年以後という成立の上限が、推理しうるにすぎない。長保二年を舞台としたことは推断しえても、長保二年の成立を推定することにはなりえないからである。

成立年次を推定する資料に、「六条斎院歌合」のほか、「風葉和歌集」がある。これは、約二百編の物語から、一四〇八首の和歌を選出して類別し編集したものである。もっとも、現存諸本は、缺落があって、完本の伝来がない。文永八年（一二七二）の成立である。この歌集に、「花桜折る少将」「程ほどの懸想」「逢坂こえぬ権中納言」「かひあはせ」「はいずみ」の各編から、詠歌の引用がある。

したがって、それら五編が文永八年以前の成立であることは、確実であると認定されている。しかし、だからといって、その事実から、それ以外の諸編が文永八年以後の成立であるとは、推断しえない。「風葉和歌集」の現存諸本に缺落があるし、「風葉和歌集」が物語全部を網羅している保証もない。和歌選出の対象とならなかった物語もあったろうし、選出和歌の存在しなかった物語もあったろう。また、「よしなしごと」のように、和歌自体の存在しない物語もあったわけである。

そこで、各編の成立と作者とは、各編本文の内部徴証を究明するよりほかに、方法がない。けれども、この方面の研究で、十分に納得しうる定説といった見解は、まだ、提示されていない。それが、学界の現在の状況であるといえよう。

だが、物語各編の成立年次や作者人物が明確でないとしても、その事実は、「堤中納言物語」を古典作品として享受するのに、直接の関係がない。読者にとって重要なのは、もし、作者と成立とが究明されなければならないとすれば、物語全編の成立と作者ではあるまいか。それも、作者の人物すなわち人名ではなくて、作者の人格であり、成立の年次ではなくて、成立の時代であろう。

物語の作者　換言すれば、作者が誰かは、さして重要ではない。肝要なのは、作者はどんな人間かが、追求されることである。また、成立が何年かには、それほど意味がない。肝心なのは、成立はどんな時代かが、確定されることである。

そういった立場からすれば、小島政二郎の所説は、独断的論理の展開を基盤とするにかかわらず、興味ぶかく示唆にとむと評価しうるであろう。作品本文の表現に即応して、作品作者の人間映像を、具体的に形象しているからである。作者を女性と推定する所説の要所を、引用して列挙する。

> 私は、「堤中納言物語」の作者を「彼女」「彼女」と呼んで来た。しかし、それは作者が小式部だという新聞の報道をそのまま信じたからではない。作者は「物語」全体に女らしさを氾濫させているにも拘わらず、女の性格を摑み出して来ることに失敗している。いや、女の性格ばかりではない、男の性格に対しても殆んど同じ欠点を暴露している。
>
> こうした欠点は、女流作家に多い。女流作家は不思議に同性の性格を描くことに不得手である。但し「源氏物語」の作者は別だ。この欠点ゆえに、私はこの「物語」の作者を女性ではない

かと思うのだ。

その代り、女らしさを氾濫させていることは、月の光りのように普(あまね)い。「このついで」の中の「火取り」の女の如(ごと)きは、僅か一行の描写と、一首の和歌とだけで、女の悲しみを我々の目の前に湯気のように烟(けぶ)らせている。その最も代表的なものは、「はいずみ」の第一の妻の悲しみであろう。

この「堤中納言物語」の作者が短篇小説家であること、そうして短篇小説家以外の何物でもないこと、そこに作者としての第一の性格があると思うのである。

この作者が、短篇小説を書いているからそう思うのではない。人生から題材をしゃくって来るそのしゃくい方が、短篇小説家的なのだ。

「堤中納言物語」の作者が、行間(ぎょうかん)でついている呼吸なども、いかにも短篇小説家だと私は思うのである。この作者が、我々に示している神経、感覚、精神のきめのこまやかさも、まさに短篇小説家としてのそれだ。

私はフランスの批評家ジュール・ルメートルが、フローベルの「マダム・ボヴァリー」について言った言葉を思い出す。「己(おの)れが語る対象に直面してのこの冷静さこそは、恐らく彼の最も驚嘆すべき点であり、また必ずや彼の最も執着したところであろう」彼女の特徴もまた、この「己れが語る対象に直面しての冷静さ」にある。この冷静さこそは、純粋な芸術家の第一の資格だと私は思うのである。それを彼女は天爵として持っていた。「今昔物語」の作者も持っていた。西鶴も持っていた。志賀直哉も持っている。

「堤中納言物語」の作者は、ただ事実として、或る境遇に於ける彼等の性格の現われとして、公正的確に直視しているだけである。彼等に対して、別に愛情も嫌悪も抱いていない。同情もせず、怒りをも発していない。科学者が一つの現象を観察しているように、公平無私に、彼等を観察しているだけである。

彼女にとっては善も悪もないのだ。或る性格が或る境遇に置かれると、忽ちその性格本来の姿を現わす。そこに彼女は人間を――人間性の真を発見して、科学者が有機無機さまざまの物質の真を発見して喜ぶのと同じように、人間性の真に対する尽きぬ興味を覚えるのだ。それが芸術家の本能だ。いや、芸術家の職責であり、芸術家の存在理由である。彼女は「真」を尊重することを知っている高き文化人だったのだ。

「堤中納言物語」の作者は、人間性のさまざまな真を求めているうちに、屢々そこに「喜劇的なもの」を発見せずにいられなかった。その「喜劇的なもの」が彼女の感情に触れた時、それが彼女の作品にユーモアとなって美しい装飾となり、その「喜劇的なもの」が彼女の理智に触れた時は、それが機知となって彼女の作品にヴァラエティの魅力を与えている。

もし特別大書するならば、「堤中納言物語」の作者の感覚の鋭さを言わなければなるまい。芸術家が人間性の真に肉薄する武器はただ感覚あるのみだ。だから、人間性の真に肉薄することに於いて優れているこの作者が、鋭敏な感覚を持っていることは当然なことで、敢えて驚くには当らないかも知れない。そうは思うものの、一度は目を見張らずにいられないのである。

全篇を通読した後に、敏感な読者ならば、無意識のうちに作者がついている溜息というか、作者の人生観というか、一種の哲学的雰囲気が、恰も瘴癘の気の如く漂っているのに気付かれたことと思う。それが実に不思議なのだ。作者はただあるがままに人生を見て、その種々相を描いているに過ぎない。しかも、筆致は健康的である。にも拘わらず、全篇に漂っている雰囲気は、恐ろしく憂鬱なのである。（一部省略）

言わば、人生そのものの憂鬱だ。作者は人間性の真を追い求めてその幾つかを得た。その得た人間性の真から、彼女が帰納した人生観は、つく息が重くなるような憂鬱だったのだろう。ただその憂鬱が、彼女の哲学にまで発展していないのは残念である。

洗い上げたような技巧と、銀色の文章と、裏に漂う憂鬱と——

作者と構成　「堤中納言物語」の作者が、女性である確証はない。小島評論の指定した理由は、作者が男性であろうと推定する条件ともなりうる。性格描写に不得手なことは、性別に起因するというより、個人の資質と時代の趨勢とから理解されることである。「女らしさの氾濫」は、むしろ、男性と推理することの可能性を、補強する条件となろう。女性よりも女性らしい技巧は、男性のものといってよい。「よしなしごと」や「虫愛づる姫君」に指摘しうる、「理解しうるものだけが理解し、しかも、理解しえないものも理解する」猥褻表現の両面構造は、男性に特有の技巧ではあるまいか。洒落と冗談との「よしなしごと」に、「ハケ口がなくのたうちまわっている嫉妬の実感」を感得した小島評論である。嫉妬と無縁の文字で嫉妬の情念を噴出させるのも、男性的といえそうである。小式部が「逢坂こえぬ権中納言」の作者であるか否かは、保留するとしても、この作品全体を成立させている作者に、男性を想定する可能性は、無稽とはいえないであろう。道頼の糞座や典薬の醜態を記述する「落窪物語」の作者は、男性と推定されている。

とはいえ、作者の性別には、それほど重要な意味がない。「堤中納言物語」の全体が、一個の統一を保持する人格の形象と認定しうるかどうか。認定しうるとすれば、それは、どのような人格であるのか。その検討と認識とが、緊要なのである。

小島評論は、この作品の全体を、各編を部分とする一個の作品と認定し、作品全体を成立させる一人の人格映像を形成した。すなわち、「堤中納言物語」という作品の作者である。作品の作者と各編の作者とが同一の人物であるかどうかを、確証する方法はない。だが、同一の人物であろうと、また、別個の人物であろうと、各編の作者は、全体の作者に包摂される。この包摂が、形式でしかないならば、それは、全体の作者ではなくて、全体の編者でしかない。その包摂が実質であること、すなわち、各編の作者の人間映像が、全体の作者の人間映像の側面として有機的に位置づけて説明しうるときに、全体の作者は、言葉の正確な意味で、作品の作者であると規定しうる。換言すれば、「堤中納言物語」が、各編の集合ではなくて、各編の統合であり、一個の作品であることを保証される。そのことを、直観的な営為として定立したのが、小島評論であった。

「堤中納言物語」を統一的な一個の作品と認定することは、現在のところ、究極的にいえば、主観的な判定としてしか成立しない。各編の配列順序に、現存写本では、異同があるからである。

高松宮家蔵本など、各編一冊の分冊形式を採用する写本もある。合冊形式を採用する写本でも、各編配列の順序は一様でない。そこで、五種の類型に整理して表示したのが、「堤中納言物語各篇巻序異同一覧」である。

各編配列の類型五種の考定は、ほとんど、実施されていない。したがって、それら五種の配列から、「堤中納言物語」の配列として適切な配列を択一して治定することは、困難というのが実状である。伝来本文の整合が論拠になりうるとすれば、三手文庫蔵本を外延の一項とする契沖校本系統の配列か、ついで、浅野家旧蔵本を外延の一項とする流布本系統の配列あたりに、落着するのではないかと想察してよさそうである。高松宮家蔵本のような十冊本の存在は、各編配列の作品構成が、はやくから看過されて、複数の類型が派生したことを推察させる論拠となろう。いずれにしても、決定的な断案は、時期尚早とするほかない。万事は、五種の類型を基礎づける原理が、具体的に解明され、五種の原理を価値づける批判が、論理的に成立するのに、依拠するに十分な学的成果は、準備されていない。

したがって、現在のところ、「堤中納言物語」の全体が、同一人格の作者によって形象された統合作品であると規定しうることで、満足しなければならない。作品構成の理解は、後日まで保留するほかないのである。

堤中納言物語各篇巻序異同一覧

巻序＼諸本	契沖校本系統配列	榊原忠次旧蔵本配列	尊経閣文庫元禄本配列	岡本䖮校本配列	流布本系統配列
1	このついで	このついで	不知題号	はいずみ	花桜折る少将
2	花桜折る少将	花桜折る少将	花桜折る少将	ほどほどの懸想	このついで
3	よしなしごと	ほどほどの懸想	かひあはせ	このついで	虫めづる姫君
4	冬ごもる（断簡）	逢坂こえぬ権中納言	はいずみ	かひあはせ	ほどほどの懸想
5	虫めづる姫君	かひあはせ	逢坂こえぬ権中納言	はなだの女御	逢坂こえぬ権中納言
6	ほどほどの懸想	よしなしごと	虫めづる姫君	逢坂こえぬ権中納言	かひあはせ
7	はいずみ	冬ごもる（断簡）	このついで	花桜折る少将	思はぬ方にとまりする少将
8	はなだの女御	虫めづる姫君	ほどほどの懸想	よしなしごと	はなだの女御
9	かひあはせ	はなだの女御	思はぬ方にとまりする少将	冬ごもる（断簡）	はいずみ
10	逢坂こえぬ権中納言	思はぬ方にとまりする少将	よしなしごと	虫めづる姫君	よしなしごと
11	思はぬ方にとまりする少将	はいずみ		思はぬ方にとまりする少将	冬ごもる（断簡）

なお、高松宮家蔵本など、各篇を十冊に分冊した諸本については、巻序を認定しがたい。山岸徳平「堤中納言物語全註解」（有精堂。昭和三七年十一月）、および、土岐武治「堤中納言物語の研究」（風間書房。昭和四二年一月）を、参照して作成した。

ここでは、ひとつの参考として、小島評論の全体的認識を引用し紹介する。印象批評といえば、それまでだが、「はいずみ」の作品構成が、「あはれ」と「をかし」との対比的な緊張均衡の力学に基礎づけられて成立していることからすれば、そこに指摘する対比的構成の原理は、作品全体の作者に、無縁ではないはずである。流布本系統配列の構成を、総括する見識と看做してよい。

「花桜折る少将」以下九つの小説によって憂鬱に鎖(とざ)された「堤中納言物語」の空が、不思議や、「よしなしごと」のノンセンスによって、日本の秋の空のように晴れわたって「おわり」となるめでたさを私は忘れることが出来ない。

なお、一般には断簡と規定される短編「冬ごもる空のけしき」の、缺落する諸本が存在する。その事実は、この一編を、一個の作品と認定しない見解が、すでに、近世以前の成立であったことを察知させる。そして、そうした作品認識が、作品全体の有機的統合性を看過させ、写本筆者の恣意的な配列構成を可能としたのであろうか。「堤中納言物語」が、一個の統合作品であることを遺忘し、作品の集合としてしか看做されないのは、近世にまで溯及しうるのである。構成各編の分析的認識が、作品全体の総合的理解に連繫しないのは、この作品だけに限定されたことではない。歌集研究などでは、顕著な事象である。学史的な限界といえよう。

成立の時代　自立し独立する作品を部分とし、部分である作品の統合によって一個の作品を構成する文学形象の方法は、文学史的に規定すれば、平安王朝の創生である。平安以前では、自立し独立する作品を部分とし、部分である作品の集合によって一個の作品を構成する方法は、確立していた。しかし、統合の方法は、成熟していなかった。そこに、一個の作品の観点から規定される、「古今和歌集」と「万葉集」との相違がある。「万葉集」では、局部的にしか実現しなかった和歌作品の統合が、「古今集」では、全体的に充足したのである。

統合と集合との方法は、平安王朝の散文作品でも、明確に区別して実践された。例示すれば、「伊勢物語」は統合であり、「大和物語」は集合である。「竹取物語」の求婚説話は統合で、「今昔物語集」の説話各編は集合であると認定しうる。

この「堤中納言物語」も、また、統合の構成である。ただ、「古今集」や「竹取物語」の統合は、基本的に、表現素材を基準とする統合である。ところが、「堤中納言物語」は、表現主題を基準として成立した統合であると理解される。

いま、「堤中納言物語」を統合する作品主題を、詳述する余裕はない。抽象化して要約すれば、「あはれ」と「をかし」との交錯緊張とでも規定しうるであろう。そういった作品主題の具体的展開として、各編が位置づけられている。諸本の異同で、作品構成の決定的認定が成立しないのは、作品主題が明確に措定しがたいからではない。作品主題の展開する編成序列を、決定的に究明しがたいということなのである。そして、作品主題を基準とする統合の具現は、現存作品の範囲でいえば、「堤中納言物語」を創始とする。

作品主題を基準とする集合には、先例があった。「日本国現報善悪霊異記」は、標題に顕示する、仏教思想を基準とする「現報善悪霊異」を主題とする集合作品である。とすれば、「堤中納言物語」は、素材を基準とする統合を、主題を基準とする集合の媒介によって、主題を基準とする統合に止揚したわけである。そこに、作品構成の方法史的特性を、指摘しておかなくてはなるまい。「源氏物語」

は、五十四編の作品を部分とする統合作品と看做すことも可能であろう。だが、それは、素材を基準とする統合であった。いわば、「源氏物語」は、素材を基準とする統合の、頂点を占有する作品であり、完成を現示する作品であった。しかし、その意味では、過去の総括と集成とでしかない。

だとすれば、「堤中納言物語」の成立は、成立段階として、「源語」以後ということになろう。もっとも、成立段階の前後が、成立順序の前後に相即する保証はない。けれども、この作品が、成立順序として「源語」以後の成立であることは、数多の徴証と研究とから、不動の定説となっている。異見の介入する余地は、皆無なのである。

順序からも、段階からも、「堤中納言物語」は、「源語」以後の成立と確定しうる。だが、「源語」以後の時点を決定することでは、諸家の見解に、一致しないところがある。通説では、平安後期いわゆる院政時代ということになっている。けれども、この通説には、否定的な反論がないではない。各編の成立年代を考証することによって、鎌倉初期さらには南北朝期を下限としなければならない意見も、提示されている。しかし、それらは、いずれも、本文表現の内部徴証を、各編個別に検討した結果にすぎない。本文の校訂と解釈とに、多大の疑義が解決されていない現在の研究段階で、これは、極度に危険な推断を誘導しかねない姿勢である。

現存写本が江戸時代の書写であるとすれば、成立以後の書写過程で、書写時点での現在が混入する可能性が多分に介在する散文作品だから、作品内部に鎌倉や室町ひいては江戸の痕跡を発見するとしても、その事実だけでは、平安後期の成立を否認することにはなりえない。

作品本文の確定だけでも、そういったことがある。さらに、作品本文の検証となれば、現在までの研究は、その端緒を開発しえた段階でしかない。そこから帰納して推定される作品成立の時期の確度も、その基盤は脆弱なのである。極端な一例だが、「よしなしごと」の一編には、南北朝期から平安後期までの振幅で、成立年次が論議されるのである。

作品本文の内部徴証として抽出しうる後代の痕跡は、作品自体の成立年代を決定づける絶対的な条件とはなりえない。それが、書写本文で伝来し、書写過程での改変が可能であり、事実としての本文改変が実施されることの多分にあった平安王朝の物語作品の成立は、その局部的徴証によってではなく、その全体的特性によって、大局的判断として推定されなければならない。現存する「源氏物語」の本文は、紫式部の原作「源氏物語」ではないけれども、「源氏物語」の、作者は紫式部であり、成立は平安中期である。――そういった認定が可能であり必要であるのが、平安王朝の物語文学である。その意味では、「堤中納言物語」の成立時代を平安後期と認定することに、決定的な反証は、提起されていない。

王朝の凝縮　「堤中納言物語」の成立は、年代的には鎌倉初期になるかもしれないけれども、時代的には、平安末期と治定して支障がない。

年代と時代とは、相即することもあれば、また、相即しないこともある。それが、歴史の常例であろう。人間の立脚する時代というものは、時代の規定する年代に一致しないことがあるからである。その適例が、「新古今和歌集」である。「新古今集」の成立年代は、鎌倉初期ということである。だが、この歌集は、中世和歌の指標となったわけではない。王朝和歌の到達した極北の精華と、位置づけられる作品である。すなわち、成立時代は、平安末期ということになる。「新古今集」にある作品の成立年代は、一様ではない。けれども、「新古今集」という作品の成立時代は、平安末期である。ただ、「新古今集」という作品の成立年代は、鎌倉初期であった。――と、そういうことなのである。

韻文作品である「新古今和歌集」に対応する散文作品が、「堤中納言物語」である。王朝散文の精粋を純化し凝縮した結晶が、この作品であると規定しうる。作品を構成する十一編の作品は、その各編が、いずれも、小粒の澄明な結晶であり、十一編で構成する一編の作品は、その全体が、えがたい、繊細で高貴な連珠であると、擬定しても過言ではあるまい。

平安王朝の散文作品といえば、「源氏物語」は、その頂上に位置づけられる。王朝の文化と教養と伝統とを総括的に摂取して、「源語」作者は、空前にして絶後の絢爛たる万花の園庭を築成した。その麗花と薫葉と香草との精気が結露して結晶したのが、「堤中納言物語」の一編であった。「源氏物語」だけではない。「源語」作者の総括対象としなかった、すなわち、「源語」形象の体系圏外にあった王朝の精粋をも、この物語作者は、「源語」遺産と同様に、摂取し結晶させている。

具体的な事例での説明を省略する。「堤中納言物語」の本文表現を、その本文表現の成立を基礎づけている典拠や背景とともに、作品作者の表現論理に即応して読解しうるならば、そのことを了知するのは、それほどの難事ではないからである。そして、また、若干の事例で説明しつくせるほど、単純なことでもないからである。

王朝文学の精粋を凝縮結晶した作品であることが、かえって、「堤中納言物語」の真価を埋没させることとなった。

王朝文化を荷担する貴族階級は、中世以降に、急速に衰微していった。消滅したわけではないけれども、王朝文化を創造し荷担する能力と体力と気迫とを、喪失していったのである。そして、貴族階級に交替して、王朝文化の享受を荷担したのは、貴族社会と接触することはあっても交流することのない、非貴族の階級であった。たとえ、交流があったとしても、その貴族階級は、王朝貴族の実質を具有することがなかったのである。すなわち、王朝文化の享受を荷担する主体は、中世以後になると、貴族階級であると否とにかかわらず、王朝貴族とは断絶した存在とならざるをえなくなったのである。

そこで、平安王朝の神髄を凝縮して形象し表現した「堤中納言物語」は、興味と理解とを超越する作品だったのではあるまいか。四国の伊予に成長して関東の東京に居住し、京都の自然を生活することがなく、また、平安文化に親炙することのなかった正岡子規（一八六七―一九〇二）は、「古今集」のリアリティを、理解しえなかった。才能ではなくて、環境に由来するところであろう。

だとすれば、「堤中納言物語」は、その存在のゆえに伝来したのである。その価値のゆえに伝来したのではない。それが、中世から近世までの、享受の実状だったのではあるまいか。とはいえ、作品自体の具有する真価は、看過され誤解されることによって消失するものではない。理解できないながらも、説明しがたい魅力を感得しないではおれなかったのであろう。それが、伝来写本の数少なくない理由である。しかしながら、理解を超絶するところがある。理解の模索を反映するのが、諸本に異同する各編の配列順序である。そして、理解の超絶を示唆するのが、本文を注釈する著者の出現絶無である。正体は把握しがたいけれども、無視しがたく看過しえない作品、――それが、近世の「堤中納言物語」であった。近世の器量で捕捉しえた作品価値ということである。

さらに、この作品は、近代文学の基準からも、評価の対象になりうることを実証した。それは、正当な認識と理解とに立脚するものでなかった。とはいえ、作品の具足する価値の深厚を物語るといえよう。

享受の姿勢と理解の深浅とに関係なく、不断の存在性を確保する、それが、古典 classic というものであろう。とすれば、中世の無視と近世の冷遇と近代の独断とを経由して、享受史には貧弱な過去をしか所有しないにもかかわらず、不滅の存在を保持しつづけてきた「堤中納言物語」は、まさに、その古典と呼称するにふさわしい。この作品の学的研究が本格化したのは、戦後すなわち現代になってからである。成立して七百年、はじめて、この作品は、その真価を発現する機会を獲得しようとする。

王朝の栄光　「竹取物語」に発生した平安王朝の物語文学は、興隆して「源氏物語」を現出させた。さらに、熟成した収穫が「堤中納言物語」である。この展開は、萌生と開花と結実との段階に比定して理解してもよい。物語文学の史的展開は、「竹取物語」と「源氏物語」と「堤中納言物語」との三編に集約することが可能である。爾余の物語作品は、三編の、前駆か随行か亜流かでしかない。「伊勢物語」のように、それ自体が卓越した作品が、存在しなかったわけではないけれども、史的展開の基軸に位置づけられる作品ではない。「伊勢物語」は、「竹取物語」から「源氏物語」への史的展開の過程で、「竹取物語」に欠落していた要素を、「源氏物語」に提供した物語のひとつなのである。そのような作品は、「伊勢物語」だけではなかったし、そのなかで、「伊勢物語」が重要な位置を占有したとしても、相対的な重要性にとどまる。日記文学を基礎づける体験の実録に対立して存在した、伝承の虚構を基盤とする物語文学の伝統の基軸は、「竹取物語」から「源氏物語」へと、発展的に継承された。「伊勢物語」の虚構の実録は、物語文学の史的展開には、傍流に位置する方法の所産でしかなかったのである。

文学的価値と文学史的価値とは、別個の次元に成立する価値観念である。文学的価値の観点から評価すれば、「伊勢物語」は、「竹取物語」をはるかに凌駕するはずである。しかし、文学史的に評定するとき、物語文学の史的展開の方向を決定づけた「竹取物語」は、「伊勢物語」と相対化して論議しえない意義を荷担する。紫式部が、「物語の祖」(「源氏物語」絵合)と規定したのは、その自覚を反映すると看做してよい。

文学的価値と文学史的価値との相即を、高度の段階で実現したのが、「源氏物語」である。そして、「堤中納言物語」も、また、そうであると認定しなければならない。というより、既成の固定観念から解放されて勘考するならば、文学史的にはともかく、「源氏物語」の文学的価値は、文学史的価値を、混入しあるいは錯覚しているところが、ないではないと思量する。もとより、「源氏物語」の価値を、否認しようとするのではない。けれども、この作品の評価には、伝統的な固定観念の拡大と雷同的な同調心理の作動とを、否定しがたい側面がありそうである。

ところで、「堤中納言物語」では、文学的価値も、また、文学史的価値も、徹底して追究され論議されることがなかった。そのために、平安王朝の物語文学史は、論理的完結体として組織づけることに、分明でないところがある。

平安王朝の物語文学は、「堤中納言物語」によって、その最終的結着を宣告したのである。そこに、「源氏物語」を追随した平安後期の爾他の物語と、本質的な較差がある。物語文学だけでなく、日記文学をも包含して、仮名表記による平安王朝の散文文学を総括し凝結すること、そのことによって、王朝散文文学史の論理的な完結を荷担するのが、「堤中納言物語」であった。もし、この作品の出現がなかったら、第一に、王朝の仮名散文文学史は、個別的には名作に事欠かないとしても、全体的には、作品の散漫な乱舞でしかない。そして、第二に、王朝の仮名物語文学史は、成熟の段階の缺落した、発生―興隆―自壊の過程でしか規定しえなくなる。ということは、日本文学史のうえで、物語文学が、それ自体の自立的充足性を具有するジャンルと、認定しかねることになろう。自立的充足性を具有しないジャンルは、文学史の展開を、直接には荷担しない。文学史の展開を直接に荷担しないジャンルは、究極的に、文学史の展開を直接に荷担するジャンルの形成と発展とに関与するだけの存在でしかない。この事理を例示すれば、歌謡文学史あるいは韻文学史における催馬楽などがそれである。

「堤中納言物語」を除外した物語文学史は、興隆から、一挙に、衰退と崩壊と拡散と滅亡とへの一路を急速に直進することとなる。この作品を看過し無視した中世では、王朝物語の双璧として、「源氏、狭衣」と併称された。「狭衣物語」は、「源氏物語」の亜流作品としては最高の傑作であろう。すなわち、王朝物語は、「源氏物語」において、実質的な成長を終息したということなのであった。

だが、史的現実は、そうでなかった。「堤中納言物語」が出現して、王朝物語を史的に総括したのである。物語文学だけではない。王朝日記をも、王朝物語を総括する体系に摂取して総括している。日記文学が、物語総括に止揚されることによって、「堤中納言物語」は、王朝仮名散文作品の史的総括を、物語形象の具体的実践において、具現した作品であると理解されるのである。

平安王朝の仮名文学は、「堤中納言物語」と「新古今和歌集」とにおいて、その栄光を充足し完結したのである。韻文作品の総括である「新古今集」に対応する、散文作品の総括である「堤中納言」ということになる。そこに、この作品の文学史的な位置と意義とを、確定しうるであろう。

ただ、「堤中納言」の営為は、物語文学による日記文学の止揚であった。日記文学による物語文学の止揚、ひいては、散文文学の総括を具現する作品は、成立することがなかったらしい。

創造の総括　「堤中納言物語」の表現語彙は、それ自体が、王朝文化の総括であるとしなければならない。作品本文の味読で了知しうるように、それは、辞書的意味で使用されているのではなかった。無論、辞書的意味に牴触するわけではない。辞書的意味による理解も、可能である。しかし、それでは作品の表現を理解することにならないのが、「堤中納言物語」の表現なのである。

その理由は、王朝の文化と生活とを、あるいは典拠とし、あるいは背景として、構成され成立していることにある。したがって、典拠なり背景なりとともに理解するのでなければ、表現語彙の理解にはなりえないのである。辞書的意味による理解は、表現素材を知得するにとどまる。典拠や背景の喚起し連想させる映像を具体的に把握することで、表現自体の理解が実現するのである。

実例の提示は、省略する。作品本文の注解で、容易に了知しうるからである。ただ、この分野の研究は、現在のところ、はなはだ十分でない。典拠や背景の発掘は、今後も継続されなければならないし、言語の喚起する表現映像は、さらに豊富となり多彩となるはずである。しかし、将来の研究成果に期待するほかない。

ここにいう総括は、具体的な実践の総括であり、能動的な創造の総括である。整理して踏襲するといった受動的な享受の総括ではなかった。そのことを、表現構成の方法ということで、若干の事例を提示しておこう。この作品が、物語史の結末を荷担する創造であったことを、示唆するにちがいない。

物語文学と日記文学とは、表現対象に相異なるところがあるけれども、ともに、平安王朝の宮廷社会に成立した、仮名文字を基調として表現する散文文学のジャンルである。だが、表現構成では、対比的な方法を採用している。物語は、助動詞「けり」の統括する世界を基軸として構成される。助動詞「けり」の統括しない世界は、助動詞「けり」の統括する世界に、包摂されるか挿入されるかが原則となっている。しかるに、日記は、助動詞「けり」の統括しない世界を基軸として構成される。助動詞「けり」の統括する世界は、助動詞「けり」の統括しない世界に、包摂されるか挿入されるかが原則である。そして、この原則は、「竹取物語」と「土左日記」との当初から確立し、以後の作品構成が継承していった方法である。「蜻蛉日記」がそうだし、「源氏物語」も、また、基本的にそうであった。

また、日記では、日記全編を総括する冒頭序文が、作品頭初に位置する。「土左日記」でも「蜻蛉日記」でも、そうであった。けれども、物語には、そのことがない。

さらに、冒頭序文の缺落する日記では、特別の冒頭規定をしないで日記世界を記述する。「紫式部日記」も「和泉式部日記」も、そうであった。しかるに、冒頭序文が不在である物語は、特別の冒頭規定をして物語世界を起筆する。「むかし」(「伊勢物語」)、「いまはむかし」(「竹取物語」)、「いづれの御ときにか」(「源氏物語」)などが、物語の冒頭規定である。

すなわち、助辞規定と冒頭序文と冒頭規定との三項は、物語と日記とを区別する表現構成の徴表であった。そして、この徴表三項は、平安中期まで、作品構成を基礎づける方法として維持されていた。「源氏物語」を構成する各編のなかには、冒頭を、序文と印象づけられる文章で起稿するものがある。けれども、それに、後続全編を総括する日記の冒頭序文と、基本的かつ本質的な格差がある。それは、後続表現を誘導するにすぎない。形態的には冒頭序文に類似するけれども、機能的には、導入前文ということになる。これを、冒頭導入とし、冒頭序文と区別しなければならない。「帚木」冒頭の表現が、その一例であるが、文章構成の論理で規定すれば、冒頭に位置する挿入表現となる。

ところが、「堤中納言物語」では、物語と日記との表現構成を区別する三項の徴表を交錯して物語表現を構成する方法が採用されている。伝統的な物語構成の方法を継承して物語を構成するとともに、伝統的な日記構成の方法を摂取して物語を構成する。そして、物語的構成による物語と日記的構成による物語との複合による統合構成を、「堤中納言物語」という一編の作品の形象によって具現した。作品作者の創造的総括の一例を、看取し認定しなければならない。

一例とするのは、作品作者の創造的総括の具体的実践が、構成各編の構成方法に限定されないからである。語彙や構文や文章や、さらには、文体や映像やなど、その創造的総括の具現は、各種の領域を網羅するといってよい。ただ、いまは、説明の余裕がない。構成各編の表現構成に限定して、若干の事例を提示するにとどめる。「このついで」や「花桜折る少将」は、冒頭規定も冒頭序文もが存在しない作品である。この構成方法は、それ以外にもある。「よしなしごと」や「虫愛づる姫君」には、冒頭序文がある。「はいずみ」や「思はぬ方にとまりする少将」は、助動詞「けり」の統括で構成されたけれども、「花桜折る少将」ではそうでない。——といったふうに、物語と日記との徴表三項の交織ともいえる構成方法が、駆使されているのである。

独創の方法　「堤中納言物語」の作者が発揮したのは、仮名文学の伝統からの継承を脚色 arrange することではなかった。仮名文学だけでなく、それ以外の所産をも吸収し消化して物語形象の養分とする、積極的な姿勢があった。「雲州往来」など、漢字表記の往来物の盛行を背景にして、この作者は、書簡文体による物語形象を実践する。「よしなしごと」が、それである。

作者の創造意欲は、さらに展開する。「このついで」では、本邦最初の、オムニバス omnibus の物語を創作する。しかも、物語は、一文に引用される会話表現として構成されている。体験の記録は、元来が、日記文学の領域であった。それを、物語文学として形象し、しかも、一文にすることは、前人未踏というほかない。さらに、会話形式の物語叙述も、前例がなかろう。オムニバスの構成も、作者の創始ではあるまいか。説話集も、一種のオムニバスと看做しうるけれども、集合であって、統合ではない。オムニバスといえば、「堤中納言物語」の全体が、一編のオムニバスとして構成されている。作品全体の作者と構成各編の作者とが別個の人物であるとしても、両者は、異質の人間ではない。

散文文学でナンセンス nonsense の作品を形成したのも、「堤中納言物語」を嚆矢とする。韻文表現では、「万葉集」に、「我が背子がたふさきにするつぶれ石の吉野の山に氷魚(ひを)そさがれる」(十六・三八三九。安倍子祖父)といった詠作がある。作者は、舎人親王から、銭と帛(きぬ)とを下賜されたという。卑猥な映像を喚起する艶笑遊戯の作品である。だが、こうした傾向の作品は、文学の分野に定着することがなかった。高度の教養と趣味の洗練と即妙の機智と不軌の余裕との融合を基盤として成立するはずのナンセンス表現が、発生しがたい文学的風土であるらしい。それを、「よしなしごと」は、散文作品として具現したのである。

ところで、「はいずみ」の素材は、類型的な伝承説話である。二人妻説話であって、「今昔物語集」(三十・一一話)など、説話集に採録されている。また、物語類の素材にもなって、「伊勢物語」(第二三段)や「大和物語」(第一五七段/第一五八段)などの素材になっている。事新しい素材ではない。とすれば、「はいずみ」の特質は、奈辺に存在するのであるか。

物語の世界を、助動詞「けり」で統括することでも、在来の方法を採用した物語の構成である。いわば、陳腐な材料を陳腐な方法で構成した作品である。だが、作者は、陳腐な内容と形態とのなかに斬新な方法を対置する効果を、巧妙に企図し賢明に計測している。まず、作者は、古妻の「あはれ」

と新妻の「をかし」とを、徹底化して設定する。その徹底性は、類同の「伊勢物語」(第二三段)と比較すれば明白であろう。そこでは、相手中心の愛と自分中心の愛との対比は区別されている。しかし、大和の古妻は「あはれ」である、が、河内の新妻も「あはれ」でないこともない。つまり、対照的対比が明確でない。けれども、「はいずみ」では、両者の設定が徹底している。短編の骨法を心得た作者であろう。そこで、この作品の物語の世界は、古妻の「あはれ」と新妻の「をかし」との対極的緊張の力学関係によって構成されている。

対極的緊張の均衡を表現構成の方法とすることは、構文技巧には、事珍しくない。対偶構成の構文がそれである。そして、対偶構文は、仮名文章でも採用されている。もっとも、「よしなしごと」のように、全編の大半が対偶構成の表現であるといった事例は聞知しない。そこにも、「よしなしごと」の特性を指摘しうるが、この作品は、構文的対偶を、極限的に発揮したといえそうである。

そこにも、戯文の側面を露呈しているわけだが、その背後には、好尚といった風潮を想察させる。「はいずみ」の作者は、その原理と方法とを、作品構成の原理と方法とに、拡大して適用したのであった。これも、作者の開拓した独創のひとつといえよう。

時間の推移を基軸として成立する二項の事件を素材として、対比関係の緊張力学で統合する構成を成立させる、――これは、時間の空間化である。空間の視座で時間を規定する立場といえよう。その立場から、「はいずみ」の作者は、陳腐な素材を、陳腐な形式の斬新な方法で、一編の物語を構成したのである。

時間的素材の空間的規定は、短編小説を基礎づける条件である。「はいずみ」を事例としたが、程度に若干の格差があるとしても、これは、「堤中納言物語」を構成する各編に、共通する作者の立場である。したがって、それは、「堤中納言物語」という作品の作者の立場でもある。
こうした短編の立場を、最初に定立して実行したのは、清少納言であった。自己体験の時間的素材は、空間的規定による表現対象として、「枕草子」に定着している。しかしながら、その構成は、集合であった。章段相互の関連による全体としての構成は認定しうるけれども、各段が全体の作品主題に集約される統合を、実現しているわけではない。「枕草子」が「をかし」の文学であるとする一般通念を肯定するとしても、それは、「枕草子」の作品主題が「をかし」であるということではない。清少納言の「をかし」は、むしろ、表現の素材であった。

作者と書名　「堤中納言物語」の作品主題は、相対的存在としての「あはれ」と「をかし」とである。この作者には、「あはれ」は「あはれ」だけ、あるいは、「をかし」は「をかし」だけということがない。「あはれ」は、「をかし」と対置して「あはれ」であり、また、「をかし」は、「あはれ」と対置して「をかし」である。

この「あはれ」と「をかし」との対置は、「はいずみ」のように、水平的な対比的対置として設定されることがある。「よしなしごと」では、垂直的な潜顕的対置とでも仮称すべきであろうか。表層に「をかし」が充満するけれども、裏面には、「あはれ」が揺曳している。小島評論で、文字で表現されない師僧の嫉妬を指摘しえた所以である。――と、いまは、例示するだけにとどめる。こういった各種の対置が、各編に設定されている。

そこで、論証の資料は事例だけで省略するけれども、「堤中納言物語」にある作品は、共通の作品主題によって統合され、「堤中納言物語」という作品を構成すると、認定し理解しうる。

ただ、現在の段階では、構成各編の配列順序を決定的に確定しがたい。したがって、各編相互の連接関係を治定しえない事情にある。作品構成の全体的な解明は、後日の課題としなければならない。

しかしながら、構成各編の統合として作品全体を規定しうるとすれば、各編の作者と全体の作者とが、同質人間すなわち同一人格であることは、承認して支障があるまい。ただし、それが同一人物であることの保証は、まったく存在しないのである。

とはいえ、同一人物である可能性が、絶対にないというわけではない。構成各編の多様性は、作者個性の多様性というよりは、表現構成の多様性である。一人の人物の営為として、容易でないとしても、不可能ではあるまい。鎌倉初期に生存し、平安王朝を生活した人物で、そのような才能を発揮しえた人物が、存在しなかったとは、断言しえないであろう。

無論、同一人物でなければならないことはない。ただ、同一人物でもありうるということである。そして、平安末期から鎌倉初期の年代には、そのような営為を荷担する貴族階級の才人が存在したと想像することは、かならずしも、無稽ではない。教養ある貴族は、各種の文章で表現しうる知識と技能とを具有していたからである。書簡ひとつにしても、仮名書状と漢字書状と、複数の異質文体を分別して駆使しえた。日常的な表現行動だけではない。藤原定家（一一六二―一二四一）は、その「松浦宮物語」において、変遷した過去の歌風を反映する和歌を、多様に詠作している。

作者の人名が不明ということは、作品の価値には関係がない。かえって、作者である人物から独立した作品であるから、作品自体を、純粋に享受しうるであろう。「堤中納言物語」は、現代の読者に、贈主不明で配達された洲浜である。「かひあはせ」の少女たちに同調して、「観音経」という「ほとけ」の「たまひつる」と把握してよいのではあるまいか。「まことかはとよ。おそろしきまでこそ、おぼゆれ」と、感銘ぶかく享受してよい、希有の作品のひとつといえよう。

ところで、この作品の題号である「堤中納言物語」の由来し意味するところは、これも、まったく不明である。伝来の諸本には、「堤中納言物語」のほか、「堤中納言」とだけ標題するものがある。ほかに、「堤ものがたり」がある。「堤」は、「堤中納言」の略称か否か。それ以外に、「兼輔中納言物語」の異称もあったらしい。「堤中納言」と呼称された藤原兼輔が、実在したことに由来するのであろう。兼輔を作者と想定する所見も、兼輔の事跡と推断する意見もあった。さらには、兼輔の来歴との混同とする見解も、提起されている。そのほかに、兼輔との関連を否定する提案もあるけれども、ともに、客観的な論拠に立脚する立論ではない。学問的な判定では、不明とするのが正確である。だとすれば、諸説を列挙しても意味がなかろう。専門的な興味があれば、諸家の見解を整理して類別した、土岐武治の「堤中納言物語の研究」(風間書房。昭和四二年一月)が参考になる。

虚実を交錯する「よしなしごと」を収載する作品である。客観的な根拠の皆無な、無稽の空想を披露しても、作品作者は、苦笑して許容するのではあるまいか。

そこで、「つつみ」とは、秘匿を意味する。「つつみかくし」の「つつみ」である。何が「つつみ」なのか。「中納言」がそれである。「中納言」とは、誰であるか。それは、「源氏物語」の光君である。官歴のうえで、光君も、中納言または権中納言を経験したはずであるのに、「源氏物語」には、中納言光君の行状が缺落している。すなわち、秘匿された中納言光君の行状ということである。換言すれば、「源氏物語」に記載されるべくして記載されなかった「源氏物語」である。秘匿の行状だから、光君は、光君としては登場しない。しかし、この作品は、中納言光君とその周辺との行状を暴露する。内容が内容なだけに、過去に実在した堤中納言藤原兼輔に仮託する題号としたのである。同音の掛詞技法による韜晦であった。――と、「よしなしごと」で擱筆するのは、流布本系統の構成であった。

助辞規定と文脈整序

前段と後段　堤中納言に所収の「このついで」は、三者三様の見聞を、オムニバス omnibus 形式で構成する短篇物語である。

この作品は、文章構成の観点から、前後二段に区分することが、可能であろう。すなわち、前段は、場面の設定を意図して構成された段落である。そして、後段は、見聞の記述を意図して構成された段落である。前段にいう場面とは、見聞を物語る場面をいう。後段に展開する諸者見聞の逸話三項が表現として成立する場面の状況を記述する。後段では、三人の話者によって、三様の見聞が、口頭談話の形式で物語られるという配置構成になっている。

さて、前段は、三文を列挙して構成されている。第一文から第三文までが、それである。

〔第一文〕　春のものとてながめさせ給ふ昼つかた、台盤所なる人人、「宰相の中将こそ、参り給ふなれ。例の御にほひ、いとしるく。」などいふほどに、つい居給ひて、「よべより殿に候ひしほどに、やがて御使になむ。東の対の紅梅の下に、うづませ給ひし薫物、今日の徒然に、試みさせ給ふとてなむ。」とて、えならぬ枝に、白かねの壺二つ附け給へ**り**。

〔第二文〕　中納言の君は、御帳の内に参らせ給ひて、御火取あまたして、若き人に、やがて試みさせ給ひて、少しさしのぞかせ給ひて、御帳の側の御座にかたはら臥させ給へ**り**。

〔第三文〕　紅梅の織物の御衣に、たたなはりたる御髪の、裾ばかり見えたるに、これかれ、そこはかとなき物語、忍びやかにして、暫し候ひ給ふ。

また、後段は、一文で統括して構成されている。これを第四文とする。

〔第四文〕　中将の君、「この御火取のついでに、あはれと思ひて人の語りし事こそ、思ひ出でられ侍れ。」との給へば、おとなだつ宰相の君、「何事にか侍らむ。徒然に思しめされて侍るに、申させ給へ。」とそそのかせば、「さらば。つい給はむとすや。」とて、「ある君達に、（見聞第一）いみじく笑ひまぎらはしてこそ止みに**しか**。いづら、今は。中納言の君。」との給へば、「あいなき事のついでをも、聞えさせてけるかな。あはれ、只今の事は、聞えさせ侍りなむかし。」とて、「去年の秋のころばかりに、（見聞第二）つつましくてこそ止み侍り**しか**。」と言へば、「いと、さしも過ぐし給はざりけむとこそ、おぼゆれ。さても、実ならば、口惜しき御物つつみなりや。いづら、少将の君。」との給へば、「さかしう物も聞えざりつるを。」と言ひながら、「祖母なる人の、（見聞第三）をかしかりしを見**し**にこそ、くやしうなりて。」などいふほどに、うへ渡らせ給ふ御気色なれば、まぎれて少将の君も隠れにけり**とぞ**。

すなわち、この作品は、その全体を四文で構成するのである。

ところで、第四文の末尾すなわち作品全体の末尾は、助辞「とぞ」で表現されている。文章末尾を、格助詞「と」と係助詞とで終結する形式は、堤中納言では、「見ゐたまへりとや」（かひあはせ）と「思しけるとかや」（程ほどの懸想）とが、その類例になろう。もっとも、その先例は、年代を溯及して指摘しうる。資料一は、その実例である。

〔資料一〕　のこりはつれ〳〵にあるべし**とぞ**。（「宇津保物語」国譲上）／あはれにおぼさると**ぞ**。（「源氏物語」帚木）／思ひ出でてなん聞ゆべき**とぞ**。（「源氏物語」蓬生）／すこし思ひまぎれけむ**とぞ**。(「源氏物語」薄雲)／かたぶきつつ見給へる**とぞ**。(「源氏物語」梅枝)／つつましく思しけり**とぞ**。(「源氏物語」横笛)／御八講などおこなはせ給ふ**とぞ**。(「源氏物語」鈴虫)／いひやる方なく**とぞ**。(「源氏物語」夕霧)／二なうおぼし設けて**とぞ**。(「源氏物語」幻)／侍従なむ伝へける**とぞ**。(「源氏物語」東屋)／落し置き給へりしならひに**とぞ**。(「源氏物語」夢浮橋)／言ひ伝へたる**となむ**。(「源氏物語」桐壺)／臥し給へり**となむ**。(「源氏物語」浮舟)／憂かりける**とや**。(「源氏物語」朝顔)／きこえ給ふ**とや**。(「源氏物語」野分)／定め聞え給ひけり**とや**。(「源氏物語」藤袴)／はしたなかめり**とや**。(「源氏物語」真木柱)／我ならでは、又誰かはとおぼす**とや**。(「源氏物語」総角)／例の、ひとりごち給ふ**とかや**。(「源氏物語」蜻蛉)

［資料二］　その煙、いまだ雲のなかへたち上る**とぞ**言ひ伝へたる。(「竹取物語」)／然バ放生ハ心有ラム人ノ専可行キ事也**トゾナム**語リ伝ヘタルトヤ。(「今昔物語集」巻第二十。摂津国殺牛人、依放生力従冥途還語第十五)

全篇の構成　そして、資料二を参酌すれば、資料一の形式は、資料二の形式を省略した形式であろう。とすれば、資料一の形式は、資料二の形式とともに、文章素材が、伝承聞書であると規定する文章終結の形式であると、認定しうるはずである。

ただ、資料二の文章構成では、伝承聞書であると規定される部分の表現と、伝承聞書であると規定する部分の表現とが、相互に分離し独立する別文で表現されている（注一）。しかるに、資料一の文章構成では、伝承聞書であると規定する部分の表現が、伝承聞書であると規定される部分の表現を、直接に統括し包摂する同文で表現されるのであった。そして、伝承聞書であると規定する部分の表現は、省略され、その具体性が缺落している。

すなわち、竹取物語や今昔物語の作品構成は、伝承内容の世界と作品作者の世界とを、相互に分離し独立する世界として設定し、前者の記述を後者が総括する構成と認定しうるのである。けれども、堤中納言や資料一は、伝承内容の世界と作品作者の世界とを、相互に分離し独立する世界として設定し、前者の記述を後者が総括する構成を採用しない。ただ、作品末尾の助辞規定によって、作品内容が伝承聞書であることを規定表現するだけである。

だとすれば、作品末尾に位置する助辞規定「とや」「とかや」「とぞ」「となむ」は、形態的には、作品末尾の一文を構成する部分であるけれども、機能的には、作品全体の統括を荷担する表現であると看做さなければならない。これらの助辞規定を、作品終結の徴憑とする文章構成は、作品世界を総括されるものとして提示し、しかも、作品世界の総括を具体的に規定しない構成方法であるといえよう。

そこで、堤中納言「このついで」の作品構成は、基本的に、竹取物語の構成類型を継承するといってよい。物語の世界と作者の世界とを分離して設定することを前提にしている。ただ、物語の世界は、言語表現として定着したけれども、物語の世界を総括する作者の世界は、言語表現として定着しない。――そういった作品構成である。言語表現として定着しない事実は、物語の世界の総括する作者の世界が、存在しないということではない。それは、作品末尾の助辞規定「とぞ」によって、明確に示唆されるところである。すなわち、作品全体を総括する作者の世界は、表現が省略されているのであって、表現が存在しないのではない。物語の世界に対応する作者の世界は、作品構成において、顕在的に規定されていないだけである。それは、缺項でもなければ、また、缺落でもない。

竹取物語の作品構成は、物語の世界と作者の世界との二元的対立による緊張均衡に基礎づけられ

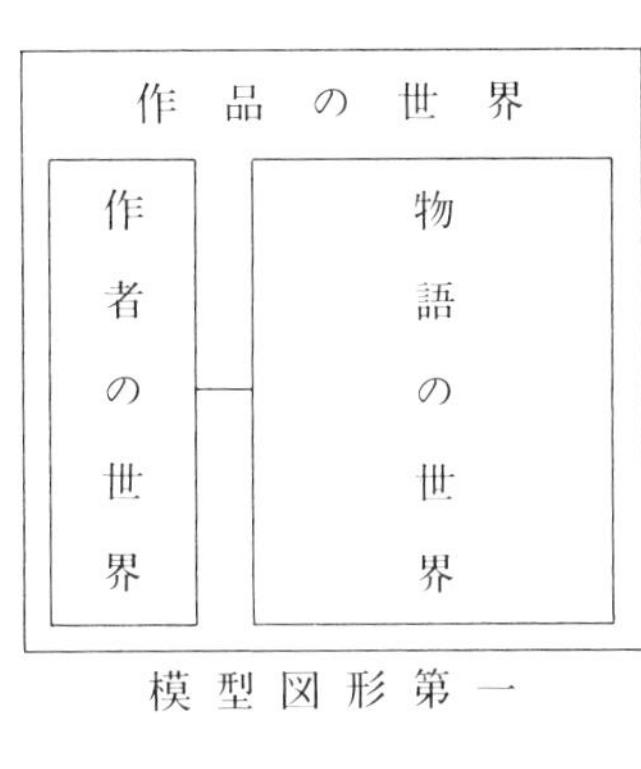

模型図形第一

作品の世界
作者の世界
助辞規定
物語の世界

模型図形第二

て、その統一性を実現するものであった。この方法原理は、模型図形第一で図示することが可能であろう。だが、「このついで」の作品構成は、模型図形第二で図示するのが適切である。すなわち、物語の世界が、顕示されない作者の世界に一元的包摂される構成機構で形成されて、その統一性を実現する。

そこで、作品末尾の助辞規定「とぞ」は、物語の世界に外在する。物語の世界に外在して、物語の世界と作者の世界との包摂関係を実現するための媒介表現であるといえよう。

とすれば、物語の世界は、「少将の君も隠れにけり」で完結しかつ終結することになる。換言すれば、第四文に表現形成された物語の世界は、助動詞「けり」によって完結し終結するのである。三者三様の見聞記述は、助動詞「けり」の統括する世界として形成されているということである。

ところで、前段三文のうち、第一文と第二文とは、助動詞「り」で、一文が終結する。すなわち、助動詞「り」の統括する世界である。もっとも、この二文は、物語の世界に所属するから、助動詞「けり」の統括する世界における助動詞「り」の統括する世界でなければならない。そして、第四文の末尾が「にけり」であることを勘案すれば、物語の世界としての前段と後段とは、助動詞「けり」の統括する世界における、助動詞「り」の統括する前段と、助動詞「ぬ」の統括する後段との関係ということになろう。

ただ、第三文には、助動詞による統括が存在しない。しかし、この事実は、反証となりえないのである。第一文は、宰相中将の行動を叙述し、第二文は、天皇后妃の行動を叙述する。そして、第三文は、第一文と第二文とによって成立した中将と后妃との対座を囲繞する状況描写である。すなわち、前者は、後者の設定した事柄の様態を、前者が補足するにすぎない。第三文は、前置段落を対象とする挿入段落と看做しうるからである。

構成の基本　だから、堤中納言の「このついで」は、助動詞「り」の統括する状況設定の前段と、助動詞「ぬ」の統括する見聞記述の後段とが、助動詞「けり」の統括する物語世界として統一的に構成され、作者世界と分離して位置づけられていると認定しうる。この構成を図示して模型図形第三とする。

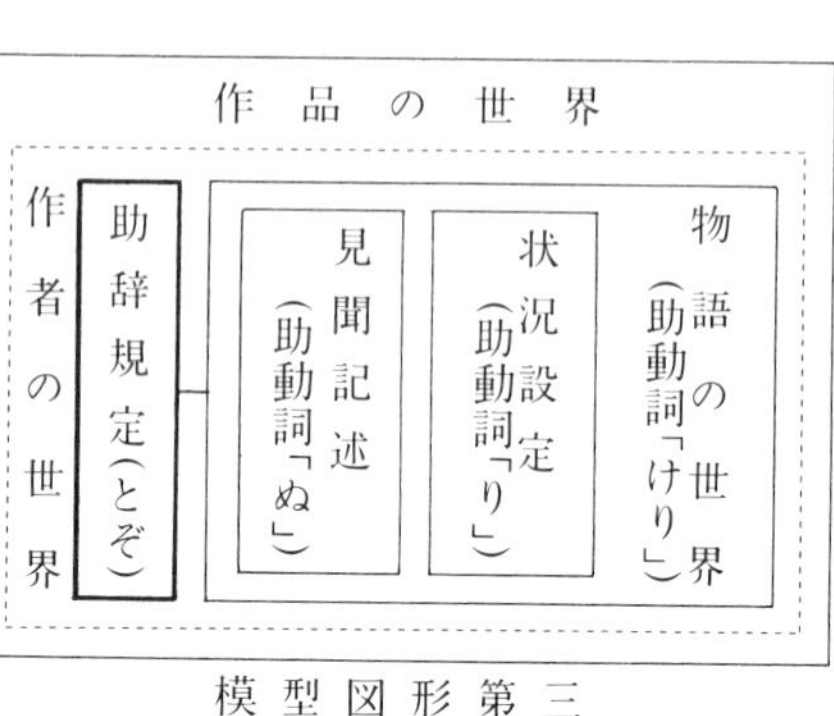

模型図形第三

ところで、見聞記述の後段を、一文構成と認定することに疑義があるかもしれない。諸家の句読によれば、一文構成と看做さない見解も存在する。だが、形態的観点から一文構成を否定するのに十分な論拠は指摘しがたい。

いま、会話表現と看做しうる部分の具体的記述を省略して、後段全文を抽出すれば、資料三のようになるであろう。

〔資料三〕　中将の君、「(会話表現一)」との給へば、おとなだつ宰相の君、「(会話表現二)」とそそのかせば、「(会話表現三)」とて、「(会話表現四)」との給へば、「(会話表現五)」とて、「(会話表現六)」と言へば、「(会話表現七)」との給へば、「(会話表現八)」と言ひながら、「(会話表現九)」などいふほどに、うへ渡らせ給ふ御気色なれば、まぎれて、少将の君も隠れにけりとぞ。

ここで、会話表現一と会話表現三と会話表現四と会話表現七との話者は、中将の君である。会話表現二の話者は宰相の君であり、会話表現五と会話表現六との話者は、中納言の君である。そして、会話表現八と会話表現九との話者は、少将の君ということになる。

中将の君について、宰相中将と認定するものと、後宮女房と看做すものとがある。だが、前段で宰相中将と天皇后妃とが敬語表現の対象となり、後段で中将の君と天皇（うへ）とが敬語表現の対象となって、宰相の君と中納言の君と少将の君とは、敬語表現の対象とならない。そして、女房（「台盤所なる人人」）が、敬語表現の対象とならないのは、前段にも共通するところである。したがって、後段の中将の君は、前段の宰相中将と同一人物と看做すのが穏当であろう。すなわち、男性の宰相中将が、見聞の表現を発起し実践し誘導する。そういった文脈で後段が展開するのである。だが、後段末尾は、「うへ渡らせ給ふ御気色なれば、まぎれて、少将の君も隠れにけり」という後宮の状況で完結する。

前段が、宰相中将と後宮后妃との行動によって構成される後宮描写なら、後段は、天皇渡御と少将退出との行動によって構成される後宮描写であるといえようか。前者が「春のものとてながめさせ給ふ昼つかた……ほどに」という時空設定の行動であるのに対峙して、後者は、「中将の君……などいふほどに」という時空設定の行動である。そして、前者は、助動詞「り」の世界として統括され、後者は、助動詞「ぬ」の世界として統括される。さらに、前後両者は、助動詞「けり」の世界として統括されるのである。

こういった考察に立脚すれば、この作品の骨骼構成は、極度に単純であり、かつ、整然たるものがあるといわなければなるまい。

要約すれば、前段および後段の基本構成は、「甲ノほどに、乙ガ、丙スル。」という構成なのである。とすれば、これは、伊勢物語第一段の冒頭一文と同軌の構成である。すなわち、「昔、男、初冠して、平城の京、春日の里にしるよしして、狩に往にけり。」において、「昔」が甲に相当し、「男」が乙に相当し、爾後の表現が丙に相当する。

だとすれば、堤中納言「このついで」は、勢語第一段の冒頭一文を拡張し増幅した前後二段によって、作品構成の骨骼形成を、その基幹とする作品構成であると認定しうる。

ここにいう勢語第一段は、事例である。伊勢物語は、在来の「むかし、何某ガアリ（存在）。」という冒頭表現を踏襲するとともに、「むかし、何某ガスル（行動）。」という冒頭表現を創始した（注二）。堤中納言「このついで」は、勢語冒頭の創造原理を、作品構成の基本原理に発展させたといえるであろう。

ところで、見聞第一は、会話表現第四の部分として表現される。そして、会話表現第四は、会話表現第三に誘導されて成立する。また、見聞第二は、会話表現第六として成立する。そして、会話表現第六は、会話表現第五に誘導されて成立する。さらに、見聞第三は、会話表現第九の部分として表現される。そして、会話表現第九は、会話表現第八に誘導されて成立する。

こういった形式主義的な秩序志向が、その基本構成を基礎づける構成原理として作用しているのである。ただ、見聞記述が、会話表現の全体であったり部分であったりすることで、表現構成の画一的単調を回避しようとする配慮が、そこには察知されるのである。

助辞の統括　堤中納言の「このついで」の後段は、三者三様の見聞三項を、一文構成で形成する短編物語である。諸者見聞の逸話三項は、一文に引用される口頭談話の形式で展開するという配置構成になっている。そして、見聞三項は、会話表現で披露されることで共通する。しかし、見聞第一が、他者の見聞すなわち間接的見聞を伝達するのに相対して、見聞第二は、自己の見聞すなわち直接的見聞を対象とする。さらに、見聞第三は、参加の見聞すなわち体験的見聞の世界である。そこに、三者三様の特性がある。

さて、見聞第一は、宰相中将を話者として成立する。そこでは、助動詞「き」と助動詞「けり」との混同を指摘する見解がある（注三）。

〔見聞第一〕　あるきんたちにしのひてかよふ人や有**けん**いとうつくしきちごさへいできに**けれ**はあはれとはおもひきこえなからきびしきかたつかたやあり**けん**たえまかちにてあるほとにおもひわすれすいみしうしたふかうつくしうてとき〳〵はある所にわたしなとするをもいなともいはてあり**し**をほとへてたちよりたり**しか**はいとさひしけにてめつらしうやおもひ**けん**かきなてつゝ見ゐたり**し**をえたちとまらぬ事ありていつるをならひに**けれ**はれいのいたうしたうかあはれにおほしてしはしたちとまりてさらはいさよとてかきいたきていて**ける**をいと心くるしけにみをくりてまへなるひとりをてまさくりにして／こたにかくあくかれいてはたきもの丶ひとりやいと丶おもひこかれむ／としのひやかにいふをひやうふのうしろにてき丶ていみしうあはれにおほえ**けれ**

はちこも返してそのまゝになんゐられに**し**

助動詞の統括という観点からすれば、見聞第一には、助動詞「き」と助動詞「けり」と助動詞「けむ」との交錯がある。だが形態的な交錯が、実質的な混用と認定しうることになるかどうか、——吟味を必要とするところであろう。

そこで、助動詞「けむ」の統括する表現の部分を抽出して、資料一から資料三までとする。また、助動詞「けり」の統括する表現の部分を抽出して、資料四から資料六までとする。

〔資料一〕　忍びて通ふ人やあり**けむ**。

〔資料二〕　きびしき片つ方やあり**けむ**。

〔資料三〕　めづらしくや思ひ**けむ**。

〔資料四〕　いとうつくしき児さへ出できに**けれ**ば、

〔資料五〕　ならひに**けれ**ば、例のいたう慕ふがあはれにおぼえて、暫し立ちとまりて、「さらば、いざよ」とて、かき抱きて出で**ける**を、

〔資料六〕　いみじうあはれにおぼえ**けれ**ば、

見聞第一から、資料一から資料六までを削除したのが、資料七である。削除の部分を、ダッシュの記号で表示する。

〔資料七〕　ある君達に——〈資料一〉——〈資料四〉——、あはれとは思ひ聞えながら——〈資料二〉——絶え間がちにてあるほどに、思ひも忘れずいみじう慕ふが、うつくしうて、時どきは、ある所に渡しなどするをも、「いな」なども言はであり**し**を、ほど経て立ち寄りたり**しか**ば、いとさびしげにて——〈資料三〉——、かき撫でつつ見居たり**し**を、え立ちとまらぬ事ありて出

づるを――〈資料五〉――、いと心苦しげに見送りて、前なる火取を手まさぐりにして、／子だにかくあくがれ出では薫物のひとりやいとど思ひこがれむ／と忍びやかにいふを、屏風の後にて聞きて――〈資料六〉――、児もかへして、そのままになむゐられにし。

資料一から資料七までを比較すると、資料七以外と資料七自体とには、表現素材の性質に格差があることを指摘しうる。すなわち見聞第一として形象された表現素材のうち、客観的事態の推移として物語られる部分は、資料七で充足しているのである。そして、資料一から資料六までは、資料七に表現される、部分の補足であったり、文脈の補強であったりするにすぎない。それは、いわば主観的解説の補足として挿入された部分である。

とすれば、助動詞の混用と印象づけられる見聞第一の表現は、対象規定の次元が相異なる素材の交織によって成立する文章表現であると看做さなければなるまい。表現主体は、統括する助動詞を交替させることによって、そういった対象規定を、顕在的な徴証としたのである。

それは、混用ではない。混乱でもない。整然たる表現秩序の体系が、そこには、確実に反映すると認定してよいのである。さらに、その事理を、具体的に分析して考察することにしよう。

文脈と助辞　資料一は、資料四に表現する幼児出生の事由を推量する表現である。すなわち、後続語句を解説する挿入表現と看做しうる。したがって、資料一の末尾は、文末終止の形態であるけれども、挿入表現としての文末終止であって、「ある君達に」で起筆される次元で成立する文末終止ではない。

資料二は、資料七に表現する「絶え間がちにてある」という客観的事態の生起する事由を、推量する表現である。すなわち、これも、後続語句を解説する挿入表現といえよう。そして、文末終止の末尾形態が挿入表現としての文末終止であって、資料七として措定される客観事態の物語世界で成立する文末終止でないことは、資料一と同趣である。

資料三は、資料七に表現する、幼児の「かき撫でつつ見居たりし」行為の事由を推量する表現である。その文末終止が、挿入表現としての一文終結を顕示するものでしかないことは、資料一および資料二と同類といえよう。

助動詞「けむ」で統括し終結する三文は、いずれも、一文として、自立し完結し独立する。すなわち、一文認定の必要かつ十分な条件を具有すると看做してよい。しかしながら、資料七の成立する次元で勘案すれば、それ自体で自立し完結するけれども、資料七の次元で成立する表現に関与することで、それ自体の独立と終結とに、欠格するところがあるといわなくてはなるまい。

換言すれば、資料一と資料二と資料三との存在は、資料七の表現構成における連続性を、毀傷し阻碍することがないのである。三者の介在にもかかわらず、三者の介在を超越して、資料七すなわち助動詞「き」の統括する物語世界は、連続的に形成され展開する。

助動詞「けり」の統括する資料四は、一文認定の形態的条件を具有しない。すなわち、資料七に所属する表現に従属する構文成分である。「あはれとは思ひ聞えながら」と、承接関係を構成する従属成分である。

だが、「あはれとは思ひ聞え」とは、登場男性の行動を記述する表現である。そして、資料四の「いとうつくしき児さへ出で来にければ」は、男性の行動を理由づける表現である。前者は、客観的な事柄の記述表現であるけれども、後者は、主観的な理由の説明表現であるといえよう。

助詞「さへ」によって、幼児の出現を添加し、見聞話者の理解する事情を、理由として表現したものと看做される。

見聞第一は、「あはれと思ひて人の語りし事」を宰相中将が伝達する構成形式だが、この、「あはれと思ひて」「語りし」人物を、第一次見聞話者としよう。とすれば、宰相中将は、第二次見聞話者ということになる。すなわち、「あはれとは思ひ聞え」は、第一次見聞話者による客観的記述であり、「いとうつくしき児さへ出で来にければ」は、第一次見聞話者による主観的説明である。表現両者は、成立の次元に差異があると看做さなければならない。

だとすれば、資料四は、形態論的な構文関係からすれば、資料七に所属する表現に従属する構文成分として、資料七の一部と認定することも可能である。けれども、表現成立の次元を基準として、表現論的な構文関係を追求するとき、資料四は、資料七に挿入された表現として、実質的には、資料七から除外されるべきものである。

そこで、資料四は、「ある君達に——あはれとは思ひ聞えながら、」という文脈の展開に、相異なる次元から説明を補足する表現として、その中間に挿入された表現であると理解する。

同様の構文原理は、資料五にも資料六にも作用している。「え立ちとまらぬ事ありて出づるを——いと心苦しげに見送りて」（資料七）という文脈の展開に、具体的な状況を説明するのが、資料五であるといえよう。また、資料六は、「屏風の後にて聞きて——児もかへして、そのままになむゐられにし。」（資料七）という文脈の展開に、具体的な事情を説明する表現である。ともに、資料七に挿入された表現である。

見聞第一から、挿入表現と認定しうる資料一から資料六までを削除した資料七は、助動詞「き」の統括する表現ということで、統一性を保持している。

しかも、資料七は、それ自体が、破綻のない一文として構成されているのである。すなわち、見聞第一は、一文構成による文章表現として成立した。そして、見聞第一の一文構成は、助動詞「き」の統括する世界として形成されたということである。さらにいえば、この原理を方法とする作者の実践には、徹底した一貫性が看取される。助動詞「けり」と助動詞「けむ」との混在は、表現の混乱ではなかった。表現素材の対象規定に、論理的な秩序を賦与した成果の交織といえよう。

素材の規定　ところで、作品本文によれば、資料七は助詞「と」で統括される。すなわち、見聞第一は、第一次見聞話者によって、助動詞「き」の統括する世界として形成された。第二次見聞話者である宰相中将は、それを引用して伝達するという形式の構成である。すなわち、見聞第一は、第一次話者と第二次話者との二重主体によって成立する表現行動である。

とすれば、そこに成立する挿入表現は、第一次話者の営為とも看做しうるし、また、第二次話者の操作とも想定しうるであろう。両者の弁別を方法論的に決定づけることは、困難である。文学的な憶測を措定することは、可能であり、容易であろうけれども、しばらく保留したい。

ただ、六条の挿入表現が、第二次聴者である後宮女性には、必要もしくは有効と、第二次話者である宰相中将に判定された。だから、作品本文に定着したのである。すなわち、見聞第一は、その表現本文を、第二次話者である宰相中将によって決定し定着された表現であった。したがって、構造論的な観点から規定すれば、後宮女性を聴者とする見聞第一の挿入表現は、話者である宰相中将によって成立したといえよう。

宰相中将は、第二次話者であるけれども、第一次話者に対応する第一次聴者でもあったことにおいて、第一次伝達を素材とする表現主体である。宰相中将による第二次伝達は、形態的に、第一次話者による第一次伝達と完全に一致するとしても、実質的に、第一次伝達と等同であることはない。したがって、六条の挿入表現が、第一次話者の営為であったとしても、それが保存された事実において、第二次話者の操作であったと認定しなければなるまい。

なお、ここで、助動詞「き」の統括する世界を客観的な事柄とし、助動詞「けり」の統括する世界を主観的な説明としたことについて、若干の説明を補足しておく。この認定は、助動詞「き」が客観的な世界を表現するということではない。そして、助動詞「けり」が主観的な世界を表現するということではない。助動詞の表現性を、規定して認定したのではないのである。助動詞の統括対象とする世界が、表現主体に外在して成立するときに、客観的な世界を呼称した。そして、助動詞の統括対象とする世界が、表現主体に内在して成立するときに、主観的な世界と規定したのである。

だから、助動詞の統括する表現素材が、表現主体に外在する客観的な事物であっても、その事物を表現対象として規定するときに、表現主体に内在して成立する主観的な世界とすることもありうる。すなわち、客観素材の主観規定ということである。したがって、主観素材の客観規定もありうる。無論、客観素材の客観規定および主観素材の主観規定もありえよう。

見聞第一で、挿入表現と認定した資料四から資料六までの、助動詞「けり」の統括する表現素材は、いずれも表現主体に外在して成立する事柄である。だが、資料七で検証しうるように、これらの挿入表現を排除しても、見聞第一の文章構成は、破綻なく成立する。とすれば、資料四から資料六までの表現を、成立させ挿入させた基盤は、表現主体に内在して成立する主観であると看做される。そういった主観の世界を、見聞第一では、助動詞「けり」の統括する挿入表現として構成しているということである。

さて、そこで、見聞第一の文章構成は、五項の命題を措定することによって、特色づけうるであろう。第一に、見聞第一は、助動詞「き」の統括する世界として形象されている。第二に、見聞第一は、一文構成による全体形成の方法で統一されている。そして、第三に、見聞第一は、助動詞「き」以外の助動詞が統括する表現を挿入することによって、印象的な変化を作為した形跡を認知しうる。また、第四に、助動詞「き」による文章全体の統一整合は、挿入表現の介入によって攪乱されることがない。第五に、挿入表現は、一文として完結し自立し終結し独立する条件を兼具することもあれば、一文としての、自立し完結しうる条件を具有し、しかも、終結し独立しうる条件に缺落することもある。

挿入表現のうち、助動詞「けむ」の統括は前者に、助動詞「けり」の統括は、後者に指摘しうる。素材的観点から規定すれば、助動詞「けむ」の統括する資料一から資料三までは、見聞話者に内在する主観的な推量である。したがって、資料七の世界には、直接にも間接にも、関与するところがない。しかし、助動詞「けり」の統括する資料四から資料六までは、見聞話者に外在する客観的な事柄である。対象規定の方法から、資料七の世界に、直接の関与はないとしても、間接に連繋するところがある。そこに、構文形式の格差が反映する。

助動詞「き」 見聞第一の文章構成を特色づける五項の命題のうち、第一項は、見聞第二と見聞第三とにも、一見して、適用することが可能である。

〔見聞第二〕　こその秋ころはかりにきよ水にこもりて侍**し**にかたはらにたゝひやうふはかりをものはかなけにたてたるつほねのにほひいとおかしう人すくなゝるけはひしてをりをりうちなくけはひなとしつゝおこなふをたれならんときゝ侍**し**にあすいてなんとてのゆふつかたかせいとあ

らゝかにふきてこのはほろほろとたきのかたさまにくつれいろこきもみちなとつほねのまへには
ひまなくちりしきたるをこのなかへたてのひやうふのつらによりてこゝにもなかめ侍**しか**はいみ
しうしのひやかに／いとふみはつれなきものをうきことをあらしにちれるこのはなり**けり**／かせ
のまへなにときこゆへきほとにもなくきゝつけてはへり**し**ほとのまことといとあはれにおほえ侍
なからさすかにふといらへにくゝつゝましくてこそやみ侍**しか**。

〔見聞第三〕　おはなる人のひんかし山わたりにおこなひてはんへり**し**にしはしゝたひてはへり**し**
かはあるしのあまきみのかたにいたうくちをしからぬ人〳〵のけはひあまたし侍**し**をまきらはし
て人にしのふにやとみえ侍**し**ものへたてゝのけはひのいとけたかうたゝ人とはおほし侍らさり**し**
にゆかしうてものはかなきさうしのかみのあなかまへいてゝのそき侍**しか**はすたれにきちやうそ
へてきよけなるほうし二三人はかりすへていみしくをかしけなり**し**人きちやうのつらにそひふし
てこのいたるほうしちかくよひて**ものいふ**、なに事ならんときゝわくへきほとにもあらねとあま
にならんとかたらふけしきにやとみゆるにほうしやすらふけしきなれとなを〳〵せちにいふめれ
はさらはとてきちやうのほころひよりくしのはこのふたにたけに一しやくはかりあまりたるにや
とみゆるかみのすちすそつきいみしうゝつくしきをわけいれておしいたすかたはらにいますこし
わかやかなる人の十四五はかりにやとそみゆるかみたけに四五すんはかりあまりてみゆるうすい
ろのこまやかなるひとかさねかいねりなとひきかさねてかほにそてをゝもあてゝいみしうなくお
とゝなるへしとそをしはかられはへり**し**。又わかき人〳〵二三人はかりうすいろのもひきかけ
つゝいたるもいみしうせきあへぬけしきなりめのとたつ人なとはなきにやとあはれにおほえはへ
りてあふきのつまにいとちいさく／おほつかなうきよそむくはたれとたにしらすなからもぬるゝ

そてかな／とかきておさなき人の侍るしてやりてはへり**しか**はこのおと〻にやと見えつる人そかくめるさてとらせたれはもてきたりかきさまゆえ〱しうおかしかりしをみ**し**にこそ（くやしうなりて）。

見聞第二には、助動詞「けり」の使用がある。しかし、これは、引用表現に位置づけられる和歌表現での使用だから、見聞第二の文章構成に関与するところは、直接にはないといえよう。したがって、見聞第二は、助動詞「き」の統括する一文構成として成立する。第一項のほかに、第二項でも、見聞第一と共通する方法で構成された文章である。見聞第三は、形態的に区分すれば、一〇文構成の文章表現である。

〔第一文〕　祖母なる人の、東山わたりに行ひて侍り**し**に、……見はべり**し**。
〔第二文〕　物隔ててのけはひ、……この、居たる法師近く呼びて、物いふ。
〔第三文〕　何事ならむと、聞き分くべきほどにもあらねど、……髪の、すぢすそつきいみじう美しきを、わげ入れて押しいだす。
〔第四文〕　かたはらに、いますこし、わかやかなる人は、十四五ばかりにやとぞ見ゆる。
〔第五文〕　髪、たけに四五寸ばかりあまりて見ゆる、……いみじう泣く。
〔第六文〕　おととなるべしとぞ、推し量られはべり**し**。
〔第七文〕　また、わかき人びと二三人ばかり、薄色の裳ひきかけつつ居たるも、いみじうせきあへぬけしきなり。
〔第八文〕　乳人だつ人などは、なきにやと、……やりてはべり**しか**ば、このおとどにやと見えつる人ぞ書くめる。

〔第九文〕　さて取らせたれば持て来たり。

〔第一〇文〕　書きざまゆゑゆゑしう、をかしかり**し**を見**し**にこそ、(くやしうなりて)。

これら一〇文は、同一次元の成立でない。

鎖型の連続　見聞第三の第一文と第六文とは、助動詞「き」の統括によって終結する一文構成である。また、第一〇文は、述語省略の構文であるが、見聞素材を表現対象とする部分は、助動詞「き」の統括するところとなっている。

爾余の第二文と第三文と第四文と第五文とは、いずれも、動詞の述語で一文が終結する。また、第七文は、助動詞「なり」で、第八文は、助動詞「めり」で、第九文は、助動詞「たり」で、それぞれ、一文が終結する。

ところで、この第二文には、文中に助動詞「き」の使用が三項ある。その全体を引用する。

物隔ててのけはひ、いと気高う、ただびととはおぼえはべらざり**し**に、ゆかしうて、物はかなき、障子の紙のあなかまへ出でて、覗きはべり**しか**ば、簾に几帳そへて、清げなる法師ふたりみたりばかりすゑて、いみじくをかしげなり**し**人、几帳のつらに添ひ臥して、この、居たる法師近く呼びて、物いふ。

ここで指摘しなければならないのは、「物隔ててのけはひ、……覗きはべりしかば、」という条件の帰結が、第二文の末尾で完結することがないことである。この条件設定に対応する帰結表現は、第六文の文末である「推し量られはべりし。」までであると看做しうる。あるいは、第七文末尾の「気色なり。」で完結するともいえよう。

もっとも、第六文までは、「いみじくをかしげなりし人」姉妹の描写であるが、第七文は、侍女の描写である。したがって、補足的添加と認定することも可能である。すなわち、帰結表現は、直接には、第六文の文末で完結するといってよい。

ところで、第二文末尾の「物いふ」は、「いみじくをかしげなりし人」と主述関係を構成する。そして、この主述関係は、「物いふ」で完結するといえよう。

だが、第三文との相互関係を検討すると、第二文の「物いふ」は、第三文の「何事ならむと、聞き分くべき程にもあらねど、尼にならむと語らふ気色にやと見ゆる」と主述関係を構成する。第二文の「物いふ」は、第二文の部分としての機能からすれば、一文の述語であり、動詞の終止形と認定しなければならない。けれども、第三文との関連する機能からすれば、第二文の「物いふ」は、後文の主語であり、動詞の連体形と看做さなければならない。

とすれば、第二文は、「物いふ」までで、一文としての自立性と完結性とを具有する。けれども、「物いふ」によって、一文としての独立性と終結性とを具有するわけではない。第二文と第三文とは、前者の観点から、相互に断絶する。けれども、後者の観点から、相互に連続する。すなわち、第二文と第三文とは、断続の原理によって、形態的な一文構成の構文成分となっているのである。

すなわち、第二文と第三文とは、「物いふ」の二重機能によって統合される、鎖型構文と認定する。この観点を導入すれば、第三文と第四文との境界にも、鎖型構成の構文原理が指摘される。すなわち、第三文末尾の「押しいだす」は、第三文の述語であり、動詞の終止形である。が、それとともに、動詞の連体形として、第四文の「傍」を修飾する機能を具有する。第三文は、第四文との相互関係で、一文としての、自立性と完結性とを具有するけれども、独立性と終結性とを具有しない。ここにも、「押しいだす」の二重機能によって統合される鎖型構文が認定される。

第四文の末尾である「見ゆる」にも、動詞の連体形として、第四文の述語であるとともに、第五文の主語でもあるという二重機能を指摘しうる。第二文の「物いふ」と同様で、連体形の名詞法ということである。ここでも、自立性と完結性とに基礎づけられた構文的分離と、独立性と終結性に基礎づけられない構文的連続とが、共存している。

さらに、第五文の末尾である「（いみじう）泣く」にも、同類の認定が可能である。この「泣く」は、第五文末尾の述語として、動詞の終止形である。とともに、第六文の「おとなるべし」の主語として、動詞の連体形でもありうる。すなわち、第五文と第六文との境界は、鎖型構成による断続の連続ということで、構文的な連続を認定しなければならない。

こういった考察に立脚すれば、文末終止の形態を基準として、分離措定した見聞第三の第二文から第六文までは、表現機能を基準として措定するとき、一文構成と看做さなければならない。第二文から第六文までを統合して、一文構成と認定するとき、その一文が、第一文と対応する単位となりうるのである。

そして、表現機能から措定されるこの一文は、助動詞「き」の統括するところである。

一貫と流動　さて、見聞第三の第八文は、文中に助動詞「き」を使用して、文末には、助動詞「き」を使用しない。

だが、第八文の文末である述語の「書くめる」は、また、第一〇文の「書きざまゆゑゆゑしう、をかしかりし」の主語とも看做しうる。とすれば、第八文と第一〇文とは、鎖型原理に基礎づけられた一文構成と認定してよい。そして、この一文は、助動詞「き」の統括する一文である。

ところで、第九文は、それ自体で、自立し完結し独立し終結する。第九文は、第九文だけで一文を構成し、その構文成立に、それ以外の関与するところがないからである。この第九文は、助動詞「き」の統括する一文構成をなさない。

けれども、第九文に前置する第八文と第九文に後続する第一〇文とが、一文構成であると認定するならば、第九文は、第八文と第一〇文とで構成する一文に、挿入された表現であると認定しうる。第九文は、「このおとゝにやと見えつる人ぞ書くめる」と「書きざまゆゑゆゑしう、をかしかりしを見し」とを一文構成として統合するための説明に相当する。いわば、文脈のための挿入表現である。

したがって、見聞第三が、助動詞「き」の世界として成立するという認定に、抵触することはない。

また、第七文も、助動詞「き」の統括しない表現である。だが、この一文は、見聞第三の文章構成に直接関与しない。情景描写に補足して、侍女の生態を添加したにすぎないのである。見聞第三を一個の文章と措定するとき、第七文は、挿入段落として認定されるはずである。

そこで、見聞第三は、四文によって構成される。しかも、基本的に、助動詞「き」の統括する文章構成であると認定しうる。いま、形態的に措定しうる一文認定と、表現的に措定しうる一文認定との関係を列記する。

〔甲　文〕　第一文（祖母なる人の、東山わたりに行ひて侍りしに、……見はべりし。）

〔乙　文〕　第二文＋第三文＋第四文＋第五文＋第六文（物隔てのけはひ、……ただびととはおぼへはべらざりしに、……覗きはべりしかば、……物いふ、何事ならむと、聞き分くべき程にもあらねど、……押しいだす、傍に、今少し、若やかなる人の、十四五ばかりにやとぞ見ゆる、髪、たけに四五寸ばかりあまりて見ゆる、……いみじう泣く、おとゝなるべしとぞ推し量られはべりし。）

〔丙　文〕　第七文（また、わかき人びと二三人ばかり、薄色の裳ひきかけつつ居たるも、いみじうせきあへぬけしきなり。）

〔丁　文〕　第八文＋第九文＋第一〇文（乳人だつ人などは、なきにやと、……やりてはべりしかば、このおとどにやと見えつる人ぞ書くめる、――さて取らせたれば持て来たり――、書きざまゆゑゆゑしう、をかしかりしを見しにこそ、くやしうなりて。）

見聞の披露　さて、三者三様の見聞披露は、中将の君の「この御火取のついでに、あはれと思ひて人の語りし事こそ、思ひ出でられ侍れ」（会話表現第二）を契機として、成立し展開する。

ここに指摘しうる事実は、三者三様の見聞披露が、同一の構成要素と同一の構成段階とによって成立しているということである。

すなわち、見聞披露は、他者の勧誘―話者の前説―話者の見聞―逸話の反応の四件を構成要素とし、この順序で配列される構成となっている。三者三様ながら、その見聞披露の基本構造は、同一の原理に立脚するといえよう。

けれども、表現構成は、三者三様の変化が看取される。見聞第一の勧誘主体は、会話表現第二の宰相の君である。だが、見聞第二と見聞第三の勧誘主体は、会話表現第四と会話表現第七との中将の君である。そして、見聞第一の勧誘は、独立の会話表現で成立する。けれども、見聞第二の勧誘は、見聞第一に後接して成立する。見聞第一では、話者の見聞と逸話の反応と見聞第二の勧誘とが、一個の会話表現として連続的に配列される。だが、見聞第三の勧誘は、見聞第二の反応に後続して、一個の会話表現を形成する。

逸話の反応にしても、見聞第一では、伝聞逸話の話者の反応を紹介する形式である。見聞第二では、見聞披露の聴者である中将の君の評語を記録する形式となっている。だが、見聞第三では、見聞披露の話者である少将の君の感想を、話者の見聞に後接して記述する形式である。

　この表現構成は、構成条件の形象に変化を賦与するとともに、相互に独立する見聞挿話に連続性を導入するものと看做される。素材的に断絶する見聞挿話を、構成的に連続する方法である。相互に分離し独立する三個の見聞は、会話表現によって連続的な展開に位置づけられるのである。この関係は、別表によって容易に理解しうるであろう。会話表現の断続を明示するために、アルファ・ベットで記号化しておく。

別表

構成条件	他者の勧誘	話者の前説	話者の見聞	逸話の反応
見聞第一	Ⓐ 会話表現第二（宰相の君）	Ⓑ 会話表現第三（中将の君）	Ⓒ 会話表現第四（中将の君）	Ⓒ 会話表現第四（中将の君）
見聞第二	Ⓒ 会話表現第四（中将の君）	Ⓓ 会話表現第五（中納言の君）	Ⓔ 会話表現第六（中納言の君）	Ⓕ 会話表現第七（中将の君）
見聞第三	Ⓕ 会話表現第七（中将の君）	Ⓖ 会話表現第八（少将の君）	Ⓗ 会話表現第九（少将の君）	Ⓗ 会話表現第九（少将の君）

一元的な視点に立脚するとき、断絶と連続とは、明確に区別される。だが、平安王朝の表現論理は、多元的な視点に立脚して、断絶には連続を、連続には断絶を、それぞれ設定する趣向が濃厚であった。こういった断続の原理が、ここにも、濃厚に反映していると看做しうるのである。

断続の構成とは、断絶と連続とが曖昧ということではない。むしろ、断絶と連続とが明確でなければ、断続の構成は成立しがたいのである。一個の視点に立脚して、明確な断絶が存在するとき、別個の視点に立脚して、連続を形成する。また、一個の視点に立脚して、明確な連続が存在するとき、別個の視点に立脚して、断絶を形成する。――それが、断続の構成となるのである。それを、断続の方法という。

三種の見聞が、一文構成で表現される第四文は、全体が、連続的統一体として表現されている。だが、見聞披露を成立させる条件は、それ自体の自立性を保有して充足し自立する表現となっている。他者の勧誘は、会話表現第二では、引用会話として完結し終結する構成である。会話表現第四では、完結し終結する構成であるが、話者の見聞と逸話の反応とに後続する。しかし、前者が、助動詞「き」の統括する世界として表現されるのに対蹠して、後者は、助動詞「き」の統括しない世界として表現される。会話表現第七では、会話表現第四の「いづら、今は。中納言の君。」と類型の「いづら、少将の君。」という表現を末尾に位置づけることで、その自立性と独立性とを明化する。話者の前説は、三者に共通して、独立する会話表現として引用される。したがって、前後の断絶は、明白である。しかも、それらが、引用会話として位置づけられるところに、独立しても孤立せず、断絶しても連続する構成を、志向し具現するものといえよう。

さらに、話者の見聞では、三者に共通して、助動詞「き」の統括する世界として表現されるところに、その特性がある。助動詞「き」は、話者の見聞を表現するところ以外には使用されない。見聞第一では、話者の見聞と逸話の反応とが、ともに、伝聞として表現される。その末尾は、ともに、「そのままになむゐられにし。」および「いみじく笑ひまぎらはしてこそ止みにしか。」である。見聞第二では、「去年の秋……籠りて侍りしに、……つつましくてこそ止み侍りしか。」であり、見聞第三では、「祖母なる……行ひて侍りしに、……見侍りし。……をかしかりしを見しにこそ。」である。

類型の変形　如上の考察に立脚すれば、三者三様の見聞披露は、共通の類型原理によって構成されている。基本構成からすれば、三者三様は、反覆でしかない。にもかかわらず、三者三様に、その特性が発揮されているのである。

すなわち、その反覆は、基本的骨骼構成において認定しうるにすぎない。作品作者には、むしろ、反覆の印象を封殺しようとする傾斜が顕著である。現実の表現形成にあっては、基本構成の類型原理に立脚しながら、したがって、基本原理の履行痕跡を保存することによって、同一構成の反覆表現を拒否する姿勢が深甚と看做される。基本原理の発現には、重複しない基本原理の変形 variation の多彩を企図する。そこに、作品作者の真髄があったといってよかろう。

この基本姿勢は、文章構成における「どのように」構成するかということでなく、「なにを」構成するかということにまで、一貫して維持される。換言すれば、表現対象の文章構成にも、表現素材の対象規定にも、共通する基本姿勢だということである。

見聞第一の話者は、中将の君である。だが、この中将の君は、見聞の主体ではない。他者の見聞を伝達するにすぎない。したがって、見聞第一は、直接的見聞ではなくて、間接的見聞という対象規定である。他者である話者の見聞と、他者による逸話の反応とを、中将の君は、伝達し紹介するという表現構成である。ただ、他者であるけれども、見聞と反応との主体が、同一の人物で構成されていることを、指摘しておかなければならない。

見聞第二の話者は、中納言の君である。この中納言の君は、見聞の主体である。すなわち、見聞第二は、直接的見聞という対象規定になっている。

さらに、見聞第二の反応は、中将の君の評語（会話表現第七）として表現される。すなわち、見聞を披露する主体と反応を表出する主体とは、別個の人物で構成されるのであった。

見聞第三の話者は、少将の君である。この少将の君は、見聞の主体である。だが、少将の君にとって、見聞の世界は、見聞の対象であるとともに、行動の世界ともなる。前半の対象は、後半で少将の君が見聞の世界と交渉することによって、行動の場面ともなる。見聞の世界は、対象の世界であって、また、主体の世界でもあった。

そこで、見聞第三の反応は、話者の見聞から分離して自立しない。「書きざまゆゑゆゑしう、をかしかりしを見しにこそ、くやしうなりて。」（会話表現第九）の「くやしうなりて」がそれだが、この反応表現は、見聞表現とともに、一文を構成している。見聞の対象と見聞の主体との融合が、反応表現に象徴的な構成として実現しているのである。

見聞第一を、話者である中将の君の自己体験として、理解しようとする見解がある。その認定を、積極的に否定する徴憑は存在しない。だが、積極的に肯定する徴証も存在しないのである。そうであるかもしれないし、また、そうでないかもしれない。

もっとも、自己体験を他者に仮託して表現する方法は、先行文献に指摘しうる。土左日記を紀貫之の著作とし、和泉式部日記を和泉式部の自作とするならば、いずれも、自己体験を他者体験に仮託して表現するものといえよう。しかし、他者体験の記述が、自己体験の仮託であるとは、一般的に認定しうるわけではない。源氏物語が、紫式部の他者仮託であり、夜の寝覚が、孝標女の他者仮託であるとは、想到しがたいのではあるまいか。

とすれば、見聞第一は、話者である中将の君の間接見聞である。そして見聞第二は、話者である中納言の君の直接見聞である。さらに、見聞第三は、話者である少将の君の見聞参加であるといえよう。

三者三様に、見聞素材だけでなく、見聞素材の対象規定において、表現主体（話者）と表現対象（見聞）との距離設定に、異同が認定されるのである。

しかも、この距離設定は、見聞成立の場面—話者聴者の緊張関係を起点とするとき、離隔から接近への方向で変移する。そして、文脈の展開は、「（見聞第三）などいふほどに、うへ渡らせ給ふ御気色なれば、まぎれて、少将の君も隠れにけり」と状況設定の前段の世界に回帰する。

ところで、前段第一文と前段第二文とは、密接に連続する。第一文は宰相中将の行動であり、第二文は天皇后妃の行動である。けれども、後段は、前段と断絶して成立する。後段冒頭の中将の君の発言は、前段の火取を契機として成立するけれども、現場と断絶する世界の想起である。そして、見聞第一の世界も、見聞第二の世界も、披露現場との連繋を具有しない。見聞第三になって、披露現場の世界と関連し結合するのである。

二種の現実　だとすれば、前段第一文の提起を、前段第二文が継承し、見聞第一と見聞第二とで、転換し、見聞第三で結束するということになろう。すなわち、そこには、起承転結の原理が作用しているのである。前段で起承を形象し、後段で転結を形象するということになる。

ただ、後段の見聞三種は、見聞の披露ということで、格差があるわけではない。見聞三種は、均等の価値で列挙されている。すなわち、四項の構成条件を充足し、共通の配列が看取されるのである。その意味で、作品作者の設定に、見聞三種の相互格差を認定しがたいといわなければならない。

しかも、作品全体の結束は、形態的観点からすれば、作品末尾の助辞規定「とぞ」が荷担する。また、助動詞「り」の世界と助動詞「ぬ」の世界との相違ということで、継承と転換との断絶には、徴証がある。だが、転換と結束との境界は、見聞第二が終結し見聞第三が発起するという事実でしか認定しえない。形態的観点からその徴証を指摘しがたい。

だから、起承転結の構成原理は、構成形態に関与していない。構成内容の基盤となるにすぎないのである。

助動詞「り」の統括ということで、提起の世界と継承の世界とには、同質的連続がある。また、助動詞「ぬ」の統括ということで、転換の世界と結束の世界とには、同質的連続がある。さらに、助動詞「けり」の統括ということで、起承転結に、同質的連続を形成している。すなわち、起承二項の断絶は、形態的に同質として連続し、転結二項の断絶は、形態的に同質として連続する。そして、起承転結の断絶も、形態的に同質として連続する。すなわち、内容的な断絶を、形態的な連続として統一する方法である。作品全体の文章構成に、断絶の原理が、有効に作用するものといえよう。

この作品は、基本的に作者の世界に対峙する物語の世界として構成されている。だが、作者の世界を、省略表現とすることで、物語の世界を鮮明に印象づける。作者の世界が存在しないのではなくて、作者の世界が省略されているということは、物語の世界が、作者の世界と断絶する物語独自の世界として、規定されているということである。

ただ、作者の世界が省略表現として存在するだけだから、物語の世界は、作者の世界との断絶だけを前提として、自立し独立して存在しうる。作者の世界——ひいては読者の世界とは、対峙するだけで、対峙の具体的な様相は、規定されないのである。そこに、物語の世界と作者の世界との対峙によって構成されながら、この作品が、竹取物語などと相違するところがある。

この作品構成は、場内を消灯して画面だけが鮮明な映画の構成に、比定しうるであろう。竹取物語では、点灯した座敷で観照されるテレビジョンの画面ということになろう。あるいは、紙芝居や人形劇に比定するのが、さらに、適切かもしれない。そこでは、作品の世界と作者の世界（その代弁としての解説者がある）とが、顕在的に対峙して存在する。作品の世界は、作者の世界を前提としてだけ成立する。そのことは、両者に共通するけれども、後者と相異なって、前者には、作者の世界の具体的な規定が省略されるから、物語の世界だけが、具体性を確保して自立しうる。

それればかりでなく、作者の世界を前提とし、しかも、作者の世界を規定しないから、物語の世界は、作者の世界と関係することなく、それ自体としての独立と自由とを獲得することが可能である。すなわち、現実と関係なく、現実と絶縁して、独立した虚構の世界を自由に拡大しうるはずである。

堤中納言の「このついで」では、そういった基礎原理に立脚する作品構成として成立している。すなわち、現実から解放された虚構は、虚構自体が現実として成立しうるであろう。この作品は、それを実現した。作品末尾で、作者の世界と断絶する物語の世界であることを規定する助動詞「けり」が、そこだけにしか使用されないのは、その徴証といえよう。

そして、作者の世界を具体的に規定しないのだから、作品作者は、現実と関係なく、しかも、現実とは別種の現実を提供するわけである。作者および読者は、現実との関係を除外して、別種の現実を共有することになる。

虚構の枠内において、それも、また、現実である。これは、虚構の現実ということではない。文中の段落末尾に、助動詞「けり」を頻用する竹取物語では、作品の世界は、虚構の現実であったといわなければならない。作品作者と断絶する世界であることを、確認し規定しながら、文脈を展開させる方法だからである。だが、堤中納言のこの作品には、そうした営為が認知されない。虚構であることは、外枠として規定されるけれども、枠内では、その虚構性を、規定も確認もしない。


注一、塚原鉄雄「文章の構造と主体の視点」(「王朝」第五冊　中央図書出版社。昭和四七年五月)。「竹取物語の方法」(『鑑賞日本古典文学／竹取物語宇津保物語』角川書店。昭和五〇年六月)。「竹取物語の文章構成」(『中古文学』第一七号)。

注二、塚原鉄雄「伊勢物語の構成原理」(『国語国文』第四八巻第六号)。「伊勢物語の冒頭表現」(『文学史研究』第一九号)。

注三、森正人「堤中納言物語『このついで』論」(『愛知県立大学文学論集』国文学科編第二九号)。

一文の認定　堤中納言の「はいずみ」は、四九文または五〇文から構成される。というのは、末尾の部分を、一文と規定するか、それとも、二文と認定するかによって、算定に誤差があるからである。これを、資料一とする。

〔資料一〕　か丶り**ける**[甲]ものを、いたつらになり給へるとて、さはき**ける**[乙]こそ、返[丙]すかへすをかしけれ。

すなわち、「か丶りけるものを」を、一文と認定するかどうかの異同である。文中に、助動詞「けり」が位置して、文末に、助動詞「けり」の位置しない事例は、この作品にもある。資料二が、それである。

〔資料二〕　いまの人のをやなとはをしたちていふやう、「会話表現（省略）」といひ**けれ**ば、をとこ、「会話表現（省略）」といへば、おや、「会話表現（省略）」とをもたちていへは、をとこ「心話表現（省略）」とおほえて、心のうちかなしけれとも、いまのがやごとなければ、「心話表現（省略）」とおもひて、もとの人のがりいぬ。（第六文。三手文庫蔵本。諸本の本文に若干の異同があるけれども、論旨に関係がない。）

助動詞「けり」の統括する前件を、接続助詞が統括し、助動詞「けり」の統括しない後件に連接する。その観点から、資料一と資料二とは、同趣の類型であるとすることも可能であろう。資料一の類型は、若干を指摘しうる。これを、資料三とする。

〔資料三〕　めつらしけれはにや、はしめの人よりは、心さしふかくおほえて、人めもつゝますかよひけれは、おやきゝつけて、「会話表現（省略）」とて、ゆるしてすます。（第二文）／みれは、あてにこゝしき人の、日ころものを思**けれ**は、すこしおもやせて、いとあはれけなり。（第七文）／よろつにいひなくさめて、「会話表現（省略）」とて、またなくおもひて、いへにわたさんとせし人には、「会話表現（省略）」といひやりて、たゝこゝにのみあり**けれ**は、ちゝはゝ、思なけく。（第四一文）

そのほか、文中だけの助動詞「けり」として、「このをとこ、いとひきゝりなり**ける**心にて」（第四三文）がある。

資料二と資料三とによれば、助動詞「けり」に下接するのは、接続助詞「ば」である。そこに、資料一との差異が、あるといえばある。

また、「かゝりけるものを」に対応する後件を、「いたつらになり給へるとてさはき**ける**」とすれば、前後両件が、助動詞「けり」の統括ということになる。あるいは、前件を独立する一文と看做せば、後件によって成立する一文は、資料二および資料三とともに、共通の観点から考察されることになろう。

構文論的観点から、資料一は、三部に区分することが可能である。すなわち、甲部「かゝり**ける**ものを」と乙部「いたつらになり給へるとて、さはき**ける**こそ」と丙部「返すかへすをかしけれ」とが、それである。そして、三部の相互関係は、

第一　丙部が、甲部と乙部との連合を包摂する。すなわち、資料一は、一文である。

第二　丙部が、乙部だけを単独に包摂する。すなわち、資料一は、二文である。

の、二者択一ということになろう。だが、資料一だけの視界では、その決定を、保留するほかない。

そこで、資料一を、作品全篇に関連づけて考察する。

資料一の甲部は、掃墨（はいずみ）事件の経緯を総括する叙述である。そして、乙部と丙部とは、掃墨騒動を総括する感想である。批評といってもよい。前者は、物語世界の表現であり、後者は、作者世界の表現である。そこには、叙述観点の移動転換があり、表現成立の次元格差を指摘しなければなるまい。

もっとも、一文構成における観点の転換は、国語表現の特性として、奇異な事象ではない（注一）。また、相互に自立し完結する表現が、相互に独立し終結する二文構成とならず、連続して一文構成となることは、むしろ、普通のことである。そして、接続助詞を媒介とする前件と後件との連接による一文構成は、その単純かつ平凡な事例といえよう。とすれば、観点の転換は、一文構成と認定する支障とはなりえない。

ただ、甲部を掃墨事件の総括とするとき、甲部を前件として対応する後件は、女婿の遁走と息女の錯乱と両親の動転と侍女の混乱との四項となるはずである。しかるに、乙部は、両親の動転と侍女の混乱との二項もしくは侍女の混乱の一項だけを表現する。「いたつらになり給へる」を引用するのだから、そういうことになろう。とすれば、甲部と乙部とには、直接の対応があるのではない。甲部に対応する後件の表現が、省略されている。

文末の形式　すなわち、資料一の丙部は、掃墨騒動の全般を対象とするのではない。女婿の遁走と息女の錯乱とは、「返すかへすをかしけれ」という批評の対象から、除外された表現構成なのである。

そこで、資料一は、二文構成と認定する。すなわち、掃墨物語は、五〇文で構成される。

さて、掃墨物語を構成する五〇文のうち、独立する会話表現として構成されたのは、一文（第一一文）だけである。爾余の会話表現のほか、心話表現や和歌表現は、いずれも、引用表現として構成される。すなわち、地の表現に包摂される構成である。したがって、掃墨物語は、四九文の地の表現と一文の会話表現とで構成されるといえよう。

文末形式を基準として、これら五〇文を分類すると、二類一〇項を措定することが可能である。

第一類の文末形式　助動詞によって一文を終結する。

第一項　助動詞「けり」によって一文を終結する。

第二項　助動詞「たり」によって一文を終結する。

第三項　助動詞「ぬ」によって一文を終結する。

第四項　助動詞「なり」によって一文を終結する。

第五項　助動詞「べし」によって一文を終結する。

第六項　助動詞「ず」によって一文を終結する。

第七項　助動詞「す」によって一文を終結する。

第二類の文末形式　助動詞によらないで一文を終結する。

第八項　動詞によって一文を終結する。

第九項　形容詞によって一文を終結する。

第一〇項　接続助詞によって一文を終結する。

いわゆる形容動詞によって一文を終結する事例がある。しかし、これは、第四項として処理する。品詞として形容動詞を措定しない立場に立脚するからである（注一二）。また、第七項は、缺項とするのが妥当であろう。助動詞「す」は、山田文法にいう属性の表わし方に関する複語尾であって、第八項に吸収されるべきものである（注三）。

第六項は、形態的に措定しうるにすぎない。実質的には、第八項または第九項に吸収されるべき機能を具有するだけの文末である。第一項から第五項までの助動詞は、統括される表現対象と統括する表現主体との関係を規定し表現する。だが、第六項の助動詞は、統括される表現対象を、統括する表現主体が、その成否を裁定し表現する。第八項および第九項との相違は、正負の差異であって、いわば絶対数に相当する実質的機能は、上接語彙に径庭するところがない。

第一〇項に該当するものは、二例である。そのうち、「などて」を文末終止とする第二三文は、副詞による終結といえよう。だが、末尾「て」によって、第一〇項とした。これは、後件表現を省略する類型である。文末形式を顕示しない類型といってよかろう。

ところで、第四項の文末終止には、その用法に、特殊なところがある。資料四において、「見れば」から「少し面瘦せて」までは、物語世界の客観的事態を表現する。だが、「いとあはれげなり」は、「男」すなわち作中人物の主観的印象を表現する。そして、客観的事態の表現には、助動詞「けり」があり、主観的印象の表現には、助動詞「けり」がない。一文において、叙述観点の移動転換が、形態的にも内実的にも、成立しているのである。

〔資料四〕　見れば、あてにこごしき人の、日ごろ物を思ひ**けれ**ば、少し面瘦せて、いとあはれげ**なり**。（第七文）

〔資料五〕　この女は、いまだ夜中ならぬさきに、行きつきぬ。（第二七文）見れば、いと小さき家なり。（第二八文）この童、「会話表現（省略）」と言ひて、いと心苦しと、見居たり。（第二九文）

女は、「会話表現（省略）」と言へば、「会話表現（省略）」と言へば、泣く泣く、「会話表現（省略）」とて、「和歌表現（省略）」と言ふを聞きて、童も、泣く泣く、馬にうち乗りて、ほどもなく来つきぬ。（第三〇文）

資料五でも、物語世界の展開は、第二七文から第二九文にと、直接に連接する。第四項の第二八文は、「童」すなわち作中人物の印象表現である。第二八文から第三〇文への連接を、作中人物の印象という別種次元の観点からの一文表現を介在させることによって、複眼的な効果を発揮する。それは、文章構成における挿入段落と規定しうる表現である。

段落と文末　第四項の文末終止が、物語世界の展開に挿入された作中人物の印象を表現する一文であることは、資料六でも、確認しうる。そこでは、「男」が、ここにいう作中人物である。

〔資料六〕「ここにて泣かざりつるは、つれなしとつくりけるにこそ」と、あはれなれば、「心話表現（省略）」と思ひて、童に言ふやう、「会話表現（省略）」と言へば、「会話表現（省略）」と、「会話表現（省略）」と言へば、男、「会話表現（省略）」とて、この童、供にて、いととく行きつきぬ。（第三四文）げに、いと小さくあばれたる家**なり**。（第三五文）見るより悲しくて、打ち叩けば、この女は、来つきにしより、さらに泣き臥したるほどにて、「会話表現（省略）」と問はすれば、この男の声にて、「和歌表現（省略）」と言ふを、女、「心話表現（省略）」とまで、あさましうおぼゆ。（第三六文）

こういった見地に立脚すれば、助動詞「けり」の統括する資料四の前件は、独立し終結しないけれども、自立し完結する物語世界の表現である。すなわち、第一項の文末終止に同格と看做しえよう。第五項に該当する一文も、また、物語世界の展開に関与することが、直接にはない。資料七で、助動詞「べし」の統括する第一二文は、物語世界の表現を対象とする作品作者の解説である。やはり、挿入段落と認定しうる。

〔資料七〕　いとほしきを、男、「会話表現（省略）」と、言ひ置きて出でぬる、のち、女、使ふ者とさし向ひて、泣き暮らす。（第一〇文）「会話表現（省略）」。（第一一文）かく言ふは、もと使ふ人なる**べし**。（第一二文）「会話表現（省略）」など、語らひて、家のうち清げに掃かせなどする心地もいと悲しければ、泣く泣く、恥かしげなるもの、焼かせなどする。（第一三文）

かくて、挿入表現を除外すれば、掃墨物語の構成基幹は、第一項と第二項と第三項と、そして、第八項と第九項とで構成される。とすれば、省略表現の想定される第一〇項は、これら五項のうちのいずれかであろう。

さて、第一項に該当する一文構成は、三例である。これを、資料八から資料一〇までとする。

〔資料八〕　下わたりに、品賤しからぬ人の、事もかなはぬ人を、にくからず思ひて、年ごろ経るほどに、親しき人のもとへ行き通ひけるほどに、むすめを思ひかけて、みそかに通ひありき**けり**。（第一文）

〔資料九〕　この女は、夢のやうにうれしと、思ひ**けり**。（第四二文）

〔資料一〇〕　かかり**ける**ものを。（第四九文）

資料八は、作品冒頭の一文である。そこでは、展開する物語世界の発端を起筆する。換言すれば、状況設定を構成する段落である。そして、資料一〇は、物語世界の総括を記述する。そこで、物語世界が完結するのである。さらに、資料九は物語世界の前半を完結する一文となっている。ここで、三角関係の事件は、ひとまず、終息する。そして、次文から、後半の掃墨騒動が展開するのである。

すなわち、掃墨物語の物語世界は、助動詞「けり」によって、統括され区分されているといえよう。助動詞「けり」の世界として設定され、助動詞「けり」の世界として、部分的にも全体的にも、統括されている。

だとすれば、物語世界を表現する各文は、挿入表現を除外して、助動詞「けり」の統括する世界である。換言すれば、挿入表現と認定される第四項と第五項との文末終止を除外して、第二項以下の各項は、論理的に、助動詞「けり」の省略表現であると看做しうる。

助動詞「けり」の世界として構成することで、掃墨物語の物語世界は、初期物語である伊勢物語や竹取物語の方法を継承するといえよう。だが、伊勢物語では、助動詞「けり」が頻繁に使用されて、その省略は、稀少である（注四）。竹取物語では、助動詞「けり」の省略が実施されるけれども、掃墨物語のような省略ではない。掃墨物語では、話題単位に、話題単位を総括する明証として、助動詞「けり」が一回だけ使用される。話題単位の内部構成には、助動詞「けり」の使用が省略される。しかるに、竹取物語では、話題単位を構成する、話題内部の構成単位にも、助動詞「けり」が使用されている（注五）。

それだけに、掃墨物語では、助動詞「けり」の世界であることを前提とし、助動詞「けり」の領域であることを明示しながら、その枠内においては、助動詞「けり」に拘束されない表現を形成するといえようか。枠組としての助動詞「けり」で、内実はそうでない。

構成の秩序　したがって、掃墨物語の作品構成は、前後二段に区分して理解しうる。前段は、第一文から第四九文までで、構成される。それは、物語世界を表現し、助動詞「けり」の統括する世界として形成される。そして、後段は、第五〇文で構成される。これは、作者世界を表現し、助動詞「けり」の統括しない世界として形成される。さらに、前段が事件の記述であり、後段が記述の総括という関係で、作品全体を統合するのである。

この構成方法は、竹取物語や土左日記を源流とする、二元的機能構成の伝統を継承するものと看做される。だが、土左日記では、後段が前段からの誘導である。竹取物語では、後段が前段との連続となっている。しかるに、掃墨物語では、後段が前段への批評となる。前後両段の成立次元は相異なっても、前後両段の連続が、初期作品の特性である。だが、掃墨物語では、前後両段に、断絶がある。物語世界は、作者世界と断絶し、眺められる対象と眺める主体との分離が、明確に措定されているのである。

物語世界と作者世界との対立は、竹取物語で萌生する。だが、そこでは、対立が分離として明確には自覚されず、両者の断絶は、成立しなかった。分離を自覚したのは、作者よりも、読者が最初であったらしい。蜻蛉日記の物語批判は、その証左と認定しうる。そこでは、分離が断絶であることを主張する。

だが、現存作品の範囲でいえば、物語作者が、物語世界と作者世界との相互関係を、方法論的に自覚したのは、堤中納言の各篇を嚆矢とする。そこでは、「このついで」のように、両者の断絶を解消する構成方法が成立する。でなければ、掃墨物語のように、両者の断絶を確立する構成方法を採用するのである。

さて、助動詞「けり」を徴憑として、掃墨物語の前段は、三段に区分される。第一段は、一文構成であるが、第二段と第三段とは、一文構成でない。そして、第二段と第三段とは、段落末尾に位置する第一項の一文を除外して、第二項と第三項と第八項と第九項との各文によって構成される。これら各文の分布は、別表（二六七頁以下参照）によって通覧しうるであろう。

一見して、各項が交錯する印象である。だが、子細に検討すると、各項の分布には、重層的な秩序の原理に基礎づけられた配置の原則が作用していることを、明確に認識しうるのである。

その重層性とは、第一項の世界に包摂されて、第二項の世界が成立する。第二項の世界に包摂されて、第三項の世界が成立する。さらに、第三項の世界に包摂されて、第八項もしくは第九項の世界が成立する。――そういった構成秩序である。そのことを、作品構成の実際に即応して実証する。

ところで、三段に区分される物語世界の表現構成のうち、第一段落は、状況を設定する段落である。第二段落は、事件の前提を記述する段落である。そこでは、掃墨騒動を惹起する前提となった、第一段落で提示された状況のもとでの、古妻を中心とする経緯が記述される。そして、第三段落では、事件の顚末を記述する。第二段落の前提に対応する帰結として、第三段落の掃墨騒動が記述される。とすれば、この段落構成は、第一段落と第二段落および第三段落とが連接する二元的演繹構成であると看做される。

別表によれば、第二項の構文は、八例である。すなわち、第一八文と第二二文と第二六文と第二九文と第三一文と第三二文と第四三文と第四八文とが、それである。これらは、いずれも、助動詞「けり」で区分される段落の下位段落を区分する徴憑となっている。そして、それら第二項の一文によって区分される下位段落は、同一次元において、相互の対応関係を構成しうるのである。

第二段落を構成する単位として、第七文から第一六文までで構成される第一中段は、古妻の懊悩を記述する。第一七文と第一八文とで構成される第二中段は、古妻の慟哭を記述する。第一九文から第二二文までで構成される第三中段は、古妻の退去を記述する。第二三文から第二六文までで構成される第四中段は、別離した男女の、相互の悲愁を記述する。第二七文から第二九文までで構成される第五中段は、古妻に供従した小舎人童の心的反応を記述する。供人の悲嘆といってよい。第三〇文と第三一文とで構成される第六中段は、供人の帰邸する経緯を記述する。第三二文で構成される第七中段は、供人の帰宅を待ち焦れる男の状態である。第三三文から第四二文までには、第二項に該当する構文はない。

そこで、第七文から第三二文までに、助動詞「たり」の世界として措定される七個の中段は、追歩型列挙構成で、相互に連接し、段落連合を構成すると看做される。この段落連合に、対応する段落が、第三三文から第四二文までの第八中段である。これは、助動詞「けり」の世界として構成され、助動詞「たり」の世界としては構成されない。

重層の構成　事件の前提を表現する第二段落で、第一中段から第七中段までの段落連合は、前提の形成を記述する。そして、第八中段は、前提の総括を記述する。この連接関係は、二元的機能構成の方法である。

さらに、第三段落の構成を考察する。ここでは、第二項の構文が、二例である。第四三文で構成される第九中段は、不慮の来訪に対応する新妻の狼狽を記述する。第四四文から第四八文までで構成される第一〇中段は、新妻の奇怪な相貌に触発された各人の反応を記述する。そして、第四九文で構成される第一一中段では、掃墨騒動を統括して解説する。

第九中段と第一〇中段とは、掃墨騒動の始終を記述することで、段落連合を構成する。そして、この段落連合と第一一中段とが、対応する。すなわち、二元的機能構成である。したがって、第二段落の内部構成と第三段落の内部構成とは、同一の原理であると認定してよい。

つぎに、第三項の構文を検討する。助動詞「ぬ」の統括による一文終結である。だが、ここで、仮説を提示したい。というのは、動詞「去ぬ」の活用語尾を、助動詞「ぬ」と同種の機能を具有するものと看做すのである。

動詞「去ぬ」には、助動詞「ぬ」が下接しない。もっとも、中世以降になると、下接する事例も、指摘しうる。けれども、王朝文法では、下接しないのが基準である。その理由を詮索する場所ではない。ただ、言語行動の主体的実践においては、動詞「去ぬ」の活用語尾に、助動詞「ぬ」と同趣の機能を荷担させていたのではないかということである。だから、助動詞「ぬ」が下接すれば、一種の重複表現となったのであろう。

そこで、ここでは、文末に位置する動詞「去ぬ」に、助動詞「ぬ」の機能を想定して考察する。その処置に効用があり、また、破綻を惹起せず、さらに、処置の採否が、認識の優劣に関与するとすれば、この仮説は、承認されてよい。

別表に整理したが、動詞「去ぬ」をも包含した第三項の一文は、中段の下位段落として措定される小段の末尾に位置するという事実がある。

第三項の次元で構成される小段の連合が、第二項の次元で中段を構成する。第二項の次元で構成される中段の連合が、段落を構成するのは、第一項の次元である。そして、第一項の次元で構成される段落および段落連合が、直接的な作品構成の単位となる。そういった重層的作品構成の徴表として、助動詞「けり」と助動詞「たり」と助動詞「ぬ」とがある。その事由を、動詞「去ぬ」をも包含することによって開示しようとする。

第二文から第六文までで構成される第一小段は、男が、新妻の父親の要求に屈服する過程の記述である。第七文から第一五文までで構成される第二小段は、事態に直面した古妻が、住居を退去する過程の記述である。第一小段と第二小段との連合を前提として、第一六文で構成される第三小段が成立する。すなわち、極限に位置づけられる古妻の状況である。

第一七文と第一八文とで構成される第四小段は、第一小段から第三小段までの段落連合に連接する。すなわち、第二中段である。同様に、第一九文から第二二文までで構成される第五小段は、第三中段である。

また、第二三文と第二四文とで構成される第六小段は、退去する供人についての記述である。第二五文と第二六文とで構成される第七小段は、離別する男女の姿態を、男女の両面から描出する。そして、両者の連合が、第四中段を構成する。

第二七文で構成される第八小段は、古妻の隠宅への到着を記述し、第二八文と第二九文とで構成される第九小段は、供人の反応を記述する。両者の連合が、第五中段を構成する。

第三〇文で構成される第一〇小段は、供人の帰着する過程を記述する。第三一文で構成される第一一小段は、供人の帰宅した時点における男の状況を記述する。そして、両者の連合が、第六中段を構成する。

第三二文で構成される第一二小段は、第七中段である。

第三三文で構成される第一三小段は、男の焦躁と悲泣を記述し、第三四文で構成される第一四小段は、男の悔恨と翻意とを記述する。そして、第三五文から第三八文までで構成される第一五小段は、翻意の実践過程を記述する。第三九文で構成される第一六小段は、男の実践に反応する女の状態を記述する。第四〇文で構成される第一七小段は、男女の復縁した事実を記述する。また、第四一文と第四二文とで構成される第一八小段は、男女復縁の結果を、古妻側と新妻側との対比で記述する。

文末の秩序　第一三小段から第一七小段までの段落連合に対応する段落として、第一八小段が位置づけられる。前者が過程であり、後者は帰結である。そして、第一三小段から第一八小段までによって構成される段落連合が、第八中段ということになる。

そして、第八中段は、第一中段から第七中段までで構成される段落連合と対応する。第一中段から第八中段までは、第二次段落区分で、第二段と規定される。この第二段が、前者による前提の形成（助動詞「たり」の統括）と後者による前提の総括（助動詞「けり」の統括）とに区分されるということである。

同様の構成原理は、第三段落の構成をも基礎づけている。第四三文で構成される第一九小段は、第九中段に相当する。

第四四文で構成される第二〇小段は、男の反応を記述する。第四五文で構成される第二一小段は、新妻の両親の印象を記述する。第四六文で構成される第二二小段は、両親の反応を記述する。そして、第二〇小段から第二二小段までの段落連合に、第四七文と第四八文とで構成される第二三小段が連接する。前者は悲劇的状況であり、後者は喜劇的場面である。悲喜対比して、掃墨騒動を記述することになる。すなわち、第一〇中段である。

さらに、第九中段と第一〇中段とは、段落連合を形成して、第一一中段を連接する。後者は、掃墨騒動の総括であり、前者は、掃墨騒動の始終ということになろう。

さて、そこで、掃墨物語の構成方法に即応して、文末形式の類型を再編すると、六項の類型を措定しうることになる。

甲類の文末形式　助動詞「けり」によって一文を終結する。

乙類の文末形式　助動詞「たり」によって一文を終結する。
丙類の文末形式　助動詞「ぬ」によって一文を終結する。ただし、動詞「去ぬ」を含める。
丁類の文末形式　助動詞「なり」によって一文を終結する。ただし、いわゆる形容動詞を含む。
戊類の文末形式　助動詞「べし」によって一文を終結する。
癸類の文末形式　用言（動詞と形容詞と）によって一文を終結する。
文末に位置する助動詞「ず」は、考慮しない。助動詞「ず」に上接する部分によって類別する。また、いわゆる属性の表わし方に関する複語尾とされる助動詞は、動詞の活用語尾として処理する。接続助詞で一文を終止する省略表現では、接続助詞の上接する単語によって規定する。――この三項が、いわば、備考事項である。

このうち、丁類と戊類との文末形式は、挿入表現にだけ使用され、文脈の展開には、直接に関与することがない。したがって、作品構成の基幹となる文末形式は、四類となる。そして、その四類には、作品構成の秩序を基礎づける論理的な相互関係がある。すなわち、癸類の一文は、単独でまたは連合して、丙類の世界に包摂される。換言すれば、丙類の段落を構成する。癸類の一文または一文以上によって構成される段落は、丙類の段落に包摂されるといってもよい。

そして、丙類の、一文によって構成される段落または癸類で構成される段落を包摂する段落は、乙類の世界として構成される段落に包摂される。

さらに、乙類の、一文によって構成される段落または丙類で構成される段落を包摂する段落は、甲類の世界として構成される段落に包摂される。

だが、究極的に、甲類の段落に包摂されないものがある。すなわち、助動詞「けり」の世界に所属する一文と、助動詞「けり」の世界に所属しない一文とがあるということである。そこで、作品全体は、助動詞「けり」の統括する表現と助動詞「けり」の統括しない表現とで構成される。後者は、作品末尾に位置する癸類の「いたづらになりたまへるとて、騒ぎけるこそ、かへすがへすをかしけれ。」が、それである。そして、この一文を除外した全文が、前者に相当する。

すなわち、助動詞「けり」の統括しない構文は、助動詞「けり」の統括する世界に包摂されるものと、助動詞「けり」の統括する世界に包摂されないものとがある。ただ、両者が、混在することはない。混在するとしても、助動詞「けり」の統括する世界に包摂される表現のなかに、挿入表現として介在する。したがって、究極的にいえば、構成秩序の系列の枠外に位置づけられるけれども、助動詞「けり」の統括する世界に包摂されることになる。

だから、堤中納言の掃墨物語は、混在することのない、助動詞「けり」の統括する表現と、助動詞「けり」の統括しない表現との対立均衡によって、その全篇を構成する。

秩序と表現　文章表現は、一文または二文以上で成立する。一文構成であっても、接続助詞が介在する表現では、二文の原理が準用される。

接続助詞の統括する表現は、一文としての独立性と終結性とに缺如するけれども、一文としての自立性と完結性とを具有する。しかも、接続助詞の統括する前件と接続助詞に後続する後件とには、成立の次元や観点の移動が成立しうる。そして、基本段落が、一文で成立する観点から、両件を、補助段落と認定することが可能だからである（注六）。

そこで、ここにいう二文とは、勝義の二文のほか、形態的には一文と認定されても、接続助詞を媒介することによって、二文以上と看做しうる表現を含む。ただし、いまは、論旨には関係がない。

さて、文章表現は、相互に独立し自体で終結する一文の連続として成立する。形態的にいえば、文章表現は、一文の継起的連続として構成される。だが、各文の表現性を検討するとき、各文の成立する次元が、同一であるということにはならない。同一の次元に成立する各文もあれば、同一の次元で成立しない各文もある。各文が、同一次元で成立する文章もあれば、各文が、同一次元で成立しない文章もあるということである。

一文の成立する次元は、文末によって規定される。一般に、文末規定は、助動詞および終助詞によって顕示される。だが、次元を顕示する文末助辞は、必要条件ではない。

さらに、文末助辞が、文章表現における一文の次元を、普遍的かつ恒常的に顕示するわけではない。例示すれば、伊勢物語は、助動詞「けり」の統括する世界として、第一次的な表現構成を成立させる。だが、竹取物語では、助動詞「けり」の統括する世界と、助動詞「けり」の統括しない世界との均衡で、第一次的な表現構成を成立させる。土左日記は、助動詞「けり」の統括しない世界で、第一次的な表現構成を成立させる。そして、助動詞「けり」の統括する世界は、局部的な挿入表現として成立するだけである。挿入表現として成立しても、助動詞「けり」の統括する世界が、作品全篇に存在するのが、蜻蛉日記である。蜻蛉日記の基軸は、助動詞「けり」の統括しない世界として構成される。だが、その副軸として、助動詞「けり」の統括する世界が、随所に挿入されている。そのために、表現全体は、両者の混淆交織といった印象を賦与しかねない。しかし、表現成立の次元を確定して吟味すれば、両者の交錯はない（注七）。

すなわち、文末に位置する助辞規定の次元決定は、助辞自体に具有する属性機能ではない。表現主体の規定する秩序体系なのである。したがって、ここに例示した竹取物語と土左日記と伊勢物語と蜻蛉日記とは、第一次的構成が、明晰な秩序体系に基礎づけられて成立しているということになる。

平安王朝の仮名文章は、その構成が、非論理的で晦渋であるとされている。その発想が情調的であるばかりでなく、構文が、複雑で冗長であることは、その原因の一つといえよう。だが、助辞規定を基準として考察するとき、複雑多様な非論理性は、単純明確な論理性の集合であり、論理性の露呈を情意性で被覆した表現構成であることが判明する。落窪物語において、助動詞「き」による文末規定が、地の表現では、挿入表現にしか出現しない事実を確証すれば、冒頭表現の末尾が、助動詞「き」であるという認識は、訂正される（注八）。

文末に位置する助辞規定によって、文章構成における一文の次元決定は、表現主体の表現体系として成立する。したがって、助辞規定による次元決定に、秩序の論理が作用することもあれば、また、作用しないこともある。そして、作用するとしても、その秩序の論理は、一様ではない。さらに、秩序の論理が作用すると否とは、文章表現の価値に、関与するところが、直接にはない（注九）。

平安王朝の、例示した仮名作品にあっては、秩序の論理に基礎づけられた助辞規定によって、文章構成の第一次的統合が成立しているということである。

ところで、竹取物語では、助動詞「けり」の統括する世界の表現が、第四次の段階まで助動詞「けり」の統括する表現となっている。助動詞「けり」の統括しない表現は、連合して、直接に助動詞「けり」の統括する段落を、重層的に構成するのである（注一〇）。

しかるに、掃墨物語では、重層的構成を、文末助辞の交替によって、顕在的に規定する。すなわち、第一次では、助動詞「けり」の統括を基準として区分し、第二次では、助動詞「けり」の統括相互として区分し、第三次では、助動詞「けり」の統括を構成する助動詞「たり」の統括を実現する。そして、第四次では、助動詞「たり」の統括を構成する助動詞「ぬ」の統括を実現する。第五次では、助動詞「ぬ」の統括を確立するのである。

すなわち、掃墨物語の作者には、文章構成の重層性について、明確な自覚があり、それを、方法化して具現する技法があった。いわば、理論と技術の発現として、この作品は、文章構成の一極を占有するといえよう。

注一、塚原鉄雄「異質的な文体の融合」(『明日香路』第三二巻第二号)、「鎖型構文」(『平安文学研究』第一八輯)、「竹取・土左・伊勢の文法」(『日本文法講座』明治書院。昭和三三年二月)、「会話の引用—竹取物語の場合」(『国語研究』第二九号)。

注二、水谷静夫「形容動詞と謂うもの」(『国文学解釈と鑑賞』第一七巻第一二号)。塚原鉄雄「国語の品詞分類」(『人文研究』第八巻第一号)。

注三、山田孝雄『日本文法論』(宝文館。明治四一年九月)。時枝誠記『国語学原論』(岩波書店。昭和一六年一二月)。

注四、塚原鉄雄「伊勢物語の構成原理—文章論的な作品考究」(『国語国文』第四八巻第六号)。

注五、塚原鉄雄「竹取物語の方法」(『鑑賞日本古典文学』第六巻。角川書店。昭和五〇年六月)、「竹取物語の文章構成」(『中古文学』第一七号)、「竹取物語の構成意識—伊勢物語と竹取物語—」(『論集中古文学2初期物語文学の意識』(笠間書院。昭和五四年五月)。

注六、塚原鉄雄「文章と段落」(『人文研究』第一七巻第二号)。

注七、塚原鉄雄「竹取物語の構成意識—伊勢物語と竹取物語—」(『論集中古文学2初期物語文学の意識』笠間書院。昭和五四年五月)、「土左日記の文章構成—物語の継承と克服—」(『王朝』第八冊。中央図書出版社。昭和五〇年六月)、「伊勢物語の構成原理—文章論的な作品考究—」(『国語国文』第四八巻第六号)、「挿入技法の修辞構文—落窪物語の助動詞『き』—」(『解釈』第二五巻第七号)、「蜻蛉日記の方法」(『一冊の講座蜻蛉日記』有精堂。昭和五六年四月)。

注八、塚原鉄雄「挿入技法の修辞構文—落窪物語の助動詞『き』—」(『解釈』第二五巻第七号)、「伊勢物語の冒頭表現」(『文学史研究』第一九号)。この見解には、糸井通浩「源氏物語と助動詞『き』」(『源氏物語の探究』第六輯。風間書店。

昭和五六年八月）に、反論がある。ただし、糸井論文では拙稿にいう「作中素材の行動を対象とする作品作者の行動」ということについて、明瞭な誤解がある。さらに、挿入表現ということについて、理解の徹底しないところがある。挿入表現についての概略は、「挿入句―文章の重層」（『国文学』第二二巻第一号）に、従前の論考をも吸収して整理しておいた。

注九、塚原鉄雄「表現距離の基礎分析―表現主体と表現対象―」（『表現研究』第三〇号）。

注一〇、塚原鉄雄「竹取物語の文章構成」（『中古文学』第一七号）。

〔別表〕

第一次区分	第二次区分	第三次区分	第四次区分	第五次区分	文序	文頭表現	文末表現
前段 物語の世界	第一段落 状況の設定				一	下わたりに……	……通ひあり**きけり**
	第二段落 事件の前提	前提の形式	初幕の展開 第一中段 古妻の懊悩	小段連合 第一小段	二	めづらしければ……	……許して住ます
					三	もとの人、聞きて	……じ」と、思ひわたる
					四	「行くべきところ	……離れなむ」と思ふ
					五	されど、さるべき	……さるべきところもなし
					六	今の人の親などは	……もとの人のがり去ぬ
				第二小段	七	見れば、あてに……	……いとあはれげなり
					八	うち恥ぢしらひて	……思へど、つれなくいらふ
					九	「さるべきこと……	……けしきこそ」と言ふ
					一〇	いとほしきを……	……向ひて、泣き暮らす
					一一	「心憂きものは……	……知りたる人、なし」
					一二	かく言ふは――	――もと使ふ人なるべし
					一三	「それは片時……	……もの、焼かせなどする
					一四	今の人、明日なむ	……をこがましけれど言ひやる

幕	中段	小段	行	始	終
初幕の展開			一五	「今宵なむ………	……今、ここへ、忍びて来ぬ
		第三小段	一六	女、待つとて――	――端に居たり
	第二中段 古妻の慟哭	第四小段	一七	月の明きに――	――泣くこと限りなし
			一八	わが身かく………	………うちそばむきて居たり
	第三中段 古妻の退去	第五小段	一九	「車は、牛たがひ	………たけばかりなり
			二〇	男、手づから………	………念じて物も言はず
			二一	馬に乗りたる姿…	………われも参らむ」と言ふ
			二二	「ただここもと…	………尻うちかけて居たり
	第四中段 男女の悲愁	第六小段	二三	この人は、供に――	――人多くはなどて
			二四	昔より見なれたる	………ひとりを具して去ぬ
		第七小段	二五	男の見つる………	かく遠くは、いかに」と言ふ
			二六	山里にて、人も…	………ながら、寄り臥したり
	第五中段 供人の心境	第八小段	二七	この女は、いまだ	………さきに、行きつきぬ
		第九小段	二八	見れば、――	――いと小さき家なり
			二九	この童「いかに…	……いと心苦しと、見居たり
	第六中段 供人の帰邸	第一〇小段	三〇	女は、「はや……	………ほどもなく来つきぬ
		第一一小段	三一	男、うちおどろき	………山の端近くなりにたり
	第七中段 男女の状態	第一二小段	三二	「あやしく遅く…	……言ふにぞ、童、帰りたる

段落	区分	中段	小段	番号	本文
第三段落 事件の顛末	前提の総括	第八中段 初幕の終結	小段連合 第一三小段	三三	「いとあやし。……悲しくてうち泣かれぬ
			第一四小段	三四	「ここにて……いととく行きつきぬ
			第一五小段	三五	げにいと小さく——あばれたる家なり
				三六	見るより悲しくて……あさましうおぼゆ
				三七	「あけよ」と……泣くことかぎりなし
				三八	「さらに、聞えや……馬にうち乗せて、去ぬ
			第一六小段	三九	女、いとあさまし……あきれて、行きつきぬ
			第一七小段	四〇	おろして、——ふたり、臥しぬ
			第一八小段	四一	よろづに……父母、思ひなげく
				四二	この女は、夢の……うれしと、思ひ**けり**
	騒動の始終	騒動の展開 第九中段 新妻の狼狽	第一九小段	四三	この男、……またたき居たり
		第一〇中段 各人の反応	小段連合 第二〇小段	四四	男、見るに、……むくつけければ、去ぬ
			第二一小段	四五	女の父母、かく……いとむくつけくなりぬ
			第二二小段	四六	おびえて、——父母も倒れ臥しぬ
			第二三小段	四七	むすめ、「など……ともえ言ひやらず
				四八	「あやしく、など……例の肌になりたり
	騒動の総括	第一一中段 騒動の解説	第二四小段	四九	かかり——**ける**ものを
後段 作者の世界				五〇	「いたづらに……かへすがへすをかしけれ

近世の通名　通名ということがある。その概念は、職種や階級に共通な人名、あるいは、職種や階級が代弁される人名ということである。そして主要な通名は、下男、下女、馬子、職人といった、下層階級に適用されたという（注二）。

従来、通名は、近世の事象として説明されている。古典落語などにも、その痕跡を指摘しうるけれども、その豊富な事例は、近世の文献に、偏在すると看做（みな）される。そして、地域的および年代的な異同も、看取しうるのである。

近世の封建社会における階級制度が、命名呼称にまで反映したものといえようか。通名の成立を基礎づける思想は、「よろづの名あるものの、相応不相応といふこと」（藤本箕山「色道大鏡」巻第十一）にあったと推定する。そして、相応不相応の基準となるのは、階級意識であったといえよう。

ところで、「相応不相応」というのは価値意識である。価値意識は、一般に、当為の法則に基礎づけられて成立する。それは、必然でもなければ、また、可能でもない。したがって、現実には、相応が、不相応を圧倒もしくは駆逐するという保証を、確証しえないのである。すなわち、不相応の事例は、稀少といえない。

だが、当為の法則は、量的にではなくて、質的に保証される。現実的な例外の存在を容認することでは共通しても、量的に、その妥当性が保証される可能の法則とは、そこで、根柢的に相違するのである。

　そして、社会的な秩序の安定した時代にあっては、当為の法則を適用しうる領域が拡大する。だが、社会的な秩序の動揺する時代にあっては、当為の法則を適用しうる領域が縮小する。近世の幕藩体制が安定した時代に、名称の相応不相応が、意識と実践とにおいて、一般性を確保しえた理由は、そこにあるといえよう。

　職種や階級における名称の相応ということは、通名だけに限定されない。「あやしき馬追にだに、相応の名あり。馬追は、本名、異名ともに、常にこれを呼ぶ。」（藤本箕山「色道大鏡」巻第十一）のであった。ここに「異名」とは通称もしくは呼称であって、町家の通名に対応するものらしい。が、本名においても、すでに、相応ということが、命名の基準となっていたのである。

　ただ、名称の相応不相応ということの一般性は、普遍性ではなかった。また、定着性でもなかったらしい。不相応の名称は、現実に存在した。そして、それはそれとして、定着しえたのである。また一個の名称が、特定の職種や階級にだけ限定した固定性を具有して、相応と看做されたわけでもないらしい。

　藤本箕山によれば、神官に、半七、八兵衛、弥作、勘十郎、与五郎などが実在したという。また、傾城の名称でも、全盛でさえあれば、山姥、神鳴、酒天童子が、道理あるように印象づけられる。「無念と謂つべし」という歎声は、評価の批判ではありえても、現実を拘束しえないのである（注二）。

　いま、近松門左衛門の世話物浄瑠璃二四編を資料として、身分的に下層の人名を調査した。職人四名、手代一〇名、丁稚七名、下男九名、小物七名、馬方三名、駕籠舁（かごかき）三名、茶屋の主人七名、遊女二九名、禿三名、遣手四名、下女二二名、仲居三名、寺小姓三名、そのほか、田地持、口寄せの弟子、鼓師匠、能師匠、浪人、講釈師、百姓、座頭、家主、口入屋、小姓など一四名で、都合一二八名が、その対象となる（注三）。

これらによって帰納すれば、通名は、三種に類別しうるようである。第一種の通名は、特定の文字を共有することである。丁稚の三太郎（「重井筒」）と三五郎（「心中天の網島」）とは、「三」を共有する。第二種の通名は、特定の類形で構成するものである。下男の市介（「心中万年草」）、佐五介（「淀鯉出世滝徳」）、角介（「夕霧阿波鳴渡」、「鑓の権三重帷子」）、新介（「山崎与次兵衛寿の門松」）などは、「介」によって構成されている。そして、第三種の通名は、特定の名称を賦与することである。下女の玉（「五十年忌歌念仏」、「薩摩歌」、「大経師昔暦」、「心中天の網島」）、りん（「堀川波鼓」、「大経師昔暦」）、竹（「薩摩歌」、「重井筒」、「心中万年草」、「今宮心中」、「夕霧阿波鳴渡」、「生玉心中」）などがそれである。

ところで、これらの通名は、職種や階級に特有と看做しうるものばかりではない。万は、下女（「冥途の飛脚」）にも、仲居（「夕霧阿波鳴渡」）にもある。また、長介は駕籠舁（「心中二枚絵草紙」）でも、寺小姓（「心中万年草」）でもありえた。りんは、下女の通名だが、腰元（「夕霧阿波鳴渡」）にも存在する。禿の沖之丞（「夕霧阿波鳴渡」）、重之丞（「博多小女郎波枕」）という構成は、寺小姓の花之丞（「心中万年草」）にも採用された方法である。長介は駕籠舁のほかに寺小姓（「心中万年草」）でもありえたのである。

相応不相応　さて、相応不相応の基準は階級意識であると推定したが、階級意識が相応不相応の基準となるのは、相応不相応の判定が成立する基準としてであると思量する。相応不相応の判定を実施する基準となるのは、言語映像であった。

〔資料一〕　桑門江斉が風流談に、或人の、法師の名を聞に、宗の字を付たるは痩さうにおもはれ、道の字を呼なるは肥さうに覚るといひて、笑ひあひしとかけり。予も亦案ずるに庵の字つける人の名は医師めき、斉の字をつける人は針立のやうにおもはれ侍れば、とかく其者に付て、相応の名あるべき事也。（藤本箕山「色道大鏡」巻第十二）

こういった言語映像は、個人の特殊性として個別的に成立する。だが、社会の共通性として一般的に存在する。一般的な共通性を保有するから、社会的な規範の基準となりうるのである。だが、一般的な共通性は、普遍的な一致性ではない。したがって、不相応の名称も、存在しうるのである。

ところで、社会的な規範の基準となる言語映像は、社会的かつ空間的に成立する。歴史的かつ時間的に成立するのではない。言語が荷担する過去の過程は、放棄されてしまう。そして、現在の時点で成立する言語映像が、社会的な基準となる。だから、式部や兵部などが、神官に相応し、関白などが馬追に相応すると判定されるのである。傾城の名称に、金作や万作は肯定され、太作は否定される。定家を是とし、家隆を否とする。また、国名のなかで、備中だけは不可であるという。聴覚映像に起因するのであろうか。

もっとも、歴史的な事情が、完全に無視されるわけでもない。傾城の定家が肯定されるのは、定家の「やくやもしほの身もこがれつつ」によって、高貴の遊客が命名した故事を濫觴とするからである。また、「傾城の名の上に小の字をそふる事、頗故実あり。」という。

〔資料二〕　たとへ、下地にさつま、からさき、わかまつなどいふ女郎いまだ在郭の内、又此名をおもひよりて付んとおもふ時に、こざつま、こがらさき、こわかまつと付る作法なり。（藤本箕山「色道大鏡」巻第十一）

しかるに、大阪の伏見屋には、新造に家隆が存在し、「同名なればまぎらはしきとてかく付るを、近代はあやまりて、同名もなきに小の字をそへて付たる例おほし。」というのが、現実であった。すなわち、歴史的な事情が配慮されるとしても、現実には、拘束性を具有しえなかったのである。

歴史的な経緯に背馳しないとしても、歴史的な経緯に基礎づけられた結果ではなくて、現在的な判定に基礎づけられた結果が、歴史的な経緯に即応するということでしかない。論理的にいえば、偶合でしかなかったのである。

近松門左衛門（一六五三―一七二四）と藤本箕山（一六二六―一七〇四）との著作を資料として検討したのである。これらは、同一時代の所産といってよい。そして、その時代は、近世の幕藩体制に基礎づけられた階級的社会機構が、安定し定着したと看做しうる。そうした社会体制を反映するものとして、名称の相応不相応が、規定される。

換言すれば、社会の現在を反映し、社会の現在に即応するものとして、相応不相応が規定されるのである。したがって階級や職種に不相応な名称を拒否し、相応する名称を維持しようとすることは、安定し定着した社会の秩序を、名称にまで徹底しようとするものであったといってよい。

ところで、言語における相応不相応といった規範意識は、安定期だけに成立するのではない。安定期の規範意識は、安定の秩序を徹底するものとして成立する。すなわち、それは、現在の観点から現在を基準とし、現在を肯定するものとして成立する。だが、言語の規範意識は、社会的な動揺期にも、また、成立するのである。それは、現在を否定するものとして、過去の観点から、過去を基準として成立する。動揺期における秩序の混乱と規範の崩壊とを契機として、秩序が安定し規範が定着した過去を基準として、成立するのである。

したがって、安定期の規範意識が、歴史の展開を直接に荷担し、時代の主役と認定される階級において成立するのに対立して、動揺期の規範意識は、歴史の展開を直接には荷担しない、時代の脇役と認定される階級において成立するといえよう。そして、前者が現在に立脚し、後者が過去に立脚するのは、当然といってよい。前者は現在の主役であり、後者は過去の主役であった。歴史における未来の主役は、未定であり、未来の主役を占有すると洞察しうる階級は、その規範意識を整備するにも演繹するにも、未熟である。

兼好法師の徒然草などは、動揺期における規範意識の特色を、主体と立場と方法とにおいて代表する適例といってよい（注四）。

二種三段階 二種に類別しうる規範意識であるが、ともに、安定期の秩序に基礎づけられて成立することでは、一致するといえよう。ただ、その安定期が、過去であるか現在であるかによって、二種に類別されるのである。

一般的にいえば、安定期の規範意識は寛恕であり、動揺期の規範意識は、峻烈であると認定しうるのではあるまいか。前者には、豊富な多様性と柔軟な流動性とがある。そのことは、近松の作品で、明瞭に看取しうるところであった。しかるに、後者では、それらの特性を喪失する傾向が顕著である。近世の通名を継承する現代古典落語の登場人物では、下男の権助、下女のおさんやおたけなど、数種に固定化してしまう。

安定期の規範意識が、その適用範囲を普遍的な一般として成立するのに対立して、動揺期の規範意識は、その適用範囲を、局部的な特殊としてしか成立しないという、限界があるからであろう。

動揺期の言語は、規範意識を荷担する階級の意志や期待を無視して、流動し展開する。規範意識を荷担する階級は、過去を荷担する主体であった。しかし、歴史の現在は、それを否定し克服する趨勢にある。否定と克服とが、創造と定着とに転換しえないことが、動揺期を特色づける。そこで、新興階級は、独自の規範体系を確立し定着しえない。しかし、没落階級の規範体系を否定し拒否する。そうした規範体系の未熟が、規範の欠如と看做されるのは、規範体系を具有する階級の観点に立脚すれば、当然であったと推定されよう。守旧階級からすれば、これは、混乱であって、新規の規範体系の胎動を、そこに感知することは、極度に困難である。それが、歴史の転換する時期に認知される常例である。

そこで、歴史を負担する主役としての資格と能力とを喪失した守旧階級は、一般的な解放性を封鎖されることによって、その規範体系を、純化していく。そして、その適用範囲が、局部性を極限化する傾斜を促進するとともに、その純化する傾向も顕著となる。さらに、規範体系が、規範体系を生成した主体の階級から分離するとき、慣行的な形骸として、社会の局部に保存されることがある。現代古典落語の通名は、その事例となしうるであろう。

もっとも、過去の言語が、新規の規範体系で位置づけられることもある。平安王朝の女房名右近は、近世遊廓の傾城名にも採用された。これは、その形骸が保存されたのではない。近世の階級社会における規範意識において、傾城に相応する名称の一種として選定されたのである。したがって、現在の規範意識によって、現在の言語として転生したものと認定しなければならない。

如上の考察によれば、名称の相応不相応は、三項の段階で認定されるわけである。第一次の段階は、言語を荷担する主体階級が、現在の歴史を荷担する主体として主役であるものをいう。その判定は開放的な一般性に基礎づけられる。第二次の段階は、言語を荷担する主体階級が、過去の歴史を荷担する主体として主役であったものをいう。その階級は、現在の歴史を荷担する主体としては、脇役であるのが普通である。その判定は、閉鎖的な特殊性に基礎づけられる。そして、第三次の段階は、言語を荷担する主体階級が、過去の主体階級と断絶して成立するものをいう。

これは、さらに、その下位分類として、過去の形骸を保存するものと、現在の言語に転生するものとを措定しうる。後者は、現在の規範体系に編入される。前者は、現在の規範体系が適用されない。したがって、後者は第一次の段階に再生する。前者は、現実的な規範性を喪失する。むしろ、現実には、過去の秩序を反映するものとして、忌避される傾向がある。風呂屋の下男が、三助であった事実は、古典落語などで現代にも保存されている。しかし、そのことによって、湯屋の使用人は、この呼称を拒否するのが、現代の現実である。

さて、堤中納言物語は、平安末期から鎌倉初期までに成立した作品の集成である。その作者については、一部を除外すれば、確定しえないとされている。しかし、宮廷貴族によって構成される社会の成員であったことに、疑念の介入する余地がない。

とすれば、名称の相応不相応という観点からして、第二次の段階に相当する時代に成立したものといえよう。ただ、堤中納言物語の各編には、名称の相応不相応について論述するところがない。したがって、近松の浄瑠璃と同様に、作者の実践するところを調査し、それを帰納することによって、その実践を基礎づける規範意識の有無を探索しなければならないのである。

だが、近世にあっては、傍証とすべき論説が、直接または間接に豊富である。けれども、女房の呼称について、女房の官しなの事（女房官品）や源氏官職故実抄などが現存するにすぎない。これらは、後代の成立であり、しかも、命名の由来、命名の方法、名称と地位などを説明したものである。相応不相応といった規範意識を解説するものではなかった。さらに、男性の名前については、その資料が存在しないらしい。

女房の呼称　堤中納言物語のうち、「虫愛づる姫君」に、男の童に、けらを、ひきまろ、いなかたち、いなごまろ、あまひこと命名して、「いとうたてあること」と非難された記述がある。これらは男の童の呼称として、不相応と、社会的に判定されている。しかし、これらの諸例は、「例のやうなるはわびし」として命名されたので、常識に反抗する異常の営為であった。相応不相応の観点から判定される対象の圏外に位置する呼称である。したがって、この事例から、相応不相応の基準を積極的に誘導することは、不可能とするほかない。不相応な事例として、異常であり、かつ、孤立するのである。

さて、堤中納言物語に記載された女房の呼称は一一件である。それらを平安朝の仮名作品に記載された女房の呼称と対比しようとしたのが、別表（二九一頁以下参照）である。

共通と単独　作品の分量に異同があり、作品の性質も同様でない。また、王朝の現存作品からすれば、その一部である。だが、ここに、堤中納言物語の特色が明瞭に看取されるであろう。

別表によれば、作品に単独の女房名と作品に共通の女房名との区別がある。その実態は、作品を追加することによって移動するであろう。ただ、作品に単独の女房名が、作品の分量に相即して増減しないという事実がある。すなわち、落窪物語で四件、枕草子で四件、源氏物語で二三件、紫式部日記で三三件、そして、堤中納言物語では〇件となる。そして、これらの数字は、それぞれ、三六・四パーセント、四〇・〇パーセント、五八・九パーセント、七一・七パーセント、および、〇・〇パーセントを占有する。

これらの作品で、枕草子と紫式部日記とは実録であった。また、落窪物語と源氏物語と堤中納言物語とは、虚構である。しかも、源氏物語と紫式部日記とは同一の作者と認定され、堤中納言物語の作者は複数と推定されている。

いま、堤中納言物語を除外して考察する。作品に単独の女房名は、その比率において虚構よりも実録の作品に数多い。このことは、実数においても同様であるといえよう。

この傾向は、作品の分量を前提として勘案するとき、拡大して理解しなければなるまい。もっとも、物語には展開があり、全編としての展開に欠如する日記に比較して、登場人物が限定されるという事情も、考慮しなければなるまい。だがその事情は、実数に反映するとしても、比率にも反映するとは断定しがたいのではあるまいか。

そこで、これらの数字は、別途の観点から考察されなければならない。その理由は、事実の記録と虚構の創作といった文学形象の主体的な姿勢の異同に基礎づけられるものではなかったか。

すなわち、実録の作品にあっては、現実に実在する女房の呼称が記録される。無論、全員が記録されたはずがない。作者の選定が施行された結果である。だがその選定は、女房名によるのではなかったはずである。女房によって選択された、——女房の容姿や性格や才能や地位や事跡などが、選定の理由であったと推定される。

しかるに、虚構の作品にあっては、作者が、登場する女房に、女房名を賦与する。ここでは、作者が女房を形象するとともに、女房名を選定して賦与する。

女房の名称に限定すれば、実録の作者に、能動的な主体性を発揮する余地がない。けれども、虚構の作者には、能動的な主体性を発揮しえたのである。このことが、作品に単独の女房名の多少を、決定する要因ではなかったか。

すなわち、作品に単独の女房名は、不相応な名称である傾向が濃厚と推定される。そして作品に共通の女房名は、相応する名称である傾向が顕著といえよう。もっとも、作品の範囲を拡大すれば、作品に単独と認定した女房名も、作品に共通することを発見しうるかもしれない。また、作品に単独の女房名が、新規に追加されるであろう。したがって、別表に掲示した女房名を、作品に単独と共通とで、断案することは回避しなければならない。

ただ、ここで、特別に指摘したいのは堤中納言物語に、作品に単独の女房名が、存在しないということである。すなわち、作品に共通の女房名であり、この共通性は、調査資料を拡大すれば、増大する可能性を具有するところの共通性である。

さきに仮説原理を適用すれば、堤中納言物語の女房名は、相応する名称だけで充足されているといえよう。そして、このような事実は、平安王朝の貴族体制が安定した時期に成立した作品には、認定しがたいとしなければならない。

二人の女房　峻烈かつ徹底した規範意識が作用していることを、明瞭に看取しうるのである。貴族社会が衰退し、貴族文化が停滞し、貴族階級が歴史の脇役を強要された時代である。貴族社会を対象とし、貴族階級を主体として成立したこの作品に、それは、当然であったといえようか。すなわち、第二次の段階と規定される相応不相応の規範意識に基礎づけられた営為であった。そして、この理解には原理と現象と歴史との緊密な連繫がある。

さて、こういった全般的な考察を前提として、個別的な吟味が必要となる。全般的な考察は、個別的な吟味によって、その妥当性を保証されなければならない。また、個別的な吟味は、全般的な考察に基礎づけられることによって、恣意性を回避しうる。すなわち、両者は、相補関係を構成することで、相互に充足しうる。

そこで、堤中納言物語のうち、「花桜折る少将」に登場する人物の名称を事例として、吟味する。固有名詞で呼称される人物で、女性の少納言の君と弁の君と、男性のみつとほとするゑみつと、——この四名を対象としたい。

まず、少納言の君である。この女性については、異説がある。第一説は、「よきほどなる童」と同視する。第二説は、「ありつる童」と同視する。なお、「よきほどなる童」と「ありつる童」とを同視すると否とで、二種の見解がある。さらに、第三説は、「おとなしき人」と同視する。

すなわち、第一説と第二説とは、少納言の君を、童と看做すのである。だが少納言は、女房の呼称であり、女房と童とは、明確に区別されていた。資料三は、童の職責と女房の職責とが、区別された現実を前提として成立する表現である。

〔資料三〕　この君はいささかよき御調度どももたまへりける。母君の御物なりけり。御鏡などなんまめやかにうつくしげなりける。これをだに持たまへざらましかばと思ひて、かきのごひて枕上におく。かく大人になり、童になり、一人いそぎくらしつ。（「落窪物語」巻之一）

したがって、少納言という表現からは童の映像を抹消しなければならない。なお、童の呼称には、「あてき」（「源氏物語」葵）、「あやき」（「宇津保物語」忠こそ）、「たてき」（「宇津保物語」藤原君）、「いぬき」（「源氏物語」若紫）、「つゆ」（「落窪物語」巻之一）、「よもぎ」（「宇津保物語」忠こそ）などがある。別表に列記した女房名と比較して、異種の構造であることは、一見して理解されよう。

少納言の呼称は、執柄家にあって、「下﨟ながら中﨟かけたる名なり」（「女房の官しなの事」）という。だが、兵部卿の宮の側腹で、按察使大納言の末亡人である祖母に養育された紫の上は、少納言が、乳母として後見の位置にあった（注五）。「花桜折る少将」で、少納言の奉仕する姫君は、源中納言の遺児である。そして、祖父もしくは伯父が、大将であるという。とすれば、紫の上とこの姫君とは、同等の家格といってよい。

もっとも、この姫君の乳母は、中将である。そして、この女房名は、執柄家で、「中らふ」（「女房の官しなの事」）に位置づけられている。したがって、中将より下位の少納言が、乳母より高位であるはずがない。けれども、その奉仕した貴族の家格からして、執柄家に奉仕する女房の序列より、相対的にいって、上位に位置づけられるべきであろう。

とすれば、この少納言は、「おとなしき人」と同視すべき蓋然性が濃厚である。ただ、この場面では、継起的に、童や女房が登場する。そして、「みなしたてて五六人ぞある。」とするけれども、そこに到達する経緯の描写もしくは説明に缺如するところがある。したがって別人と看做すべき可能性も保留しなければならない。

ただ少納言という女房名が喚起する映像は、大人と認定しうる女房の映像であったことを確認しうるのである。

つぎに、弁の君である。この女房名は、少納言とともに、別表の作品全部に共通する。そして、それが、女房名であるとすれば、童ではありえない。女房名であるばかりでなく、女房に相応する呼称であった。

女房名としての弁の地位は、明確でない。ただ、小弁という女房名が、侍従と少納言と国々の名とともに、執柄家では、「下臈の名なり」とされる。そこにも格差があって、侍従と少納言とは、「中臈かけたる名なり」とされる。また、小宰相、小督、小ひやうへのかみについての説明と理解されるが、

「惣じて小の字を添てつくるは、あかりたるなり」とする記述がある（注六）。この原理を演繹すれば、小弁は少納言より下位であり、弁は小弁より下位となる。無論、執柄家では下﨟という範疇での序列でしかない。

そこで、弁の君は、少納言の君の同僚女房であり、同輩として若干は下位に位置づけられる存在であったと推定しうる。

光遠と季光　さて、男性と推定しうる人物に、みつとほとするゑみつとがある。少将が、「しろきもの」に、「かのみつとをにあはじや。」と質問し、また、少納言の君かと推理される「おとなしき人」が、「するみつはなどかいままでをきぬぞ。」と非難する、そのみつとほとするゑみつとをいう。

従来、みつとほについて、四種の見解がある。第一説は、この邸宅の侍女と恋仲の男性とする。第二説は、少将の恋敵の男性とする。すなわち、以前にこの邸宅に居住した少将の恋人の、その恋人であった男性と想像するのである。そして、第三説は、以前の恋人と少将とを仲介した男性とする。さらに、第四説は、当時の物語の主要人物の名前とする。少将の恋敵であった男性を、物語の人物に擬定したものと推量するわけである。

ところで、このみつとほを少将の恋敵と看做すには、疑義がある。みつとほという名前が喚起する表現映像は、下級貴族の男性であったと推定されなければならない。上流貴族と推測される少将と、対抗関係を構成しえなかったはずである。

みつとほという名前は公卿補任に存在しない。しかるに、尊卑分脈によれば、九名の「光遠」が存在する。年代的に分明でないものがあって、時代的な齟齬を修正する方法がない。だが、藤原光遠が五名、源光遠が四名指摘される。

すなわち、光遠という名前は、唐突な名前ではなかった。しかし、公卿に相応する名前ではなかったのである。尊卑分脈で調査すると、下級貴族、いわゆる受領階級に相当する階級の子弟であったことで共通している。

藤原光遠（A）　藤原道兼の子孫。丹後丹波守、左衛門少尉、従四位上、康永三年、三三（もしくは四三）歳没。父は、従四位上、左将監、丹後守。母は、藤原景俊女。子女は、従四位上、左中将の藤原嗣頼の母、中将藤原公頼母、従二位、左中将、正四位下源信俊母。

藤原光遠（B）　藤原良門の子孫。父は、修理少進藤原光舒。母は、拾遺作者わまかである。祖父は、従五位上、紀伊守清正。曾祖父が承平三年没。

藤原光遠（C）　藤原顕隆の末流。従五位下、越前守。父は春宮大進宗時。

藤原光遠（D）　藤原顕隆の末流。無位無官。父は、正五位下民部少輔時長。

藤原光遠（E）　藤原内麿の末流。正五位下宮内少輔。父は、宮内大夫、壱岐守、正四位下、大膳大夫遠業。

源光遠（A）　清和源氏。正五位下、豊前守、右衛門尉、右馬允。父は、後白河院武者所并北面、安芸守、内舎人左兵衛尉。

源光遠（B）　清和源氏。植田四郎。室町時代。

源光遠（C）　清和源氏。葦田二郎。鎌倉時代。

源光遠（D）　宇多源氏。従四位下。蔵人所雑色、後白河院判官代、伊豆河内守。皇后大進。

光遠という男性が九名存在し、しかもその全員が、地下（じげ）の貴族または武家であった。この事実は、光遠が、近世の通名に対応する名前として、地下の階級を反映するものであったと推定させる。鎌倉期の葦田二郎光遠と室町期の植田四郎光遠とを除外すれば、爾余の七名はいずれも四位を極位とする、下級貴族であった。とすれば、堤中納言物語の人物光遠という固有名詞の表現が喚起する映像は、そうした男性として定着するものであったに相違ない。

この邸宅に居住した以前の恋人が、どの程度の身分であったかは明白でない。しかし、現住する女性の身分と径庭するところがなかったであろう。邸宅の規模と住人の階級とには、相関性があった時代だからである。とすれば、下級貴族光遠が、少将を恋敵として、その女性との交情関係を成立させ保持することは、特殊な場合を除外して、想定しえない。そして、特殊な事情は、明示も暗示もされていないのである。

堤中納言物語の「程ほどの懸想」では、三種の階級による三種の交情が形象されている。頭中将と式部卿の姫君と、「君の御方に若くて候ふをとこ」と女房のうちの中将か侍従かと、小舎人童と女童と、――「ほどほどにつけては、かたみにいたしなど思ふ」交情が成立する。また、落窪物語では、少将道頼と落窪の姫君と、帯刀惟成と女房兼童の阿漕と、二組の結合が成立する。前者は上級貴族であり、後者は下級貴族であった。

源氏物語における光源氏と明石姫君との交情は、上級貴族の男性と下級貴族の女性との情事である。明石姫君には、播磨守すなわち下級貴族の息子である良清が懸想していた。だが、源氏と姫君との結縁が成立すると、良清は、源氏の恋敵ではありえなかったのである。そこで、第二説は、成立しがたい。

懸詞と縁語　創作作品の人物が、別個の創作作品に引用される事例は、先例があった。源氏物語に、「さるは、いといたく世をはばかり、まめだち給ひけるほど、なよびかに、をかしきことはなくて、交野の少将には、笑はれ給ひけんかし」（帚木）とあって、虚構の人物を実在視している。

だが、現存する資料を検索しても、光遠という男性人物を求尋しえない。もっとも、そのことは、そのような作品が、存在しなかったことを、積極的に立証しうるものではない。現存する作品よりは、散佚した作品が、数多かったはずだからである。

さらに、光遠が下級貴族であることは、この人物が、作品の主要人物でなかったことを推定させる。平安王朝の物語文学は、通常、上流貴族の男女を主要人物として構成されるからである。そして、物語文学が、基本的に、上流貴族の需要を契機として創作されるのが原則であった事情からすれば、それは、当然であったろう。

とすれば、落窪物語の惟成、源氏物語の惟光や良清や常則といった人物に相当する存在として、光遠が登場する物語作品の存在を、想定する余地はある。

だが、この光遠は、少将を話者とし下仕えの老翁を聴者とする会話表現で、「かのみつとを」と表現されている。そして、指示語「か」は、いわゆる遠称である。とすれば、その指示対象は、話者と聴者との共有する領域に位置づけられなければならない。しかるに、物語文学の世界が、少将と老翁との共有する領域でありうる蓋然性は、極度に稀薄である。

したがって物語文学に登場する人物と考定することは、主要人物としても脇役人物としても、否定されなければならない。

ところで、「かのみつとをにあはじや」は、技巧表現である。「みつ」は、懸詞として「見つ」を連想させる。そして、「見つ」と「あは（会・逢）」とは縁語関係を構成する。とすれば、「みつとを」には、見たことが遠くなった――久しく見ないといった意味を感性的に派生しうるであろう。そこで、この表現は、直接的には、あの光遠という人物に出会うまいなあ、という意味になる。だが、さらに、附帯的に、見たことが遠くなった人物すなわち「はやくここにものいひし人」に逢うこともないだろうなあ、という意味をも、表現すると思量する。

そこに、少将の「ほほゑみて」という表情表現とこの会話表現との接合が、的確に理解されるのではあるまいか。そして、「その御方はここにもおはしまさず。なにとかいふ所になむ住ませ給ふ。」と「かのみつとをにあはじや。」との会話表現としての呼応が、適切に補足しうると考定する。

以前の恋人は移転してしまっている。したがって、老翁――「しろきもの」には出会ったけれども、光遠には出会うことはあるまい。なんとなれば、相見たことが遠ざかった恋人は居住しないのだから、ここで、相見ることはない。とすれば、相見ることが遠ざかるという名前の光遠に、出会うこともあるまい。そういった表現なのである。

それが、「ほほゑみて」という表情を随伴して成立するのは、「あはれの事や。尼などにやなりたるらむ。」という心中の不安に対応する逆反の作用として成立する表現だからである。そこに、少将と老翁との階級的格差と、階級的格差に基礎づけられた少将の韜晦表現とを看取しなければなるまい。

如上の考察に立脚すれば、光遠は、上流貴族である以前の恋人の家門に、由縁のあった下級貴族ということになろう。家司と限定しがたいし、また、その必要もない。だが、以前の恋人の家門に親近して、少将とも接触のあった人物と推定される。

そこで、第一説は、支持しがたい。侍女と恋仲であったことを、想像する余地はある。しかし、そのことを証明する資料は、積極的にも消極的にも存在しない。むしろ、第三説には、若干の可能性がある。しかし、そういうこともありうるという消極的な可能性であって、積極的に支持しうる資料は存在しない。

　ここでは、そういった、形象がなされていない事情を、想定すべきではあるまい。物語文学では、上流貴族の情事の周辺に、下級貴族が存在する。そういった人物として、光遠が、想定されていたのであろう。それは、下級貴族に相応する名前であった。しかも、表現技巧を誘発する名前であった。そうした言語映像の表現効果を企図して、光遠という固有名詞が、ここに使用されたと理解するのである。

三人の男性　さて、するみつである。尊卑分脈によれば、一六名の季光を指摘しうる。藤原季光が一一名で、源季光が四名で大江季光が一名である。年代の不明なものが数多いし、後代のものもあるけれども、網羅的に列挙する。


藤原季光（A）　徳大寺系。無位無官。時代不明。

藤原季光（B）　徳大寺系。無位無官。時代不明。

藤原季光（C）　長家の末流。紀伊守。父は治承年間没。

藤原季光（D）　長家の末流。正二位民部卿権中納言。藤原定家の幼名。

藤原季光（E）　実頼の末流。無位無官。父仲経は、従五位下山城守。平安末期。

藤原季光（F）　実頼の末流。早世。滝口。父季賢は、左衛門尉。鎌倉末期。

藤原季光（G）　師尹の末流。従五位下散位。平安中期。

藤原季光（H）　師尹の末流。甲斐守。鎌倉時代。

藤原季光（I）　内麿の末流。侍従文章博士。左少弁。従五位上。室町時代。

藤原季光（J）　貞嗣の末流。刑部少輔。従五位上但馬守。時代不明。越前国に住む。父は、従四位下下野守、刑部権大輔。

藤原季光（K）　宇合の末流。判官代従四位下、筑前守。平安時代。
源季光（A）　清和源氏。兄弟に、従五位下のものあり。時代不明。
源季光（B）　清和源氏。石川三郎。木工助。時代不明。
源季光（C）　清和源氏。時代不明。
源季光（D）　村上源氏。時代不明。
大江季光　四郎。従五位下安芸介、左近将監。関東評定衆。室町時代。

これらのうち、藤原季光（D）は、藤原定家（一一六二—一二四一）の幼名である。定家には、光季という幼名もあった。この定家を例外とすれば、一五名の季光は、概言して、下級貴族である。さらに、公卿補任を検索しても、季光という名前は記載されていない。とすれば、季光もまた下級貴族に相応する名称であったと認定しうる。

すなわち、光遠と同趣の固有名詞であったといえよう。

季光は、少納言と推定される「おとなしき人」の会話表現に登場する。すなわち、「すゐみつはなどか今まで起きぬぞ。」とある。このとき、この邸宅の姫君は、神社参詣をしようとしている。したがって、季光には、外出の準備や宰領といった職責があったのであろうか。物語に関連して、その惰眠が詰問されているのである。

そこで、光遠も、季光と同様の立場にあったのではないかと想像される。後世でいえば執事とか番頭とかに、対応する立場にあった下級貴族ではなかったか。

少将の父邸に奉仕する男性に、みつするがある。尊卑分脈によれば、藤原定家の幼名を除外して、藤原光季が三名、源光季が二名、橘光季が一名ある。そのうち、源光季一名は、源光遠の改名である。

堤中納言物語の光季は、花桜の邸宅に奉仕する童と交情がある。そして、少将が姫君の略奪を計画するとき、準備工作を担当するのである。

少将道頼（「落窪物語」）には帯刀惟成が、光源氏（「源氏物語」）には惟光の朝臣や良清の朝臣が、その周辺に位置して奉仕する。これらは、朝廷の官僚であるとともに、上級貴族に従属して、その私事に関与し宰領するのであった。光季の行動は、光源氏が紫の上を略取したときに、惟光が荷担した役割に対応するといえよう。

そして、姫君一行の物詣外出に、季光の惰眠が非難されている。とすれば、この季光も、光季と同様、惟光や惟成に同類する人物であった。

だとするならば、光遠も、また、以前の恋人に奉仕して、季光や光季と同様に位置づけられる、下級官僚だったのではあるまいか。したがって、花桜の邸宅に前住の女性と情交のあった少将に、女性側の一人として接触する機会があったと想定してよい。そのような経緯を前提として、「かのみつとをにあはじや。」という少将の表現が、成立するのである。

さて、こういった考察に立脚するとき、光遠といい、季光といい、また、光季という名前は、作中の役柄に相応する名前として、作者が選定したと看做さなければならない。そして、さきの少納言と弁との考察をも勘案すれば、上級貴族に奉仕する下級貴族の呼称には、相応不相応の判定に基礎づけられる規範意識が作用していたことを理解しうるのである。

これは、近世の通名と共通の基盤に立脚して成立する現象といえよう。資料の多少からして、単純な比較には、慎重でなければならない。けれども、現存資料で調査する範囲では、近世の通名より、徹底している。資料が乏少ということもあろう。だが、動揺期の規範意識であること、さらには、事実の記録でなくて虚構の創作であることに、その理由を確定すべきである。

階級を重複する混用のない事実は、重視しなければならない。したがって、こういった人名の記載は、それ自体において、階級や職責の映像を、明確な具体像として、表現しえたものと推定する。


注一、鈴木棠三『擬人名辞典』（東京堂。一九六二年）。

注二、藤本箕山「色道大鏡」（巻十一人名部）。

注三、資料は、大阪市立大学大学院学生（現在大阪市立大学助教授）阪口弘之君に依嘱した調査による。

注四、吉田兼好「徒然草」（第一四段、第二一段など）。それが、極端に徹底すると、頓阿（一二八九―一三七二）の非難する「道之魔姓」となる。すなわち頓阿本古今和歌集に、「近代僻案之好士。以書生之失錯。称有職之秘事。可謂道之魔姓。」（奥書）とある。

注五、「源氏物語」（若紫）。

注六、「女房官しなの事」（『群書類従』巻第七三）。


〔別表〕文学作品と女房の呼称（作成 神尾暢子）

女房名＼作品	落窪物語	枕草子	源氏物語	紫式部日記	堤中納言物語
按察			○		
近江の命婦				○	
和泉(式部)				○	
出母					
伊勢ご					
一条君					
いではのご					
いよこのご					
右近		○	○	○	
右近内侍		○			
右中弁	○				
大左衛門のおもと			○		
大式部のおもと				○	
おほふね					

女房名＼作品	落窪物語	枕草子	源氏物語	紫式部日記	堤中納言物語
大馬				○	
閑院御					
きよい子の命婦				○	
刑部の君					
源式部				○	
源少納言君		○			
源内侍介			○		
監命婦					
小宰相			○		○
小左衛門				○	
小侍従			○		
小少将			○	○	
五節の弁				○	
小大輔				○	○
小中将				○	
小兵部				○	
小兵衛				○	
小兵衛丞				○	
小木工				○	
小馬				○	

女房名＼作品	落窪物語	枕草子	源氏物語	紫式部日記	堤中納言物語
小衛門				○	
宰相の君		○	○	○	○
宰相のめのと			○		
左近	○		○		
左近命婦			○		
左近のおもと				○	
左少弁	○				
左大弁			○		
左衛門			○		
左衛門内侍				○	
左衛門佐	○				
左衛門乳母			○		
三位めのと					
式部のおもと		○			
侍従			○		○
侍従の内侍			○		
侍従の命婦				○	
少将	○			○	○
少将内侍					
少将乳母					

少将の命婦					
少納言	○	○	○	○	○
少弐のめのと					
すけのご					
修理の君					
清少納言				○	
帥君					
孫王					
少輔のめのと				○	
宣旨			○		
大納言			○	○	
大納言乳母					
大弐内侍介			○		
大弐乳母			○		
大夫のおもと	○			○	○
大夫の命婦			○	○	
大夫の乳母			○		
対の君					
大輔君					
内匠の蔵人				○	
中将の君	○		○		○
中将のおもと			○		
中務の命婦			○		

中納言君		○	○		○
中納言の乳母			○	○	
中納言の内侍					
筑前の命婦				○	
藤少将の命婦				○	
藤内侍すけ			○		
内侍君					
内侍乳母					
中務			○		
中務の命婦				○	
中務のめのと				○	
のうさんの君					
伯の君					
兵ごの命婦					
兵部のおもと				○	
兵衛					
兵衛の命婦			○	○	
兵衛佐	○		○		
弁君	○		○		○
弁のおもと		○	○	○	
弁宰相				○	
弁少将	○				
弁内侍				○	

女房名＼作品	落窪物語	枕草子	源氏物語	紫式部日記	堤中納言物語
匡衡衛門				○	
宮木の侍従				○	
宮の内侍				○	
民部のおもと			○		
馬				○	
馬命婦		○		○	
馬中将				○	
馬内侍介		○			
木工君			○		
大和					
ゆげひの命婦			○		
よふこ					
王命婦			○		
わかさのご					
衛門佐			○		
累計	11	10	39	46	10

〔備考〕 累計は、種類の累計で、人数の累計ではない。
○印のない女房名は、王朝の他の十一作品に存在する。

地域規定の映像喚起

地域の映像　堤中納言物語に、「しもわたり」という表現がある。すなわち、資料一と資料二とが、それである。「しも」は、平安下京のことと推知するが、今昔物語集の事例若干を除外すれば、平安王朝の文学作品には、事例の検索しがたい用語である。

〔資料一〕　うせ給にし式部卿の宮の、ひめきみの中になんさふらひける。宮などとくかくれ給にしかば、心ぼそくおもひなけきつゝ、**しもわたり**に人すくなにてすぐし給。（「堤中納言物語」程ほどの懸想）

〔資料二〕　**しもわたり**に、しないやしからぬ人の、こともかなはぬ人を、にくからずおもひて、としごろふるほどに、したしき人のもとへいきかよへるほどに、むすめを思ひかけて、みそかにかよひありきけり。（「堤中納言物語」はいずみ）

資料一については、後文に、「八条のみや」とあり、それが、八条の土地であると判明する。けれども、資料二については、特別に規定するところがない。

いずれにしても、これらの両例が、殊更に「しもわたり」と、特定の地域に限定して規定しなければならなかった、作品形象における必然的事由は、奈辺に求尋されるのであろうか。地域規定の喚起する表現映像に、その論拠を探索しようとするのである。

平安京師の北部を上京と呼び、南部を下京と称するとして、その境界は、明白でない。

現今の下京区は、若干の出入はあるが、概観して四条以南の地域に相当するけれども、行政区劃の名称である。下京の呼称に由来するとしても、その範囲を、過去に溯及して適用する論拠にはなしがたい。「下京はおよそ三条以南をいふ。」(幸田露伴「評釈猿蓑」)とか、「京都三条通以南の土地の称」(「岩波古語辞典」)とかの説明も、明治年間の区制を、拡大化し一般化したものであろう。京都市参事会の平安通志(明治二八年十月)に、「其市内ハ之ヲ上京下京ノ両区ニ別チ、三条通ヲ以テ境界トス、」(十・現今京都)とある。

吉田東伍の大日本地名辞書(明治三三年三月)に、「京都市三条以南を下京と為す、今代制定までは正しき限界なし、明治廿二年鴨東(賀茂川東)愛宕郡鳥戸郷を併せ下京の一区とす、但右京の地及左京壬生九条近傍は大略葛野郡に入る、」(山城国・下京)と記述する。

すなわち、古来の下京とは、地域というよりは、地帯の呼称であったかと想察される。碓井小三郎の京都坊目誌(大正五年十月)に、「上京下京は左京を二分するもの。其称呼何れの時に起れるを知らす。蓋し南辺より北部を上京と呼ひ。北辺より南部を下京と唱へ。自然に呼応して起りし称号也。」(下・下京区の部)とある。なお、「中京は上下京の中間を俚称するに過ぎず。区域あるに非ず。」とも説明している。

二条大路を境界とする見解も、成立するようである。蘆田鈍水の京町鑑(宝暦一二年五月)には、「二条通の北側より北を上京といふ是古へ大内裏の築地の南通也因て後世上下の境とす二条通の南側より南を下京と分つ也」(上下京境目)とある。近代の行政区劃では、慶応四年(一八六八)七月に、二条通を、上京下京の境界とし、さらに、明治二年(一八六九)正月に、三条通を境界とした。

上下両京の境界を、二条大路と看做し、これを、平安王朝にまで溯及しようとする見解がある(注二)。だが、これは、特定的場所を基軸とする方向規定であったかと推定する。全般的視野に立脚する地域規定ではなかった。資料三の「下(しも)」は、法成寺の「御堂」を基準とする方向を、規定する表現と理解しなければならない。法成寺の所在は、拾芥抄によれば、近衛の北、京極の東で、二町四方を占有したらしい(注二)。

〔資料三〕 **下つ方**に家ある尼どもも、「今いくばくもあらず、かかる浄土のあたりにこそありて、朝夕に仏をも見奉らめ」とて、この御堂の北南に移り住めば、(「栄華物語」十八・玉のうてな)

慶滋保胤は、その池亭記(九八二)で、京師の内外を、五区に劃別して論評する。京外では、東河之畔(鴨川の畔涯)と北野之中(京北の郊野)とである。京内では、西京と東京四条以北乾艮二方と坊城南面とである。とすれば、この坊城南面とは、東京四条以南巽坤二方ということになろうか。その六条以北の荒地に、池亭が築造されたのである。

この区劃では、西京が一括され、東京が四条を境界として、南北に区別されている。すなわち、上下両京の区別は、東京の下位区劃として、措定された概念だったらしい。拾芥抄に、東京を洛陽とし、西京を長安とする異称がある。洛陽の「洛」が京都の異称として継承されるが、下京はその一部であった。

東西の対応　貴族の邸宅に、東西の区別を冠冒して、東何西某と呼称することがある。邸宅の称呼に東西で区別する基準は、三種の観点から成立したものと推定しうる。第一の基準は、東西両京に対応して位置づけられるということである。第二の基準は、東京域内に対応して位置づけられるということである。そして、第三の基準は、西京域内に対応して位置づけられるということである。

東西両京に対応して位置づけられる事例として、三条第がある。西京の三条第は、右大臣(「三代実録」貞観元年四月十八日)、藤原良相(「公卿補任」貞観九年)、藤原常行(「公卿補任」貞観十七年)、源光(「公卿補任」延喜十三年)などの所持した邸宅であった。東京の三条第は、源常(「公卿補任」仁寿四年)、藤原忠平(「貞信公記」承平元年二月二日)、元利親王(「日本紀略」天徳三年十二月七日)、皇后昌子(「日本紀略」安和二年八月十三日)、藤原兼通(「日本紀略」貞元二年四月十九日)、藤原兼家(「帝王編年記」天元元年六月一日)、藤原道隆(「日本紀略」永延元年七月二十一日)、冷泉院(「小右記」長徳元年正月九日)などの、所持しまたは居住した邸宅である。道隆以後は、東三条院詮子から藤原道長へと伝領された。

なお、ほかに、東京には、三条天皇の所縁である三条院(三条北、西洞院東)があり、東三条院の「東」は、東京域内での対応に転位した可能性がある。

西京域内に対応して位置づけられる事例としては、源順の「三月三日於西宮池亭同賦花開已市樹応教」に、「東側延喜之長公主。巻錦帳垂珠簾。西亦応和大納言。建月台排花閣。」(「本朝文粋」十)と併称した、源高明の西宮がある。延喜長公主の東宮に対応する西宮で、西京に位置する西宮ということではなかった(注三)。

東京域内に対応して位置づけられる事例としては、一条第がある。東一条第(近衛南、東洞院東)は、「東京一条第」(「三代実録」貞観元年二月三十日、嘉祥三年三月二十五日)と記録されるから、西京に対応する東京の略称であったらしい。だが、「東一条第」(「三代実録」貞観十四年九月二日)とも呼称され、一条左大臣源雅信邸(土御門南、東洞院西二町)や藤原為光の旧居で一条天皇の里内裏となった一条院(一条南、大宮東二町)や憲平親王の更衣が女児を出産した一条第(注四)などと、対応関係を構成した。そのほか、東二条院(二条北、富小路東)と二条第(二条南、東洞院東)との対応、東三条内裏(三条北、烏丸東)と西三条内裏(三条北、烏丸東)との対応、西八条第(八条坊門南、大宮西)の呼称など、いずれも、東京域内での対応規定である。

東西両京に対応し、あるいは、西京域内で対応する事例は、年代の下降するにつれて、検索しがたくなる。当初は、東西両京の対応として成立した冠冒呼称も、東京域内での対応に、転移する傾向となる。すなわち、東何西某といった冠冒表現は、東京域内での東西対応を規定することに、集約されていったのである。

西京に対立する東京という規定の「東の五条」（『伊勢物語』第四段）、「東の五条わたり」（『伊勢物語』第五段）といった事例もある。だが、この両例は、西京の人妻との情事を素材とする前置章段と、対比的な対応関係を構成して、配置されている（注五）。したがって、前段の「西の京」（『伊勢物語』第二段）と対応する規定として、「東の」という表現が、特別に冠冒されたと推断する。

とすれば、西京は、生活感覚での都市圏外にあった。したがって、大路呼称は、原則として、東京の地域といった限定の映像でなかったかと、推定しうるであろう。

無論、東西の大路は、東西の京極を極点として開通していたはずである。だが、そういった現実的事実とは別途に、文学的形象に反映する生活的印象として、東京の地域に限定する映像が、成立し定着していたと、看做さなければなるまい。

表現としての映像は、事実としての現況に、合致することもあれば、合致しないこともある。地名や人名では、両者の懸隔もしくは齟齬が、甚大となりがちである。

保胤は、東京の四条以南について、「荒蕪眇眇。秀麦離離。」とし、朱雀以西の西京について、「人家漸稀。殆幾幽墟。」とする。だが、下京は、庶民の街衢として繁昌し、貴族の豪邸も存在した。西京も、幽墟が誇張表現であったことを、想察させる資料がある（注六）。

とはいえ、保胤の記述が、偽罔（ぎもう）であったとは、速断しえない。貴族階級の抱懐する印象的映像として、基本的に否定しがたいところがある。むしろ、保胤は、地名表現の喚起する原点を、指摘し道破したといってよい。

東京上京は、貴賤の人家が稠密櫛比し、「進退有懼。心神不安。」の状況であった。西京は、人家が過疎閑散として、「無処移徙」の賤貧、もしくは、「楽幽隠亡命」の帰田といった人物だけが居住しうるところであった。そういった前提での、池亭の卜定である。

地帯の呼称　保胤は、また、郊外の新興住宅地について、「或卜東河之畔。若過大水。與魚鼈為伍。或住北野之中。若有苦旱。雖渇乏無水。」と、その欠点を指摘する。東京下京に、貴縉顕官の高邸豪宅が現出した理由として、一般化して理解することが、可能であろう。

ただ、貴顕の邸宅が存在したという事実は、東京下京が、貴顕の居住する地帯であったという認定に、短絡させるわけにはいかない。むしろ、「高家比門連堂。少屋隔壁接簷。」といった密集地帯の東京上京に対比して、「空閑之地」であったから、かえって、広大な地域を占有する豪邸の経営が、可能であったかと想察される。

ところで、「しもわたり」という用語は、堤中納言の事例のほか、平安王朝の文学作品で、容易には検索しがたい。今昔物語集に、「下辺」の事例が、若干ある。これが、「しもわたり」に相当することは、資料四と資料五とから推知しうるであろう。

〔資料四〕　今は昔、左京大夫なりける古上達部ありけり。年老いて、いみじうふるめかしけり。**しもわたり**なる家に、ありきもせで籠居たりけり。（「宇治拾遺物語」二・五）

〔資料五〕　今ハ昔、左京ノ大夫□ノ□ト云フ、旧君達有ケリ。年老テ極ク旧メカシケレバ、殊

ニ行キモ不為デ、下辺ナル家ニナム籠リ居タリケル。(「今昔物語集」二十八・三〇)

ただ、「下辺」を、「シモワタリ」と訓読して支障がないかどうか。色葉字類抄や類聚名義抄によれば、「ワタリ」の訓釈は、「渡」にあって、「辺」には、「ホトリ」を充当している。そして、今昔物語集は、界隈近辺を意味する「ワタリ」のときに、「下渡」(二十四・一六)、「五条渡」(三十一・二四)などと、漢字「渡」を充当するのである。「辺」のほかに、「ホトリ」には、漢字「側」を充当したらしい。また、「アタリ」には、漢字「当」を充当して、区別したと看做しうる(注七)。

さらに、宇治拾遺物語の「五条わたり」(十・五)と「五条の天神のあたり」(二・一四)となどを参酌すれば、「ワタリ」は、名詞に直接する形態に限定され、助詞「の」が介入するときには、「アタリ」とするのが、当代の慣行であったかとも想察しうる。

その反証に、「駒とめて袖うちはらふかげもなし佐野のわたりの秋の夕暮」(「新古今集」六・六七一。藤原定家)を指摘することは、容易であろう。だが、この作品は、「苦毛零来雨可神之埼狭野乃渡尓家裳不有国」(「万葉集」三・二六五。長奥麻呂)を、典拠とする。「ワタリ」の語形を保有することは、表現技法としても、必要であったのではないか。

したがって、近辺界隈を表現素材とすることでは共通するとしても、「辺」は「ホトリ」であって、「ワタリ」は、「渡」と表記された。しかも、「ワタリ」は、名詞に直接して複合するときの語形で、助詞「の」が介入するときには、「アタリ」の語形が、普通であったということになろう(注七)。ここでいう普通とは、特別の表現効果が、意図的に加味されない用法である。

いま、徹底して究明しないが、近辺界隈を「ワタリ」と対象規定する表現は、「ホトリ」との相対関係で、口頭俗語の文脈に、傾斜して継承された用語ではなかったか。そのことが、今昔物語集で、

「渡」の宛字を使用させた事由になろう。「ホトリ」と「ワタリ」との混用は、異質文脈語彙の混用と看做しうる。

ところで、調査の範囲では、「しも」に、単独で場所を表現する事例を、検索しえなかった。いずれも、「しもわたり」「しものほとり」など、場所の表現を修飾限定するのである。すなわち、これらの「しも」は、方向規定であって、場所規定ではない。被修飾語の場所規定と結合することで、場所規定の表現となるのである。しかも、「しも」の修飾限定する場所規定は、「わたり」にしても「ほとり」にしても、確然たる地区の規定ではない。漠然たる地帯の規定である。

そこで、「下わたり」「下のほとり」などと対象規定される古代平安の下京界隈とは、三項の命題に整理して理解しうるであろう。

第一に、平安東京の南部地帯を表現素材とする対象規定であった。それは、概略の地帯を呼称するもので、一定の地域を規定するものではなかったということである。

第二に、表現主体の視座を基準として、素材概念の外延には、変動伸縮の余地があった。すなわち、平安東京の南部地帯といっても、その範囲は、固定的に定着していたわけではない。

第三に、表現主体の視座は、近代の行政区劃として定着するまで、動揺可変を許容するものであった。あるいは二条大路を、あるいは三条大路を、それぞれ基準とする視座が成立しえたのである。

四条の以南　この三項を前提とし、保胤の記述を参酌して、四条以南の東京を、平安王朝の下京と措定したい。

保胤の記述を基礎とするのは、それが、第一に、全般的な視野から、京師内外を区劃しているからである。第二に、それが、区劃各部の特色を、具体的に明示しているからである。そして、第三に、それが、下京概念を、規定する命題各項に牴触しないからである。さらに、それが、平安中期の成立で、同時代性を反映するからである。

史実としての現実から、部分的な反証が可能であるとしても、映像としての印象から、四条以南の東京下京は、爾他の区劃四項に対立して、独自の統一的単位を形成していた。——その事実を、保胤は、保胤自身の認定としてだけでなく、保胤以外に矛盾しないものとして、提示している。

さて、そこで、古典作品における下京関連の用語を、検索調査した。それを一括して、別表（三一一頁以下参照）として整理する。別表によれば、第一に、下京に包含される四条から九条まで、大路の用例が充足される。第二に、下京を包括的に規定する表現は、平安後期まで現出しない。しかも、それは、明確な地区規定でなく、曖昧な地帯規定である。第三に、下京各地の事例は、平安中期の作品まで、作品ごとに地域的偏在が看取される。第四に、下京各地の事例は、平安後期の作品で、地域的偏在を解消する。具体的にいえば、今昔物語集に、下京各条の用例を検索しうるのである。これは、今昔の分量と、基本的には関係がない。分量が多大の源語でも、偏在が認知されうるからである。そして、例示すれば、象徴辞彙が、今昔よりも、源語が豊富であるという事実がある（注九）。すなわち、今昔の基本的性格に基礎づけられた、偏在の解消であると推定してよい。

したがって、第五に、四条以南を総括する概念は、平安後期に、しかも概括的な地帯規定として確立したかと想察されるのである。

さらに、第六に、四条以南の大路各項は、それぞれ、個別的な映像を形成したらしい。「四五条のほど」を唯一の例外として、何条某条という規定が、明確に施行されている。第七に、東西大路の規定が明確であるのに相対して、南北道路の規定は、徹底しない。東西大路だけの単純規定が、東西大路と南北道路との複合規定よりも格段に数多い。すなわち、第八に、東西大路による場所規定の映像は、鮮明に成立しえた。南北道路による場所規定は、映像成立の副次的条件でありえても、基幹的条件になりがたかった。

そして、第九に、東西大路の各項には、それぞれ、貴顕の邸宅が存在した事実を反映する。四条の宮、五条の后、六条の院、七条殿、八条の宮、九条殿などが、それである。だが、東西大路の各項に成立する地域映像は、貴顕の邸宅によって成立するのではない。むしろ、貴顕の邸宅とは、関係なく成立するのである。このことは、具体例を検索することで、明瞭化するであろう。

ところで、蜻蛉日記に、「いまは、一人をたのむたのもし人は、この十余年のほど、県ありきにのみあり。たまさかに京なるほども、四五条のほどなりければ、われは、左近の馬場をかたきしにしたれば、いと遥かなり。」(上・康保三年)とある。

左近の馬場は、一条通、西洞院の東、室町の西にあった。四五条のほどという倫寧の邸宅までは、四キロ・メートル内外であったろうか。それを、「いと遥かなり」とする。貴族女性の距離感覚を、反映するといえよう。もっとも、この距離が、単純な量的距離の感覚であったか、どうか。質的離隔の心理感覚を反映するとも思量しうる。

諸家の注記するように、「一人をたのむたのもし人」とは、父親の藤原倫寧であろう。この、「十余年のほど、県ありきにのみ」ある人物が、在京のときには、「四五条のほど」に居住したらしい。倫寧の住居が、生涯に移転しなかったかどうか。確認する方途はない。ただ、伊予、河内、上総、陸奥、常陸、丹波の、地方国守を歴任した倫寧であった(注一〇)。そういった倫寧の在京住居が、「四五条のほど」にあったという事実は、示唆的であるといえないであろうか。

伊予守藤原定綱の居宅が、「下わたり」にあって、承保二年（一〇七五）正月、白河中宮の藤原賢子（師実女）の皇子出産に、修法が挙行された。「狭くて、御修法の壇など向ひの辺りの小家どもとらせたまふ。」（「栄華物語」三九・布引の滝）という。貴顕高官の豪邸を基準とする「狭くて」であろうが、受領の狭小な家屋が、「下わたり」には、存在したことの一例となろう。これも、下京地帯を理解する示唆的な一例である。

そこで、平安王朝から鎌倉初期までの文学作品を資料として、そこに反映する東京下京の心象映像を、追求しようとする。

概括の呼称　管見の範囲では、院政期以降の資料でないと、「下わたり」の用例を検索しがたい。漢字表記「下辺」の事例を包含しても、同様である。平安下京の一帯を、一括して把握する慣行は、この時期に成立したといえようか。

慶滋保胤は、「西京」と呼称し、「東京四条以北」と規定しながら、東京四条以南については、統一的な呼称を使用しなかった。すなわち、それは、非西京であり、非東京四条以北であったにすぎない。統合的に一括される個体としての特性を、具有しなかったと想察される。

院政期以降に、西京および東京四条以北に対峙する概念としての下京が、成立したのではあるまいか。無論、これは、貴族社会を基準としての規定である。そこで、「しもわたり」および「しものほとり」という用語が、文献資料に、定着するようになったのであろう。

資料一と資料二と、および、資料四と資料五とのほか、「下わたり」と「下辺」との用例を資料六から資料一一までとして列挙する。

〔資料六〕　伊予守の**下わたり**なる所なり。狭くて、御修法の壇など、向ひのわたりの小家ども、

とらせたまふ。（「栄華物語」三九・布引の滝）
〔資料七〕而ルニ、晴明若カリケル時、師ノ忠行ガ**下渡**ニ夜行ニ行ケル共ニ歩ニシテ車ノ後ニ行ケル、忠行、車ノ内ニシテ吉ク寝入テアルニ、晴明見ケルニ、艶ズ怖キ鬼共、車ノ前ニ向テ来ケリ。（「今昔物語集」二十四・一六）
〔資料八〕今ハ昔、或ル人、方違ヘニ**下ノ辺**也ケル所ニ行タリケルニ、幼キ児ヲ具シタリケルニ、其ノ家ニ本ヨリ霊有ケルヲ不知、皆寝ニケリ。其ノ児ノ枕上ニ火ヲ近ク燃シテ、傍ニ人二三人許寝タリケルニ、乳母、目ヲ悟シテ、児ニ乳ヲ含メテ、寝タル様ニテ見ケレバ、夜半許ニ塗籠ノ戸ヲ細目ニ開テ、其ヨリ長五寸許ナル五位共ノ、日ノ装束シタルガ、馬ニ乗リテ十人許次キテ枕上ヨリ渡ケルヲ、此ノ乳母、怖シト思ヒ乍ラ、打蒔ノ米ヲ多ラカニ掻爴テ打投タリケレバ、此ノ渡ル者共散ト散テ失ニケリ。其ノ後、弥ヨ怖シク思ケル程ニ、夜睉ニケレバ、其ノ枕上ヲ見ケレバ、其ノ投タル打蒔ノ米毎ニ血ナム付タリケル。日来其ノ家ニ有ラムト思ヒケレドモ、此ノ事ヲ恐レテ返ニケリ。（「今昔物語集」二十七・三〇）
〔資料九〕今ハ昔、**下辺**ニ生徳有ル法師有ケリ。家豊ニシテ万ヅ楽シクテ過シケル程ニ、其ノ家ニ恠ヲシタリケレバ、賀茂ノ忠行ト云フ陰陽師ニ、其ノ恠ノ吉凶ヲ問ヒニ遣タリケルニ、「某月某日物忌ヲ固クセヨ。盗人事ニ依テ命ヲ亡サム物ゾ」ト占ナヒタリケレバ、法師大キニ怖レ思ヒケル程ニ、其ノ日ニ成ニケレバ、門ヲ閇テ人モ不通ハサズシテ、極ク物忌固クシテ有ケル程ニ、此ノ物忌度度ニ成テ、其ノ物忌ノ日ノ夕暮方ニ門ヲ叩ク者有リ。（「今昔物語集」二十九・五）
〔資料一〇〕今ハ昔、検非違使数**下辺**ニ行テ、盗人追捕シケルニ、盗人ヲバ捕ヘテ縄付テケレバ、今ハ可返キニ、□ト云フ検非違使一人、「疑ハシキ事尚有リ」ト云テ、馬ヨリ下テ、其ノ家

ニ入ヌ。（「今昔物語集」二十九・一五）

〔資料一二〕　今ハ昔、紀伊ノ国ノ伊都ノ郡ニ坂上ノ晴澄ト云フ者有ケリ。兵ノ道ニ極テ緩ミ无カリケリ。前司平ノ惟時ノ朝臣ガ郎等也。京ニ要事有テ上タリケルニ、身ニ敵有ケレバ、不緩ズシテ、我レモ調度負ヒ、郎等共ニモ調度負セナドシテ、人ニ手可被懸クモ无クテ、夜深更ル程ニ、物ヘ行ケルニ、**下辺**ニ花ヤカニ前追フ君達ノ馬ニ乗リ次キタルニ値ヒヌ。前ヲ追ヒ喤レバ、晴澄馬ヨリ下テ居タルヲ、「弓□シテ搔臥シテ候ヘ、カヤカヤ」ト云ケレバ、手迷ヲシテ、弓共皆□シツ。顔ヲ土ニ付ケテ皆居タルニ、「此ノ君達過ギ給フ」ト思フ程ニ、晴澄ヨリ始メテ、郎等、従者ニ至ルマデ、項ノ許ニ皆来テ登テ押臥ス。「此ハ何カニ為ル事ニカ有ラム」ト思テ、顔ヲ仰テ見上タレバ、君達ト見ツルニ、馬ニ乗タル者五六騎、甲冑ヲ着、調度ヲ負テ、極ク怖シ気ナル者共、箭ヲ番テ「己ハ動カバ射殺シテム」ト云フ。早ウ、君達ニハ非デ強盗ノ謀ツル也ケリ。此ク見ルニ、実ニ妬ク侘シキ事无限シ。少モ動カバ被射殺ヌベケレバ、只此奴原ノ為ルニ任セテ被打臥被引起、心ニ任セテ、一人不残サズ皆着物ヲ剝ギ、弓・胡録モ馬・鞍モ大刀・刀モ、履物ニ至ルマデ悉ク取テ去ヌ。（「今昔物語集」二十九・二一）

何条と、東西大路を個別的に呼称しないで、「しも」と、概括的に規定した事例である。

下京の映像　別表に整理したように、下京区域に包括される地帯でも、東西大路の個的呼称による規定表現は、豊富に存在する。ただ、何条と個別的に規定することと、下京と概括的に規定することとでは、表現映像に、齟齬するところがあったらしい。下京一般の表現映像は、下京各項の表現映像の累加もしくは集積ではなかった。

資料一で、後文に、八条の限定があるのに、資料二では、前後に、個的な限定がない。前者は、それを必要とし、後者は、それを必要としなかったのである。

したがって、個的な限定がある下京と個的な限定がない下京とでは、場所表現の喚起する映像に、一致しないところがあったに相違ない。もっとも、個的な限定も、概括の規定を前提とするのだから、両者の対立や矛盾は、なかったはずである。

さて、下京一般の概括的な規定表現として、資料四から資料一一までには、相互に牴触しない、相互に共通する観念で把握された地帯映像といったものが、介在する。

下京と相対的に規定される上京の観念が、形成された時期については、確実には解明していない。ただ、平安末期には、下京の相対観念である上京が、成立していたかと想察される。地域もしくは地帯としての「上辺」(「今昔物語集」二十九・六)と規定表現する若干の事例を、検索しうるからである(注一一)。

だが、それだけで、上京が、下京との相対観念として確立したと断案するには、躊躇しなければならない。事例は、下京に居住するのが普通である階層の人物の住宅について、特記しているのである。上京の住居について、一般には、上京であると、特記しないのが常例であるからである。

とともに、西京の相対観念である東京も、極度に稀釈されていた。東西の対応が、東西両京での対応としてでなく、東京内部での対応となったのは、その証左と看做しうる。

すなわち、平安京師において、東京北部は、京師としての絶対的地区であった。西京および下京と、相対的に規定される地域もしくは地帯ではなかったのである。それが、平安末期から鎌倉初期の、文献資料を荷担した、貴族的教養を基根とする階層の共通観念だったのではあるまいか。そして、その階層のいわば主導性が、この観念を、普通化させたものと想察される。

そこに、相対的に規定される「東京」「上わたり」「上のほとり」といった表現が、あるいは衰退し、あるいは成立しなかった、史的原因があろう（注一二）。

下京は、東京北部と相対的に規定されるのではなかった。東京北部が、形式的にも実質的にも、条件を兼備し充足する京師として規定されるとき、形式的には京師の範疇だけれども、実質的には京師の条件に欠落する地帯として、いわば、勝義の京師から疎外された京師だったのである。

平安京師は、まず、西京が勝義の京師から分離された。そして、下京が、分離されたのである。ただ、西京は、行政区劃として、一個の単位であった。けれども、下京は、そうではない。一個の行政単位である東京からの分離措定であった。すなわち、名実の条件を兼具して疎外される西京と、実質の条件が基準で疎外される下京との相違が、そこにある。下京の境界が、後代まで、動揺し曖昧であった理由も、そこにある。

平安下京とは、平安東京の南部地帯を、質的観点から対象規定するものであった。それは、官衙豪邸の華麗壮大な平安東京の北部地帯を基準とし、そのいわば絶対的基準に適格でない地帯を、概称するものであった。

京師と地方とには、「みやこ」と「ゐなか」との断絶がある（注一三）。だが、対置される下京と上京とには、ともに「きやう」としての連続がある。地方が異境であるのに対比すれば、下京は、辺陬であった。地方は、異質の次元として存在する。下京は、同質の欠格として規定される。

すなわち、それは、京師であって京師でない地帯である。そして、京師でなくて京師である地帯である。京師の基準が適用される範囲であって、しかも、京師の基準に適合しない地帯である。この命題の、前項に基礎づけられて、下京にも、貴顕の豪邸は、存在しえた。だが、後項に基礎づけられて、貴顕の豪邸は、下京の映像に関与しない。

　それが、「下わたり」「下のほとり」と概括的に対象規定されるとき、豪華壮麗の殿舎邸宅は、映像形成の条件から、排除消散してしまう。その一帯は、人家も狭小で、治安も不備である。そこでは、怪奇の悪鬼が横行し、官吏の綱紀も弛緩している。そういった特性で形象化されるのが、下京であった。


　堤中納言物語のはいずみと程ほどの懸想とが、舞台に設定した「下わたり」とは、こういった表現映像で対象規定される地帯であった。特定の東西道路、さらには、特定の南北道路による特定地点の具体的指定を、そこでは、回避しているわけである。ということは、そういった表現映像を環境条件として、作品の世界が展開する状況を、作者は、意図して形成したにちがいない。


注一、杉崎重遠「上京と下京」（『国学院雑誌』第六一巻第六号）。一条大路は、「宮城南大路十七丈」（「延喜式」四二・左右京職）とあり、東西大路のうちで、道幅が最大であった。

注二、法成寺を基点とする呼称に、一条南、京極東に位置した東北院と正北院（西北院）とがある。

注三、岸元史明『平安京地誌』（講談社。昭和四九年二月）。

注四、『日本紀略』（康保元年十月十九日）。

注五、塚原鉄雄「章段構成の対照関係—伊勢物語の発端章段」（『古典の諸相』富倉徳次郎先生の古稀を祝う会。昭和四四年十一月）、「伊勢物語の章段構成—高子章段と前後章段」（『日本文学論考』桜楓社。昭和四五年十一月）。

注六、増田繁夫「西の京と五条以南」（『国文学—解釈と教材の研究』第二一巻第七号）。

注七、界隈を意味する「ホトリ」は、仮名文章と漢文訓読とに共通して使用された。しかし、「ワタリ」は、漢文訓読に使用されなかったらしい。「難波済」（前田家本日本書紀）は、渡水の場所である。「ホトリ」は、「辺」（神田喜一郎白氏文集、岩崎文庫本日本書紀、醍醐寺本遊仙窟、図書寮本日本書紀）のほか、「側」（醍醐寺本遊仙窟、岩崎文庫本日本書紀、前田家本日本書紀、図書寮本日本書紀、京都大学図書館蘇悉地羯羅経、熊谷直之南海寄帰内法伝、守谷孝南海寄帰内法伝）や、「傍」（岩崎文庫本日本書紀、前田家本日本書紀、図書寮本日本書紀）や、「旁」（岩崎文庫秦本紀）や、「際」（西大寺本金光明最勝王経）や、「畔」（前田家本日本書紀、石山寺本金剛般若経集験記、熊谷直之南海寄帰内法伝）や、「頭」（醍醐寺本遊仙窟、神田喜一郎白氏文集）や、「上」（神田喜一郎白氏文集、醍醐寺本遊仙窟、岩崎文庫本日本書紀）、そのほかの訓読に使用された。また、今昔物語集の「アタリ」には、「林ノ当」（二十・三四）、「家ノ当」（二十二・七）など、漢字「当」を使用している。

注八、今昔物語集に、「人当ニモ不寄ケレバ」（二十八・五）といった表記もある。助詞「ノ」を補読すべきであろう。

注九、山口仲美「今昔物語集の象徴詞―表現論的考察」（『王朝』第五冊、中央図書出版社。昭和四七年五月）。

注一〇、『尊卑分脈』（三・藤氏一北家甲・第一）。

注一一、今ハ昔、□ノ□ト云フ者有ケリ、家ハ上辺ニナム住ケル。若カリケル時ヨリ受領ニ付テ、国国ニ行クヲ役トシテ有ケレバ、便漸ク出来テ、万ヅ叶ヒテ家モ豊カニ従者モ多ク、知ル所ナドモ儲テゾ有ケル。而ル間、東ノ獄ノ辺近キ所ニテ有ケレバ、（「今昔物語集」二十九・六）東獄は、近衛南、西洞院西にあった。

注一二、『日葡辞書』（一六〇三）にも、Ximoquō は標出語彙となっているけれども、上京はない。

注一三、塚原鉄雄『王朝の文学と方法』（風間書房。昭和四六年一月）。

〔別表〕

作品＼語形	下京：下のほとり	下京：下わたり
竹取物語		
土左日記		
伊勢物語		
大和物語		
宇津保物語		
落窪物語		
蜻蛉日記		
和泉式部日記		
枕草子		
源氏物語		
紫式部日記		
更級日記		
浜松中納言物語		
寝覚物語		
狭衣物語		
堤中納言物語		○
松浦宮物語		
平中物語		
篁物語		
今昔物語集	○	○
宇治拾遺物語		○
古本説話集		
大鏡		
栄華物語		○

作品＼語形	下京	四条										四五条	五条	
	下つかた	四条	四条わたり	西の四条	四条坊門	四条の宮	四条大后宮	四条の皇太后宮	四条大納言	四条中納言	四条の大将	四五条のほど	五条	五条わたり
竹取物語														
土左日記														
伊勢物語														○
大和物語													○	○
宇津保物語		○	○								○		○	
落窪物語														
蜻蛉日記												○		
和泉式部日記														
枕草子														
源氏物語													○	
紫式部日記									○					
更級日記														
浜松中納言物語														
寝覚物語														
狭衣物語														
堤中納言物語						○								
松浦宮物語														
平中物語														
篁物語														
今昔物語集		○		○									○	○
宇治拾遺物語				○		○			○					
古本説話集													○	○
大鏡		○			○	○	○		○				○	
栄華物語	○	○						○	○	○			○	

五条										六条					
東の五条	東の五条わたり	五条の大路	五条の油小路のほとり	五条堀川のほとり	五条西洞院	五条の御	五条の后(宮)	五条斎	五条の天神	六条	六条わたり	西の京六条	西の京六条わたり	六条坊門万里小路	六条京極わたり
○	○						○				○				
						○	○						○		
		○								○	○				○
			○	○						○		○			
					○			○	○	○				○	
										○					
							○								
										○					

作品＼語形	六条									七条		
	六条殿（院）	六条の女御	六条の御息所	六条左大臣殿	六条（一品）式部卿宮	六条中務宮	六条の大納言	六条大弐	六条宮	七条	七条のほとり	東の七条
竹取物語												
土左日記												
伊勢物語												
大和物語												
宇津保物語										○		
落窪物語												
蜻蛉日記												
和泉式部日記												
枕草子												
源氏物語	○	○	○									
紫式部日記												
更級日記												
浜松中納言物語												
寝覚物語												
狭衣物語												
堤中納言物語										○		
松浦宮物語												
平中物語												
篁物語												
今昔物語集	○			○						○	○	
宇治拾遺物語										○		○
古本説話集				○				○				
大鏡	○			○	○				○			
栄華物語	○			○		○	○					

七条				八条					九条						
七条の大宮のほとり	七条の大路	七条殿	七条の后	八条	小八条	西八条	八条宮	八条大将	九条	九条わたり	西の京極九条のほど	九条殿	九条右大臣	九条の大臣	九条殿の女御
									○						
	○	○										○			
															○
					○										
									○						
									○						
							○								
											○				
○			○	○		○			○			○		○	
						○				○					
										○					
				○				○				○			
									○			○	○	○	○

偽悪の形成　古代末葉から中世初頭に記録された別所の説話に、偽悪の伝統ということがある。この事実を、明確に剔抉（てっけつ）したのは、益田勝実説であった（注一）。その所説から、三条の要点を抽出しておく。

すなわち、第一に、仏教説話には、教壇系の説話と別所系の説話との二類がある。第二に、教壇の説話には、唱導性があり、別所の説話には、証言性がある。第三に、教壇の説話は、善根を勧進し、別所の説話は、偽悪を尊敬する。「自分の作り出した〈罪〉の意識にささえられて、悪人なるがゆえにひたぶるに浄土へ救い取られることを願いつづける。そういう偽悪の捨身行が讃嘆される」という。

ところで、卑見によれば、偽悪の伝統には、偽悪の確立する以前に、三項の段階を措定し、偽悪の確立した以後に、三項の段階を措定しうるといった、史的展開が認定される。前者を、偽悪形成の史的展開とし、後者を、偽悪発展の史的展開とする。そして、両者を統合するのは、自己確認の史的道程ということであった。

偽悪の形成とは、外在的評価から、内在的自己を解放する営為の過程である。そして、偽悪の発展とは、内在的自己から、本質的自己を発見する営為の過程である。外在的評価と内在的自己とは、相対的に規定される概念であった。後者は、前者の反立でしかない。前者を偽善と規定することを前提として、後者の偽悪が成立する。だが、前者も後者も、ともに欺罔（きもう）でしかないと、認識が徹底したときに、両者を止揚する真悪の自己確認が、成立したのである。そのためには、八世紀後半から十三世紀前半まで、五〇〇年前後の歳月が必要であったらしい。

さて、偽悪の形成を、三期に区分して理解する。形成の前期は、偽善の放棄ということである。玄賓(げんぴん)を、その代表と看做(みな)しうるであろう。貴人の妻女に執心した玄賓は、率直に告白し、密室で同坐する。しかも、弾指(だんし)して、破戒の事実がなかったという(注二)。佳人に係念した事実を隠蔽(いんぺい)すれば、それは、偽善ということになる。玄賓は、自己の事実を隠蔽しない。すなわち偽善の放棄である。

だが、偽善の放棄は、偽悪の成立と、直結するわけではない。姦淫が成立しなかったのだから、偽悪でも、露悪でも、また、真悪でもなかった。その偽善性のゆえに、隠蔽され抑圧されるのが一般であった側面が、内在的自己に立脚する自己認識の端緒として、抑制を放棄したということである。

形成の中期は、奔放な露悪ということである。増賀(ぞうが)を、その代表と看做しうるであろう。大后出家の戒師として召致された増賀は、貴顕衆目のなかで、痢便を庭上に散乱させたという(注三)。増賀の便意は、玄賓の係念と同様に、一般には隠蔽される、自己の事実であった。だが、西対の簀子は、事実を露呈する場所としての必然性に缺如する。「物狂(ものぐるひ)に、わざと振舞」(「宇治拾遺物語」十二・七)う行為であった。観客を意識する、意図的演出であったといえよう。

それでも、増賀の名声は、上昇した。出家の戒師と痢便の散布との均衡が、増賀の評価を基礎づける。偽善の放棄といった、玄賓の消極的姿勢に対蹠(たいせき)して、奔放な露悪といった、増賀の積極的な姿勢が、明瞭に看取されるのである。いわば、善悪具足の自由な露呈ということで、そこには、偽装された自己が、存在しない。偽悪も、偽善も、ともに介在しないのである。

玄賓には、内在悪を剔出して、剔出された内在悪との闘争を基盤とする、内在悪の克服が志向された。増賀では、内在悪を露呈して、露呈された内在悪との均衡を基盤とする、内在悪の肯定が看取される。両者に共通する内在悪の認定は、閨室係念といい痢便放散といい、自然発生の事象であった。自己観察に基礎づけられた自己認識であったといえよう。自己実験に基礎づけられた自己洞察ではなかった。

虚飾と虚偽とを排除した自己の事実を、正視する営為ではあった。けれども、虚飾と虚偽とを要求する自己の真実を、凝視する営為ではなかったのである。

形成の後期は、偽悪の開拓ということである。仁賀を、その代表と看做しうるであろう。寡婦と談合した仁賀は、寡婦と同棲して、諸人が惜悲した。だが、事実は、徹宵流涕して、堕落の行為はなかったという（注四）。

すなわち、仁賀は、主体的な状況設定を前提として、可能悪の追求という自己実験を、敢行したのである。それは、自己実験に基礎づけられた自己洞察であった。露善と露悪とを超越する自己の真実を、凝視する営為であった。現在する自己の現実の背後に、潜在する自己の本質を、模索し究明する試行として、仁賀の偽悪が成立したと思量する。すなわち、偽悪の成立といってよい。

偽悪の展開　偽悪の形成は、偽善の放棄と奔放な露悪と偽悪の開拓との三期を、弁証法的に展開することによって現出した。すなわち、偽悪の成立である。成立した偽悪は、偽悪の風化という段階を経由して、真悪の確定というふうに展開する。

偽悪の風化を代表する人物には、事欠かない。高野辺上人にしても（注五）、顕能家入来僧にしても（注六）、基本的には異同がない。前者は、その晩年を、寡婦と同棲する。後者は、女房を懐妊させる。だが、それらは、いずれも、接触する人物に誤認させるための擬態であった。高野辺上人は、念仏三昧に終始し、顕能家入来僧は、独居修行に専念している。

仁賀には、流涕の徹宵があったけれども、これらの偽悪には、そういった苦悩の記録が欠落する。高野辺上人を、「私聚百因縁集」によって林慶とし、この段階を代表させてもよかろう。林慶の行跡は、弟子を観客とする演技であった。その日常は、生涯不犯である。しかも、弟子には、女人侵犯と印象づける。偽悪の演技が、当人の評価を増強する。藤原顕能は、女房懐胎の偽罔を聞知すると、再度の供養をする。だが、顕能家入来僧は、事前に察知して、逐電し韜晦するのであった。

林慶の悪業は、演出効果を期待する、一種の擬態でしかない。自己の本質を露呈するものでもなければ、自己の本質を追求するものでもなかった。むしろ、悪業から懸絶する自己を証明し誇示する、選良の演出手段であったといえよう。対蹠的な擬装の悪業との対照効果として、当人の善業は、鮮明に印象づけられる。林慶門下も藤原顕能も、その術中に右往左往した。それは、栄光のための捨石でしかない。

弾指もなければ、流涕もない。かといって、増賀の論理からすれば、林慶は交媾し、女房は懐胎していなければなるまい。すなわち、事実もない。仁賀には、事実がなくても、真実があった。だから、徹宵の流涕があったのである。玄賓には、真実でなくても、事実であった。だから、一刻の弾指があったのである。虚構の悪業ということでは、仁賀に共通するけれども、自己実験と自己演技とには、霄壤の乖離があろう。

風化した偽悪に、人間本然の真実を洞察したのが、親鸞であった。偽装の悪業は、本質の露呈であるとする認識であろうか。「いづれの行も及びがたき身なれば、とても、地獄は、一定すみかぞかし」（「歎異抄」二）といった自己省察は、偽悪の存在を許容しない、自己の本質を真悪と断定する、徹底的な洞察といわなければならない。

かくて、偽悪の発展は、偽悪の成立を前期とし、偽悪の風化を中期とし、真悪の確定を後期とする史的展開として理解することが、可能であるといえよう。

親鸞の真悪確定を基準として推定すれば、玄賓の偽善放棄は、妄想でしかあるまい。偽善を放棄しても、保留した善業が、自己の本質である保証はないのである。増賀の悪業露出は、児戯でしかあるまい。善業を信用するから、その対蹠としての悪業を、露出して印象づけるのである。そこには、自己の善業への、無条件かつ無前提の信頼がある。でなければ、戒師となるはずがなかろう。仁賀の偽悪開拓は、耽溺でしかない。仁賀は、自己実験を必要とする確実性の欠如に、流涕しなければならなかったのである。そこには、設定状況に自己陶酔して、かえって、自己の本質から乖離する危険が、萌生する。そして、林慶の偽悪風化は、便乗でしかない。自己の本質を、悪業との断絶に位置づける傲慢の反映といえようか。自己演出の効果を発揮する手段として、偽悪が利用されている。そこには、自己の本質が、悪業とは無縁であるとする、俗物根性が察知される。

玄賓から親鸞まで、偽悪の伝統は、偽善の放棄から真悪の確定へと、史的展開の軌跡を、明確に追尋しうるのである。ただ、ここで、二項の事実を、指摘しておかなければならない。

第一の事実は、親鸞によって代表される真悪の確定は、説話編著の対象にならなかったらしいことである。そして、第二の事実は、偽悪の史的展開は、説話編著の興味にはならなかったらしいことである。

こういった事実を前提とするとき、説話編者は、偽悪の諸相に興味があったけれども、偽悪の思想に関心がなかったと、推定しうるかもしれない。高僧の思想よりは、高僧の生態―行状に、興味と関心とがあったのだろうか。

　説話の編者は、偽悪の風化といった時点において、偽悪の諸相を、蒐集し記録した。そして、その偽悪は、偽善と対比されるものであった。偽悪の記述が、偽善の暴露と共存して、一篇の説話文学を成立させているからである。「宇治拾遺物語」は、その適例といってよい。悪業の隠蔽を偽善と認定することと、悪業の露呈を真実と認定することとが、表裏一体をなして、偽悪の文学を基礎づけた。米糞聖人の類例は、「文徳実録」（六・斉衡元年七月）にも、記録がある。だが、それは、一個の奇譚にすぎない。


露悪と露醜　増賀の露悪を記録した「宇治拾遺」は、また、穀断上人の欺瞞を暴露している（注七）。「宇治拾遺」では、悪業の隠蔽を、偽善と認定し、それとの相関関係で、偽悪の実践を、善業と認定するのである。清徳の奇怪な貪食は、餓鬼と畜生と鳥獣との食餌であった（注八）。また、聖宝の異様な行進は、大衆の僧供を獲得するためであった（注九）。悪業は、高次の目的を達成するための手段であり、高次の目的に統合されることで、偽欺の悪業でしかない。偽悪であって、真悪ではなかった。偽善の対極に位置づけられる営為であり、そのことによって尊敬されたのである。

　そこで、偽悪の尊崇は、偽善に敏感な側面を、病的なまでに昂進させた。源雅俊の選定した一生不犯の僧侶のなかに、手淫に拘泥する一人があった。真剣に苦慮するこの僧侶は、衆人の哄笑に囲繞されて、ついに遁走する（注一〇）。

　滑稽なまでに鋭敏な偽善性の否定は、徹底した偽善性の拒否と、区別しなければなるまい。だが、隠蔽を偽善と認定して露呈する精神の、俗物的反映と看做しうるであろう。手淫を告白した僧侶の言行は、偽悪を成立させ、偽悪を尊敬した精神の背景を、象徴的に印象づけると思量する。

　さて、偽悪行為は、仏教思想の実践として成立した。善悪を基準とする実践倫理が、悪業の隠蔽を偽善と認定することから、偽善の対極に位置づけられる偽悪を、讃歎させたのである。

　この機構を、美醜を基準とする実践倫理に適用すれば、醜悪を隠蔽する優美は、偽美と認定することになろう。そして、偽美の対極に位置づけられる偽醜を、讃美することになるはずである。絵画における「病草子（やまいのそうし）」や「地獄草子」の形象は、この観点から理解しうる。そして、文学における「虫愛（め）づる姫君」も、この方法を、具現した作品であると理解する。

　平安王朝の美学は、基本的にいって、醜悪の側面を、隠蔽し排除して顧慮するところがない。むしろ、その美的形象には、醜悪の側面が、存在しないのである。清少納言が、「十八九ばかりの人の、髪いとうるはしくてたけばかりに、裾いとふさやかなる、いとよう肥えて、いみじう色白う、顔愛（あい）敬（ぎやう）づき、よしと見ゆるが、歯をいみじう病みて、額髪（ひたひがみ）もしとどに泣きぬらし、乱れかかるも知らず、面（おもて）もいと赤くて、押へて居たるこそ、いとをかしけれ。」（「枕草子」一八三段）と記述する。歯痛の苦患に懊悩（おうのう）する佳人の、美的印象の形象である。それは、単純な美的描出ではない。美的典型の創生と認定しうる表現であろう。

　だが、そこには、歯患に随伴する不快な口臭や、涙染した毛髪の悪臭や、さらに、剝落（はくらく）した化粧や、――そういった醜悪の因子は、一切が顧慮されていない。すなわち、存在しないのである。

　清女の美学は、美的側面を形象し、醜的側面に顧慮しない。醜悪との対比による優美の強調という技法はあるにしても、優美を荷担する事物と醜悪を荷担する事物とは、別個の事物である。優美の反面に醜悪があり、醜悪の裏面に優美があるといった原理ではない。そして、それが、平安王朝の宮廷貴族に共通する、基本的な美学であったといえよう。

美的形象には、醜的隠蔽があった。すなわち、王朝の優美は、偽美でしかない。――偽醜の原理に立脚すれば、そう認定することになるはずである。

そして、増賀の露悪を讃歎する精神構造には、王朝美学の隠蔽した醜悪を露呈する行為が、当為の現実認識でなければならなかった。

こういった考察を基盤とするとき、「蝶めづる姫君」に対置して形象された「虫めづる姫君」は、偽醜形成の史的過程において、奔放な露醜の体現であった。仏教思想の増賀に相当する史的座標を、芸術思想に占有すると看做してよい。

増賀と姫君とは、生活環境と志向方向とに隔絶がある。だが、共通の原理に立脚し、共通の方法に即応する、自己確認の捨身営為であった。そして、増賀の行為が、寺団教壇の圏内に成立する唱導的規範性を逸脱して実践されたように、姫君の行為は、貴族社会の圏内に成立する伝統的正当性に抵抗して遂行された。両者は、異端の実践ということで、共通の座標を占有する。

すなわち、増賀の露悪は、正当派の僧侶にとって、「かかる物狂（ものぐるひ）を、召したる事。」（「宇治拾遺物語」十二・七）と、誹謗（ひぼう）の対象となることであった。姫君の行状は、常識的な両親にとって、「言ひ返すべうこそあらず、あさまし。」（「堤中納言物語」虫愛づる姫君）と、諦念の傍視しかなかった。そして、笑咲（しようしよう）と傾倒とが現出することでも、両者は共通する。

姫君の座標　姫君の座標が、露醜であって偽醜でないことは、五個の視点から立証しうるであろう。

第一には、基本の思想が、本質の確認にあったことである。「人びとの、花、蝶やと愛づるこそ、はかなくあやしけれ。人は、まことあり、本地（ほんぢ）尋ねたるこそ、心ばへをかしけれ。」という、本質確認の精神を、基盤として成立する行動であった。

第二には、行動の指針が、虚飾の排除にあったことである。「人は、すべて、つくろふ所あるはわろし」と、化粧を拒否する。無飾の事態に、本質の顕現を察知しようとする方針である。

女性の化粧が、「つくろふ所」であるとしても、その論理は、花蝶と離隔することになりえないはずである。花蝶も、また、それが花蝶であることで、「つくろふ所」がない。だが、姫君には、王朝貴族の価値基準から優美と評定される事物が、「つくろふ所ある」ものと認定する短絡がある。そういった短絡を前提とするから、姫君の主張は、理窟であって、論理ではない。

すなわち、無飾の事態とは、姫君にとって、王朝美学に抵触する事態であった。王朝の非美が、姫君の本質であったのである。そこで、花蝶と化粧とは、同一の範疇となる。虫類と素顔とは、同一の範疇となる。

ただ、「つくろふ所あるはわろし」という理念を基盤とするから、そこには、偽醜の介入する余地がない。偽醜も、また、「つくろふ」ことであり、虚飾の設定ということになろう。

第三には、行動の姿勢が、本質の理解にあったことである。「よろづのことどもを尋ねて、末を見ればこそ、ことは、ゆゑあれ。」――この発言に反映するのは、観察の姿勢である。実験の姿勢ではない。「烏毛虫（かはむし）を興ず」ることが、「たづね」ることであり、「末」とは、蝶ということになる。ここでも、姫君の姿勢は、隠蔽の解明すなわち露醜にある。偽醜を設定して、自己を確証するといった、実験の姿勢は、指摘しがたい。

第四には、行動の立場が、観念の当為にあったことである。姫君の奇矯な生態は、姫君の自然を反映するものではなかった。姫君の観念を、実践するものであった。その意味では、姫君の虫類愛玩にも、一種の「つくろふ所」が察知される。

換言すれば、姫君は、既成の美学に抵抗するけれども、既成の美学を、脱出してはいない。既成の美学を批判するけれども、既成の美学を克服してはいない。既成の美学を否定するけれども、新成の美学を創出していないのである。姫君の実践美学には、知性的基盤が設定されたけれども、感性的基盤に缺落するところがあった。

　知性と感性との矛盾を露呈したのが、贈物事件の挿話である。鎌首を突出した蛇に、女房たちは動転し、大騒ぎとなる。

　　君は、いとのどやかにて、「なもあみだぶつ、なもあみだぶつ」とて、「生前(さうぜん)の親ならむ。な騒ぎそ」と、うちわななかし、顔、ほかやうに、「なまめかしきうちしも、掲焉(けちえん)に思はむぞ。あやしき心なるや」と、うち呟(つぶや)きて、近く引き寄せたまふも、さすがに、おそろしくおぼえたまひければ、立ちどころ、居どころ、蝶のごとく、声、蟬声に宣ふ声のいみじうをかしければ、人びと、逃げさわぎて、笑ひ入(い)れば、しかじかと聞ゆ。（「虫愛づる姫君」）

右馬佐の悪戯(いたずら)による、模造の蛇であった。ここに、姫君の昆虫愛玩が、生来の異常感覚や本来の偏奇趣味に由来しないと、明白に看取しうる。知的観念に由来する、当為的実践であり、観衆の反応を意識する、演出的実践でもあった。伝統の王朝美学は、姫君にも内在するのであり、内在する王朝美学が、外在する一般美学に一致する。そのことに反撥するいわば自己闘争が、対外的に、奇矯な生態を現出させたともいえようか。姫君の露醜には、観念の当為として演技される、克己禁欲の擬態といった側面が、察知されるのである。

　第五には、行動の認識が、異端の自覚にあったことである。姫君には、「鬼と女とは、人に見えぬぞよき」と、独自の思慮が作用する。すなわち、姫君の露醜は、王朝美学に抵抗することであった。

けれども、王朝美学を転換することではなかった。

王朝美学の隠蔽した醜的側面を、暴露することによって、美的側面と醜的側面との連続性を、実践的に解明しようとする立場であった。

ここに隠蔽というのは、結果としての隠蔽をいう。その動機や経由についていえば、看過、無視、黙殺、排除、封殺、分離、断絶、追放などといった段階を、想定することが可能である。いずれにしても、別個の個体が荷担した優美と醜悪とを、一個の個体が荷担する両面と認定し、美醜の連続性を提示したところに、姫君の実践行動として成立した、王朝美学への批判と抵抗とがあった。


作品の作者　ところで、露悪の増賀に、列座の女房と月卿と雲客と僧侶とは、吃驚して嚇呆する。若年の雲客は、哄笑するけれども、僧侶は、顰蹙する。だが、世間の評判では、尊敬の昂進ということになる。そして、説話編者の視座は、世間の評判に共通すると看做される。

すなわち、体制秩序の内側では、非難の対象となり、体制秩序の外側では、尊敬の対象となるのである。もっとも、体制秩序の内側でも、秩序維持を荷担する集団では、非難するけれども、秩序維持に随伴する集団では、哄笑する。後者には、前者にない、傍観の余裕があったのである。

さて、露醜の姫君に、両親は、困惑するほかない。説得も制止も、不可能なのである。その意味では、増賀の露悪に拱手するほかなかった列座の貴顕に、共通する立場である。若少の女房たちが、嘲笑するのは、若年の雲客が哄笑したのに、相通じるところがあろう。

ただ、姫君には、その行動を評価する、体制秩序の外側に位置する世間というものがない。「音聞、あやしや。」と、両親の懸念し危惧する世間の評判は、按察使大納言の顕職にある父親が所属する集団社会での風評である。すなわち、体制秩序の内側での世評であって、両親と同質の美学が、支配する世界であった。
作品作者は、姫君を、体制秩序の内側で形象し位置づけたのである。体制秩序の外側は、関心の圏外であった。姫君の行動は、体制秩序の内側に成立し、体制秩序の外側とは、一切の交渉が存在しない。そこに、「今昔物語集」や「宇治拾遺物語」などといった説話の編者と、「虫愛づる姫君」という物語の作者との、相違がある。

したがって、姫君は、体制秩序の内側での異端であって、それ以外ではない。とすれば、異端の姫君を形象した作品作者にとって、露醜の姫君とは、何物であったのか。

卑見によれば、姫君は、王朝末期の時点において、猟奇趣味の対象となる怪奇な美女であった。変態趣味に対応しうる可愛い魔女であった。世紀末的頽廃の所産として位置づけられるべき、グロテスクなエロチシズムの権化といってもよい。

姫君は、第一に、高貴の階級に所属する。按察使大納言といった、上層貴族の愛娘である。第二に、姫君は、頭脳の回転が鋭敏である。姫君の理窟には、何人(なんびと)も反論しえない。第三に、姫君は、美女の素材を具有する。「髪も、下(さが)りば清げ」で、「眉、いと黒く、花ばなとあざやかに、涼しげに見えたり。口つきも愛敬づきて、清げ」だという。「化粧(けさう)したらば、清げにはありぬべし。心憂くもあるかな」とは、右馬佐の印象であった。

そして、第四に、姫君は、観念に頑固に執着する。その言動は、理窟に装備された観念に魅了され、観念の道化といったところがある。さらに、第五に、姫君は、素直な素質を保持している。贈物事件で暴露した知性と感性との矛盾は、姫君が、素朴で素直な少女の本性を喪失していないことを、十分に察知させるであろう。右馬佐の悪戯に対応して、父親が、「返り事をして、はやく遣りたまひてよ」

と、また、女房たちが、「返り事せずは、おぼつかなかりなむ」と、返事の応対を勧奨すると、素直に、返書を執筆する。社交的慣行を蹂躪（じゅうりん）するといった、反常識的自己主張は、ないのである。姫君には、常識を逸脱する非常識性が存在する。けれども、常識と闘争する反常識性は、稀薄であったと認定される。観念に偏執する異常性は、明瞭である。だが、知性と感性との矛盾、すなわち、感性を抑制して知性に即応しようとする行動性も、姫君に生来の素直な性格が、発露したものと、判定しうるのではあるまいか。

　そして、作品作者は、姫君を、そのように形象化したと推知しうる。姫君の容貌と容姿とが、王朝美学の観点から、その素材としては、美質の少女であることを、記述しているのである。「かくまでやつしたれど、見にくくなどはあらで、いと、様異（さまこと）に、あざやかにけ高く、花やかなるさま」であるという。ただ、女性一般の慣行を無視して、女性らしい化粧を排除し、女性らしい服飾を拒否するところに、異常な露醜が現出する。しかも、美的素材であるから、美醜対照の鮮明な印象が、形成されると推定したい。

　蛇足的説明を、補足する。隻眼の猿群に迷い込んだ雙眼の孤猿がある。不具と嘲笑する周囲の圧力に、孤猿は、隻眼を失明させたという寓話がある。濃厚な化粧が一般であるとき、美質であっても、素顔は、怪奇な印象であったといえよう。衆人が礼装で参列する葬礼に、ビキニ姿の美少女が一人、混入したような事態を想定してもよい。

頽廃の猟奇　若年の女房が、姫君の容貌を批評して、「眉はしも、烏毛虫（かはむし）だちためり」という。慣行に違例して払眉しないことと、毛虫を殊更に愛玩することとを、関係づけた蔭口であった。

また、「歯茎（ぐき）は、皮のむけたるにやあらむ」ともいう。歯槽膿漏で歯齦が暗紫色化した醜状をいうとも、歯茎は鉄漿（かね）を拒否する白色の歯牙をさすとも、説明される箇所である（注一一）。だが、この表現は、文字のままに理解して支障がない。姫君は、鉄漿を忌避する。したがって、歯牙は、白色のままであろう。とすれば、白色との対照効果で、歯茎の紅色は、格別に鮮明な印象を発現しえたはずである。

鉄漿による歯黒めは、歯牙だけでなく、口腔全般を暗黒に印象づける。これは、体験的な印象の記憶であるが、それだけではない。例示すれば、信貴山朝護孫子寺に所蔵する「信貴山縁起」、その飛倉の巻で、空中を飛行する鉄鉢と校倉（あぜくら）とに仰天する男女の群像や、返還された米俵に驚倒する女子の群像がある。画中の男女は、開口の表情で描出されている。鉄漿の有無で、男子の口腔と女子の口腔とに、印象の差異があることを、この絵師は、区別して表現したのであった。

とすれば、「歯茎は、皮のむけたるにやあらむ」とは、歯茎の紅色が、鉄漿を常用する一般女性との対比において、鮮明な印象を賦与する事実を、誇張して表現する罵言（ばげん）であった。そして、誇張の罵言といえば、対偶的対応関係を構成する表現である、「眉はしも、烏毛虫だちためり」も、また、そうである。

ここで、約言すれば、姫君は、体制秩序の外部に関係なく、体制秩序の内部に成立した、体制秩序の美学を破壊する、露醜の怪奇な存在であった。この怪物は、素直な本性と美貌の素材とを具備し、素直に露醜を実践し、鮮明に露醜を体現する。

体制秩序の美学の観点から、非難され嘲笑される姫君の露醜である。だが、体制美学の人物にも、無視され拒絶されない独特の魅力がある。

非難し嘲笑する女房たちは、蝶類愛玩の姫君に奉仕する女房を羨望する。だが、致仕（ちじ）して退参するわけではない。また、右馬佐の悪戯に対応する女房の行動や、右馬佐の贈歌に返答する女房の詠作には、対外的に姫君を防衛する姿勢が、顕著に察知される。女房たちは、内部的に乖離するけれども、外部的に攻撃するのではなかった。

さらに、右馬佐の心境変化は、示唆するところが多大である。贈物事件は、噂話の段階であった。この悪戯には、露悪行為を対象とする反感が反映すると推断する。この段階では、姫君の人柄も生態も、直接に見聞していない。返歌の段階になると、右馬佐は、中将と談合して、姫君を探望しようとする。不粋な用紙と稚拙な返書とが、好奇の行動を誘発するのである。窺覗の段階では、姫君の個体と姫君の行動とを、分離しようとする。素顔の容貌を評価して、化粧の缺如を痛惜する。虫類愛玩の実態を、実地に見聞して、「いみじ」と観察するのである。

右馬佐の、この「いみじ」は、皆君達の「あさましう」に対応する表現である。姫君の行動には、「あさまし」い印象がある。しかも、右馬佐は、姫君の個体に、「いみじ」と反応する。姫君は、観察批評の対象から感情投入の対象に、転位させられている。

そして、右馬佐は、探望の事実を、姫君に告知する。「かはむしのけ深きさまを見つるよりとりもちてのみまもるべきかな」という贈歌は、帰途の詠作「鳥毛虫にまぎるるまへの毛の末にあたるばかりの人はなきかな」と照応させるとき、求愛讃美の体裁による嘲弄戯笑の表白である。だが、右馬佐ひとりが、「いみじ」と反対した文脈の展開で理解するとき、さらに、また、作品作者が、「二の巻に、あるべし」と、展開を想定させる文辞で、擱筆している事実を参酌すれば、そこに、本音の一端が露呈しているとも看做しうるであろう。姫君思慕の萌生を、感得させる筆致である。

反感の悪戯と好奇の探望と容貌の評価と思慕の萌生との、過程段階を経由する右馬佐の行動は、平安王朝の体制秩序が形成し維持した美学の弛緩を、象徴するといえよう。増賀の露悪が、三条大后の面前で現出しえた事実は、体制秩序の弛緩を反映する事件であった。王朝貴族の体制秩序も寺院教団の体制秩序も、増賀の露悪行為を抑止する能力を、喪失していたのである。そういった王朝体制の秩序弛緩を背景として、王朝美学の体制秩序が弛緩した趨勢(すうせい)を、作品作者は、具体的に投影し形象した。

ただ、増賀の露悪は、体制秩序の外側が尊敬するところであった。しかし、姫君には、体制秩序の外側による評価が、存在しない。かえって、非難すべき立場にある右馬佐が傾斜し、拒否すべき立場にある作品作者が形象している。排除しなければならない存在に、右馬佐も作品作者も、ともに興味を傾注する。すなわち、姫君は、体制秩序の内側から、非難される存在としての魅力を、その露醜に発現しているのである。

とすれば、この姫君は、世紀末的頽廃が胚胎した、猟奇趣味の対象である。怪奇嗜好の所産である。時代の終末に成立した、正常な刺激では満足しない、変態惑溺の産物であった。増賀の露悪が、体制秩序の外側に支持されることによって、発展性を志向しえたのに相反し、姫君の露醜は、体制秩序の内側に終始して、閉塞性を脱却しえなかったと認定したい。

注一、益田勝実「偽悪の伝統」(『文学』第三三巻第一号)。
注二、鴨長明『発心集』(四・五「玄賓亜相の室に念をかくる事」)。
注三、『宇治拾遺物語』(十二・七「増賀上人三条の宮に参り振舞の事」)。鎮源『大日本法華経験記』(下・八二「多武峯増賀上人」)。大江匡房『続本朝往生伝』(「沙門増賀」)。『今昔物語集』(十九・一八「三条大皇大后宮出家語」)。鴨長明『発心集』(一・五「多武峯増賀上人遁世往生の事」)。住信『私聚百因縁集』(八「増賀上人事」)。なお、『扶桑寄帰往生伝』(上「増賀」)などには、露悪の挿話が欠落する。

注四、源顕兼『古事談』(三「僧行」)。

注五、鴨長明『発心集』(一・一一「高野の辺上人偽て妻女をまうくる事」)。源顕兼『古事談』(三「僧行」)。無住『沙石集』(七・一「眠正信房の事」)。住信『私聚百因縁集』(九「高野林慶上人偽語妻事」)。

注六、鴨長明『発心集』(一・一二「美作守顕能家に入り来る僧の事」)。

注七、『宇治拾遺物語』(十二・九「穀断の聖露顕の事」)。

注八、『宇治拾遺物語』(二・一「清徳聖奇特の事」)。

注九、『宇治拾遺物語』(十二・八「聖宝僧正一条大路渡る事」)。

注一〇、『宇治拾遺物語』(一・一一「大納言雅俊一生不犯の鐘打たせたる事」)。

注一一、本文の「はくき」について、従来の諸説は、歯茎と歯牙と口唇との三説に類別しうる。土岐武治『旧註集成堤中納言物語』(地人書房。昭和三三年一一月)によれば、近世の諸家は、歯茎と理解したらしい。清水泰『増訂堤中納言物語評釈』(立命館出版部。昭和九年六月)、山岸徳平「平安末期の物語に見えたる二つの現象―虫めづる姫君と縹の女御」(『学芸』昭和九年六月。佐伯梅友『新註国文学叢書堤中納言物語』附録に転載)、佐伯梅友『新註国文学叢書堤中納言物語』(講談社。昭和二四年二月)、藤森朋夫・佐伯梅友『堤中納言物語』(明治書院。昭和二九年二月)、上田年夫『堤中納言物語新釈』(白楊社。昭和二九年六月)、土岐武治『堤中納言物語新釈』(学而堂。昭和二九年六月)、玉井幸助『堤中納言物語精講』(学燈社。昭和三二年五月)などは、歯茎説である。そのうち、山岸説では、萎黄病と診断される異常体質に起因する歯槽膿漏の症状であると説明し、土岐説では、歯茎の白いのを毛虫の皮の剝けた白さに擬定したと理解する。また、清水説では、「歯茎のあたり」としている。そして、松尾聰『昭和校註堤中納言物語』(武蔵野書院。昭和二七年六月)および『堤中納言物語全釈』(笠間書院。昭和四六年一月)、稲賀敬二『日本古典文学全集堤中納言物語』(小学館。昭和四七年八月)などでは、歯牙説である。また、吉沢義則『王朝文学叢書堤中納言物語』(王朝文学叢書刊行会。大正一三年六月)では、口唇説である。

古代末期の用語として、「はぐき」は、歯茎または歯牙を、表現対象としたらしい。色葉字類抄(人躰)に、「殜」を「ハクキ」とし、類聚名義抄(観智院本・法上)に、「齔」を「ハクキ」とする。「齔」は、和名類聚抄(形體部)に「口中齗骨者也」と注し、「ハカク」と訓じる。「齗」は、和名抄(形體部)に「歯之肉也」と注し、「ハシシ」と訓じる。すなわち、歯茎である。また、名義抄(観智院本・法上)に、「歯」を「ハクキ」とする。懐空の教化之文章色々(承保三年円宗寺修正・第六夜・神分）に、「丹菓ノ唇」の対偶で、「珂雪ノ歯クキ」とあり、醍醐寺本遊仙窟の和訓（康永三年）に、「歯」を「ハ」および「ハクキ」とする。ただし、真福寺本の和訓は、「ハ」だけである。

したがって、語誌的観点からは、「はぐき」の表現素材を、歯茎とも歯牙とも、両様に理解してよい可能性がある。

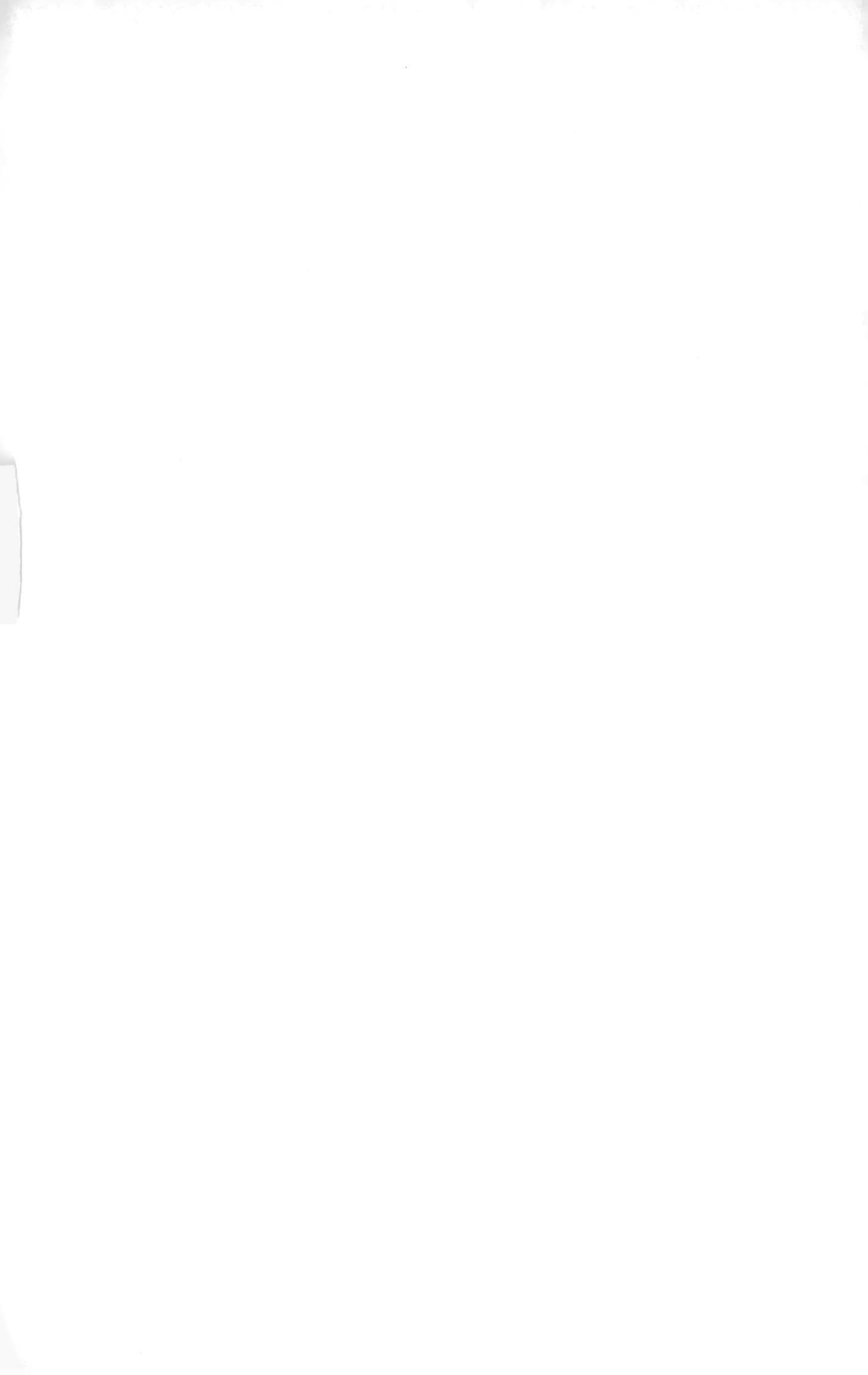

新潮日本古典集成〈新装版〉

堤中納言物語（つつみちゅうなごんものがたり）

令和元年九月二十五日 発行

校注者 塚原鉄雄（つかはらてつお）

発行者 佐藤隆信

発行所 株式会社 新潮社

〒一六二-八七一一 東京都新宿区矢来町七一

電話 〇三-三二六六-五四一一（編集部）

〇三-三二六六-五一一一（読者係）

https://www.shinchosha.co.jp

印刷所 大日本印刷株式会社

製本所 加藤製本株式会社

装画 佐多芳郎／装幀 新潮社装幀室

組版 株式会社DNPメディア・アート

乱丁・落丁本は、ご面倒ですが小社読者係宛お送り下さい。
送料小社負担にてお取替えいたします。
価格はカバーに表示してあります。

©Sachiko Tsukahara 1983, Printed in Japan

ISBN978-4-10-620830-0 C0393

新潮日本古典集成

古事記　西宮一民
萬葉集　一〜五　青木生子　井手至　伊藤博　清水克彦　橋本四郎
日本霊異記　小泉道
竹取物語　野口元大
伊勢物語　渡辺実
古今和歌集　奥村恆哉
土佐日記　貫之集　木村正中
蜻蛉日記　犬養廉
落窪物語　稲賀敬二
枕草子　上・下　萩谷朴
和泉式部日記　和泉式部集　野村精一
紫式部日記　紫式部集　山本利達
源氏物語　一〜八　石田穣二　清水好子
和漢朗詠集　大曽根章介　堀内秀晃
更級日記　秋山虔
狭衣物語　上・下　鈴木一雄
堤中納言物語　塚原鉄雄
大鏡　石川徹
今昔物語集　本朝世俗部　一〜四　阪倉篤義　本田義憲　川端善明
梁塵秘抄　榎克朗
山家集　後藤重郎
無名草子　桑原博史
宇治拾遺物語　大島建彦
新古今和歌集　上・下　久保田淳
方丈記　発心集　三木紀人
平家物語　上・中・下　水原一
金槐和歌集　樋口芳麻呂
建礼門院右京大夫集　糸賀きみ江
古今著聞集　上・下　西尾光一　小林保治
歎異抄　三帖和讃　伊藤博之
とはずがたり　福田秀一
徒然草　木藤才蔵
太平記　一〜五　山下宏明
謡曲集　上・中・下　伊藤正義
世阿弥芸術論集　田中裕
連歌集　島津忠夫
竹馬狂吟集　新撰犬筑波集　木村三四吾　井口壽
閑吟集　宗安小歌集　北川忠彦
御伽草子集　松本隆信
説経集　室木弥太郎
好色一代男　松田修
好色一代女　村田穆
日本永代蔵　村田穆
世間胸算用　金井寅之助　松原秀江
芭蕉句集　今栄蔵
芭蕉文集　富山奏
近松門左衛門集　信多純一
浄瑠璃集　土田衞
雨月物語　癇癖談　浅野三平
春雨物語　書初機嫌海　美山靖
與謝蕪村集　清水孝之
本居宣長集　日野龍夫
誹風柳多留　宮田正信
浮世床　四十八癖　本田康雄
東海道四谷怪談　郡司正勝
三人吉三廓初買　今尾哲也